Hou me vast

Lori Nelson Spielman bij Boekerij:

Een bijzonder jaar
Vergeef me
Hou me vast

www.boekerij.nl

Lori Nelson Spielman

Hou me vast

Als Annie haar zus verliest, dreigt het verdriet haar en haar moeder voorgoed uit elkaar te drijven...

BOEKERIJ

Eerste druk 2017
Tweede druk 2019

ISBN 978-90-225-8748-5
ISBN 978-94-023-0904-1 (e-book)
NUR 302

Oorspronkelijke titel: *Quote me*
Vertaling: Sabine Mutsaers
Omslagontwerp: Johannes Wiebel | Punchdesign, München
Omslagbeeld: © Shutterstock
Zetwerk: ZetSpiegel, Best

1

Erika

Als je ergens over twijfelt, doe het dan niet. Dat zei mijn moeder altijd. Als ze nog leefde, zou ik tegen haar zeggen dat ik nu niet meer terug kan. Mijn carrière staat op het punt om een enorme klapper te maken. Maar mijn moeder zou alleen maar hoofdschuddend zeggen, en terecht, dat ik niet meer terug *wíl*, dat het een keuze is.

Ik trek een zwart rokje en hoge hakken aan, en onmiddellijk verschijnt er een ellenlange to-dolijst in mijn hoofd. De deal rond Parc 77 afwikkelen. Een prijsvergelijking maken voor die driekamerflat in The Mayfair. En dat alles nog voordat ik vanochtend de meiden naar Philadelphia breng, zoals beloofd.

Ik check mijn berichten. Oh o. Chung Wang, de makelaar uit Beijing, reageert op mijn bericht over een nieuw aanbod bij The Plaza. Zijn vlucht vertrekt om twaalf uur vanmiddag, hij heeft nog tijd om het appartement vandaag te bezichtigen. *Regel het even.*

Nee! Niet vandaag. Maar Mr. Wang vertegenwoordigt een van mijn grootste klanten. Als ik het niet 'even regel' doet een andere makelaar het wel.

Komt voor elkaar, stuur ik terug, en ik sein de tussenpersoon in.

Buikpijn. Hoe vertel ik mijn dochters dat ik ze niet naar de campus kan brengen, zoals we hadden afgesproken? Annie heeft meer dan genoeg van het oude liedje 'het werk gaat voor', en ikzelf eerlijk gezegd ook. Maar ik moet de verkoopcompetitie winnen. Deze gekte duurt nog maar acht maanden, daarna wordt mijn leven een stuk rustiger.

Zodra ik de deur van mijn slaapkamer opendoe, komen de geur van wentelteefjes en het gerammel van serviesgoed me tegemoet. Ik kijk hoe laat het is. Half zes. Kristen is de hele nacht opgebleven. Alweer.

Op een drafje loop ik de gang door terwijl ik het zoveelste punt toevoeg aan mijn lijst: met Brian over onze dochter gaan praten. Op dit soort momenten – als de stemmingen van mijn dochter van negentien net zo veranderlijk zijn als haar favoriete playlists – ben ik dankbaar dat mijn ex arts is.

Ik neem de kortste weg naar de keuken, door de eetkamer, waar Kristens tas op tafel slingert. Haar portemonnee en een doosje pepermuntjes zijn eruit gevallen. Ik buig me ernaartoe en zie dan een overduidelijk vervalst rijbewijs op naam van een zekere Addison. Kom op, Kristen! Ik heb hier nu geen tijd voor. Snel loop ik verder, maar bij de ingang van mijn normaal gesproken brandschone keuken blijf ik staan.

De witmarmeren werkbladen zijn bezaaid met potten en pannen, boterwikkels en eierschalen. De donkere houten vloer ligt vol bloem en poedersuiker. Ze heeft slagroom geklopt in de koperen kom, en zelfs van deze afstand zie ik de schuimige witte vlokken op het roestvrijstalen fornuis. Ik durf niet eens te denken aan wat er allemaal op de witte kastdeurtjes moet zitten.

En daar staat ze, aan het centrale kookeiland, nog gekleed in het gele jurkje dat ze gisteravond aanhad. Op blote voeten, haar teennagels lavendelkleurig gelakt. Ze heeft haar draadloze koptelefoon op en zingt vals mee met een of ander hiphopnummer terwijl ze dikke sneden brood besmeert met pindakaas.

Ik wil die maffe dochter van me omhelzen en tegelijkertijd kan ik haar wel wurgen.

'Goedemorgen, liefje.'

Ze druppelt sliertjes honing over de pindakaas, likt haar vingers af en legt het brood dan in de pan met bruisende boter, al die tijd met haar hoofd meeknikkend op de maat van de muziek.

Ik loop de keuken door en tik op haar knokige schouder. Ze

schrikt, maar dan breekt er een brede glimlach door op haar gezicht.

'Hoi, mam!' Ze zet de koptelefoon af, en haar muziek blijft doordreunen tot ze de uitknop intoetst op haar telefoon. 'Klaar voor het ontbijt?' Haar blauwe ogen dansen, maar direct achter die vrolijke blik zie ik het glazige waas van slaapgebrek.

'Je hoort in bed te liggen, schat. Heb je wel geslapen?'

Ze houdt schouderophalend haar minuscule espressokopje omhoog. 'Slapen is voor baby's en oude vrouwtjes. Hé, wacht maar tot je ziet wat ik heb gemaakt!'

Ik haal diep adem. 'Ik hoop wel dat je van plan bent deze troep op te ruimen voordat je weg...' Ik zwijg als ik het plakkaat met handschreven tekst zie dat met plakband – jawel, plakband! – op de keukenkastjes is bevestigd.

Doei, mam! We zullen je missen! xxx

'Het is onze laatste ochtend,' zegt Kristen terwijl ze haar armen om me heen slaat.

'Voorzichtig.' Ik deins achteruit. 'Ik heb geen zin in die plakhandjes van jou op mijn kleren.'

'Oeps! Sorry! Je ziet er trouwens mooi uit, mam. Hoe dan ook, ik vond een gepast afscheid wel op z'n plaats.'

Een gepast afscheid. Zo zei mijn moeder dat ook. En zij zou het, net als iedere andere fatsoenlijke moeder, met Kristen eens zijn geweest. Maar ik ben degene die achter het fornuis zou moeten staan om een afscheidsontbijt te maken voor mijn dochters, in plaats van andersom.

Ze loopt voor me uit naar de tafel, die al is gedekt voor drie. In het midden staan een karaf sinaasappelsap en een vaas met felroze bloemen die verdacht veel lijken op de pentas die Annie afgelopen voorjaar buiten op het terras heeft geplant.

Ze schuift een stoel voor me naar achteren en loopt dan stuiterend de gang op. 'Hé, Annie! Kom eens uit bed, luilak!'

'Kristen,' zeg ik, en ik probeer een kalmte uit te stralen die ik niet voel. 'Doe eens zachtjes. Wil je soms alle buren wakker maken?'

'Sorry!' zegt ze giechelend. 'Wacht maar tot je mijn wentelteefjes hebt geproefd. Met pindakaas, honing en geroosterde pecannoten. Een orgasme voor je mond, echt waar.'

Ik zit hoofdschuddend naar haar te kijken als Annie, mijn andere dochter van negentien, de keuken in loopt. Haar mooie volle gezicht is nu donker terracottabruin, dankzij haar latina-achtergrond en de zomerzon, en haar lange donkere krullen dansen slordig rond haar hoofd. Ondanks haar één meter vijfenzeventig is ze weer mijn kleine Annie, in haar gestreepte pyjama en op pluchen olifantenpantoffels. Ik sta op om haar een kus te geven.

'Goedemorgen, liefje.'

'Wat heeft Krissie?'

'Ze maakt ontbijt voor ons.'

Annie kreunt als ze de pentas ziet. Ze loopt naar het fornuis, waar haar zus net weer een boterham met pindakaas in de knetterende boter gooit, en ze vist toefjes slagroom uit Kristens blonde haar.

'Heb je een slagroombom tot ontploffing gebracht?' Ze zegt het op vriendelijke toon, alsof ze het tegen een uiterst kwetsbare persoon heeft.

'Dit is mijn afscheidsontbijt voor jou en mama,' zegt Kristen. Met een spatel schept ze de eerste lading wentelteefjes uit de pan.

'Alleen voor mama, bedoel je,' zegt Annie.

Kristen kijkt even naar Annie en dan naar mij. 'O! Ja, tuurlijk. Een afscheidsontbijt voor mama. Omdat wij vandaag vertrekken... samen.'

'Wat is er aan de hand, dames? Is er hier iemand die haar zomervakantie hoopt te verlengen?'

'Natuurlijk niet.' Kristen schept een berg bananenschijfjes op de wentelteefjes, gevolgd door stroop en een klodder slagroom. 'Voilà!' zegt ze, en ze houdt het bord omhoog als een offergave aan de goden voordat ze het aan Kristen geeft. 'Doorgeven aan mama, alsjeblieft.'

Ik breng mezelf in herinnering dat ik ontzettend heb geboft. Mijn dochters willen fatsoenlijk afscheid nemen. Maar ik vraag me alleen maar af hoe ik zo snel mogelijk dit ontbijt van tweeduizend calorieën kan wegwerken om weer aan het werk te kunnen.

Als ik opkijk, zie ik Annie naar mijn telefoon turen. Ik leg hem ondersteboven op tafel, met het geluid uitgeschakeld.

Terwijl Kristen van het fornuis naar de tafel beent, doet ze uitvoerig verslag van haar stapavond met vriendinnen, lachend en druk gebarend. Het is moeilijk voor te stellen dat ditzelfde kind zich nog maar een week geleden had opgesloten in haar kamer en weigerde te eten. Ik vermoed dat Wes en zij het weer bijgelegd hebben, maar ik vraag er niet naar. Ik wil haar geluksballon niet lekprikken.

'Ik heb wel drie uur aan één stuk gedanst!' Ze ploft neer en prikt een schijfje banaan aan haar vork, om vervolgens haar bord opzij te schuiven. 'Ik ben misselijk.'

O, god, nee, hè? Ik buig me naar haar toe en leg een hand tegen haar voorhoofd. 'Je hebt geen koorts, zo te voelen. Heb je veel gesnoept tijdens het bakken?'

Grinnikend kijkt ze me aan. 'Hooguit vijf lepels pindakaas... en stroop... en twee espresso.' Als ze lacht, voel ik een enorme opluchting.

'Hoe laat vertrekken we straks?' vraagt Annie.

'Over straks...' begin ik, maar Kristen onderbreekt me.

'Ik ben zo blij dat we niet met de trein hoeven. Waar zullen we gaan lunchen? Ik dacht aan het White Dog Café. Of misschien Italiaans bij Positano.'

Ik wrijf over mijn hals. Annie kijkt aandachtig naar me; ze voelt kennelijk mijn ongemak en slaakt een overdreven zucht. 'Laat me raden. Je kunt ons niet wegbrengen.'

Ik krimp in elkaar en haat mezelf omdat ik me niet aan mijn belofte kan houden. 'Het spijt me echt. Ik heb straks een onverwachte bezichtiging. Als jullie tot morgen kunnen wachten...'

'Dat gaat niet. Krissie heeft vanmiddag een spoedbespreking.'

Annie richt haar aandacht op haar bord. 'Dan niet, mam. We snappen het wel. Het is heel belangrijk dat je die wedstrijd wint.'

'Lieverd, het spijt me.' Ik buig me naar haar toe om haar schouder aan te raken, maar ze deinst achteruit.

'We kunnen best met de trein,' zegt Kristen, altijd degene die meer begrip heeft voor mijn carrière. 'Hé, op welke plaats sta je deze week? Ben je al doorgedrongen tot de top 50 van de beste makelaars in Manhattan?'

Ik slaak een zucht, blij dat in ieder geval één van mijn dochters trots op me is. 'Nummer 63, maar volgende week heb ik twee overdrachten.'

'Je verslaat ze allemaal, mam!'

Mijn telefoon op tafel trilt en ik leg er een hand op. 'Sorry.'

'Aan de slag!' zegt Kristen. 'Zorg dat je de top 50 haalt.'

'Het is nog lang geen 30 april. Tot die tijd kan er veel gebeuren.'

'Maar jij stijgt alleen maar! O ja, dat zou ik bijna vergeten...' Kristen steekt een vinger op en verdwijnt van tafel. Binnen een minuut is ze terug. 'Voor jou,' zegt ze, en ze geeft me een rechthoekig beige kaartje met donkerblauwe letters:

The Blair Agency
Het eerste kleinschalige makelaarskantoor in Manhattan
dat service op maat biedt
Erika Blair, makelaar/eigenaar
347.555.1212
Erika@TheBlairAgency.com

'Wat leuk!' zeg ik, en ik druk een kus op haar kruin. Annie mag dan een hekel aan mijn werk lijken te hebben, Kristen beseft heel goed dat een plek in de top 50 ons leven drastisch zou kunnen veranderen. De publiciteit alleen al zou van onschatbare waarde zijn. Ik zou de naamsbekendheid en het gewicht krijgen die nodig zijn om een eigen kantoor te openen – iets waar ik al jaren van droom.

'Ik dacht dat je misschien een huisje zou kunnen tekenen of zo, en dat op het kaartje zetten als ons logo.'

Ik ben geroerd. Het is moeilijk voor te stellen dat mijn passie voor tekenen ooit heeft kunnen wedijveren met de gedrevenheid die ik nu voor mijn werk heb. Kristen is dat niet vergeten.

'Volgend najaar,' vervolgt ze, 'kan The Blair Agency van start gaan!' Ze steekt joelend haar hand op voor een high-five.

Het ontgaat me niet dat Annie zwijgend van haar wentelteefjes zit te eten. 'Annie, heb je gezien wat Kristen voor me heeft gemaakt?' Ik hou haar het kaartje voor. 'Het visitekaartje van de toekomstige Blair Agency.'

'Fijn.' Ze wendt haar hoofd af. 'Dan krijg je het nog drukker.'

Ik word meteen weer somber. Zal ze het me ooit vergeven dat ik als alleenstaande moeder moeite heb om werk en gezin te combineren? Ik moet mijn uiterste best doen om het niet alleen mijn dochters naar de zin te maken, maar ook mijn strenge baas Carter Lockwood, die mijn obsessie voor mijn positie in de top 50 deelt.

Ik raak even Annies arm aan. 'Als ik ooit eigen baas ben, heb ik meer invloed op mijn werktijden. Maar nu werk ik nog voor Carter bij Lockwood, en ik moet aan de slag. Het spijt me echt.'

'Ga nu maar,' zegt Kristen. 'O ja, kun je nog wat geld op mijn rekening storten?'

'Alweer? Wat heb je gedaan met het bedrag dat ik maandag heb overgemaakt?'

Ze buigt het hoofd en kijkt schuin naar me op, haar 'niet boos zijn, ik kon er niks aan doen'-blik. 'Ik zag een oude man op straat met een puppy. Dat hondje was heel mager en het keek zo zielig...'

'O, Kristen.' Ik kijk haar hoofdschuddend aan en besluit niets te zeggen over de nieuwe Tory Burch-sandaaltjes die ze gisteravond aanhad, met van die dunne bandjes, zodat haar kersverse pedicure mooi uitkwam. Mijn harde werk betekent dat ik me uitspattingen kan veroorloven voor mijn dochters, zoals ik die zelf nooit heb gekend. Ik sta op uit mijn stoel. 'Ik maak het vanmiddag over – geld om van te leven, hè, niet om hondenvoer van te kopen.'

Ze grijnst. 'Begrepen.'

Ik buk om haar een kus op de wang te geven. 'Bedankt voor het heerlijke ontbijt. Ik hou van je, liefje. Stuur me een berichtje als je op de campus bent.' Ik glimlach. *'Have you heard the latest?'*

'You're the greatest,' zeggen we tegelijkertijd. Gehurkt sla ik mijn armen om Kristen heen. 'Aardig zijn en altijd je best doen.'

Het is mijn bekende afscheid, in de woorden die mijn moeder ooit gebruikte. Ik draai me om voor hetzelfde ritueel met Annie, maar ze is al opgestaan. 'Ik laat je even uit,' zegt ze.

Ik zet me schrap voor een preek over te hard werken, maar zodra we de keuken uit zijn verandert ze in de beschermende zus. 'Mam,' fluistert ze, 'zag je hoe Kristen bezig was? Ze is helemaal hyper.'

Ik sla een arm om Annies schouder. 'Ik zag het, ja. Het is toch fijn om haar weer zo opgewekt te zien?'

'Maar ze lijdt aan stemmingswisselingen, net als afgelopen voorjaar, in de examenweek. Het lijkt wel of ze manisch-depressief is of zoiets.' Mijn hart breekt als ik Annies bezorgde blik zie. Piekeren is de taak van een moeder, niet die van een zus. Ik strijk een lok haar van haar wang.

'Ten eerste,' zeg ik, 'is ze nog wel meer dan alleen een eventuele stoornis. En ten tweede horen stemmingswisselingen nu eenmaal bij tieners. Maar ik begrijp je bezorgdheid. Ik zal aan je vader vragen of hij een therapeut kan aanraden. Kristen heeft het moeilijk met school, de studentenvereniging en haar verbroken relatie met Wes.'

'Een therapeut? Denk je dat ze daar genoeg aan heeft? Volgens mij heeft ze medicijnen nodig.'

Ik pak mijn tas en besluit Annies psychologie van de koude grond te negeren. 'Zeg dat alsjeblieft niet, Annie. Het gaat prima met haar.' Ik demp mijn stem. 'Ze heeft een vals rijbewijs. Ik denk dat ze gisteravond alcohol heeft gedronken.'

Annie houdt haar hoofd schuin en kijkt me aan. 'Zou ze nog dronken zijn?'

'Misschien, of het komt door de cafeïne. Zou je haar willen helpen bij het opruimen van de keuken?'

'Hm. Oké.'

'Dank je wel, schat.' Ik leg een hand tegen haar wang. 'Het spijt me echt dat ik jullie niet kan wegbrengen. Als je in het weekend van Labor Day naar huis komt, zullen we dan samen naar Easton gaan?'

Mijn positieve dochter, die dol is op ons huis aan de Chesapeake Bay en nooit lang boos kan blijven, is meteen milder gestemd. 'Cool. Met een beetje mazzel valt de stroom weer uit.'

We glimlachen allebei; ze verwijst naar ons spontane bezoekje van vorig jaar, toen de meiden ook thuis waren voor Labor Day. Het was vrijdagavond en er was voor dat weekend belabberd weer voorspeld. Tot overmaat van ramp waren mijn dochters tijdens hun eerste studieweek allebei verkouden geworden. De lucht was pikdonker en er dreigde regen, maar Kristen stelde een uitstapje voor. 'Laten we naar Easton gaan!'

'Ach, lieverd,' zei ik. 'Het is al acht uur.'

'Toe nou, mam,' zei Annie. 'Dat is toch leuk!'

Terwijl de meiden naar hun kamer holden om een tas in te pakken, haalde ik eten en drinken uit de koelkast om mee te nemen. Drieënhalf uur later kwamen we in de stromende regen aan bij ons huis op LeGates Cove, om daar tot de ontdekking te komen dat de stroom was uitgevallen als gevolg van het noodweer.

Ik maakte een vuurtje in de haard en we staken een stuk of vijf kaarsen aan. Samen nestelden we ons met een stapel dekens op de bank, Annie aan de ene kant naast me en Kristen aan de andere kant. Bij kaarslicht las ik ze voor uit *Onder moeders vleugels*, hun lievelingsboek van vroeger. Ik kan het bijna nog voelen, de hoofden van mijn dochters in mijn armen en hun warme lijven tegen me aan gedrukt. Het haardvuur wierp schaduwen op hun ontspannen gezichten, en zo nu en dan klonk er buiten zo'n harde donderslag dat ze nog dichter tegen me aan kropen. Terwijl ik de bladzijden omsloeg, zag ik langzaam hun ogen dichtvallen, en ik hoorde aan hun zwaarder wordende ademhaling dat ze in slaap vielen.

Ik bleef tot drie uur 's nachts voorlezen, mijn stem niet meer dan een fluistering, omdat ik bang was dat ze wakker zouden worden als ik ermee ophield. Ik wilde zo lang mogelijk genieten van die kostbare uurtjes met de twee mensen van wie ik het allermeest hield, mijn meisjes die geen kind meer waren maar ook nog geen volwassen vrouwen.

'Ik zal Krissie overhalen om volgend weekend ook naar huis te komen,' zegt Annie, waarmee ze een eind maakt aan mijn dagdromerij. 'Een weekend aan de baai zal haar goeddoen.'

'Perfect.' Ik leg mijn hand tegen Annies wang. 'Wat zou je zus toch zonder jou moeten? Trouwens, ik weet niet wat ik zelf zonder jou zou moeten beginnen.'

'Je zou wel meer eten overhouden, dat is mooi meegenomen.'

Hoofdschuddend hoor ik haar spottende humor aan. Annie is vol en rond, met brede heupen en dijen die in verhouding zijn met haar flinke borsten – een figuur dat in vele culturen bewondering zou oogsten. Maar in New York, de stad waar het wemelt van de aanstormende modellen, heeft Annie een verkeerd lichaamsbeeld opgedaan, al doe ik nog zo mijn best om dat onderuit te halen. En het helpt ook niet dat haar zus en haar moeder allebei slank zijn.

'Ik ben dol op de gezonde eetlust van mijn mooie dochter,' zeg ik, en ik strijk een verdwaalde krul uit haar knappe gezicht. '*Have you heard the latest? You're the greatest.*'

Ze moet lachen en priemt met haar wijsvinger naar me. 'En jij bent mijn halvegare moeder. Zeg je dat later nog steeds als Krissie en ik... vijftig zijn of zo?'

'Ik blijf het altijd zeggen. Jullie zijn nu eenmaal geweldig.' *En het zou mijn leven een stuk makkelijker maken als je zus net zo verstandig was als jij.* Natuurlijk zeg ik dat laatste niet hardop. En natuurlijk verdien ik het om geraakt te worden door een meteoriet voor de gedachte alleen al.

'Ik ben blij dat jullie straks samen de trein nemen. Hou jij een oogje in het zeil? En stuur me even een berichtje als jullie in Philadelphia zijn.' Ik omhels Annie nog een keer. 'Ik hou van jou...' begin ik.

'... als het ijs van de kou,' maakt ze mijn zin af.

2

Annie

Annie kijkt kreunend naar de dichte deur. Haar moeder krijgt een rolberoerte als ze straks thuiskomt en zij, Annie, blijkt niet in Philadelphia te zijn, klaar om aan haar tweede jaar aan Haverford te beginnen. Ze was van plan het op te biechten vlak voordat haar moeder en Krissie vertrokken, zodat haar moeder de rest van de dag de tijd zou hebben om het nieuws te verwerken en een beetje af te koelen voordat Annie haar weer onder ogen zou moeten komen.

Ze loopt snel terug naar de keuken. Naast het fornuis ligt de telefoon van haar zus, de batterij nu helemaal leeg. In de aangrenzende zitkamer hoort ze Kristen hysterisch lachen om iets op televisie.

Annie haalt diep adem. De komende twee uur zal ze ervoor moeten zorgen dat haar zus wat rustiger wordt, haar spullen pakt en de trein naar Philadelphia neemt. En vanavond, als haar moeder thuiskomt van haar werk en Krissie er niet is om haar te steunen, zal Annie haar moeten vertellen dat ze is geschorst voor het komende studiejaar.

Ze pakt het laatste wentelteefje. Het is nu koud, maar dat kan haar niet schelen. De bananenschijfjes slaat ze over, maar ze neemt extra veel stroop en maakt de laatste slagroom op. Nadat ze het geheel heeft bestrooid met poedersuiker pakt ze haar vork.

Geen enkele situatie is zo vreselijk dat een ouderwetse vreetbui er niet voor kan zorgen dat je je nog honderd keer ellendiger voelt.

* * *

Annie staat op een kruk in Kristens kast naar de planken te turen, tussen de warboel van sandalen en laarzen. Typisch iets voor Kristen om haar spreukenboekje kwijt te raken. Hoe moet ze het straks redden in Philadelphia zonder Annie? 'Hier ligt het niet,' roept ze naar haar zus, en ze loopt de kamer weer in.

'Dat had ik je ook wel kunnen vertellen.' Kristen staat wiebelend op haar matras om op de plank boven haar bed te kijken. Ze verliest haar evenwicht en kan nog net voorkomen dat ze valt. 'Oeps!' Lachend begint ze op het bed te springen. 'Kom op, Annie. Springen!'

'Hou op, Krissie. We moeten je spreukenboek zoeken. Het kan niet weg zijn.'

'Doe nou eens een keer gezellig.' Maar ze springt van het bed af en landt sierlijk als een turnster op de grond, met haar tengere lijfje. 'Ik moet gaan. Stuur het maar op als je het hebt gevonden.'

Annie loopt naar het bureau van haar zus en doorzoekt de bovenste lade. 'Waar kan het nou zijn? Zat het misschien in de dozen die we vorige week al vooruitgestuurd hebben?'

'Hoe moet ik dat nou weten?'

Ze heeft gelijk. Terwijl Annie op haar tenen door de slaapkamer van haar zus sloop en stilletjes de kleren van haar zus in gelabelde dozen stopte, lag Kristen te slapen. 'Oké, Kristen, denk even mee. Je trein gaat al over een uur.'

'Nou en? Als ik hem mis, neem ik gewoon die van tien uur.'

'Nee, dan wordt het te krap. Het is toch niet te geloven dat mama ons zomaar laat zitten? Ze had je moeten wegbrengen.'

'Maak je niet zo druk, Annie. Ik vind het prima om met de trein te gaan.' Kristen ploft neer op het bed. 'Het kan me geen reet schelen hoe ik naar de campus ga... voor mijn part ga ik helemaal niet.'

Annie kan wel gillen. Na al die moeite interesseert het Kristen ook nog eens geen reet? 'Waar slaat dat op? Je vindt het hartstikke leuk daar.'

'Het is allemaal zo zinloos. Misschien stop ik wel met mijn studie en vertrek ik naar Michigan.' Haar lach klinkt als een vreemde mengeling van vreugde en wanhoop.

Annie krijgt een knoop in haar maag. 'Heeft Wes je die onzin aangepraat?'

'Wes wil me niet eens in zijn buurt hebben. Ik moet het goedmaken, maar ik kan nooit de juiste woorden vinden.'

Er zijn geen juiste woorden voor de verkeerde persoon, zou Annie willen zeggen. Niet dat zij nou een expert is, maar voor zo'n slimme meid kan Kristen wel heel onnozel doen als het op jongens aankomt. Wes Devon, de laatste in Kristens reeks foute mannen, is het type dat er alles voor over heeft om het zijn grote liefde naar de zin te maken. Helaas voor Kristen is Wes Devons grote liefde Wes Devon.

Annie en Kristen hebben Wes begin juni leren kennen op Mackinac Island, en de rest van de zomer waren Kristen en hij onafscheidelijk als een Siamese tweeling – al deden ze vooral dingen die een Siamese tweeling niet zal doen. Maar sinds Kristen en zij twee weken geleden zijn teruggekomen naar New York heeft Wes niets meer van zich laten horen.

'Verleen nooit een uitroepteken aan iemand die voor jou niet meer dan een komma overheeft.'

Kristen snuift minachtend. 'Wat wil dat nou weer zeggen?'

'Zet hem uit je hoofd, Kristen. Je bent te goed voor hem.'

Kristen loopt naar het raam en legt haar voorhoofd tegen het glas. 'Ik moet nog één keer met hem praten,' fluistert ze. 'Dat moet.'

Annie pakt haar zusje bij de armen. 'Nee. Wat jij moet doen is teruggaan naar Philadelphia en die sukkel uit je hoofd zetten. Over drie jaar ben je afgestudeerd en dan word je de vrouwelijke Steve Jobs – maar dan aardiger.' Ze steekt een vinger op. 'Maar eerst moeten we je spreukenboek zien te vinden. Het brengt ongeluk om te vertrekken zonder dat ding.'

'Doe niet zo dramatisch. We hebben die boekjes al sinds we... zes waren of zoiets.'

'Wijze spreuken kennen geen leeftijdsgrens. Ik vind er altijd troost bij, vooral bij de spreuken die mama erin heeft geschreven.'

Kristen gaat op haar bed zitten en trekt Annie naast zich. 'Annie, ik moet je iets vertellen...' Haar stem sterft weg.

'Wat dan?'

Krissie schudt haar hoofd. 'Laat maar. Je brieft het toch alleen maar door aan mama.'

'Nee, echt niet,' zegt Annie terwijl ze op de klok kijkt. Shit! Ze moet zich aankleden om mee te gaan naar het station. 'Vertel dan snel.'

Kristen wuift het weg. 'Het is niet belangrijk. Maar jij moet niet eeuwig bij mama aan het handje blijven lopen. Het wordt tijd dat je volwassen wordt.'

'Zegt de zus die daarnet nog op het bed stond te springen.'

'Serieus,' zegt Kristen. 'Wil je dan niet zelfstandig zijn?'

'Ik heb het hele jaar op kamers gewoond en deze zomer zat ik in mijn eentje op het eiland.'

'Jawel, maar je belde zo'n beetje iedere dag met mama.'

'Niet waar!' Annie wendt haar blik af en mompelt: 'Ik appte haar alleen.'

Kristen gooit haar handen in de lucht. Zelfs Annie moet lachen. 'Oké,' zegt ze. 'Ik zal mijn best doen om wat zelfstandiger te worden. Beloofd.'

'Mooi. Je hebt een heel jaar de tijd. Ga iets doen, iets spannends... naar Parijs of zo.'

'Maar mama...'

'Die zou vast opgelucht zijn. Ze heeft een druk leven, mocht het je nog niet opgevallen zijn.'

Het lijkt wel of iedereen een druk leven heeft, denkt Annie. Behalve ik. Even dreigt de eenzaamheid, haar steeds terugkerende metgezel. *Jij hoort er niet bij. Ze laten je alleen.*

Hoe heeft alles toch zo kunnen veranderen in de afgelopen twaalf maanden? Nog maar een jaar geleden was Annie de veelbelovende nieuwe dichteres van Haverford, althans, volgens haar docente Engels. Ze woonde vlak bij de campus van haar zus, zodat ze haar kon zien wanneer ze maar wilde, en dicht genoeg bij New York om in het weekend naar haar moeder te gaan. Nu is alles anders. Ze is beschuldigd van plagiaat en moet een studiejaar overslaan. Krissie woont straks twee uur bij haar vandaan. En haar moeder wordt volledig opgeslokt door haar baan.

'Hé,' zegt Kristen. 'Het was niet vervelend bedoeld. Ik vind gewoon dat je eens iets avontuurlijks zou moeten doen. En volgende zomer, als we weer samen zijn...' Kristen zwijgt even, alsof ze zichzelf tot de orde moet roepen. 'Volgende zomer hebben we elkaar lekker veel te vertellen.'

'Inderdaad,' zegt Annie, en ze raakt even de wang van haar zusje aan.

Kristen drukt Annie stevig tegen zich aan, zo hard dat Annie bijna geen lucht meer krijgt. 'Je bent de beste zus van de hele wereld. Dat weet je toch, hè?' Ze maakt zich van Annie los en kijkt haar strak in de ogen. 'Dat mag je nooit vergeten, oké? Wat er ook gebeurt.'

Kristens dringende toon en haar glazige, afwezige blik maken dat Annies nekhaartjes recht overeind gaan staan. Ze geeft haar zusje een stomp op de arm, in de hoop de stemming wat luchtiger te maken. 'En jij bent een ontzettende lastpak, vergeet dat nooit.' Ze staat op. 'Wacht even, dan pak ik mijn eigen spreukenboek voor je. Dat kun je zolang lenen.'

'Laat dat boekje maar zitten, ik ben weg.' Kristen schuift van het bed en pakt haar weekendtas.

'Nee, wacht,' zegt Annie. 'Ik ga met je mee naar het station.'

Ze loopt naar haar kamer verderop in de gang en pakt haar spreukenboek van het nachtkastje. Dan trekt ze snel een yogabroek en een T-shirt aan en loopt terug naar Krissie's slaapkamer, haar blik strak gericht op het spreukenboek dat ze in haar handen heeft.

'Let niet op de kattige opmerkingen in de kantlijn. Die heb ik er in maart ingezet, toen mama niet naar het ouderweekend op school kon komen en ze me weer eens liet stikken, net als vandaag. Die prioriteiten van haar...' Ze kijkt op. 'Krissie?'

De kamer is verlaten. Annie gooit het spreukenboekje op het bed van haar zus en beent de gang door. 'Krissie! Je gaat me toch niet vertellen dat je zonder mij bent vertrokken, hè? En zonder je spreukenboek.'

3

Erika

Het is vrijdagmiddag half een en ik zit op een barkruk bij Fig and Olive om de verkoop van hét topappartement bij The Plaza te vieren met een glas wijn. Ik stuur de meiden nog een berichtje om te vragen of ze goed zijn aangekomen op de campus, en al die tijd voel ik hoe de man aan het einde van de bar naar me zit te kijken. Uiteindelijk kijk ik zijn kant op, en hij begint te stralen.

'Erika Blair!' zegt hij. 'Ik dacht al dat jij het was!'

Aandachtig kijk ik naar de aantrekkelijke man met het peper-en-zoutkleurige haar, die verdacht veel lijkt op een middelbare versie van mijn oud-collega in het Elmbrook Memorial-ziekenhuis. Ik begin te lachen. 'John Sloan?'

Hij plakt zijn glas op en komt naar me toe geslenterd. 'Jee, niet te geloven. Ik ben hier voor het NASW-congres. Ik had even de buik vol van de vernieuwingen binnen het sociale werk en heb besloten vanmiddag vrij te nemen. Hoe groot is nou de kans dat ik jou hier tegenkom?'

'Wat leuk om je te zien. Hoe gaat het met je? Kom gezellig bij me zitten.'

Hij neemt plaats op de kruk naast me en het volgende kwartier hebben we het over vroeger. Hij praat me bij over mijn oud-collega's en zijn privéleven. Zijn enige zoon is bezig aan zijn laatste studiejaar aan de Universiteit van Wisconsin. Zijn vrouw en hij zijn drie jaar geleden gescheiden.

'Dat jij nu makelaar bent!' zegt hij met een blik op het visitekaartje dat ik hem heb gegeven.

'Acht jaar alweer.'

'Maar je was zo goed in je werk, Erika. Je bent heel sterk in de omgang met mensen, en dat zeg ik niet zomaar. Heb je nooit spijt van je carrièreswitch?'

Misschien komt het door de wijn, maar voor het eerst in jaren sta ik mezelf een vleugje heimwee toe. Schouderophalend doe ik een poging het van me af te zetten. 'Probeer maar eens twee kinderen groot te brengen in Manhattan op het salaris van een maatschappelijk werker.' Mijn lachje slaat meteen dood. 'Toen mijn man bij me wegging, kon ik het me niet veroorloven om in de stad te blijven wonen, maar ik kon ook niet verhuizen. Mijn dochters hadden hun vader nodig.' Ik knijp in de steel van mijn wijnglas.

'Op een dag,' vervolg ik, 'ongeveer een maand na de scheiding, kwam ik doodmoe thuis, vol indrukken van mijn werkdag in de kleine, onbeduidende afkickkliniek waar ik toen werkte. Mijn dochter Kristen zat op de stoep voor ons flatje in Brooklyn met een tros druiven in haar handen. Ik ging door het lint. Die druiven waren bedoelde om de volgende dag mee naar school te nemen. Ik liep het trapje op en griste de lege bak uit haar handen. 'Waar ben jij mee bezig? Je weet best dat jullie na school maar zes druiven mogen!'

Ik pulk aan mijn onderlip, beschaamd bij de herinnering.

'Zo krap zat ik toen. Ze keek naar me op en ik zal haar gezichtje nooit vergeten. Ik zag haar pijn, maar ook iets anders: afkeer.'

Tot mijn afschuw hoor ik mijn eigen stem breken. Ik slik moeizaam en zwijg even om me te hernemen voordat ik het verhaal afmaak. 'Op dat moment heb ik gezworen mijn dochters nooit teleur te stellen. Zij zouden niet in armoede opgroeien, zoals ik.'

Hij knikt. 'Dus je ex heeft je een oor aangenaaid met de scheidingsregeling?'

'Niet echt. We hadden amper bezittingen. Brian moest zijn studie geneeskunde nog afbetalen.'

Ik pleister een nepglimlach op mijn gezicht en steek een vinger in de lucht. 'Gelukkig loopt mijn jammerverhaal goed af. Emily, de makelaar die Brian en ik hadden ingeschakeld toen we hier kwamen wonen, zocht een assistent. Ik heb de nodige cursussen gevolgd en twee jaar onder Emily gewerkt, en zo is het gekomen.' Ik vertel er nog net niet bij dat ik nu per maand meer verdien dan destijds in een heel jaar als maatschappelijk werker. En dat ik, omdat ik de vooruitziende blik heb gehad om een woordje Mandarijn te leren, in de race ben om door te dringen tot de top 50 van New York City's beste makelaars, die tijdens het jaarlijkse banket dit voorjaar een onderscheiding uitgereikt krijgen.

John haalt zijn schouders op. 'Zo'n grote stap is het eigenlijk ook niet. Je werkt nog steeds met mensen en je helpt gezinnen om onderdak te vinden.'

Ik knik, alsof ik nog altijd door de stad struin met lieve jonge stelletjes die op zoek zijn naar het huis van hun dromen, maar dan biecht ik op: 'Nou, eigenlijk ben ik gespecialiseerd in de buitenlandse markt, en dan met name grote Aziatische investeerders. De aankoopmakelaar van mijn cliënt vliegt voor vierentwintig of soms achtenveertig uur hierheen. Ik laat hem of haar een stuk of vijf panden zien die aan de wensen van de klant voldoen, en samen kiezen we dan een woning uit. Een soort speeddaten voor huizen dus.'

'Eerder een blind date,' zegt hij met gefronst voorhoofd. 'Hoe is het met de tweeling?'

De meeste mensen gaan ervan uit dat mijn dochters, die maar vijf maanden schelen, een tweeling zijn. Ik verbeter hem niet.

'De meiden beginnen vandaag aan hun tweede studiejaar.' Ik kijk op mijn horloge. 'Als het goed is, zijn ze net aangekomen op de campus. Kristen studeert aan de universiteit van Pennsylvania. Die heeft energie voor tien, met haar heb ik geen moment rust. Altijd op stap, altijd plezier maken. Ze is onbesuisd en rebels en superslim. Annie is de stille van de twee. Dol op poëzie en muziek. Dat is mijn dromer. Zij gelooft dat alles mogelijk is – behalve misschien als ik zeg dat ik het rustiger aan ga doen.' Ik grinnik zonder veel overtuiging en probeer een onverwachte golf van treurigheid te onderdrukken. 'Zij heeft gekozen voor Haverford, zodat ze net als haar zus in Philadelphia kon gaan wonen.'

'Leuk,' zegt hij. 'Zeg, heb jij al gegeten?'

Ik wijs naar het schaaltje op de bar. 'Behalve gemengde zoutjes, bedoel je?'

Hij buigt zich naar me toe, zijn gezicht een en al jongensachtig enthousiasme. 'Laten we een tafeltje nemen. Ik trakteer op de lunch.'

Ik gluur even op mijn telefoon. Nog steeds geen bericht. En ik had nog wel de hele middag vrijgemaakt voor de meiden.

'Waarom ook niet,' zeg ik. De spanning voelt als spijbelen.

'Fantastisch.' Hij wenkt de barkeeper voor de rekening. 'Ik kan haast niet wachten om Bob Boyd te vertellen dat ik jou tegen het lijf gelopen ben. Hij was smoorverliefd op je – ach, dat waren we allemaal. Telkens als ik een film met Sandra Bullock zie, moet ik aan je denken.'

Ik voel mijn gezicht gloeien. Vroeger zeiden mensen vaak dat ik op Sandra Bullock leek, met mijn donkere haar en mijn brede glimlach, maar dat is jaren geleden.

Hij glimlacht naar me. 'En je ziet er beter uit dan ooit.'

'Ja, hoor,' wuif ik zijn opmerking weg. Maar diep vanbinnen voel ik me voor het eerst in jaren flirterig en sexy, en een tikkeltje dronken.

John schuift de kruk achter me vandaan. Als ik buk om mijn portemonnee te pakken, valt mijn oog op de televisie boven de bar. Die staat afgesteld op CNN. *Breaking news*. Om de een of andere reden – mijn instinct, misschien – blijf ik kijken. Op het scherm zie ik beelden van een trein die twee uur geleden is ontspoord in Pennsylvania. Ik verstar en sla een hand voor mijn mond, in één klap nuchter.

'Mijn dochters,' zeg ik terwijl ik het leven uit me voel wegtrekken. 'Mijn dochters zitten in die trein.'

4

Annie

Annie zit met haar laptop en een zak chips voor haar neus aan het keukeneiland, draaiend op de leren barkruk. Ze neemt nog een handje chips en staart naar de brief die ze heeft opgesteld, al haar gevoelens zorgvuldig samengevoegd tot bondige zinnen en paragrafen, met de nodige komma's voor het juiste effect. Achter het toetsenbord stromen haar gedachten veel gemakkelijker dan wanneer ze ze mondeling moet verwoorden. Ze slaakt een verontwaardigde zucht. Hoe ironisch dat juist het geschreven woord tot haar schorsing heeft geleid.

Ze leest de brief nog één keer door, verandert *mijn eventuele terugkeer naar Haverford* in *mijn terugkeer naar Haverford* en print dan de verklaring, die twee bladzijden beslaat.

Zo. Klaar. Vanavond blijft ze op tot haar moeder terug is van haar werk, hoe laat het ook mag worden, en dan zal ze haar de brief overhandigen. Ze zal zichzelf moeten dwingen haar mond te houden terwijl haar moeder de tijd neemt om de boodschap tot zich door te laten dringen.

Annie krijgt een knoop in haar maag, en ze laat haar hoofd in haar handen zakken. Haar moeder gaat natuurlijk door het lint als ze het nieuws te horen krijgt. Maar Annie is erop voorbereid... voor zover dat mogelijk is. Ze zal haar moeder vertellen wat ze van plan is: voor het komende jaar een baantje zoeken bij Starbucks, of misschien bij The Strand. En dan volgend najaar, als ze weer welkom is, terug naar Haverford.

Haar telefoon gaat en ze kijkt op het schermpje. Shit! Alweer haar moeder! Deze keer belt ze in plaats van te sms'en. Moet Annie opnemen en net doen alsof ze op de campus is? Even overweegt ze om snel de voicemail in te schakelen, maar dat zou laf zijn, eerder iets voor haar moeder.

'Hoi, mam.'

'O, god! O, lieverd, wat een opluchting.' Ze klinkt paniekerig.

'Je... je bent opgelucht?'

'Ja, schat. Ja! Je bent ongedeerd! Ik dacht dat jij... en Kristen...' Haar stem klinkt schokkerig, alsof ze buiten adem is. 'Ze nam niet op. Ik ging van het ergste uit en...'

'Rustig maar. Krissie's telefoon is leeg. Waar bel je eigenlijk vandaan?'

Haar moeder lacht nerveus en dempt haar stem. 'Ik heb een soort lunchdate, Annie. Is het niet ongelooflijk? Maar ik zag net het nieuws over die trein en ik dacht meteen het ergste.'

Annies hartslag versnelt. Ze moet steun zoeken bij het aanrecht. 'Welke trein? Mam, waar heb je het over?'

'De Acela Express, even buiten Philly. Het is zo afschuwelijk, Annie. Een aanrijding met een olietanker. Goddank zaten jullie er niet in.'

Annies knieën begeven het. Ze laat zich langs de keukenkastjes op de koude houten vloer zakken.

'Krissie,' fluistert ze, met een stem die van iemand anders afkomstig lijkt te zijn. 'O, mijn god. Krissie.'

5

Erika

De volgende vierentwintig uur gaan voorbij in een roes van ongeloof. Het voelt alsof iemand anders in mijn lichaam is gekropen en ikzelf ben vertrokken naar een plek zonder aanblikken, geur of temperatuur. Het is zaterdagmiddag en Brian, Annie en ik zitten samen met een rouwbegeleidster in een kamertje van de lijkschouwer in het Mercy-ziekenhuis in Philadelphia. Ik had verwacht te worden meegenomen naar een kil, kaal mortuarium waar een laken zou worden weggetrokken en ik het lichaam van mijn dochter op een metalen tafel zou zien liggen. In plaats daarvan worden we op gedempte toon toegesproken door JoAnna, een Afro-Amerikaanse vrouw van middelbare leeftijd. Ze zegt dat ze het heel erg voor ons vindt en verzekert ons dat we zoveel tijd mogen nemen als we willen om onze dochter te identificeren.

'We doen het allemaal hier in deze kamer, met foto's.' Ze wijst naar haar klembord waar een omgekeerde foto op ligt, met de afbeelding naar beneden. 'Ik zal u steeds uitleggen wat u te zien krijgt voordat ik de foto's omdraai.' Ze glimlacht. 'Uw lieve dochter heeft deze taak wat gemakkelijker voor ons gemaakt doordat ze haar studentenpas in de zak van haar spijkerbroek had zitten. Zo kunnen we er relatief zeker van zijn dat het lichaam in kwestie inderdaad dat van Kristen Blair is.'

Ze houdt Kristens identiteitsbewijs met foto omhoog. Ik zie de scheve grijns van mijn lieve schat, zorgeloos, zich op geen enkele manier bewust van haar lot. Ik sla een hand voor mijn mond, maar niet voordat er een snik aan mijn keel is ontsnapt. Ik hap naar adem, in kleine teugjes.

'Sorry,' zeg ik, en ik moet mijn best doen om niet te gaan hyperventileren. 'Dit is... het is zo... onwerkelijk.'

JoAnna legt een hand op mijn arm. 'Ik begrijp het.'

Ik heb zin om tegen haar te schreeuwen, te zeggen dat ze geen idee heeft wat ik doormaak. Hoe kan zij nu weten hoe het voelt om te horen te krijgen dat het mooie leven van haar kind, met al haar dromen, hoop en beloften, in één klap is gedoofd, uitgedrukt als een oude sigarenpeuk?

Annie knijpt in mijn hand en Brian buigt zich naar me toe. 'Gaat het een beetje?'

Ik haal diep adem en knik. Ik klamp me vast aan Annies hand en herinner mezelf eraan dat ik sterk moet zijn, voor haar. En ik dank God nog een keer dat zij die trein heeft gemist.

'Op de eerste foto die u dadelijk te zien krijgt staat een rechtervoet. Houdt u in gedachten dat het lichaam ernstig beschadigd is. U zult blauwe plekken en zwellingen zien. Zoekt u alstublieft naar speciale kenmerken zoals moedervlekken, een tatoeage of een litteken.'

Ze draait de eerste foto om. Ik zie een gezwollen voet die in niets op die van mijn dochter lijkt. Maar dan zie ik haar lavendelkleurige teennagels. Ik grijp naar mijn keel. 'De nagellak,' zeg ik, en opnieuw stort mijn hele wereld in.

JoAnna draait een voor een de foto's om van mijn dochters enkels, benen en torso. Ondanks de zwelling zie ik haar magere ribbenkast. Ik raak de foto even aan. 'Liefje,' fluister ik.

JoAnna wacht tot ik mezelf weer onder controle heb. 'De volgende foto's zullen erg moeilijk voor u zijn. Een groot deel van haar borst en gezicht is verbrand door de explosie.'

Annie jammert zacht en ik sla een arm om haar heen. Kon ik haar pijn maar wegnemen. 'Gaat het nog, liefje? We kunnen er ook mee stoppen.'

'Nee.' Ze recht haar rug. 'Ik ben geen kind meer.'

Die eenvoudige verklaring snijdt door mijn ziel. Ze heeft gelijk. Annie is tegen haar zin in één klap de wereld der volwassenen in geduwd, geïndoctrineerd op de meest wrede manier.

JoAnna draait de foto om. Brian houdt hoorbaar zijn adem in. Ik gluur er snel even naar en knijp dan mijn ogen dicht. Instinctief pak ik Annie beet en trek haar tegen me aan.

'Ik vind dat we zo wel genoeg gezien hebben,' zeg ik, en ik hoop vurig dat Kristen in onze herinnering blijft met die zachte, roomwitte huid van haar in plaats van met een verkoold, roetzwart gezicht. 'Brian, kun jij dit verder afronden?'

Hij strijkt met zijn hand over zijn gezicht. 'Ja, dat is goed.' Hij is teleurgesteld in me omdat ik deze taak aan hem overlaat, en ik kan het hem niet kwalijk nemen. Maar op dit moment gaat het me alleen om Annie.

'Neem dit maar mee.' JoAnna geeft me haar visitekaartje. 'Ik ben dag en nacht bereikbaar, zeven dagen per week. Ik kan u een rouwdeskundige in Manhattan aanbevelen, als jullie eraan toe zijn.'

Ik mompel een bedankje en loop dan, met mijn arm om Annie heen geslagen, het kamertje uit. Achter ons legt JoAnna de volgende foto voor aan Brian. Als ik bijna bij de deur ben, hoor ik hem zeggen: 'Ja, ze is het. Dat is onze Kristen.'

* * *

Terwijl Annie naar het toilet is, wacht ik op een bankje in de gang van het ziekenhuis, starend naar de studentenpas die Kristen op zak had. Ik doe mijn portemonnee open om het pasje in het fotovakje te schuiven, en mijn oog valt op de foto van ons gezin die is genomen toen de meisjes drie jaar waren. De herinnering voert me zestien jaar terug in de tijd, naar ons bungalowtje in Madison.

Het was op een zaterdag, ik had een fotograaf aan huis besteld. We hadden net geluncht, en Brian was naar boven gegaan om te douchen en zich te verkleden. Kristen en Annie hielpen mij de tafel af te ruimen en droegen met hun kleine handjes soepkommen van de tafel naar het aanrecht. Onze gedateerde gele keuken zinderde van opwinding.

'We gaan onze mooiste kleren aantrekken,' zei ik tegen de kinderen terwijl ik de kommen van hen overnam en in de gootsteen zette. 'Als we klaar zijn met de foto's gaan we naar opa en oma Blair. En vanavond eten we met z'n allen bij Lombardino.'

'Mogen we dan ook onze mooie kleren aan?' vroeg Kristen.

'Zeker weten,' zei ik. 'Lombardino is heel bijzonder, het is papa's lievelingsrestaurant.'

'Jippie!' joelde Annie. Alsof ze haar boodschap kracht wilde bijzetten, liet ze de laatste soepkom uit haar handen glippen. Duizenden glasscherfjes stuiterden over de tegelvloer.

'Allebei stil blijven staan,' zei ik, en ik tilde Annie met één arm op en Kristen met de andere, liep met hen naar de trap en zette ze op de eerste trede. 'Als ik nou eens de keuken verder opruim, dan gaan jullie vast naar boven om je om te kleden. En was eerst die gekke melksnorren maar eens van je gezicht.'

'Alleen jongens hebben een snor,' zei Annie.

Ze denderden de trap op. 'Kom, Annie, we gaan ons mooi maken!'

Ik veegde het glas op, gooide het in de vuilnisbak en deed de afwas van de lunch, glimlachend om het gegiechel en de kreetjes die boven mijn hoofd uit de slaapkamer van de meisjes kwamen.

Brian kwam de keuken in gelopen in een gesteven overhemd, met de geur van een houtachtige aftershave om zich heen. 'Moet je mijn knappe echtgenoot toch eens zien,' zei ik.

Hij kwam achter me staan terwijl ik omhoog reikte om een glas in de kast te zetten, en hij kuste me in mijn nek. Er daalde een enorme rust over me neer. Nee, het was meer dan rust, het was een van die zeldzame momenten van pure gelukzaligheid. Ik had het gezin waarover ik altijd had gefantaseerd. We waren met z'n vieren, gelukkig en gezond. Ik had geen enkele onvervulde wens of behoefte meer.

Een kwartier later roffelden er kindervoetjes boven ons hoofd. 'Ogen dicht,' riep Kristen boven aan de trap.

Ik pakte Brians hand en trok hem mee naar de huiskamer. We wachtten onder aan de trap, waar we demonstratief onze handen voor ons gezicht hielden.

'Doe ze maar weer open,' riep Annie.

Toen ik opkeek, stonden er twee prinsesjes voor me. Hand in hand daalden ze de trap af, alsof ze echt koninklijk bloed hadden.

'Ach, schatjes toch,' riep ik, en ik drukte een hand tegen mijn borst.

Ze hadden hun prinsessenjurkjes van Disney aangetrokken. Dat van Annie was roze, dat van Kristen paars. De tulen rokjes wapperden bij iedere stap die ze zetten op hun satijnen slippertjes. Op hun hoofd droegen ze allebei een puntmuts met een tros lange linten eraan.

'Mooi, hè?' zei Kristen; het was eerder een constatering dan een vraag. Maar Annie was minder zelfverzekerd. Ze keek van mij naar Brian, haar gezicht vervuld van hoop.

Ik kreeg tranen in mijn ogen. 'Ja!' riep ik. 'Prachtig!'

Annies bezorgde blik verdween als sneeuw voor de zon. 'We hebben ons helemaal zelf aangekleed,' zei ze trots.

Brian zei grinnikend: 'Maar jullie kunnen niet in die gekke pakjes op de foto. Mama helpt jullie wel om een gewone jurk aan te trekken.'

Alle vreugde en trots verdween van hun gezichtjes. Ik zweer dat ik hun gedachten kon lezen. Ze konden niet op de goedkeuring van hun vader rekenen. Ondanks hun inspanningen waren ze niet goed genoeg. Ik wist uit ervaring hoe dat voelde.

'Nee,' zei ik tegen Brian, terwijl we anders altijd één front vormden als ouders. En tegen de meisjes zei ik: 'Jullie zien er perfect uit zo.'

Brian bleef de rest van de dag kwaad op me. Ik begreep zijn ergernis heus wel. Zelfs de fotograaf leek het nogal raar te vinden dat ik de kinderen had toegestaan hun prinsessenjurkjes aan te houden. Maar de foto is tot op de dag van vandaag mijn favoriet.

Vanaf het bankje op de gang zie ik Annie aankomen, haar

ogen roodomrand. Ik slik mijn tranen weg en schuif Kristens studentenpas achter de prinsessenfoto. Met neergeslagen blik probeer ik mezelf weer onder controle te krijgen. *Sterk blijven. Waag het niet om nu te breken.*

Uiteindelijk kijk ik op, en ik slaag erin een beetje bibberig te glimlachen naar mijn enige overgebleven prinses. Maar ik weet zeker dat Annie er dwars doorheen kijkt. Zij weet net zo goed als ik dat ons mooie koninkrijk nooit meer opgebouwd kan worden, nu het eenmaal geplunderd is.

* * *

We weten niet hoe sterk we zijn tot er iets gebeurt waardoor we ons zwak voelen. Dan steekt onze kracht de kop op, als een madeliefje tussen een scheur in het beton. Ik maak keuzes waarvan ik me nooit had kunnen voorstellen dat ik ze zou moeten maken. Cremeren of begraven? Een urn of een steen? Een dienst in de kerk of een besloten afscheid in ons appartement? Ik kies voor een crematie en een gedenksteen, voor een dienst in de Holy Trinity-kerk, gevolgd door een bescheiden bijeenkomst bij ons thuis.

Het is zeven uur 's avonds en ik sta bij de deur in mijn zwartlinnen pak om de laatste gasten uit te laten, Kristens beste vriendinnen van de middelbare school.

'Bedankt dat jullie Kristens vriendinnen waren,' zeg ik, en ik druk ze een voor een tegen me aan en snuif de zoete geur van de afnemende adolescentie op. 'Ze was dol op jullie.'

'Sterkte, mevrouw Blair,' zegt Lauren Rush, en ze geeft een kneepje in mijn arm.

'Tot gauw, meiden,' zeg ik met onvaste stem. Lauren draait zich nog een keer om en glimlacht treurig naar me. Ik kijk hen na als ze naar de lift lopen. 'Kom gerust nog eens langs. Dit zal altijd het Clubhuis blijven.'

Ons appartement wordt al jaren het Clubhuis genoemd, de plek waar Kristen en haar vriendinnen regelmatig bij elkaar kwamen. Maar ze zullen binnenkort wel een ander clubhuis vinden. Natuurlijk.

Terwijl ik terugloop naar de keuken, probeer ik te bevatten dat ik niet alleen Kristen heb verloren, maar ook haar vriendinnen en de wervelwind aan energie die ze met zich meebrachten. Geen etentjes meer, geen logeerpartijtjes en spontane feestjes. Ze waren ook Annies klasgenoten, maar zij heeft nooit deel uitgemaakt van Kristens kringetje. Annie houdt het liever bij haar enige hartsvriendin Leah.

Als ik de keuken binnenkom, zit mijn lieve Annie aan het keukeneiland een stuk baklava te eten uit de schaal met Kristens favoriete zoetigheden. Ze leunt met haar ellebogen op het werkblad en staart in de verte, en terwijl ze gedachteloos kauwt stromen de tranen over haar wangen. Mijn hart breekt.

Zelfs Leah kon er vandaag niet zijn voor Annie, omdat ze tot de kerstvakantie in Stanford zit. Ik vraag me nog een keer af of ik er niet op had moeten aandringen dat Annie terugging naar Haverford, in plaats van ermee in te stemmen dat ze dit studiejaar overslaat om te herstellen van het verlies. Te veel tijd om niets te doen is voor niemand goed, laat staan voor iemand die in de rouw is. Ik blijf staan om de brok in mijn keel weg te slikken en buk dan om haar op de wang te kussen.

'Trek je het een beetje, schat?'

'Gaat wel.' Ze wendt haar hoofd af en wrijft met haar schouder langs haar betraande wang. 'Jij?'

Ik hou mijn 'ik ben sterk en heb alles onder controle'-act vol voor Annie, al zou ik nu niets liever willen dan mijn huilende kind in mijn armen nemen. Zij moet me zien zoals iedereen me ziet: sterk, veerkrachtig... en zelfs dankbaar. Jazeker, dankbaar. Als Annie die ochtend niet terug naar huis was gegaan omdat ze haar telefoon was vergeten, waardoor ze de trein miste, dan zou ik allebei mijn dochters verloren hebben. Dat zou betekenen dat ik ook mezelf verloren had. Zonder Annie zou ik geen reden meer hebben om de schijn op te houden.

'Het gaat best,' lieg ik.

'Mooi.' Ze pakt nog een stuk baklava en loopt ermee de gang in naar haar slaapkamer.

Ik zou haast liever hebben dat Annie tegen me tekeerging, dat ze antwoorden van me eiste. *Waarom heb je Kristen niet naar de campus gebracht, zoals je had beloofd? Waarom ging die stomme baan van je weer eens voor?*

Maar in plaats van een verklaring te eisen trekt ze zich terug in haar kamer. Ik heb mijn dochter laten vallen. Alweer. Ons gezin is opnieuw gekrompen, net als toen Brian bij ons wegging. Maar deze keer is het mijn schuld. Als ik me aan mijn belofte had gehouden, was haar zus nu niet dood geweest. En daar moet ik mee zien te leven.

Ik schuifel naar het kastje naast het koffiezetapparaat en wurm een Xanax uit het oranje potje. Terwijl ik de tablet inneem, bedank ik in gedachten de magische werking van farmaceutische middelen en hoop vurig dat dit witte pilletje mijn pijn zal verzachten voor de komende vijf uur... en de komende vijftig jaar.

Terwijl ik het aanrecht schoonveeg komt Kate, mijn zus van vierendertig, de keuken binnen. Ze heeft haar hakken uitgetrokken en ik zie een tatoeage van een rozenknopje op haar blote voet. Ze pakt de theedoek. 'Ga zitten, Rik, ik droog wel af.'

'Nee, dank je. Als ik zit, ga ik nadenken.'

Ze neemt de kruk waarvan Annie net is opgestaan. 'Het was een mooie dienst.'

'Dank je wel. Misschien doe ik het volgend najaar wel een keer over, alleen voor de familie. Dan kunnen we de rest van haar as verstrooien. Twee weken is te kort voor een definitief afscheid.'

'Ik wou dat pa erbij had kunnen zijn,' zegt Kate.

Ik wend mijn gezicht af en doe alsof ik een vlekje van de koelkastgreep poets. Waarom moet ze nou beginnen over mijn vader, de man die ik verantwoordelijk houd voor de dood van mijn moeder? 'Hij is er nooit voor me geweest, waarom zou daar nu opeens verandering in komen?'

'Wees niet zo streng voor hem, Rik. Hij is net uit het ziekenhuis vanwege die nieuwe heup, hij vond het heel erg.'

Vond hij het erg dat zijn heup zeer deed of dat hij er daardoor niet voor me kon zijn? Ik gok op het eerste. Ik gooi de theedoek in de gootsteen en zeg tegen Kate: 'De enige van wie ik had gewild dat ze er nu voor me kon zijn is mama. Zij zou precies hebben geweten wat ze moest zeggen.'

Kate staat op van de kruk en komt naar me toe gelopen. 'Wat zul je haar nu vreselijk missen.' Ze slaat een arm om me heen en ik slik moeizaam mijn tranen weg. 'Je bent nog steeds niet over mama's dood heen, hè?'

Ik was tien toen onze moeder verdronk, Kate was nog maar een peuter. Mijn zus kent alleen de verhalen over onze moeder. Ze heeft haar nooit echt gekend, de lieve vrouw die dol was op woorden en boeken en alle aaibare dieren. Kate weet niet wat ze mist. Soms benijd ik haar daarom.

Ik schud mijn hoofd. 'Ik wil er niet overheen komen.'

'En nu dit verlies, dat zelfs nog groter is. Maar je zult uiteindelijk toch verder moeten met je leven, Rik. Dat zou Kristen ook gewild hebben.'

Ik staar haar aan en voel de tranen branden achter in mijn keel. 'Hoe dan, Kate? Hoe moet ik als moeder verder met mijn leven? Nou?' Ik pak haar armen beet en praat met opeengeklemde kaken. 'Zeg jij het maar, want ik ben wanhopig.'

'Ach, lieverd.' Ze slaat haar armen om me heen. 'Wist ik het maar.'

Ik laat mijn wang tegen de borst van mijn zus rusten en knijp mijn ogen stijf dicht. 'Ik zou zo haar plaats ingenomen hebben, weet je dat? Ik was met plezier in haar plaats gestorven – en dat geldt voor allebei mijn dochters.'

'Weet ik toch. Maar wat jij moet doen is nog veel moeilijker: leven.'

* * *

De herfst gaat over in de winter en het landschap kan zich meten aan mijn hart: een deprimerende potloodtekening in zwartwit. De feestdagen worden me bijna te veel. Annie en ik slepen ons door de kerst door treurig zinloze cadeautjes uit te wisselen, en het nieuwe jaar luiden we in zonder feest, goede voornemens of enige hoop.

Ik concentreer me op tijdsblokken van een uur. Elk uur brengt een nieuwe gemoedstoestand met zich mee, uiteenlopend van blinde, zo hevige woede dat ik mijn auto aan de kant van de weg moet zetten om op mijn stuur te rammen tot een verstikkende melancholie die maakt dat ik mijn kraag bij mijn keel vandaan moet trekken omdat ik geen lucht meer krijg. En in het middelpunt van die emotionele draaikolk is er steeds weer dat oneindige zwarte gat van de schaamte, dat mijn ziel uit me wegzuigt.

Waarom? Waarom heb ik mijn belofte aan mijn dochters verbroken?

Op een maandagochtend in februari zit ik om half zes alleen in mijn donkere keuken koffie te drinken. Het witte vierkantje op mijn telefoon kondigt de laatste dag van de maand aan. En zoals iedere morgen scrol ik naar Kristens nummer en wacht tot ze opneemt.

'Hoi, met Kristen. Spreek een bericht in.'

Ik doe mijn ogen dicht en laat me overspoelen door de stem van mijn dochter.

'Mailbox vol,' laat een computerstem me weten.

'Ik hou van je,' fluister ik desondanks. 'Het spijt me zo, liefje.' Ik toets het nummer nog een keer in en herhaal het proces, terwijl ik me heilig voorneem altijd te blijven betalen voor deze telefoon, de laatste strohalm, de enige manier om de stem van mijn dochter nog te horen.

Op dat moment gaat de vaste telefoon. Ik schrik ervan. Als ik Kates naam op het schermpje zie verschijnen, probeer ik mijn stem opgewekt te laten klinken.

'Hoi, Katie. Wat ben jij vroeg op.'

'Ik wilde vóór mijn werk koekjes bakken voor Molly en de kinderen. Jonah komt vandaag uit het ziekenhuis.'

'Lief van je,' zeg ik, en in gedachten zie ik mijn vrijgevige zus, die zelf geen kinderen heeft, in haar piepkleine keukentje op dat piepkleine eiland in de vroege uurtjes koekjes bakken voor mijn oude vriendin Molly Pretzlaff.

'Hoe gaat het met Jonah?' vraag ik. Molly's zoon Jonah, die net op de middelbare school zat, heeft vorig jaar bij een stom ongeluk tijdens de basketbaltraining zijn ruggenwervel beschadigd. Annie en Kristen hebben de zomer vóór Kristens dood doorgebracht op Mackinac Island en daar geld ingezameld voor zijn ziekenhuisbehandeling. En wat deed ik? Ik heb niet eens de tijd genomen om bloemen te sturen. Een nieuwe schaamte-aanval dient zich aan.

'Niet zo best. Die arme jongen zal misschien nooit meer kunnen lopen. Maar hij kan wel zijn handen gebruiken en hij praat weer, dus dat is tenminste iets. Ik snap niet hoe Molly het volhoudt, met haar man die gelegerd is in Qatar. Maar Samantha, haar dochtertje van zeven, heeft het er nog het zwaarst mee. Maar jij belt Molly vast wel zodra je eraan toe bent.'

'Ja.' Ik wrijf over mijn slapen. Op dit moment kan ik Molly voor mijn gevoel onmogelijk troosten. Ik heb haar niks te bieden. Ik zit vast in een diepe, donkere grot. Ik zie wel licht, ergens hoog boven me, ik hoor stemmen en zelfs gelach, maar niets dringt tot me door. Het kan me niet bereiken.

'Ach, sorry,' zegt Kate. 'Ik heb niet eens gevraagd hoe je je voelt vandaag.'

Meestal lieg ik en zeg ik tegen mijn zusje dat het best gaat, een stuk beter, ik hou vol. Maar op de ergste dagen, zoals vandaag, sluipt de waarheid mijn antwoord binnen. 'Niet zo goed.'

'Vertel,' zegt ze. 'Ik ben er voor je.'

'Waarom heb ik mijn laatste belofte aan Kristen verbroken? Kon ik de tijd maar heel even terugdraaien, dan zou alles anders zijn.'

'Hou op,' zegt ze zacht, maar ik luister niet.

'Dan zou ik aan de ontbijttafel blijven zitten en uitgebreid naar haar luisteren. Heb ik haar eigenlijk wel bedankt voor het ontbijt? Ik weet het niet meer, Kate.' Ik leun met mijn ellebogen op tafel. 'Ik zou haar duidelijk maken dat ik haar lieve gebaar ontzettend op prijs stelde, haar laten blijken hoeveel ik van haar hield. Ik zou mijn werk afbellen en haar zelf naar de campus brengen.' Ik laat mijn hoofd in mijn hand zakken. 'Kreeg ik maar een kans om het over te doen.'

Op de achtergrond hoor ik: 'We krijgen driehonderdvijfenzestig dagen per jaar de kans om het over te doen. Dat noemen ze middernacht.'

Mijn adem stokt. Ik zou die stem uit duizenden herkennen, de schorre maar barse klanken van mijn vader. Ik zie hem in gedachten voor me, met de rimpel in zijn voorhoofd, de paarse adertjes op zijn gezwollen rode neus. Hoe durft hij me nu goede raad te geven? Hij heeft me in geen weken gebeld, en zelfs toen hij me condoleerde was dat onhandig en oppervlakkig.

'Goh, bedankt,' zeg ik, in de hoop dat hij het kan horen. 'Ik zal het onthouden, Plato.' Mijn sarcasme had er niet dikker bovenop kunnen liggen.

'Plateau?' zegt hij nors. 'Wat zegt ze nou over een plateau?'

Ik weiger me door hem van mijn stuk te laten brengen. 'Haal me van de speaker, Kate. Nu meteen.'

'Hij staat al uit.' Kates stem klinkt nu duidelijker. 'Wacht, dan loop ik naar de huiskamer.'

'Waarom zei je niet dat pa meeluisterde?'

'Rustig maar. Hij kwam net binnen, om de koekjes voor Jonah te halen. Pa geeft Jonah bijles tot hij weer naar school kan. Is het niet ongelooflijk? Die man is altijd al een kei in wiskunde geweest.'

Kate zegt het grinnikend, maar bij mij kan er geen lachje af. Het maakt me woest dat mijn vader, die kapitein is op een onbenullige toeristenveerboot, deze uitwerking op me heeft.

'Zeg, ik moet zo naar mijn werk. Nog een fijne dag vandaag. Love you, Katie.'

'Dank je. Ik zal je liefs ook overbrengen aan pa.'

Ik schud mijn hoofd. 'Die zit niet op mijn liefs te wachten.'

Ze dempt haar stem. 'Toe nou, Rik. Hij is geen monster. Hij zegt alleen dat je elke dag moet beschouwen als een nieuw begin. Dat is geen slecht advies.'

'Juist. Laat ik deze nieuwe dag dan maar gauw beginnen met een douche.'

'Hoe gaat het met de top 50? Nog maar twee maanden te gaan, toch?'

'Ja. Als ik in dit tempo blijf stijgen, zou ik het net moeten kunnen halen. Ik zou me geen raad weten zonder de wedstrijd die al mijn aandacht opeist.'

'Dat snap ik, je werk is afleiding. Maar op een dag zul je toch moeten gaan rouwen, hoor.'

'Mijn werk is geen afleiding, het is mijn reddingsboei.'

Als we hebben opgehangen, schenk ik een tweede kop koffie voor mezelf in. Ik ben nog helemaal van slag door de onverwachte nabijheid van mijn vader, de oude chagrijn die voor iedereen tijd heeft behalve voor mij.

Als ik met mijn dampende beker de gang door loop, kom ik langs Kristens kamer. Misschien dringen Kates woorden – 'Je zult toch moeten rouwen' – opeens tot me door, of misschien is het er eindelijk tijd voor. Wat de reden ook mag zijn, in plaats van mijn pas te versnellen, zoals ik normaal gesproken doe, blijf ik staan.

Ik haal diep adem en schuif het NIET STOREN-bordje opzij.

6

Erika

In haar donkere kamer ruikt het naar verf, de matgrijze kleur die ze pas dit voorjaar had uitgekozen. Ik was bang dat het te somber zou worden, maar ze stond erop. En ik was jaren geleden al tot de conclusie gekomen dat als Kristen ergens haar zinnen op had gezet, ze zich er niet vanaf liet brengen.

Ik knip de lamp op het nachtkastje aan, een kristallen prismageval van Restoration Hardware die ze per se moest hebben. Ik heb me uiteindelijk gewonnen gegeven nadat ik wekenlang haar smeekbedes had aangehoord en heb haar er op een middag mee verrast toen ze thuiskwam van de voetbaltraining.

Ik laat me op Kristens bed zakken en begraaf mijn gezicht in haar hoofdkussen. Ik snuif diep in de hoop een laatste vleugje van haar Viktor & Rolf-parfum te ruiken, of van haar rozemarijn-muntshampoo.

Maar ik ruik haar niet. En het wordt ook steeds moeilijker om me het kuiltje in haar linkerwang voor de geest te halen, of haar lange, sierlijke vingers. Zelfs het geluid van haar lach ontglipt me.

'God,' fluister ik. 'Breng haar alstublieft terug. Ik heb meer tijd nodig. We waren nog niet klaar.'

Ik sla een hand voor mijn mond om het gesnik te dempen. Ik kan dit niet, een leven zonder Kristen. Ik had in haar plaats in die trein moeten zitten! Ik voel de zware druk op mijn borst en adem moeizaam in en uit.

Hapjes van een uur, breng ik mezelf in herinnering, naar het advies dat mijn oma me gaf na de dood van mijn moeder. *Je hoeft niet de hele boterham in één keer naar binnen te werken.*

Ik draai me op mijn rug en probeer mijn ademhaling onder controle te krijgen. Kristens plafond is bezaaid met *glow in the dark* stickers van sterren en planeten. Die heeft Annie erop geplakt toen we hier pas woonden. Kristens eigen hemel, noemde ze het.

'Ben je daarboven, Krissie?' fluister ik. 'Ben je gelukkig? Zorgt oma voor je?' Het komt er verstikt uit.

Als ik mijn ogen dichtdoe, voel ik de aanwezigheid van mijn dochter alsof ze voor me staat. Ze draagt haar witte parka en haar rode Hunter-laarzen. Haar blauwe ogen schitteren ondeugend, alsof ze een geintje met me uithaalt en alleen maar doet alsof ze dood is.

'Het spijt me zo, Kristen,' zeg ik. Ik heb dringende behoefte die woorden hardop uit te spreken. 'Ik had een betere moeder moeten zijn. Ik hield zo veel van je. Ik was er zo trots op jouw moeder te zijn. Dat weet je toch wel, hè?'

Ik draai me op mijn zij. De tranen stromen over mijn slapen, en het beeld van haar vervaagt. 'Kom terug,' fluister ik. 'Alsjeblieft, geef me een teken. Laat me weten dat het goed met je gaat.'

Mijn voet raakt iets hards, gevolgd door een plof aan het voeteneinde van het bed. Ik kom overeind en hurk neer om onder Kristens bed te kijken. Met mijn hand tast ik over de vloer tot ik iets raak.

Daar, in het schijnsel van de lantaarnpaal dat door het raam naar binnen valt, zie ik Kristens spreukenboek liggen.

Ik heb voor mijn beide dochters een spreukenboek gemaakt in het jaar dat ze zes werden, zoals ik vele jaren eerder had gedaan voor mijn zusje Kate. We woonden toen nog in Madison. Wekenlang, elke avond als de kinderen in bed lagen, haalde ik mijn gekoesterde doos met spreuken tevoorschijn uit de kast. Gezeten aan de keukentafel las ik steeds weer de wijze spreuken die mijn moeder in haar prachtige handschrift zorgvuldig had genoteerd, op reepjes papier die ze vroeger in mijn broodtrommeltje stopte.

De traditie is ooit begonnen door oma Louise, toen mijn moeder nog een kind was. Later heeft mijn moeder het gebruik op mij overgedragen. Sommige spreuken waren afkomstig uit onze favoriete kinderboeken, maar de meeste had oma Louise of mijn moeder, Tess Franzel, zelf bedacht. Met mijn oma's oude vulpen schreef ik de spreuken over, samen met enkele nieuwe die ik zelf had bedacht, in blanco notitieboekjes, één zilverkleurig en één goudkleurig. Ik vond het belangrijk dat Annie en Kristen de wijsheden en de inzichten van de bijzondere vrouwen die ons zijn voorgegaan ook zouden leren.

Nu knip ik Kristens nachtlampje aan en sla het boekje open bij een spreuk van mijn moeder.

Als het leven het vloerkleed onder je voeten vandaan rukt, heb je een dansvloer.

Ik voel een druk op mijn borst. Deze spreuk had mijn moeder me meegegeven in mijn broodtrommeltje op de dag nadat juf Lilly, mijn favoriete onderwijzeres, had verteld dat ze een nieuwe baan had gevonden en zou vertrekken uit Milwaukee. Ik vond het verschrikkelijk. Ik zie mijn moeder nog staan in ons keukentje, toen ze me overhaalde om samen met haar de twist te dansen. 'Jij vindt je dansvloer vanzelf, wacht maar eens af.' En ze had gelijk. Een week later maakte ik kennis met mevrouw Tacey, de nieuwe juf met pretoogjes die mij de liefde bijbracht voor boeken en kunst en zelfs staartdelingen.

Glimlachend denk ik terug aan die keer dat ik deze spreuk in Annies lunchtrommel had gedaan, toen ze in de zesde klas niet werd herkozen voor het basketbalteam. Ik nam haar in mijn armen en zwierde haar rond. 'Woehoe!' riep ik. 'Het kleed is weg en jij hebt je dansvloer. Nu kun je na schooltijd die schrijfcursus gaan volgen in de bibliotheek.' Tijdens die cursus vond Annie haar stem, met dank aan het vloerkleed dat onder haar voeten vandaan gerukt was.

Ik sta op en loop met het spreukenboek naar de stoel bij het raam. Buiten kijkt de stormachtige februarihemel grommend neer op Central Park. Ik trek mijn badjas dicht tegen mijn borst en blader het boekje door tot ik bij de volgende spreuk van Tess Franzel aankom.

Als mensen je raar vinden, doe dan je uiterste best om dat beeld te bevestigen.

Die uitspraak deed mijn moeder een paar dagen na onze verhuizing van Milwaukee naar Mackinac Island, toen een jongen in mijn nieuwe klas haar een maf mens had genoemd. Hij had het briefje gezien dat ze aan onze docent had geschreven. Mijn moeder zat toen in haar spiegelschriftfase. Je kon het briefje alleen lezen door het voor een spiegel te houden. Ik vind het nog steeds knap dat ze dat voor elkaar kreeg.

Ik staar naar de datum die erbij geschreven is. Is het al negen jaar geleden? Toen waren de meiden pas elf. Ongeveer net zo oud als ik was toen mijn moeder stierf.

Dan zie ik dat er met potlood iets bij de spreuk is geschreven, zo dun dat ik moet turen om het te kunnen lezen.

Helaas is ze nu niet meer zo origineel.

Vreemd. Ik blader verder en zie nog meer opmerkingen in potlood. Ik stop bij een van de favoriete spreuken van oma Louise.

Vriendinnen zijn de bloementuintjes in ons leven. Je moet ze goed snoeien en veel liefde geven, dan bloeien ze spectaculair.

Er is met de hand naast geschreven: *Vriendinnen? Welke vriendinnen? Ze heeft duidelijk te veel gesnoeid en te weinig liefde gegeven.*

Mijn nekhaartjes gaan recht overeind staan. Ik zou nu moeten stoppen met lezen. Dit zijn Kristens persoonlijke gedachten. Maar ik kan niet stoppen. Met trillende vingers sla ik de bladzijde om.

Wat belangrijk is, is niet hetzelfde als wat ertoe doet.

Ik word meegevoerd door een herinnering die net zo mild en aangenaam is als de stem van mijn moeder. Ik zat in groep vijf, het was lente. We woonden nog in Madison. Ik maakte me klaar om naar school te gaan, pruilend omdat het sportdag was en ik de nieuwe sneakers die ik graag wilde niet had gekregen.

Tot overmaat van ramp brak er een veter toen ik mijn oude gympen wilde strikken. We hadden geen witte veters in huis, dus deed mijn moeders een zwarte uit een schoen van mijn vader in mijn ene gymp. Ik kon wel door de grond gaan. Het was belangrijk om witte veters te hebben in witte schoenen! Toen ik later die dag mijn broodtrommeltje opendeed, trof ik daar de spreuk van mijn moeder aan: *Wat belangrijk is, is niet hetzelfde als wat ertoe doet.* Die middag, terwijl de hele school op het sportveld hardloopwedstrijden hield en over horden sprong, zag ik Ryan Politi, een jongen die een klas hoger zat dan ik en aan hersenverlamming leed, vanaf de zijlijn de anderen aanmoedigen. Opeens begreep ik de boodschap van mijn moeder. Mijn zwarte veter mocht dan voor mij belangrijk lijken, eigenlijk deed hij er helemaal niet toe. Ik had twee gezonde voeten.

Bij deze spreuk heeft Kristen geschreven: *Eens was ze mijn idool, toen ze het verschil nog wist tussen wat belangrijk is en wat ertoe doet. Nu is ze niet meer de vrouw die ik later hoop te worden.*

Ik klap dubbel en pak met twee handen mijn hoofd beet. Ik weet zonder enige twijfel dat 'ze' op mij slaat. Mijn dochter, degene die me aanmoedigde en ooit heeft gezegd dat ze later net zo wilde worden als ik, had commentaar op mijn prioriteiten. Ze stond niet achter me, ze walgde van me. Al die tijd heeft ze me doorzien.

7

Annie

Kristens kayak gaat recht op de draaikolk af, een gevaarlijke, woeste stroming waarvoor ze al gewaarschuwd waren. Verwoed probeert ze de andere kant op te peddelen, maar de stroom is te sterk. Ze roept haar: 'Help me, Annie!' Annie kijkt vol afschuw toe. Nog een klein stukje en ze zal zelf ook worden opgeslokt door de draaikolk. Ze is machteloos, ze kan haar zus niet helpen en moet toezien hoe Kristen steeds dichter naar dat tollende gat in het water toe wordt gezogen. 'Help!'

Annie schrikt met bonzend hart wakker. Ze gaat rechtop in bed zitten, haar limoengroene dekbed strak gespannen over haar matras.

Het is nog donker in haar kamer, maar ze ziet de ingelijste poster aan de muur, de aankondiging van *Harry Potter en de relieken van de dood*, gesigneerd door J.K. Rowling in hoogsteigen persoon. Als ze zich omdraait, kijkt ze naar de dichtbundel van Billy Collins op haar nachtkastje. Ze staart naar de foto van haar afstuderen aan de andere kant van de kamer, waar ze met haar moeder en Kristen op staat. Op haar spreukenboek na bevinden al haar bezittingen zich op de juiste plek.

Annie laat zich achterover in de kussens vallen en staart naar het plafond. 'Krissie,' fluistert ze als haar hartslag langzaam weer normaal wordt. 'Waar bén je toch?'

Dan klapt ze haar laptop open en laat berichten voor Kristen achter op Facebook en Twitter. Ze verontschuldigt zich er nogmaals voor dat ze Krissies verdwijning heeft aangegrepen als excuus voor het feit dat ze niet is teruggegaan naar Haverford. *Ik weet dat je het begrijpt. Het was makkelijker om tegen papa en mama te zeggen dat het door jou kwam dat ik niet terugging, makkelijker dan te moeten vertellen dat ik geschorst ben,* schrijft ze. Het is nog min of meer de waarheid ook, denkt Annie bij zichzelf. *En kom nu verdorie maar weer eens naar huis, waar je hoort!*

Ze houdt haar berichten afgeschermd, zodat verder niemand anders ze kan zien – vooral haar vader niet. Hij denkt toch al dat ze last heeft van waanideeën. Dokter Kittle, de rouwbegeleidster van het hele gezin, was het met hem eens. *Je bent in de ontkenningsfase, zoals we dat noemen.*

Maar Annie is niet in de ontkenningsfase. Ze heeft haar huiswerk gedaan. Er worden zo vaak mensen verwisseld. Een paar jaar geleden waren er twee meisjes uit Indiana die een autoongeluk hadden gehad. Door de chaos op de plek van het wrak en door hun verminkte gezichten kwam pas weken later aan het licht dat de identiteit van de meisjes verkeerd was vastgesteld. Zoiets kan met Kristen ook makkelijk gebeurd zijn.

Annie moet doorgaan met haar leven, zeggen haar vader en dokter Kittle. Maar ze kan – en wil – niet doorgaan voordat ze Wes Devon persoonlijk heeft gesproken. Hij woont in het zomerhuis van zijn ouders op Mackinac Island, waar hij onderzoek doet voor Dartmouth. En Krissie is bij hem, Annie weet het zeker. Ze denkt terug aan die laatste ochtend, toen Kristen zei dat ze per se met Wes moest gaan praten. Ze zei zelfs lachend dat ze naar Michigan zou vertrekken. Wat Wes haar ook sms't, Annie vertrouwt hem niet. Ze is pas tevreden als hij haar recht in de ogen kijkt en dan nog durft te beweren dat hij niets van Kristen heeft gehoord. Misschien zal ze dan accepteren dat haar zus dood is.

Ze staat op van haar bed en loopt naar het bureau. Ze knipt de lamp aan en kijkt op haar kalender om te bepalen wanneer ze het beste kan gaan. God, wat een treurig leven heeft ze ook. De maand maart is nog helemaal leeg. Haar vriendinnen studeren allemaal... Nee, niet 'allemaal', ze heeft er maar een. Maar zelfs Leah doet afstandelijk sinds het ongeluk.

Anders dan Kristen heeft Annie nooit een grote vriendenkring gehad. Kristen zei vaak dat Annie een minderwaardigheidscomplex heeft, en waarschijnlijk had ze daar gelijk in. Wat zouden haar rijke klasgenootjes wel niet denken als ze wisten dat Annies biologische moeder een arm, Spaanstalig meisje van vijftien was?

En haar niet-biologische moeder ziet Annie amper. Die is veranderd in een vreugdeloze vrouw die leeft op koffie en Xanax, een supergeconcentreerde werkslaaf die nu zo mogelijk nóg meer uren per week besteedt aan haar baan op het makelaarskantoor dan vroeger. Annie weet wel waarom. Haar moeder ontloopt haar. Zij, Annie, had beloofd een oogje op Kristen te houden. In plaats daarvan heeft ze haar zus die ochtend laten vertrekken terwijl ze wist dat ze niet zichzelf was. Door Annies schuld zijn haar ouders nu Kristen kwijt, de mooie dochter die hun DNA heeft.

Ze kijkt op de klok. Bijna zes uur. Als ze haar moeder nog treft voordat ze naar haar werk gaat, zal ze haar zeggen dat ze naar Mackinac Island gaat. Annie wil proberen haar moeder over te halen om mee te gaan, maar ze moet toegeven dat de kans dat dat lukt net zo groot is als de kans dat Annie zelf ooit een marathon zal lopen – of zelfs maar een kilometer zal rennen. Maar ze heeft nog nooit alleen gereisd, en ondanks het advies van haar zus is ze er nog niet aan toe om de hand van haar moeder los te laten. Krissie begrijpt het vast wel.

Als Annie haar slaapkamer uit komt, hoort ze iets. Het klinkt als heel zacht gemiauw van een katje. Ze sluipt de gang door, en dan ziet ze dat Kristens kamerdeur op een kier staat, voor het eerst in een half jaar. Wat is er aan de hand? Ze geeft een duwtje tegen de deur en gluurt naar binnen. Daar zit haar moeder, op Kristens bureaustoel, met haar handen voor haar gezicht geslagen.

Holy shit, eindelijk een vleugje emotie. Onzeker blijft ze staan kijken, want ze heeft geen flauw idee hoe ze de vrouw zou moeten troosten die een vreemde voor haar is geworden. Haar moeder is nog dunner dan voor het ongeluk. Annie kan het aantal gesprekken dat ze sinds Krissies dood hebben gevoerd op één hand tellen. Ze heeft haar moeder sindsdien geen enkele keer zien glimlachen of hardop horen lachen. Het is alsof het licht in haar ogen is gedoofd. Een lege huls. Annie had altijd een hekel aan het werk van haar moeder, maar nu zou ze er alles voor over hebben om die opwinding en passie van vroeger weer te zien.

Annie drukt een hand tegen haar mond en doet haar best om niet te gaan huilen. Alleen op dit soort korte momenten, als ze denkt dat niemand kijkt, toont haar moeder haar kwetsbaarheid. Ze ziet er breekbaar uit, of al gebroken, en wat lijkt ze veel op Krissie. Ze tenger en mooi en elegant. Annie voelde zich altijd een onhandige circusclown die zich moet meten aan een stel ballerina's. Daarom heeft ze het jaren geleden al opgegeven.

Ze doet nog een stapje naar voren en schraapt haar keel. Haar moeder recht haar rug en veegt over haar wangen.

'Goedemorgen, lieverd.' Ze grist een boekje van haar schoot, stopt het onder haar ochtendjas en legt er een hand overheen, alsof ze het wil verbergen.

'Goedemorgen, mam. Gaat het een beetje?'

'Ja, hoor.'

Maar Annie ziet haar moeders mond trillen. Ze loopt naar haar toe, en ze hoopt maar dat ze het niet nog erger maakt door over haar zus te beginnen. 'Ze komt terug. Wacht maar af.'

Haar moeder knijpt haar ogen stijf dicht. 'Annie, alsjeblieft. Je moet accepteren dat ze er niet meer is.'

'Nee, mam. Ik heb veel gelezen over manisch-depressiviteit en ik weet vrijwel zeker dat zij manisch-depressief was. Een van de kenmerken is impulsief gedrag. Risico's nemen waarmee je jezelf schade berokkent. In dat licht gezien is het heel goed mogelijk dat ze dit heeft aangegrepen als een kans om weg te lopen.'

'Hou op, Annie. Dat is niet waar.'

'Ze houdt zich schuil en ze heeft onze hulp nodig,' vervolgt

Annie. 'Weet je nog dat ze in de voorjaarsvakantie zei dat ze naar Connecticut ging met Jennifer, maar dat ze in werkelijkheid stiekem naar Utah was gevlogen met die skileraar die ze op het vliegveld had ontmoet? Ze kon soms heel roekeloos zijn, dat moet je toegeven.'

'Stiekem gaan skiën is roekeloos,' zegt haar moeder, 'maar doen alsof je dood bent, dat is ronduit wreed.'

'Ze heeft zelf niet in de gaten dat het wreed is!' Annie kan haar frustratie maar moeilijk onderdrukken. 'Kristen kan niet meer helder denken als ze een van haar buien heeft.'

Haar moeder maakt hoofdschuddend een eind aan Annies tirade. Als ze het woord weer neemt, trilt haar onderlip. 'Jij ben altijd mijn dochter geweest die in sprookjes geloofde. Heerlijk vond ik dat. Maar haar studentenpas is gevonden in de zak van haar spijkerbroek.'

'Ten eerste: Kristen stopte haar pas nooit in haar broekzak. Nooit! Ze had altijd een handtas bij zich. En ze had een vals identiteitsbewijs, dat heb je me zelf verteld. Dus waarschijnlijk had iemand anders háár pas op zak. En dat was dus het meisje in de trein!' Ze slaat haar armen over elkaar als een advocaat in de rechtbank die zojuist een belangrijk bewijsstuk tevoorschijn heeft gehaald, iets waar niemand omheen kan.

Haar moeder aarzelt, alsof ze op het punt staat een geheim te onthullen terwijl ze zich afvraagt of dat wel verstandig is. 'Ik heb dit najaar een detective ingehuurd.'

Annie zet grote ogen op. 'Een detective? Dus je gelooft me?'

Haar moeder schudt het hoofd. 'Ik hoopte dat een gedegen onderzoek door die privédetective – Bruce Bower heet hij – jou zou helpen haar dood een plekje te geven. Lieverd, hij is ervan overtuigd dat het meisje dat we op de beveiligingscamerabeelden in die trein hebben zien stappen inderdaad Kristen is. Ze gebruikt haar creditcard niet en haar telefoon was leeg, dus die kan niet worden nagetrokken. Hij heeft geen enkel houvast. Er is absoluut geen bewijs dat ze nog zou leven.'

Annie schudt haar hoofd. 'Het dode meisje had geen nagellak

op. Kristen is met gelakte nagels de deur uit gegaan, ik zweer het je. Dat zo'n detective beweert...'

'Maar wel op haar teennagels. Je hebt het gezien, lavendelkleurig. Ze was pas naar de pedicure geweest.'

Annie neemt haar hoofd in haar handen. 'Jezus, mam! Er lopen tig meiden rond met lavendelkleurige nagellak. Ga me nou niet vertellen dat die teennagels voor jou de doorslag geven.'

Haar moeder bijt op haar lip. 'We hebben het hier al zo vaak over gehad, lieverd. Je vader heeft haar geïdentificeerd. En wij hebben allebei de foto's gezien.'

'Papa heeft haar geïdentificeerd, ja. Wij hebben het gezicht van dat meisje maar één tel bekeken.' Annies stem breekt. 'Dat was Kristen niet!' Het liefst zou ze tegen haar moeder tekeergaan, aan haar vragen waarom Krissie zo belachelijk snel gecremeerd moest worden. Maar ze weet dat haar moeder ook spijt heeft van de crematie. Op de dag dat de as werd thuisbezorgd, heeft ze haar aan de telefoon tegen tante Kate horen zeggen: 'Al zouden we het willen, een DNA-test is nu geen optie meer.'

'We willen het niet geloven, Annie, maar we zullen toch de draad van ons leven weer moeten oppakken.'

Ze hurkt neer naast de stoel van haar moeder. 'Heb jij de draad weer opgepakt? Kijk toch eens naar jezelf. Je bent broodmager. Je werkt alleen nog maar.' Dan ziet ze het boekje dat haar moeder onder haar ochtendjas probeert te verbergen. 'Wat is dat?'

'Niks.'

Haar moeder probeert het boekje af te schermen, maar Annie heeft de gouden kaft al gezien. O, nee! Dat is niet 'niks'. Het is haar spreukenboek, dat ze had willen uitlenen aan Kristen op de dag van het ongeluk. Ze heeft het al die tijd op Kristens bed laten liggen, zodat het klaarlag als Kristen thuiskwam.

'Had je zus het weleens over mij, Annie? Vond ze dat ik vergeten was wat er echt toe deed?'

Ineens snapt ze het. De tranen, en haar moeders poging om het boekje te verstoppen. Shit! Het valse commentaar dat Annie lang geleden bij de verschillende spreuken heeft geschreven! Dat heeft haar moeder gelezen.

Annie doet haar mond al open om zich te verontschuldigen, maar ze sluit hem net zo snel weer. Hoorde ze dat nou goed? Denkt haar moeder echt dat dit Kristens spreukenboek is, dat die gemene opmerkingen afkomstig zijn van Kristen en niet van haar? Weet haar moeder dan niet meer dat Kristen het zilveren boekje had en niet het gouden? Daar is Annie stiekem altijd trots op geweest, dat zij het gouden boekje had gekregen. Maar misschien heeft haar moeder die keuze destijds wel willekeurig gemaakt. Oké, dat kan, maar ze moet het handschrift toch herkend hebben?

Annie gluurt even naar haar moeders half afgewende gezicht, dat rood en vlekkerig is. Blijkbaar niet. En waarom zou ze hun handschriften ook zo goed kennen? Hun schriftelijke communicatie verloopt al jaren vrijwel volledig via toetsenborden.

Annie wendt met bonzend hart haar blik af. Ze moet het opbiechten. Haar moeder is zichtbaar van streek door 'Kristens' opmerkingen in het spreukenboekje. Maar dan treft een andere gedachte haar als een mokerslag: misschien is dit een mooie kans. Voordat Annie de tijd krijgt om over de gevolgen na te denken, neemt ze in een fractie van een seconde een beslissing.

'Ja.' Ze probeert te slikken, maar haar mond is kurkdroog. 'Kristen was dol op je, mam, maar ze zag hoe treurig je was geworden.' Ze weet dat ze een grens overschrijdt door namens haar zus te spreken, maar ze gaat door. 'Wij allebei, trouwens.'

'Treurig?' Haar moeder fronst haar voorhoofd. 'Zei ze dat?'

'Hm, hm.' Ze klimt steeds hoger op die gevaarlijke tak, en ze hoopt maar dat hij haar zal houden nu ze Kristen haar eigen mening over hun moeder in de mond legt. Misschien zal ze nu eindelijk een keer luisteren. 'Kristen miste de moeder die je vroeger was, de moeder die flauwe grapjes maakte en samen met ons onder oma's gehaakte sprei onze favoriete romcoms keek. Weet je nog dat we in Costa Rica die enorme naaktslak zagen en ik alles bij elkaar gilde? Toen had jij zo'n rubberen slang gekocht in het winkeltje en die onder mijn kussen gelegd.'

Haar moeder moet lachen. 'Jij slingerde die slang – samen met je hoofdkussen – door de kamer en sloeg de lamp kapot.'

'We hebben zo gelachen samen. Waar is het misgegaan? Kristen vond dat je bent veranderd toen we het huis uit gingen voor onze studie.' *Begrijp alsjeblieft waarom ik dit doe, Kristen. Ik moet tot haar door zien te dringen.*

'Maar ze moedigde me juist aan om harder te werken. Dat weet jij ook. Een van haar laatste wensen was dat ik in de top 50 zou komen. Dat ik mijn eigen makelaarskantoor zou beginnen.'

Annie schudt haar hoofd. 'Jawel, maar ze wilde ook dat je de juiste balans zou vinden.' Annie voelt haar gezicht gloeien. Haar moeder moet nu toch merken dat ze liegt. Maar als ze er niet op wordt aangesproken, gaat ze door: 'Toen we hier pas woonden, werkte je ook al. Maar toch gingen we met z'n drietjes naar het park, weer of geen weer. Jij nam iedere dag iets in gedachten, een hond met een jasje of iemand die rode schoenen aanhad, en dat moesten wij raden. De eerste die het wist, had gewonnen en mocht kiezen waar we een ijsje gingen eten.'

Haar moeder knikt, en Annie voelt de spanning stijgen. 'Kristen won altijd. Ze was gek op wedstrijdjes, mijn kleine kampioen.'

Haar ogen lachen mee, en dat is zo mooi om te zien dat Annies keel er pijn van doet. Eindelijk dringt ze door tot haar moeder – of eigenlijk is het Kristen die tot haar doordringt. Wat maakt het uit? Misschien is haar leugen, en zelfs Kristens verdwijning, de aanzet tot iets positiefs. Annie heeft heus niet de valse hoop dat haar moeder nu een boeddhistische monnik zal worden of zoiets. Het geeft niet dat ze ambitieus is. Het mag alleen wel een tandje minder... of tien tandjes.

'Ik ga naar Mackinac Island,' zegt Annie zacht. 'Ga met me mee.'

Het gezicht van haar moeder betrekt en ze gaat rechter zitten, alsof ze ervan schrikt. 'Mackinac? Nee. Waarom?'

'Ga alsjeblieft mee,' zegt Annie. 'Neem een paar dagen vrij van je werk.'

Haar moeder trekt wit weg, zoals altijd wanneer Annie begint over het eiland van haar moeders jeugd. 'Nee, dat kan niet.'

'Kan het niet of wil je het niet?'

Voordat haar moeder antwoord kan geven, piept haar telefoon. Ze trekt haar hand los uit die van Annie, pakt het toestel en staat op.

En daarmee is hun gesprek zomaar beëindigd.

'Je kunt wel naar het eiland gaan,' zegt haar moeder nog, terwijl ze intussen al haar pincode intoetst op haar telefoon en naar de andere kant van de kamer loopt, 'maar daar krijg je Kristen niet mee terug.'

Annie loopt achter haar moeder aan de gang in, bevangen door een mengeling van treurigheid, wanhoop en een enorme woede. 'Dus dat is het! Je zou wel gaan voor Kristen, maar niet voor mij? Alsof zij de enige is die ertoe doet.'

Haar moeder steekt een hand op voordat ze de keuken in loopt. 'Annie, hou op. Je weet best dat ik dat niet bedoel.' Net als ze haar koffiebeker nog een keer volschenkt, piept haar telefoon opnieuw.

Annie roffelt met haar vingers op haar over elkaar geslagen armen en kijkt met opengesperde neusvleugels toe hoe haar moeder een antwoord intikt.

'Dan ga ik zonder jou, mam.' Het wordt werkelijkheid doordat ze het hardop zegt. Ze steekt haar kin in de lucht, een vrouw van de wereld, zelfstandig – en doodsbenauwd.

'Hm, hm,' zegt haar moeder, haar ogen strak op de telefoon gericht.

Annies bloed kookt. 'Al heel gauw.'

'Hmm.'

Annie is ziedend. Haar moeder luistert niet eens! Ze kan het geen seconde langer verdragen. Met grote passen loopt ze de kamer door en grist de telefoon uit haar moeders hand.

Daar schrikt ze van. 'Geef terug, Annie!'

Annie houdt de telefoon buiten haar moeders bereik. 'Moet ik zo ver gaan om jouw aandacht te krijgen? Ik heb vanmorgen besloten tegen je te zeggen dat ik wegga. Ik laat eindelijk je handje los en maak dat ik hier wegkom, weg van jou!'

Haar moeder klinkt net zo woest als zijzelf. 'Mooi, ga maar. Het zal ons goed doen, een poosje uit elkaar.'

'Goed, dan vertrek ik. Trouwens, jij bent er toch nooit.'

'Iemand zal hier de rekeningen moeten betalen. Jij zit al een half jaar te niksen. Het wordt tijd dat je het huis uit gaat. En geef me nu alsjeblieft mijn telefoon terug.'

Annie probeert te glimlachen, maar het is alsof er gewichten van een paar kilo aan haar mondhoeken hangen. 'Het kan je niet eens wat schelen.' Ze gluurt naar haar moeders dampende beker koffie. Zou ze het kunnen? Ze rent erheen, bijna giechelig nu, en pakt de beker op bij het oor. Ze houdt de telefoon erboven.

Haar moeder hapt naar adem. 'Waag het niet. Geef me onmiddellijk...'

Annie lacht schamper. 'Moet je jezelf eens horen. Je maakt je drukker om je telefoon dan om je eigen dochter. Jij geeft geen moer om mij. Het enige wat je interesseert is geld verdienen. Wanneer houdt het op, mam?'

'Op 13 april. Het banket voor de prijsuitreiking is op 21 mei. Ik beloof je plechtig dat ik het daarna...'

'Ik heb het niet over die stomme wedstrijd! Ik bedoel wanneer je ermee ophoudt je te verschuilen achter je werk. En ik geloof geen moment dat die wedstrijd de eindstreep zal zijn.'

'Ik verschuil me niet achter mijn werk. Het was de laatste wens van je zus. Ik ga winnen voor háár, voor ons.'

'Gelul. Je gebruikt je werk gewoon om...' Ze wilde zeggen 'om mij uit de weg te gaan', maar bedenkt zich. Ze is nog niet toe aan dat gesprek, waarin ze zal moeten bekennen dat ze niet op haar zus heeft gelet, zoals ze had beloofd. 'Om al het andere in je leven uit de weg te gaan!'

Annie ziet een sluier van pijn over haar moeders gezicht trekken, maar ze wacht haar reactie niet af. Ze slaakt een diepe zucht. En dan laat ze de telefoon los. Er spat een beetje koffie op haar hand.

8

Erika

In een beige mantelpakje en op hoge hakken sta ik die dinsdagmiddag voor het raam op de eerste verdieping van een vintage appartement in The Kenilworth over Central Park West uit te staren. De zon wordt weerkaatst op de ijzige takken en er ligt een witte sneeuwdeken over het park. Het is vast een prachtig gezicht, zeg ik tegen mezelf; vóór 21 augustus zou ik er zeker van genoten hebben.

Ik gluur even op mijn gloednieuwe telefoon en word weer kwaad op mezelf omdat ik gisterochtend mijn zelfbeheersing heb verloren. Annie was niet onredelijk. Ze wil dat ik het rustiger aan ga doen, en blijkbaar wilde Kristen dat ook. Ze wil dat ik plezier maak en van het leven geniet, zoals vroeger. Wie kan daar nou iets op tegen hebben? Het probleem is alleen dat ik geen idee heb hoe ik haar wens zou kunnen vervullen. Ze zou me net zo goed kunnen vragen om tien centimeter langer te worden of een andere kleur ogen te nemen.

Ik kijk naar haar berichtje. *Het spijt mij ook. Onderweg naar Mackinac. Zet nu mijn telefoon uit.*

Ik wrijf over mijn armen. Begrijpt ze waarom ik niet met haar meega? Mackinac mag dan voor haar een fijne plek zijn, voor mij ligt daar niets anders dan verdriet. Op mijn beste dagen heb ik al geen zin om de herinneringen op te halen aan de tragische dood van mijn moeder, of aan de eenzame jaren daarna die ik op het eiland heb doorgebracht. Maar nu, terwijl ik rouw om de dood van mijn dochter, zou een reis naar het eiland me compleet uit mijn evenwicht brengen.

'Wat is het totale aantal appartementen in dit gebouw?'

Ik draai me om naar Hai Liu, de makelaar van de aankopende partij, die naast een vleugel staat.

'Hm?' zeg ik. 'O, drieënveertig.'

Hij kijkt in de brochure, alsof hij me niet gelooft. 'Tweeënveertig,' verbetert hij me dan.

'Juist. Tweeënveertig.'

Ik kan vandaag niet helder nadenken. Mijn gedachten keren steeds terug naar Annie, hoe eng ze het moet vinden om in haar eentje naar het eiland te reizen.

Annie is altijd mijn timide kind geweest, in tegenstelling tot Kristen, die vanaf het prille begin heel zelfverzekerd was. Vanaf het moment dat ze kon lopen, ging Kristen op onderzoek uit. Maar Annie bleef bij mij, met één handje stevig om de zoom van mijn rok geklemd en de duim van de andere hand in haar mond.

Er is geen ontkennen aan, Annie is vanaf de allereerste dag een ander kind geweest, letterlijk en figuurlijk.

Ik was door het dolle heen toen het adoptiebureau belde. Het maakte niet uit dat ik drieëntwintig jaar was, en nog maar net getrouwd. Brian was tien jaar ouder dan ik, en hij stond te trappelen om een gezin te beginnen. We wisten allebei dat de kans dat ik in verwachting zou raken uiterst klein was. Ik had endometriose en had te horen gekregen dat ik nooit zwanger zou kunnen worden. Kort na ons trouwen namen we contact op met een adoptiebureau. We hadden allerlei horrorverhalen gehoord over stellen die jaren – en soms zelfs tientallen jaren – hadden moeten wachten op een kind.

'We hebben een baby,' zei ik door mijn tranen heen toen ik Brian die dag belde terwijl hij aan het werk was in het ziekenhuis. 'Onze eigen baby! Hij of zij wordt over vier maanden geboren. We mogen bij de bevalling zijn!'

En we waren erbij. Maria, Annies biologische moeder van vijftien, overhandigde me mijn dochter nog voordat ze haar oogjes opendeed. 'Zorg goed voor mijn engeltje,' zei ze.

Toen de vouwen in het voorhoofdje uiteindelijk wegtrokken waren en ze knipperend haar donkere oogjes opendeed, was mijn gezicht het eerste dat ze zag. Zodra we elkaar aankeken, veranderde er iets in mijn binnenste. Ik voelde een band die inniger en natuurlijker was dan alles wat ik ooit had meegemaakt. Ik was moeder. En ik wist, zonder enige twijfel, dat ik alles, álles zou doen om dit kind te beschermen. Ik veegde mijn wangen droog, keek Maria aan en perste de woorden uit mijn dichtgeschroefde keel.

'Ik zal goed voor haar zorgen. Dat beloof ik.'

Al zal ik het nooit aan iemand toegeven, ik heb sinds die tijd nooit meer dezelfde hevige beschermingsdrang gevoeld, zelfs niet toen Kristen vijf maanden later werd geboren. Iedereen, de artsen, onze vrienden en familie, noemde Kristen een wonder, en ik gaf ze gelijk. Maar diep in mijn hart heb ik altijd het gevoel gehad dat ik mijn wonderkind al had. Annie was mijn wonder.

'Ik heb zo wel genoeg foto's.'

Ik schrik op uit mijn herinneringen bij het horen van Hai Liu's woorden.

'Het is aan de kleine kant,' vervolgt hij. 'En de heer Wang heeft nadrukkelijk om vloerverwarming gevraagd.' Wie is die Wang eigenlijk? Een miljardair die investeert in onroerend goed? Een zakenman uit China die een overnachtingsadresje nodig heeft voor die paar keer per jaar dat hij naar New York komt?

Ik trek de deur achter me dicht en loop de gang op, in gedachten bij Annie en het eiland, mijn dochters verwachtingen en mijn eigen angsten. Ik kan met geen mogelijkheid het enthousiasme opbrengen om de hele middag en avond appartementen van een paar miljoen dollar te bezichtigen.

9

Annie

Het is tien uur 's avonds als de taxi Annie afzet aan de kade van het slaperige stadje Saint Ignace. Behalve het berichtje dat ze haar moeder heeft gestuurd vanaf het vliegveld heeft ze sinds hun ruzie van gisterochtend geen contact meer met haar gehad. Ze onderdrukt een steek van heimwee en sleept haar twee koffers naar de voet van de pier, waar ze haar rugzak naast zich op het wegdek laat ploffen. Ze had verwacht dat het kouder zou zijn, maar het voelt vanavond bijna lenteachtig.

Goh, ze was bijna vergeten hoe stil het hier is. En de ontelbare sterren die flonkeren aan de hemel, alsof er het hele jaar door kerstverlichting is blijven hangen.

Annie moet denken aan Kristen en het gesprek dat ze nu samen zouden hebben. Als kind keek Annie altijd naar de hemel, en dan stelde ze zich voor dat de sterren diamanten waren die met handenvol tegelijk waren uitgestrooid over een zwartfluwelen avondjurk. Maar haar zus sloeg haar op zulke momenten met wetenschappelijke termen als *interstellair gas* en *moleculaire wolken* om de oren. Ze had het zonnestelsel bestudeerd en ontdeed het daarmee van ieder greintje verwondering en romantiek rond glinsterende diamanten. Annie glimlacht. Hoe konden twee mensen die zo verschillend waren toch zo veel van elkaar houden?

Ze wikkelt haar sjaal los en laat haar blik naar de dichtgevroren Straat van Mackinac gaan. Deze ijsvlakte is wel even wat anders dan de uitgestrekte blauwe wateren die Kristen en haar de afgelopen tien jaar iedere zomer begroetten. Na de scheiding van haar ouders was een verblijf van twee weken op Mackinac de enige vakantie die haar moeder kon betalen. Later, toen haar moeder veel geld verdiende en ze overal waar ze maar wilden reizen naartoe konden kozen Kristen en zij toch voor Mackinac. 'Mackinac Island is jullie zomerkamp,' zei haar moeder wel eens, maar Annie wist dat dat gewoon haar excuus was om niet met hen mee te hoeven. Ze begrijpt niet waarom haar moeder het hier niet fijn vindt, in dit paradijs, en waarom ze begint te steigeren zodra Annie over haar opa begint.

Ze hopst van de ene voet op de andere – ze had op het vliegveld naar de wc moeten gaan – terwijl ze wacht op de sneeuwscootertaxi die tante Kate voor haar heeft geregeld. Annie vindt het mooi dat er op het eiland, dat enige bekendheid geniet dankzij de oude film *Somewhere in Time*, die hier is opgenomen, nooit auto's zijn toegelaten. De enig toegestane gemotoriseerde voertuigen zijn sneeuwscooters, en dan alleen tussen november en april, als de rijke bewoners hun zomerhuizen hebben verlaten en ook de vele toeristen zijn vertrokken, zodat het inwonertal van het eiland krimpt naar de omvang van haar examenklas.

Annie is pas één keer eerder in de winter op het eiland geweest. Dat was met Kerstmis, hun eerste kerst na het vertrek van haar vader. Kristen en zij waren er iedere dag op uitgetrokken om het sneeuwparadijs te verkennen, maar haar moeder was de hele vakantie ziek geweest. Annie weet nog dat ze dag in, dag uit bij tante Kate in de logeerkamer lag, met de gordijnen dicht. 'Ze moet veel slapen,' fluisterde Kate terwijl ze de slaapkamerdeur dichtdeed. 'Het gaat wel weer over.'

Gek hoe die herinnering haar nu weet te vinden, na de nietaflatende haast en drukte van haar moeder van de afgelopen jaren.

Ze veert op als ze een motor hoort brullen. Even later stopt er aan de kade een sneeuwscooter met een slee erachter.

'Annie Blair?' roept de bestuurder boven de draaiende motor uit.

Annie knikt. Als de man de motor uitschakelt, is de stilte zo intens dat ze haar hart kan horen kloppen in haar slapen. Hij zet zijn helm af en geeft haar een hand.

'Curtis Penfield. Ik heb jou en je zus vorige zomer ontmoet, maar dat weet je vast niet meer.'

En of ze dat nog weet. De knappe man van in de veertig met ontbloot bovenlijf die Annie en Kristen zagen in de jachthaven, waar hij zijn zeilboot aan het schoonmaken was toen ze door de jachthaven liepen. Ze herinnert zich hoe Kristen met hem flirtte. 'Ik zou hem doen,' zei ze later tegen Annie, waarna Annie haar een stomp op de arm gaf. Die vent had hun vader kunnen zijn, en bovendien 'deed' ze Wes Devon al.

Nu geeft hij een klopje op het zadel van de sneeuwscooter. 'Stap maar op, dan maak ik je bagage vast op de slee.'

Annie laat zich op het koude leer zakken terwijl Curtis de eerste koffer op de slee laadt.

'Ik ken je moeder al heel lang. Hoe is het eigenlijk met haar?'

'Goed,' zegt Annie met een steek van schuldgevoel. Gaat het wel echt goed met haar moeder? Of is ze eenzaam, nu Annie in haar eentje naar Mackinac is vertrokken?

Hij pakt zijn helm. 'Klaar voor de oversteek?'

Hij doelt op de oversteek van de bevroren zeestraat via de ijsbrug, een tocht van het vasteland naar Mackinac Island, langs de stapels afgedankte kerstbomen. 'Het is toch wel veilig?'

'Laten we het hopen. Iedereen weet dat de oversteek op eigen risico plaatsvindt. Jij houdt toch wel van risico's?'

Ze grinnikt. 'Nou en of, ik sta bekend als een echte waaghals!' Ze zet de helm op en hoopt maar dat hij haar handen niet ziet trillen.

* * *

Curtis raast met de sneeuwscooter over de ijsvlakte alsof hij Dale Earnhardt junior zelf is. Annie houdt zich wanhopig vast en wenst dat hij verdorie wat langzamer ging rijden. Ze ziet diepe plassen op de bevroren vlakte en ze voelt dat Curtis extra gas geeft als ze over die dooiplekken heen moeten. Ze probeert niet te denken aan oma Tess, aan de manier waarop zij op dit ijs om het leven is gekomen. Heeft haar moeder daarom zo'n hekel aan het eiland? Annie begrijpt haar logica niet. Je zou juist denken dat ze zich hier dichter haar moeder waande, van wie ze zo zielsveel hield.

Als de motor stilvalt, doet Annie in stilte dankbaar een schietgebedje.

'Verder komen we niet met de sneeuwscooter,' zegt Curtis als ze de kust naderen, en hij laadt haar bagage over in een kar waar een paard voor gespannen is. 'Nog een week van dat warme weer en de zeestraat verandert in één grote martini on the rocks.'

Twintig minuten later staan ze voor het stenen bungalowtje van haar tante, vlak bij het centrum. 'Annie koekenpannie!' roept tante Kate uit, en ze komt naar buiten gesneld en rent op haar pluchen pantoffels het trapje af. Ze omhelst Annie. 'Je bent er!' Ze neemt haar gezicht in haar handen en kust haar op beide wangen. 'Kom gauw mee naar binnen.' Ze betaalt Curtis. 'Bedankt, Curtis. Zaterdag hebben we je weer nodig.'

Als ze het huis van haar tante binnenkomt, wordt Annie begroet door een geurige mengeling van koffie, hout en vanille. Ze snuift diep en glimlacht. Hoewel ze tegenwoordig in een van de meest elegante, kleinschalige luxeappartementencomplexen van Manhattan woont, is Annie van mening dat een echt huis hoort te voelen zoals dit. Alle beschikbare ruimte is bedekt met Kates schilderijen en interessante kunstvoorwerpen. Op de brede vloerplanken liggen kaal gesleten Navajo-kleden, de randen over elkaar geschoven als tanden in een te krappe mond. In de stenen haard in een hoek knettert een gloeiend vuur.

'Lucy!' roept Annie uit, en ze pakt Kates langharige kat op. Ze schrikt als haar opa, die bij de eilandbewoners bekendstaat als Cap Franzel, opstaat uit zijn degelijke houten stoel.

'Opa! Wat doe jij hier nog? Het is toch allang je bedtijd geweest?'

'Ik zag je mail.' Hij komt aangesjokt en legt zijn hand, zo groot als een kolenschop, op haar hoofd. 'Ik wou je nog even begroeten. Op mijn leeftijd moet je nooit tot morgen wachten.'

Zijn stem is bars, nors, en Annie kan zich voorstellen hoe hij vroeger was als de strenge kapitein op zijn vrachtschip, voordat hij zichzelf degradeerde tot het overzetten van toeristen van en naar het vasteland. De linkerkant van zijn gezicht is verlamd als gevolg van een knokpartij in de kroeg, heeft Annie zich laten vertellen. Sindsdien kan Cap niet meer glimlachen.

'De man met het bevroren gezicht' noemen de kinderen op het eiland hem. Kristen was bang voor hem, maar Annie wist altijd de zachte onderbuik te vinden onder zijn chagrijnige buitenkant. Ze geeft hem een kus op zijn scheve wang.

'Opa, je bent een schat. Ik heb je zo gemist.'

Haar opa lijkt zoals altijd niet goed te weten wat hij met Annies affectie aan moet, en hij begint snel over iets anders. 'Hoe is het met je moeder?'

De naden van Annies hart barsten open. Opa mist zijn dochter. Annie mist haar moeder. Haar moeder mist Kristen. Een driehoek van gemis. 'Goed, hoor,' zegt Annie. 'Het komt eigenlijk deels door haar dat ik hier ben.'

Kate geeft een klopje op de bank en Annie gaat naast haar tante zitten, met haar voeten net als die van Kate op het gestoffeerde voetenbankje. Dan geeft ze haar opa de verkorte versie van het verhaal dat ze haar tante al heeft verteld.

'Het lijkt wel of ze een ander mens is geworden sinds Krissie er niet meer is. Ik bedoel, ik wil graag dat ze die wedstrijd wint, maar het lijkt wel een obsessie voor haar. Dus toen ik de kans zag om haar via dat spreukenboek te laten inzien hoeveel ze is veranderd, heb ik tegen haar gelogen en net gedaan of het gouden boekje – met bijbehorend commentaar – dat van Kristen was. Eerst dacht ik dat ik, of Krissie dus, wel tot haar doordrong. Maar toen vroeg ik haar ronduit om met me mee hierheen te gaan, naar het eiland. Ze flipte helemaal. Ze begon te trillen en reageerde heel nerveus. Weet je wat ze zei? Dat ze Kristen er niet mee terug zou krijgen. Dat is toch niet te geloven? Voor Kristen heeft ze alles over, maar om mij geeft ze geen zak... sorry, opa.'

'Een gewonde hond bijt nu eenmaal om zich heen,' zegt haar grootvader.

'Nou, mij heeft ze zeker gebeten. Echt hoor, ze weet amper dat ik besta.'

'Dat is niet waar,' zegt Kate met een grijns. 'Ze gebruikt je vast nog steeds om belastingaftrek te krijgen.'

Annie stoot een lachje uit. 'Dat is waar. Ze zal nu wel weer huizen aan het verkopen zijn, blij dat ik weg ben. We praatten de laatste tijd amper nog met elkaar.'

Kate schudt haar hoofd. 'Kristens dood is haar heel zwaar gevallen.'

Annie bijt op haar lip. Het is niet alleen Kristens dood – of Kristens verdwijning, zoals Annie het liever beschouwt. Ze denkt aan de tijd, nog maar een paar jaar geleden, toen ze samen met haar moeder en Kristen naar de film ging, lange wandelingen maakte en soms op zaterdagmiddag een fietstocht maakte.

'Ze is veranderd vanaf de tijd dat Krissie en ik vorig jaar het huis uit gingen om te studeren.'

'Ze was eenzaam,' zegt tante Kate. 'Dat heeft ze me op een ochtend opgebiecht. Ze was bang dat ze zou wegglijden in een depressie. Voordat ik het wist stortte ze zich helemaal op haar werk.'

'Ze gaat problemen uit de weg,' zegt haar opa. 'Dat heeft ze altijd gedaan. Ze doet alsof er geen vuiltje aan de lucht is en richt haar aandacht op iets anders. Toen ze klein was, was dat tekenen en schilderen.'

'Als we haar dan toch gaan analyseren,' zegt tante Kate, 'dan denk ik dat ze acht jaar geleden veranderd is, na de scheiding. Ze raakte datgene kwijt wat ze altijd heeft willen hebben: een gezin. Vanaf toen heeft ze zichzelf ten doel gesteld om rijk te worden.'

Een verborgen herinnering besluipt Annie. Het was een maand of twee nadat haar ouders uit elkaar gegaan waren. Annie en Kristen zaten net op Columbia, een chique particuliere school in Manhattan waarvan haar vader per se had gewild dat ze erheen gingen. Kristen en zij deden mee aan de herfstvoorstelling. De ouders waren uitgenodigd voor de middaguitvoering, met punch en taart in de kantine na afloop.

Ze weet nog hoe ze daar stond met Kristen, omringd door een meute van Kristens nieuwe vriendinnen, die giechelden en gemene dingen zeiden over mensen die ze niet kende. Ze speurde de luxe, mooi ingerichte kantine af in de hoop haar moeder te vinden in de drukte. Overal liepen volwassenen in pak, of in een jurk met hoge hakken eronder. Hoewel Annie pas elf was, voelde ze zich ongemakkelijk en vermoedde ze dat ze, ondanks haar schooluniform en haar hoge cijfers, nooit echt bij deze mensen zou horen.

Toen ze eindelijk het gezicht van haar moeder zag in de mensenmassa, was de opluchting groot. Het gaf niet dat haar moeder laat was, dat ze de hele voorstelling had gemist omdat ze moest werken in de kliniek. Ze was er nu!

'Annie! Kristen!' riep haar moeder terwijl ze zich een weg baande in hun richting. Haar donkere haar hing slap langs haar hoofd als gevolg van de stromende regen die dag, maar ze zag er mooi uit in haar nieuwe groene blazer en haar nette broek uit de catalogus van JC Penney.

'Wie is dát dan?' vroeg een van de meisjes op ongelovige toon.

Annie draaide zich om en voelde de eerste defensieve prikkel. Ze zag de nieuwsgierige blikken, de manier waarop deze meisjes haar moeder kritisch van kop tot teen opnamen. Ze hoorde Heidi Patrick zeggen: 'Moet je die nepleren tas zien.'

'Is dat jouw moeder?' hoorde ze boven het gegiechel uit.

Net toen Annie ja wilde zeggen, gaf Kristen antwoord. 'Nee.' Haar stem klonk merkwaardig mat. 'Dat is onze nanny.'

Annie zag haar moeder achteruitdeinzen alsof ze een duw gekregen had. Toen bracht ze haar gezicht weer in de plooi en kwam naar hen toe gelopen, deze keer met de respectvolle uitstraling van iemand die de zorg had over twee meisjes.

Toen ze twintig minuten later vertrokken, liep Kristen twee passen achter Annie en haar moeder. Er werd nooit meer over het voorval gerept.

Annie huivert bij de herinnering. Ze kijkt haar tante aan. 'Ik denk dat ze graag wilde dat we trots op haar zouden zijn. En ze dacht niet dat we dat waren.' Dan spreekt ze de gedachte uit die haar al de hele tijd kwelt. 'En ze wou dat ik in die trein had gezeten in plaats van Kristen.'

Kate pakt haar hand. 'O, liefje, doe niet zo raar. Je moeder houdt zielsveel van je.'

Haar opa bemoeit zich ermee. 'Jij denkt dat je op de tweede plaats komt. Ik snap dat wel.'

Het is alsof haar hart wordt verschroeid met een gloeiend brandijzer, maar ze slaagt erin te knikken.

'Pa!' zegt Kate. 'Annie heeft nooit op de tweede plaats gestaan!'

Opa staat bekend om zijn botheid. Ongecensureerd, noemt tante Kate haar vader. IJskoud en lomp, zegt haar moeder. Maar in Annies ogen vertelt haar grootvader altijd de bittere waarheid zonder die te verzachten, en dat vindt ze juist fijn. Vónd ze fijn, tot nu toe.

'Je moeder stuurde Kristen naar een privéschool en naar muziekles,' zegt hij. 'Kristen mocht op sportkamp en kwam de afgelopen tien jaar iedere zomer hier bij je tante logeren. Ze kreeg mooie kleren en haar studie werd betaald.'

Annie staart in het vuur, naar de oranje vlammetjes die aan het berkenhout likken. Haar moeder deed natuurlijk precies hetzelfde voor haar. Opa snapt het niet. Jawel. Hij is juist slim, hij wil dat zij het ook snapt.

'Ik snap wat je bedoelt. Inderdaad, ze behandelde Krissie en mij hetzelfde. Maar ik heb het niet over materiële zaken, opa, het gaat me om de band die ze met Krissie had. Ik was de buitenstaander. Ze hield gewoon meer van Kristen, zo simpel is het.'

'Wat moet er gebeuren,' vraagt haar opa, 'om een eind te maken aan die strijd?'

'Hoe bedoel je?'

'Wat moet je moeder doen om jouw goedkeuring te krijgen? Wil je dat ze haar baan opzegt? Moet ze stoppen met de wedstrijd waar ze zo hard voor heeft gewerkt? Dat lijkt me niet fair.'

De draai die haar opa eraan geeft bevalt Annie niet. Hij doet alsof zij haar moeder op de proef stelt, manipuleert. 'Nee, ik wil dat ze naar me luistert. Dat ze haar prioriteiten aanpast. Ik wil dat ze het rustiger aan gaat doen, dat ze af en toe een wandeling maakt, naar de film gaat en lacht, zoals vroeger. Ik wil dat ze...' Annies stem stokt en ze wendt haar blik af. '... dat ze weer mijn moeder wordt.'

'Jij hebt met de dood van Krissie je beste vriendin verloren,' zegt tante Kate. 'En nu voelt het voor jou alsof je ook je moeder kwijt bent.'

'Precies,' zegt Annie, en ze bijt op haar lip terwijl ze overweegt of ze hun durft te vertellen wat ze denkt. 'Alleen...' begint ze dan, 'alleen leeft Krissie nog.'

Haar opa fronst boos zijn voorhoofd. 'Klets niet zo'n onzin.'

'Annie,' zegt haar tante zacht, 'dat geloof je niet echt.'

Annie kijkt haar strak aan. 'Echt wel.' Ze werkt snel het lijstje af dat ze haar moeder ook heeft gegeven: Krissies ongelakte nagels, haar vreemde gedrag die laatste ochtend, het valse identiteitsbewijs. 'Daarom ben ik hierheen gekomen. Ze houdt zich schuil bij Wes Devon.'

Haar tante schuifelt heen en weer in haar stoel alsof ze zich ongemakkelijk voelt. 'Annie, ik ben blij dat je bent gekomen. Je hebt veel te lang thuisgezeten. Sterker nog,' haar tante glimlacht treurig naar Annie, 'volgens mij zou een totaal andere omgeving je pas echt goed doen.' Ze buigt zich naar haar toe en pakt haar handen beet. 'Ken je Soléne nog, de vrouw die in juli altijd het huis op het klif huurt? Zij heeft een bureau voor au pairs in Europa. Ze zijn daar altijd op zoek naar invallers. Voor als er meisjes zijn met heimwee, of wanneer het gewoon niet klikt.

Jij hebt je daar toch aangemeld afgelopen najaar? Wat is er van dat idee geworden?'

Annie haalt haar schouders op, ze heeft geen zin in dit gesprek. Alsof zij zomaar in haar eentje naar Europe zou gaan. 'Ik heb me bedacht. Ik moet Krissie opsporen. En mama heeft me thuis nodig.'

Haar opa begint bulderend te lachen, en zijn gezicht wordt een scheve combinatie van een frons en iets wat een glimlach moet voorstellen. 'Je hebt net twintig minuten zitten klagen over je moeder. Doe het gewoon, neem die baan. Het zal heel goed zijn voor jullie allebei.'

Annie steekt haar kin in de lucht. 'Ik blijf een paar dagen hier en praat niet met haar. Hopelijk is ze dan veranderd tegen de tijd dat ik weer naar huis ga.'

'Huh,' zegt haar opa. 'Dan hoop je op een wonder. Jouw moeder wordt heus niet vrolijk en opgeruimd omdat haar dochter toevallig een paar dagen verstoppertje heeft gespeeld. Om te veranderen zal ze een betere motivatie nodig hebben.'

De moed zakt Annie in de schoenen. Ze slaakt een zucht. Misschien heeft haar opa gelijk, net als haar tante. Ze is haar zus én haar moeder kwijt, en ze heeft er weinig vertrouwen in dat ze een van beide zal terugvinden.

10

Annie

De woensdagochtend is helder en blauw als de ogen van een pasgeboren baby, en Annie snuift de lucht op, die ongewoon mild is voor de tijd van het jaar. Terwijl haar tante aan het werk is bij Seabiscuit Café onderneemt Annie de wandeltocht naar West Bluff Road, hoog boven het stadje.

Tegen de tijd dat ze daar aankomt, heeft ze haar jas om haar middel geknoopt en haar mouwen opgerold. Langs de kant van de weg probeert ze de steken in haar zij weg te wrijven, en ze kijkt omhoog naar het gigantische witgepleisterde pand. Is Kristen daarbinnen? Heeft ze in augustus in plaats van in die trein te stappen het vliegtuig hierheen genomen, zoals ze dreigde te doen? Staat ze nu boven voor dat erkerraam naar Annie te kijken?

Annie kan niet anders dan het oude huis bewonderen. Calyx House staat op een uitstekende rotspunt en biedt uitzicht over zee. Het is al vier generaties in de familie Devons, als zomerhuis. Voor Annie is het gek om het vandaag te zien, onopgesmukt als een knap filmsterretje zonder haar gebruikelijke make-up. Geen rijkelijk overhangende geraniums in de witte bloembakken voor de ramen. De in de zomer zo weelderige tuinen en de geschoren gazons zijn nu kaal en geel en gaan deels schuil onder laatste resten smeltende sneeuw.

Haar hartslag versnelt als ze over de stoep loopt. Op het trapje naar de voordeur zoekt ze aandachtig naar een teken van leven in het huis. Haar zus is hier. Ze moet hier zijn. Het is de meest voor de hand liggende plek, Wes is de hele winter in zijn eentje in dit huis aan het werk, hij doet een of ander onderzoek voor Dartmouth.

De glanzend gelakte groene vloerplanken kraken als ze over de dure veranda loopt. Ze gluurt door het geslepen glas, maar kan niet echt naar binnen kijken. Voordat ze aanbelt, wacht ze even om haar gedachten op een rijtje te zetten.

Annie heeft geen idee hoe Wes zal reageren. Ze is niet bang voor hem. Ze voelt zich eerder geïntimideerd – en niet alleen omdat hij tweeëntwintig is. Wes Devon is gewoon een beetje té volmaakt. Lid van het bevoorrechte clubje, zei Kristen altijd: knap, met een heuse stamboom en bakken met geld. En in de buurt van jongens die bij dat clubje horen, staat Annie steevast met haar mond vol tanden, verlegen en opgelaten.

Afgelopen zomer, toen haar zus zo nodig aan Wes moest vertellen dat Annie gedichten schreef, rolde hij nog net niet geërgerd met zijn ogen.

‘Serieus? En hebben we het dan over de categorie Taylor Swift of eerder versjes voor het slapengaan?’

Annie werd razend. ‘Mijn poëzie lijkt meer op die van Sylvia Plath, als je het per se weten wilt.’

Hij trok zijn wenkbrauwen op. ‘Goed rolmodel. Dat mens heeft zich van kant gemaakt.’

Annie haalt een keer diep adem en drukt op de bel. Ze weigert zich door hem te laten afschrikken. Ze moet weten hoe het zit.

Er verstrijkt ruim een halve minuut voordat de enorme notenhouten deur openzwaait. En daar staat Wes, zijn donkere haar door de war alsof hij net uit bed komt. Hij draagt een spijkerbroek met scheuren en een vaal T-shirt met de opdruk Saint Barth Yacht Club. Bij ieder ander zou Annie ervan uitgaan dat het een souvenir was, maar Wes is waarschijnlijk gewoon lid van de jachtclub in St. Barth.

‘Anna?’ Hij kan zijn afkeuring met moeite verbergen. ‘Wat doe jij hier nou?’

'Het is Annie, niet Anna.' Ze duwt hem opzij, loopt naar binnen en geeft hem haar jas. 'Wij moeten praten.'

Het pleit voor hem dat hij haar niet tegenspreekt. 'Je hebt geluk dat ik er nog ben,' zegt hij terwijl hij haar jas over de trapleuning gooit. 'Ik ga vanavond terug naar Dartmouth.'

Hij gaat haar voor, het ene pastelkleurige vertrek na het andere, tot ze uitkomen in een witte, landelijk-chic ingerichte keuken waarvan Martha Stewart nog zou kwijlen.

'Koffie?' vraagt hij terwijl hij twee bekers uit een kastje pakt.

'Eh, goed.' Annie schraapt haar keel en probeert haar ingestudeerde verhaal weer naar boven te halen, de versie die rationeel klinkt en hem niet aan het schrikken zal maken. Vooral dat ene regeltje is belangrijk, vastberaden maar niet beschuldigend. Maar ze kan zich er niet één woord van herinneren, dus flapt ze er het eerste uit wat haar te binnen schiet.

'Waar is mijn zus?'

Wes draait zich met een ruk om, een pakje koffieroom in zijn hand. 'Pardon? Ik dacht dat we dat gesprek al gevoerd hadden.'

Annie recht haar schouders. 'Waar is ze, Wes? Ik weet dat ze naar jou toe ging.' Ze kijkt om zich heen in de keuken. 'Ze is hier, hè?'

Hij maakt een geluidje dat het midden houdt tussen afkeurend gesnuif en gegrinnik. 'Anna – Annie – je zus is dood. Jij hebt me zelf gebeld om dat te vertellen. Ga je me nou vertellen dat je dat verzónnen hebt?'

Ze schudt haar hoofd. 'Nee. Dat treinongeluk was echt. Kristen zou die trein genomen hebben, maar dat heeft ze niet gedaan. Ik besef dat het idioot klinkt, maar ze leeft nog. Ik weet het zeker.'

Hij slaakt een zucht. 'Ga zitten,' zegt hij, en hij zet een beker koffie voor haar op tafel. Dan pakt hij een stoel, draait die om en gaat er achterstevoren op zitten, met zijn gezicht naar haar toe. 'Vertel me nu maar eens wat er aan de hand is.'

Ze slikt moeizaam. 'Ik geloof niet dat ze dood is.' Ze knijpt in de koffiemok om het trillen van haar handen tegen te gaan. 'Er zijn te veel tekenen die erop wijzen dat ze nog leeft.' Ze kijkt hem recht in de ogen. 'Ze was manisch-depressief, Wes.'

Annie houdt hem nauwlettend in de gaten, in de verwachting verbazing op zijn gezicht te zien. In plaats daarvan knikt hij. 'Dat vermoedde ik al.'

Ze slikt weer moeizaam. 'Die laatste ochtend deed ze heel druk. Ze moest naar jou toe, zei ze. En het is al eerder gebeurd, Wes, dat slachtoffers van een afschuwelijk ongeluk werden verwisseld met iemand anders. Ze leeft nog en ze heeft me nodig, dat weet ik zeker.'

Hij wendt zijn blik af en haalt diep adem. 'Ik mis die meid.'

Annie wordt wat milder. 'Je hield echt van haar.'

Hij haalt ruw een hand door zijn haar. 'Nee... ik weet het niet. Echt, ik vraag me af of ik wel van iemand kan houden. Kristen vond het vreselijk dat ik nooit zei dat ik van haar hield. Maar ik kon het gewoon niet, snap je?'

En dat vraagt hij aan Annie. Denkt hij nou echt dat een mollig meisje zoals zij, iemand die in haar hele leven één rampzalige blind date heeft gehad, daar verstand van heeft? Annie houdt zichzelf voor dat ze op een dag heus wel de ware zal tegenkomen, maar helaas weet haar toekomstige wederhelft zich tot nu toe uitstekend te verstoppen.

'Ik wilde die woorden bewaren voor een relatie waarin ik geen enkele twijfel had,' gaat Wes door. 'Nu vraag ik me af of ik het toch niet tegen haar had moeten zeggen. Ik bedoel, het zou haar zo gelukkig gemaakt hebben.'

'Je hebt het goed gedaan. Woorden zijn belangrijk voor de vrouwen in mijn familie. Het zou verkeerd geweest zijn om haar te misleiden.'

'Maar toch... toen ze het eenmaal wist van de baby en het allemaal...' Hij zwijgt abrupt als Annie hoorbaar naar adem hapt. Hij sluit zijn ogen. 'Fuck. Je wist het niet.'

'Ga je me... Bedoel je dat Kristen zwanger was?'

Wes' adamsappel gaat op en neer. 'Ik dacht dat ze jou alles vertelde.'

Annie voelt de tranen prikken. 'Dat dacht ik ook.'

Hij leunt naar achteren en zucht. 'Het was akelig. Ze ging totaal door het lint. Maar ik wilde meehelpen aan een oplossing.'

'Een oplossing?' Annie drukt haar handen tegen haar oren. 'Hou op. Ik wil het niet horen.' Snel en oppervlakkig ademend kijkt ze hem aan. 'Is ze hier, Wes? Heb je haar ergens verstopt?' Ze kijkt spiedend de keuken rond. 'Kristen? Ik weet dat je er bent. Kom onmiddellijk hier!'

Hij pakt haar polsen beet en kijkt haar strak aan. 'Annie, Ik zweer je dat ik de waarheid vertel. Echt. Je mag het hele huis doorzoeken, als je wilt. Maar waarom zou ik haar verstoppen?'

Ze veegt de tranen van haar wangen, verdwaasd en vol afschuw. 'Omdat ze zwanger is. Omdat jullie samen een kind krijgen en ze niet wil dat iemand dat weet. Hoe ver is ze?'

Hij pakt een appel uit een keramieken fruitschaal, staart ernaar en draait hem om in zijn hand. 'Ze is zwanger geraakt in het weekend van Thanksgiving. Rond 4 juli dus. Ze... we waren zo dom om niet veilig te vrijen.'

Annie rekent het snel uit. 'Nu dus ongeveer acht maanden,' zegt ze, vooral tegen zichzelf. Ze kijkt strak naar haar schoot en pulkt aan een velletje aan haar duim. 'Jij zei dat je het zou oplossen. Was ze nog zwanger?'

Hij legt de appel zorgvuldig terug op de schaal. 'Ja.'

Annie slaakt een zucht. 'Mijn biologische moeder heeft bijna abortus laten plegen.'

'Dat weet ik. Daarom wilde je zus niets van die... optie weten.' Hij vormt aanhalingstekens in de lucht bij het woord 'optie'. 'Ze zei dat ze niet met zichzelf zou kunnen leven als ze de wereld beroofde van iemand die misschien wel net zo was als jij.'

Annies neus prikt en ze drukt een vinger tegen haar trillende onderlip. 'Ik hield zo veel van haar. Ik had aardiger voor haar moeten zijn, begripvoller. Ik heb die morgen niet eens naar haar geluisterd. Ik zei dat ze moest gaan.'

‘Schuldgevoel is iets verschrikkelijks.’ Hij schudt zijn hoofd, alsof hij een akelige herinnering wil verdrijven. ‘De laatste keer dat ik haar sprak hebben we vreselijke ruzie gehad. Jezus, wat was ik een lul. Ik eiste dat ze het zou oplossen – mijn woorden. Ze werd woest. Toen ze weg was, heb ik haar een dik pak geld gestuurd.’

Annie staart Wes aan. ‘Dat geld moet ze nog hebben. Daar leeft ze nu natuurlijk van! Is het genoeg om… laten we zeggen een jaar van te leven?’

Hij knikt schaapachtig. ‘Riant.’

Er hangt een stevig prijskaartje aan zijn schuldgevoel.

‘Oké, laten we er even van uitgaan dat ze nog leeft. Waar zou ze zich dan verstoppen?’

‘Hou op. Ze leeft n…’

‘Waar?’ zegt Annie streng, haar stem staalhard. ‘Kristen is helemaal alleen en ze was behoorlijk labiel. Misschien loopt ze gevaar, Wes.’

‘Luister nou, Annie, ze verbergt zich niet. Ze zou jou verteld hebben…’

‘Ze wilde me die morgen iets vertellen, maar ze bedacht zich.’ De herinnering aan hun laatste gesprek – Kristen die zei dat Annie niet steeds aan de hand van hun moeder moest blijven lopen – komt weer naar boven. Ineens is het allemaal heel logisch.

Ze was bang dat ik het aan mama zou vertellen, zegt ze tegen zichzelf. Maar dat doe ik niet. Ik praat niet eens meer met haar. Dat moet ik Kristen duidelijk maken. Ik moet haar vinden. En tegen Wes zegt ze: ‘Ze zal toch wel íets losgelaten hebben. Denk eens goed na!’

Hij doet zijn mond open, maar sluit hem dan snel weer.

Annie spert haar ogen open. Ze buigt zich naar hem toe tot ze op een paar centimeter van zijn gezicht is. ‘Wat is er? Wat wilde je zeggen?’

Hij schudt zijn hoofd. ‘Niks. Ik wil je geen valse hoop geven.’

Ze pakt hem bij zijn armen. ‘Wat niet? Verdomme, zeg op!’

‘Shit!’ Hij strijkt met één hand over zijn gezicht. ‘Ze zei vaak…

niet dat het iets te betekenen heeft: "Laten we samen naar Parijs gaan, de rest van de wereld achter ons laten."'

* * *

Die avond zit Annie met haar laptop voor zich op bed. Ze bijt op de nagel van haar duim terwijl ze de e-mail nog een keer leest. Het verbaast haar dat de vriendin van tante Kate zo snel heeft gereageerd. Ze heeft haar pas vanmorgen gemaild, toen ze terugkwam van Wes. En ze had gehoopt nog een weekje – of zes – de tijd te krijgen om een besluit te nemen.

Aan: AnnieBlair@gmail.com
Van: SoléneDuchaine@EuropeanAuPair.com

Beste Annie,

Wat fijn om te horen dat je geplaatst wilt worden door European Au Pair.

Vanwege de late datum en je wens om al in augustus terug te keren naar de Verenigde Staten, hebben we slechts één mogelijkheid in Parijs, de stad van jouw keuze. Het is een positie als nanny bij een Amerikaans gezin, een alleenstaande vader met een dochtertje van vijf, Olive. Deze positie is pas sinds gister beschikbaar.

Annie voelt een huivering over haar rug trekken. Het is alsof Kristen hier is, alsof ze Annie naar Parijs leidt om haar te gaan zoeken. In gedachten hoort ze weer het laatste gesprek dat ze had met haar zus, die zei dat ze op avontuur moest gaan. Wilde ze toen al het zaadje planten, in de hoop dat Annie haar straks zou vinden?

Thomas Barrett is professor aan de universiteit van Georgetown en is voor een jaar uitgezonden naar de Sorbonne, waar hij tot 10 augustus werkzaam is. Het dient vermeld dat professor Barretts dochtertje niet het allermakkelijkste kind is.

De situatie is dringend, en ik ontvang je antwoord dan ook graag zo spoedig mogelijk. Mocht je de positie aanvaarden, dan zul je al op 9 maart, vandaag over een week, moeten beginnen.

Met vriendelijke groet,
Soléne

Annie kreunt. Ze krijgt buikpijn bij het idee dat ze de komende vijf maanden in Parijs zou moeten wonen, waar ze de taal niet spreekt en geen mens kent. En 'niet het allermakkelijkste kind' betekent natuurlijk gewoon dat het een verwend kreng is. Maar Annie moet het doen. Voor Kristen.

Ja, ik aanvaard de positie in Parijs bij de professor en zijn dochter. Ik kan woensdag 9 maart beginnen.

Ze klikt op 'verzenden' en holt naar de badkamer om over te geven.

11

Erika

Het is vrijdagavond kwart over zeven als ik de parkeergarage in rij. Het is bot gezegd een ontzettende klotedag geweest. In het kwadraat.

Alsof het nog niet erg genoeg is dat Annie is vertrokken, beleef ik in gedachten steeds opnieuw onze ruzie, tot de woorden diep in mijn geheugen gegrift staan. En dan, als een soort luchtig toetje, neem ik ook nog het commentaar uit Kristens spreukenboek opnieuw door. Mijn dochters willen dat ik verander. En ik ga ook veranderen. Binnenkort. Maar eerlijk gezegd kan ik het nu niet rustiger aan doen, nu ik helemaal alleen ben. Als ik nu gas terugneem, al is het maar heel even, dan wordt de verleiding om helemaal stil te vallen veel te groot. Die gedachte jaagt me een enorme angst aan, dezelfde angst die ik voel als ik aan het eiland denk. Ooit zullen ze het begrijpen.

Ik stap uit en sluit mijn auto af. Terwijl ik door de betonnen parkeergarage loop, kijk ik op mijn telefoon in de hoop op bericht van Annie. Maar er zijn alleen de gebruikelijke werkmemo's, waaronder een nieuwe mail van Carter. Sinds vanochtend behoor ik officieel tot de top 50 van Manhattan, terwijl er maar liefst dertienduizend makelaars zijn.

Hou deze vaart erin. Nog acht weken te gaan.

De 'oude ik,' in Annies woorden, zou een juichkreet hebben uitgestoten en naar boven gehold zijn om het de meiden te vertellen. Hoe voelde dat ook alweer, enthousiasme? Ik scrol omlaag langs mijn mail en mijn oog valt op een nieuw bericht. Als ik op het liftknopje heb gedrukt, kijk ik snel naar de afzender: Zkt_eenWonder@iCloud.com.

Ik heb mijn vinger al bij de delete-knop, in de veronderstelling dat het om spam uit Nigeria gaat, zo'n bericht dat ik miljoenen dollars kan ontvangen. Maar dan zie ik de onderwerpregel. Vermiste dochter. Ik open de mail.

Een wijs ontdekkingsreizigster kijkt aandachtig naar haar laatste reis voordat ze aan de planning van de volgende begint.

De haartjes op mijn armen komen overeind. Dat is een spreuk van mijn moeder, die ze op een briefje in mijn broodtrommeltje had gestopt toen ik op mijn zevende ontroostbaar was omdat mijn vriendin, Nicole Utukpe, zonder reden boos op me was. Ik had net een nieuw vriendinnetje gevonden, en toen mijn moeder me die avond instopte, legde ze uit wat de spreuk betekende

'Je zult de rest van je leven te maken krijgen met ruzies, soms groot, soms klein. Gekibbel met vriendinnen, ruzie met vriendjes en later misschien zelfs met je eigen man en kinderen. Het kan misschien hoog oplopen. Jouw taak is om goed naar die ruzies te kijken en na te gaan wat je verkeerd gedaan hebt – en je zult genoeg verkeerd doen, mijn lieve kind. Geef je fouten toe en verbeter ze, zodat je niet in herhaling valt. Als je je problemen niet oplost, is dat net zoiets als wanneer je in een kapotte spiegel kijkt. Je ziet je gezicht wel, maar de scheuren verstoren steeds het beeld.'

Wat heeft dit te maken met het onderwerp 'Vermiste dochter'? Ik kijk nog een keer naar de afzender. Zkt... Zoekt. Iemand die op zoek is naar een wonder?

Een Wonder. Ik sla een hand voor mijn mond. Kristen was mijn wonder, het biologische kind waarvan we dachten dat we het nooit zouden krijgen.

De lift is er inmiddels, maar ik sla er geen acht op. Mijn vingers trillen als ik de woorden intik: *Wie is dit?*

Ik druk op verzenden en kijk met bonzend hart naar het schermpje in afwachting van een antwoord. Maar dat komt niet.

Ik roep het toetsenbord op en tik nog een e-mail in. *Ik begrijp het niet. Wat probeer je me te vertellen?*

Weer druk ik op verzenden. Binnen een paar tellen komt er antwoord.

Luister naar de woorden. Alleen dan zal je verloren liefde naar je terugkeren.

Mijn verloren liefde? Ik heb Kristen verloren... Keert zij naar me terug? Ik draai me met een ruk om, geschrokken, half in de verwachting dat er achter een van de betonnen zuilen iemand naar me staat te loeren.

'Kristen?' Ik laat mijn blik door de parkeergarage gaan.

Er komt een stelletje de hoek om, en ik wend mijn blik af. Wat is er verdorie met me aan de hand? Ik schud mijn hoofd. Ik word niet gek, ik ben een rationeel mens.

Maar waarom denk ik dan dat ik zojuist een mailtje heb ontvangen van een geest?

* * *

Ik gooi mijn sleutels op het tafeltje in de hal en schop mijn hakken uit. Achteloos hang ik mijn jas aan de kapstok en dan vlieg ik de gang door, langs de dichte deuren van mijn dochters kamers. In mijn eigen slaapkamer loop ik meteen door naar het nachtkastje. Kristens spreukenboek ligt nog op de plek waar ik het gisteravond heb achtergelaten.

Ik blader er doorheen tot ik de spreuk gevonden heb.

Een wijs ontdekkingsreizigster kijkt aandachtig naar haar laatste reis voordat ze de volgende gaat plannen.

Daaronder lees ik het commentaar dat Kristen er met potlood bij geschreven heeft.

Ieder jaar smeken we haar om met ons mee te gaan, maar daar is ze te laf voor.

Ik huiver. Ze heeft het over Mackinac Island.

12

Erika

De lucht is nu donker en de straten zijn bedekt met een papperig laagje natte sneeuw. Vanaf de achterbank van een taxi op weg naar Brians appartement in Midtown bel ik Bruce Bower, mijn privédetective.

Ik heb Bruce dit najaar in de arm genomen, een paar weken na de crematie, in de hoop Annie te verzoenen met Kristens dood. Toen ik hem liet weten dat ik bewijs moest hebben van Kristens dood, keek detective Bower me aan alsof ik zojuist had verkondigd dat Elvis nog leefde. Hij zei nog net niet dat het weggegooid geld was – geld dat hij uiteraard met alle plezier aannam.

'Fijn dat je de telefoon opneemt,' zeg ik. 'Het spijt me dat ik je stoor op vrijdagavond, maar ik heb een vreemde e-mail ontvangen.' Ik aarzel heel even voordat ik eraan toevoeg: 'Van Kristen, denk ik.'

Dan vertel ik hem over de geheimzinnige mail en leg uit dat Kristen ons wonderkind was.

'Stuur die mail eens door,' zegt hij. 'Waarschijnlijk kan ik het IP-adres wel natrekken. Dan weten we in ieder geval waarvandaan het bericht is gestuurd.'

'Dank je wel,' zeg ik, duizelig van opwinding. 'Dit is gewoon... ongelooflijk.'

'Erika, ik moet je waarschuwen om hier niet te veel achter te zoeken. Die mail kan toch van iedereen afkomstig zijn?'

Nee, zou ik willen zeggen. Hij komt van Kristen, mijn soms

roekeloze en altijd avontuurlijke dochter. Annie heeft al die tijd gelijk gehad. Ze leeft nog, ze speelt weer zo'n dwaas spelletje, en nu zegt ze dat ik haar moet gaan zoeken. Maar Bruce Bower kent Kristen niet, dus gelooft hij me natuurlijk niet.

'Ik stuur het meteen door,' zeg ik, en daar laat ik het bij.

* * *

Twintig minuten later, als ik door de lobby van Brians appartementencomplex loop, gaat mijn telefoon. Yes! Bruce Bower. Mijn hartslag versnelt.

'Bruce, hallo. Heb je het IP-adres al gevonden?'

'Niet echt. De afzender gebruikt een VPN in Denemarken.'

'Zit ze in Denemarken?' Mijn gedachten schieten alle kanten op.

'Nee. De afzender maakt gebruik van een zogenaamd Virtual Private Network. Dat is een soort spookserver om de ware locatie van die persoon te verbergen.'

De moed zakt me in de schoenen. 'Kun je de code niet kraken?'

'Nee. Dat soort netwerken zijn vrijwel altijd waterdicht. Zelfs de NSA kan er niet op inbreken.'

Ik sluit mijn ogen. 'Dus nu weten we nog niet waar eenWonder zit.'

'Maar dit helpt wel om een profiel van hem of haar op te stellen. Gebaseerd op het feit dat de afzender een VPN gebruikt, zou ik zeggen dat het iemand van onder de veertig is. Hoogst waarschijnlijk een *millennial*.'

Ik denk aan Kristen, mijn eigen millennial... en handig met computers. 'En goed met computers, toch?'

'Dat hoeft niet. De meeste jonge mensen zijn wel bekend met VPN's. Ze zijn ermee opgegroeid, ze gebruiken ze om muziek te downloaden en dat soort dingen – alles wat ze geheim willen houden.' Hij zwijgt even. 'Erika, Ik weet hoe verleidelijk het is om ervan uit te gaan dat Kristen de afzender is. Je wil graag geloven dat ze nog leeft. Maar objectief gezien lijkt de kans mij heel, heel klein.'

'Bedankt,' zeg ik. 'Maar een objectieve kijk kan nooit tegen het instinct van een moeder op.'

* * *

Brian doet de deur open. Zijn blonde haar is pas geknipt, en zijn jongensachtige uiterlijk lijkt in strijd te zijn met zijn serieuze zwarte bril. Hij draagt lichtblauwe operatiekleding. 'Hij is net Clark Kent in een telefooncel,' klaagde Annie vroeger wel eens over haar vader, die hartchirurg is – en over zijn vrouwelijke aanhang. 'Zodra hij dat blauwe pak aantrekt, verandert hij in George Clooney. Hebben vrouwen dan niet door dat ziekenbroeders ook in die kleding lopen?'

'Erika,' zegt Brian, en hij kust me vluchtig op de wang. 'Kom binnen.'

Anders dan mijn appartement aan de Upper West Side, dat altijd ergens tussen schoon tot brandschoon in zit – zelfs toen de kinderen nog thuis woonden – is dat van Brian rommelig, of in makelaarstaal 'gezellig'. Hij neemt mijn regenjas aan en hangt die aan de deurknop.

We lopen langs de keuken naar een taupekleurige eetkamer, waar het glazen blad van de tafel bezaaid ligt met pakjes en ongeopende post. Ik kon daar slecht tegen toen we nog getrouwd waren: Brian negeerde de post, soms weken achter elkaar. Te oordelen naar de stapels die er nu liggen houdt hij momenteel een maandschema aan.

Ik loop achter Brian aan naar de zitkamer. De televisie, die aan de wand hangt, staat aan en ik zie een of andere politieserie. Hij zet hem zachter. 'Wil je wat drinken?'

'Nee, dank je.' Ik houd mijn telefoon in mijn hand geklemd. 'Ik ben zo weer weg. Ik wilde je alleen even een mailtje laten zien dat ik vanavond heb gekregen.' Ik overhandig hem de telefoon en kijk naar zijn gezicht als hij het bericht van eenWonder leest.

'Hm,' zegt hij, en hij geeft me de telefoon terug.

Ik dwing mezelf om hem recht in de ogen te kijken. 'Het is afkomstig van Kristen.'

Zijn gezicht betrekt en ik zie een mengeling van pijn en medelijden achter die zwarte bril.

'Ik weet wat je denkt,' zeg ik voordat hij de tijd heeft om te reageren. 'Neem maar van mij aan dat ik ook dacht dat Annie helemaal de weg kwijt was. Maar ze heeft dit grondig uitgezocht, Brian. Het komt vaker voor dat de identiteit van slachtoffers verkeerd wordt vastgesteld. En nu dit geheimzinnige mailtje...'

'Dat bericht komt niet van Kristen,' zegt hij, zelfverzekerd als altijd. Even, heel even maar, zou ik het liefst zijn gezicht openkrabben.

'Wie anders kan eenWonder zijn?' vraag ik. 'Iedereen noemde Kristen ons wonderkind. Zelfs zij maakte er grapjes over. En het onderwerp van het mailtje is "vermiste dochter". Wie kan dat nog meer zijn?'

Brian haalt diep adem. 'Schat, dit is niet gezond.' Hij pakt me bij mijn armen, als een vader die een onhandelbaar kind in bedwang houdt. 'Ik weet dat het zwaar is, maar je moet het aanvaarden, Erika. Onze dochter is er niet meer.'

Ik ruk me van hem los en sla een hand voor mijn mond. In gedachten hoor ik mezelf weer aan mijn dochters van elf uitleggen dat ze moeten aanvaarden dat hun vader vertrokken is. Een bijna onhoorbare kreun ontsnapt aan mijn borst, ik kan het niet tegenhouden. Maar ik mag nu verdomme niet gaan huilen. Ik moet Brian laten zien dat ik volkomen beheerst ben... en niet gek.

'Wie is het dán?' vraag ik terwijl ik met mijn telefoon in zijn richting zwaai. 'Wie heeft me dit gestuurd?'

Hij kijkt me aan alsof ik traag van begrip ben. 'Annie.'

Ik wankel achteruit alsof hij me een klap heeft gegeven. 'Annie? Die zou nooit zoiets wreeds doen.'

'Schat, ze geeft zich niet uit voor Kristen. Ze wil je iets duidelijk maken, op haar eigen ingewikkelde manier. Het is een schreeuw om aandacht. Ze wil dat je haar komt halen.'

Ik wrijf over mijn slapen. 'Dat zou kunnen, ja.' Ik zucht diep, beschaamd over mijn teleurstelling.

'Ze was laatst behoorlijk pissig op je. Ze zei dat je botweg had geweigerd toen ze je vroeg om mee te gaan naar het eiland. Maar het is goed dat je niet meegegaan bent. We moeten haar niet aanmoedigen.'

'Aanmoedigen?'

'In haar zoektocht naar Kristen. Zij denkt dat Kristen zich schuilhoudt in het zomerhuis van dat ex-vriendje van haar.'

'O, god.' Mijn hoofd tolt. Weet Annie iets wat wij niet weten? 'Ik moet gaan,' zeg ik dan, en ik probeer het kippenvel van mijn armen te wrijven.

Brian trekt vragend een wenkbrauw op. 'Ga je naar het eiland?'

Mijn maag verkrampt. 'Ja. Annie heeft mijn hulp nodig.'

'Waarbij?'

'Brian, stel dat Annie het al die tijd bij het rechte eind heeft gehad. Stel dat Kristen zich echt schuilhoudt op Mackinac. Ik moet Annie gaan helpen zoeken.'

Hij steigert. 'Nee. Wat jij moet doen, is naar Annie toe gaan en haar duidelijk maken dat er een eind moet komen aan die belachelijk zoektocht naar haar zus. Kristen is dood. Hoe eerder jullie dat accepteren, hoe beter. Geloof me nou maar.'

'Maar het kan zijn dat Kristen nog leeft, Brian. Het is niet onmogelijk! Het kan!'

Hij kijkt me even strak aan en knikt dan. 'Dat zou betekenen dat ik het verkloot heb.' Zijn gezichtsuitdrukking verandert, er trekt een schaduw overheen. Hij ziet er verslagen uit. Met hangend hoofd laat hij zich op de bank zakken. Ik ga naast hem zitten en leg een hand op zijn schouder.

'Hé, kop op. Jij kunt er niks aan doen.' Ik wrijf cirkeltjes over zijn rug. 'Maar stel nou dat wij fout zitten? Ik was zo van streek dat ik amper naar die foto's kon kijken, vooral die van haar gezicht. Ik heb me laten overtuigen door haar lavendelkleurige teennagellak. Heb je enige idee hoeveel meisjes lavendelkleurige nagellak gebruiken?'

'En wat moeten we nu dan doen?' Brian klinkt defensief. 'Ze is gecremeerd. Een DNA-test is geen optie meer.' Opnieuw verandert zijn gezichtsuitdrukking, en hij slaat met vlakke hand op zijn bovenbenen, zoals hij dat vaak doet wanneer hij een beslissing heeft genomen. 'Nee, ik ga niet aan mezelf twijfelen. Ik ken mijn eigen dochter toch! Het was Kristen op die foto's, hoe graag we het ook zouden ontkennen.'

Als ik in zijn ogen kijk, kan ik de afschuwelijke last die hij met zich meedraagt bijna voelen. Ik sta in tweestrijd. Moet ik hem in de waan laten dat hij het bij het rechte eind had, of moet ik hem tegenspreken? Ik probeer mijn toon mild te houden. 'Hoe weet je het zo zeker, Brian? Er moet iets zijn waardoor het voor jou glashelder is, zonder enige twijfel, dat het onze dochter was.'

Hij knikt. 'Ze hadden daar een foto van het kettinkje dat ze droeg. Jij was toen al weg. Het was de ketting die ik haar heb gegeven toen ze dertien werd.'

Ik krijg het ijskoud. Hij heeft het over het afgezaagde 'Return to Tiffany'-hangertje dat hij jaren geleden voor haar heeft gekocht. Er moeten honderden, zo niet duizenden blonde meisjes van negentien zijn met zo'n kettinkje. En wat belangrijker is: ik durf mijn laatste cent erom te verwedden dat dat ding op dit moment in Kristens ladekast is opgeborgen, waar het al vier jaar ligt. Ik hoor het Kristen nog zeggen: 'Alsof ik ga rondlopen met een ketting die iederéén heeft.'

'Brian, dit moet je horen.'

'Ze was gek op dat kettinkje,' zegt hij.

Hij luistert niet. Hij luistert nooit! Ik zet me schrap voor de confrontatie. Maar als ik mijn mond opendoe om iets te zeggen, zie ik zijn liefdevolle blik en ik zwijg. Zijn gezicht heeft iets vredigs, iets dromerigs, en hij glimlacht door zijn tranen heen.

'Zo heb ik toch nog het gevoel dat ik in haar laatste momenten bij haar was.'

Ik kan twee dingen doen. Ik kan bewijzen dat ik niet gek ben, dat hij waarschijnlijk een afschuwelijke fout heeft gemaakt, een met gigantische gevolgen die misschien nooit meer terug te draaien zijn. Of ik kan hem in de waan laten dat hij zijn dochter voor haar dertiende verjaardag een cadeau heeft gegeven dat ze tot op de dag van haar dood heeft gekoesterd.

'Het was haar lievelingssieraad,' zeg ik, en ik omhels hem. 'Omdat ze het van haar pappie had gekregen.'

13

Erika

Ik ga terug naar huis, waar ik zonder mijn jas of mijn schoenen uit te trekken de gang door hol naar Kristens kamer. Ik schuif het bordje NIET STOREN dat aan haar deurknop hangt opzij en ga naar binnen.

Terwijl ik me verman om niet sentimenteel te gaan doen, knip ik het licht aan, loop naar haar ladekast en ruk de bovenste lade open. Daar ligt het houten doosje, in een hoek. Ik wist het wel. Ik pak het doosje uit de la en klap het open. Mijn vingers struikelen onhandig over oorbellen en blijven haken achter armbanden. De Tiffany-hanger... waar is de Tiffany-hanger?

Ik kieper het doosje om en gooi de inhoud op de kast. Vijf minuten later stop ik alles terug en begin aan de andere drie laden. En dan doorzoek ik haar bureau. En haar toilettafel in de badkamer – alle vier de laden.

Na drie kwartier zoeken in alle hoeken en gaten is het me duidelijk: de 'Return to Tiffany'-hanger ligt niet in Kristens kamer.

Maar dat wil nog niet zeggen dat ze hem omhad.

* * *

Ik trek Kristens slaapkamerdeur achter me dicht en toets Annies nummer in op mijn telefoon. Hij gaat over terwijl ik de gang door loop. Op het moment dat ik een glas wijn voor mezelf inschenk, schakelt de telefoon over op haar voicemail, net als de afgelopen drie dagen. 'Verdomme!'

Ik wacht op de pieptoon en bereid me voor op wat ik ga zeggen. Ik weet niet zeker van wie de e-mail afkomstig is, maar het bericht heeft me nieuwe hoop gegeven. De hoop dat Kristen misschien nog leeft. Die maakt me haastig. Als Kristen nog leeft, is ze dan wel veilig? Ik moet haar vinden.

'Annie, nog een keer met mij. Bel me alsjeblieft terug, maakt niet uit hoe laat het is. Ik moet je spreken.'

Ik neem mijn wijn mee naar de huiskamer en ga voor het hoge raam staan dat uitkijkt over het park. De regen druipt van de bomen, de mensen lopen weggedoken onder hun paraplu. Ik toets Kates nummer in. Ze neemt meteen op, alsof ze op mijn telefoontje zat te wachten.

'Hé, hoi!' Mijn zus heeft een zware, kalme stem, als een traag stromende rivier. Ze doet me zo aan mijn moeder denken dat mijn hart ervan samentrekt.

'Ha, Katie. Is Annie bij jou?' En Kristen, wil ik vragen, maar ik hou me in.

'Ja, ook hallo. En inderdaad, Annie is hier, maar ze zit nu bij pa.'

Ik zwijg een fractie van een seconde. 'Wie heeft ze bij zich?'

'Niemand.'

Er gaat een verse steek van teleurstelling door me heen, gevolgd door paniek. Ik wrijf over mijn keel. 'Weet je dat zeker?'

'Ja, natuurlijk weet ik dat zeker. Ze hoopt dat jij weer een beetje normaal gaat doen tegen de tijd dat ze naar huis komt.' Kate lacht. 'Sorry, Rik, dat zijn haar woorden.'

'Mijn kind ziet me als een gestoorde ouwe bitch.'

'Dat is niet waar. Het woord "oud" heeft ze niet gebruikt.'

Ik glimlach onwillekeurig om het sarcasme van mijn zus. 'Bijdehandje.' Ik ga op de armleuning van mijn stoel zitten. 'Ik heb vandaag een raar mailtje gekregen, met een van mama's oude spreuken. Let op: *Een wijs ontdekkingsreizigster kijkt aandachtig naar haar laatste reis voordat ze de volgende gaat plannen.'* Ik laat een stilte vallen. 'Het is gestuurd door iemand die zich eenWonder noemt.'

Ik benadruk de laatste woorden en wacht met ingehouden adem af. Hopelijk ziet Kate meteen het verband met Kristen. Maar nee.

'Slim,' zegt ze. 'Zo te horen is dat Annie die jou uitdaagt. Dit is haar manier om je eindelijk hierheen te laten komen. Ze heeft dus niet naar me geluisterd toen ik zei dat ze beter even uit je buurt kon blijven.'

Ik wrijf over mijn voorhoofd. Kate denkt dat Annie een Wonder is. Brian denkt hetzelfde. Hou ik mezelf voor de gek? Nee. Ik heb gezien wat Kristen in haar spreukenboek heeft geschreven. Zij is degene die me uitdaagt. Ze leeft nog en ze heeft me nodig.

'Ik kom naar het eiland, Kate.' De woorden zijn mijn mond uit voordat ik ze kan tegenhouden. Ik druk een hand tegen mijn bonzende hart.

'Kom je echt hierheen, na al die jaren? Niet te geloven. En je laat je werk zomaar in de steek?'

Ik glimlach. Voor het eerst sinds lange, lange tijd voel ik me trots. 'Wat er nu toe doet, is mijn dochter. Als er ook maar de kleinste kans bestaat dat die mail afkomstig is van Kristen, dat zij me uitdaagt om haar te komen zoeken...'

'Oké.... even voor alle duidelijkheid. Je komt hierheen voor Kristen? Niet voor Annie, de dochter die nog leeft en die je nodig heeft?'

'Ik kom daarheen omdat ik van mijn dochters hou, van allebei. En omdat Annie me nodig heeft. En ik voel me ontzettend schuldig omdat ik er niet voor haar was de laatste tijd.' Ik knijp mijn ogen dicht. 'Maar ik mag toch wel hopen dat Kristen misschien ook daar is?'

'O, Rik.'

Ik erger me rot aan haar medelijdende toon. Ze denkt dat ik gek aan het worden ben. En het punt is dat ik niet kan bewijzen dat het bericht afkomstig is van Kristen. Ik weet alleen dat mijn hele hart me zegt dat het zo is.

14

Annie

Die vrijdagavond, halverwege het avondeten bij haar opa thuis, voelt Annie paniek opkomen. Ze heeft haar telefoon bij tante Kate laten liggen. Hoe kon ze zo stom zijn, uitgerekend vanavond? Annie is niet het type dat de zenuwen krijgt als ze haar telefoon niet onder handbereik heeft, maar vandaag ligt het anders. Ze verwacht haar reisschema voor Parijs. Volgende week vertrekt ze. Als ze daaraan denkt, kan ze wel juichen, maar tegelijkertijd wordt ze misselijk van de zenuwen. Ze wil het haar tante en haar opa pas vertellen als alles rond is, voor het geval ze zich nog bedenkt. Maar nee, ze mag nu niet terugkrabbelen. Natuurlijk, Parijs is een enorme stad en ze spreekt geen woord Frans, ze kent daar niemand en vindt het doodeng, maar misschien, heel misschien, kan ze haar zus nog op tijd vinden om haar te redden.

Annie omhelst haar opa en gaat dan, door de natte sneeuw, snel terug naar het huis van haar tante. Tegen de tijd dat ze de veranda op rent, hangt haar haar in stijve krulletjes om haar hoofd en zijn haar sneakers doorweekt. Meteen achter de voordeur blijft ze staan om haar schoenen uit te schoppen.

Verderop in de keuken hoort ze tante Kate telefoneren. 'Ze heeft dus niet naar me geluisterd toen ik zei dat ze beter even uit je buurt kon blijven.'

Annie spitst haar oren en blijft stokstijf staan. Tante Kate praat met haar moeder… over haar.

'Kom je echt hierheen, na al die jaren? Niet te geloven. En je laat je werk zomaar in de steek?'

Annie houdt haar adem in. Haar moeder komt naar het eiland. Ze vindt haar, Annie, eindelijk belangrijker dan die makelaarswedstrijd! Ze blijft stilletjes staan wachten in de hal, met één schoen aan, om naar de rest van het gesprek te luisteren. Als haar tante eindelijk weer het woord neemt, praat ze heel zacht, alsof ze medelijden met Annie heeft.

'Oké.... even voor alle duidelijkheid. Je komt hierheen voor Kristen? Niet voor Annie, de dochter die nog leeft en die je nodig heeft?'

Het is alsof alle lucht uit de ruimte wordt gezogen. Annie propt haar voet weer in de natte sneaker en sluipt zachtjes de deur uit. Met tranen in haar ogen strompelt ze het trapje van de veranda af. Ze moet hier weg! Ze krijgt geen lucht, ze ziet niets meer. Blindelings zwalkt ze over staat, tot het gedeelte waar geen huizen meer staan. En dan klapt ze dubbel en laat de tranen stromen die ze zo lang heeft ingehouden. Haar moeder komt naar het eiland omdat ze denkt dat Kristen hier is. Voor Annie zou ze niet de moeite nemen.

* * *

Een uur later keert Annie terug, beheerst en vastberaden. Ze loopt meteen door naar haar slaapkamer. 'Ik kom zo, tante Kate. Even mijn mail checken.'

Ze doet de deur van haar slaapkamer dicht, klapt haar laptop open en zoekt de e-mail van het au-pairbureau, waar haar reisschema in staat. De vlucht is dinsdagavond. Annies maag krimpt als ze het bericht leest dat Soléne heeft gestuurd.

Mocht je eerder kunnen komen, laat het me dan alsjeblieft even weten. Dan boeken we een andere vlucht voor je. Zoals ik al zei: professor Barrett zit momenteel zonder au pair voor zijn dochter.

Annies handen trillen als ze een antwoord typt aan madame Duchaine.

Ik kan morgen vertrekken.

Dan pakt ze haar telefoon en scrolt naar haar moeders naam in het adressenboek. Ze aarzelt niet langer dan een fractie van een seconde voordat ze *blokkeer dit nummer* aanklikt.

15

Erika

Zaterdagmorgen in alle vroegte sta ik voor het kantoor van Carter Lockwood door mijn telefoon te scrollen om te kijken of er nog berichten zijn. Ik werp een blik op de klok. Tien voor half negen. Schiet nou op, Carter!

'Hoor jij niet druk aan het werk te zijn?' vraagt hij als hij door de gang aan komt lopen, met één hand in zijn zak.

'Ik wil je om een gunst vragen. Heb je heel even?'

Hij haalt een bos sleutels tevoorschijn en gebruikt er een om de deur van zijn kantoor open te maken. 'Als je maar niet om geld of seks vraagt. Jezus, Rebekah woont me helemaal uit. Dat mens praat zo krom als een hoepel, maar tussen de lakens is ze welbespraakt als Shakespeare.'

Hij lacht, en ik voel een knop in mijn maag. Carters vierde vrouw is een Russische schoonheid van zevenentwintig. Ik ben wel de laatste die commentaar mag leveren als het gaat om grote leeftijdsverschillen: Brian was dik tien jaar ouder dan ik. Maar toch heb ik medelijden met Rebekah, een vrouw die duizenden kilometers van haar geboorteland woont en duidelijk gedomineerd wordt door haar rijke echtgenoot.

Carter zwaait de deur open en gebaart me binnen te komen. De zon schijnt volop naar binnen door de glazen wand. Vroeger keek ik mijn ogen uit in Carters kantoor. Ik staarde naar de skyline van Manhattan als een grijs muisje dat pas in de grote stad was komen wonen. Maar sinds die tijd heb ik mijn horizon verbreed, letterlijk en figuurlijk. Na jarenlang luxe appartementen in wolkenkrabbers verkocht te hebben ben ik vrijwel immuun geworden voor de schitterende uitzichten die deze stad te bieden heeft.

Zonder uit het raam te kijken ga ik in een van Carters strakke, metaal met leren stoelen zitten. Zelf ploft hij neer achter zijn gigantische mahoniehouten bureau en zet zijn computer aan.

Ik buig me naar hem toe om zijn aandacht te trekken. 'Ik moet een paar dagen vrij hebben, Carter.'

Hij staart strak naar zijn computerscherm. 'Geen goed moment, Blair. We zitten in de laatste weken van de competitie. Dat weet je zelf ook.'

Ik zeg nijdig: 'Je weet dat ik jou niet om toestemming hoef te vragen, hè?'

Eindelijk kijkt hij me aan, met opgetrokken wenkbrauwen. 'Pardon?'

'Carter, de laatste keer dat ik vakantie heb gehad, was... Ik kan me mijn laatste echte vakantie niet eens meer herinneren – alleen congresreisjes en locatiebezoeken.'

Maar ik herinner me mijn laatste vakantie wel degelijk. Brian en ik hadden de kinderen meegenomen naar Londen, een reis die ik had geboekt twee dagen nadat ik ontdekte dat hij een verhouding had met Lydia. Ik wilde koste wat kost ons gezin redden, en ik was ervan overtuigd dat een gezamenlijke vakantie het enige was wat we nodig hadden. Maar Brian hield vol dat hij juist alleen moest zijn. Hij ging steeds in zijn eentje naar de pub of naar een museum, en hij weigerde de uitstapjes die onze dochters van tien uitkozen, zoals Madame Tussauds en de London Dungeon. Achteraf kon ik aan de gesprekslijst op zijn telefoon zien dat hij in de uren die hij alleen had willen doorbrengen steeds met zijn vriendin in de States had gebeld. Voor mijn dochters probeerde ik de schijn op te houden, maar die reis heeft me flink wat emotionele littekens opgeleverd.

'Ik heb je hier nodig, zodat je kunt doen waar je sterk in bent: onroerend goed verkopen.'

'Het gaat om mijn dochter. Ik moet haar gaan halen. Ze is bij mijn zus in Michigan. Ik blijf niet lang weg.'

'Redt Allison het hier intussen?'

Ik noem mijn assistente Allison in stilte 'Altoid,' naar de hete Altoid-pepermuntjes die ik altijd te sterk heb gevonden. Vorige maand, toen een klant dreigde terug te krabbelen, verzekerde de almachtige 'Altoid' hem dat er drie andere potentiële kopers waren die een bod wilden doen. Daar was niets van waar. Oké, de deal werd alsnog gesloten, maar liegen is mijn stijl niet en dat heb ik haar ook gezegd.

'En verliezen is míjn stijl niet,' antwoordde ze.

Mijn zesentwintigjarige assistente redt het niet alleen zonder mij, ze zou met gemak mijn baan kunnen overnemen, en waarschijnlijk die van Carter erbij. Gelukkig spreekt ze geen Mandarijn. Nog niet.

'Een paar dagen moet wel lukken,' zwak ik Allisons functioneren enigszins af, uit angst dat ik naast haar Altoid-power zal verbleken tot een schamel TicTac'je. 'Ik neem mijn laptop natuurlijk mee. Ik zou vanmiddag willen vertrekken.'

'Is het zo belangrijk?'

Ik denk aan de spreuk van mijn moeder: *Wat belangrijk is, is niet hetzelfde als wat ertoe doet.*

Ik knik. 'Ja, het is heel belangrijk. Maar waar het om gaat, is dat dit iets is wat er toe doet.'

'Waar héb je het in godsnaam over?'

'Mijn moeder zei altijd dat alles wat ertoe doet belangrijk is,' leg ik uit, 'maar dat niet alles wat belangrijk is er toe doet. Dat is iets wat ik niet mag vergeten.'

Hij wrijft over zijn kin terwijl hij daar over na lijkt te denken. 'Dus jouw moeder zou zeggen dat dingen zoals mijn nieuwe auto, Rebekahs verbouwde keuken en ons vakantiehuis in Tahoe misschien wel belangrijk zijn, maar er niet toe doen in het kader van het grote geheel?'

Ik glimlach verrast. 'Precies.'

Carter reageert spottend. 'Wat een bullshit.' Hij wijst met een priemende vinger naar me. 'De competitie doet er voor mij toe, Blair. Verpest het niet. Als je zakt in de ranglijst, haal je dat nooit meer in. Ik reken op je.'

Zijn woorden vormen eerder een dreigement dan een peptalk. Typisch Carter, altijd handelen uit eigenbelang. Als ik de top 50 haal, levert me dat een hoop aandacht in de pers op, en dat zou voor Lockwood een stroom nieuwe klanten betekenen. Maar op dit moment kan het me niet schelen. Ik ga weg, mijn dochter zoeken. En ja, ik houd de wijze spreuk in gedachten en kijk eerst naar mijn verleden.

Als ik een meter of tien de gang in ben gelopen, hoor ik hem roepen. 'Blair? Heb je gezien wie er in je nek hijgt?'

Ik draai me om. 'Pardon?'

'Je oude bazin, Emily Lange. Ze is de top 60 binnengeslopen. Kijk maar uit, straks naait ze je nog een keer.'

Ik zoek steun tegen de muur, plotseling duizelig. Het is niet zo dat ik per se op nummer één wil komen; niet eens op nummer eenenveertig. Er zullen altijd makelaars zijn die beter scoren dan ik, en dat vind ik prima... met één uitzondering. Emily Lange, mentor-*slash*-verraadster.

Jazeker, Emily heeft me onder haar vleugels genomen, heeft me na mijn scheiding van Brian een baan aangeboden als assistente. Jazeker, ik heb veel van haar geleerd over de woningmarkt, over verenigingen van eigenaren en grote deals. Maar zes jaar geleden, toen we na een grote klapper samen bij ZZ's Clam Bar zaten en veel te veel champagne hadden gedronken, keek Emily me ernstig aan. Ze moest iets kwijt. Drie jaar eerder was ze met Brian naar bed geweest, in de tijd dat ze hem hielp bij het zoeken van een huis voor ons in de stad terwijl ik met de kinderen was achtergebleven in Madison.

Kennelijk dacht ze dat dit 'eenmalige' slippertje haar, door het verstrijken van de tijd en door de tranen die ze erbij plengde, wel vergeven zou worden, maar daarmee schatte ze haar protegé toch echt verkeerd in.

'Je kunt dit weekend vrij krijgen,' zegt Carter. 'Maar maandagmiddag heb ik je hier weer nodig.'

Ik doe mijn mond al open om minstens drie vrije dagen te eisen, maar dan doe ik hem weer dicht. Hoeveel tijd heb ik nu helemaal nodig om mijn verleden op te rakelen? Een kort bezoekje aan mijn vader, misschien ga ik zelfs wel even bij Molly langs. Het ware doel van mijn reis is Kristen zoeken. Het hele eiland beslaat amper tien vierkante kilometer, en Annie is daar al drie dagen aan het speuren. Als ik er vanavond aankom, ga ik het eerst bijleggen met Annie. Dan kunnen we de hele zondag samen gaan zoeken op de plekken die Annie nog niet heeft gehad, en morgenavond vliegen we terug naar New York. Samen met Kristen – of met de zekerheid dat ze niet op het eiland is.

'Maandag ben ik er weer,' zeg ik.

Carter heeft me een mooi excuus bezorgd om dat ellendige eiland zo snel mogelijk weer de rug toe te keren.

16

Erika

Het is alsof de aarde is gekanteld, waardoor ik ongewenst een andere wereld binnen schuif, een kale, dorre vlakte die me vervult met doodsangst. Het is avond en ik sta aan het einde van een landtong in Saint Ignace naar het afgelegen gebied te staren dat eens mijn thuis was. De nachtelijke hemel is bezaaid met sterren, de lucht is zo stil en roerloos dat je de vleermuizen met hun ogen kunt horen knipperen. Bij het zilveren schijnsel van de maan kan ik nog net de ijsbrug onderscheiden, een pad omzoomd door dode kerstbomen van vorig jaar. Een smakeloze toegangspoort tot het bevroren niemandsland.

Het is nu vijf jaar geleden dat ik op het eiland was, en bijna tien jaar sinds ik het in de winter heb gezien. Het is een kille, keiharde tante. Zeker in de winter. Een afgezonderde oude dame die haar dierbaren heeft verloren. Maar in plaats van contact te zoeken, barricadeert ze zichzelf achter een bevroren slotgracht die het iedereen belet om dichterbij te komen... of weg te gaan. *Een beetje zoals jij*, zouden mijn dochters misschien zeggen.

De lente vond ik het ergst. Als de temperatuur steeg, werd het te gevaarlijk om de ijsbrug over te steken. Maar het duurde nog weken voordat de veerboot weer in bedrijf werd genomen om toeristen en de welgestelde eigenaren van de zomerhuizen over te zetten van en naar het vasteland. Dat waren voor mij de akeligste weken; ik voelde me opgesloten, alleen en claustrofobisch. Zoals mijn moeder zich vroeger gevoeld moet hebben.

Ik krijg het plotseling koud en wil de rits van mijn parka dichttrekken, maar hij komt vast te zitten. Onhandig friemel ik aan de sluiting, en ineens ben ik weer dat onhandige kind van tien. Mijn vader met een rood hoofd van ergernis. *Denk je soms dat er de rest van je leven iemand zal zijn die je jas voor je dichtmaakt?*

'Nee!' zeg ik hardop, en ik ruk de ritssluiting omhoog.

Hoofdschuddend vraag ik me af waarom ik zo gek ben geweest om hierheen te gaan. Maar ik moet dit doen. Ik moet Kristen zoeken, het bijleggen met Annie – de dingen die ertoe doen.

Ik was tien toen we vanuit ons eenvoudige huis met één verdieping in Milwaukee gingen verhuizen naar het zomerhuisje van mijn moeders familie. Mijn vader, toen vijfenveertig jaar en kapitein op een vrachtschip, had het misplaatste idee in zijn hoofd dat het gunstig zou uitpakken voor zijn gezin als hij zijn baan opzegde om met ons te verhuizen naar deze godverlaten plek om stuurman te worden op de veerboot. Hij was het beu om steeds wekenlang van huis te moeten zijn. Zijn vrouw en dochters hadden hem nodig.

Na de verhuizing wist ik zeker dat mijn leven nooit meer hetzelfde zou worden. En dat was ook zo. Mijn moeder, een mooie dromer die dol was op boeken en muziek, heeft nooit kunnen wennen aan het geïsoleerde bestaan op het eiland buiten het hoogseizoen. Die allereerste lente, in april, is ze verdwenen in het ijskoude water even buiten Point aux Pins, het noordelijkste puntje van het eiland. Zes dagen later werd haar lichaam gevonden. Er gingen allerlei geruchten, maar die heb ik al snel van de hand gewezen. Mijn moeder had de gevaarlijke tocht naar het vasteland ondernomen omdat onze voorraadkastjes leeg waren. Na al die jaren ben ik er nog steeds van overtuigd dat ze probeerde te ontkomen aan het eiland, niet aan het leven.

In twee jaar tijd raakte ik alles kwijt: mijn vrienden, mijn moeder, mijn doorsnee leventje en mijn onschuld. En mijn vader… ach, eigenlijk was hij toch al nooit een echte vader geweest. En na de dood van mijn moeder, toen ik hem het hardst nodig had, was hij er niet voor me. Fysiek wel, maar emotioneel niet meer. Hij was nors en humeurig, één bonk testosteron en spieren, en hij tastte volkomen in het duister bij zijn pogingen om in zijn eentje een peuter en een jonge tiener groot te brengen. Het kleine beetje mildheid dat hij had toen mijn moeder nog leefde ging al snel over in een mengeling van verbittering en boosheid. Ik geneerde en schaamde me voor de man met de bulderende basstem en de rode neus, de man die zich iedere zaterdagavond helemaal lam zoop. De vervloekte man zonder glimlach die mijn moeder de dood in had gejaagd door haar mee te nemen naar deze rotplek.

Ik zuig lucht naar binnen. Dit eiland is nooit goed voor mij geweest. Ik slik moeizaam en speur de hemel af. 'Help me alstublieft,' zou ik willen zeggen, maar het voelt hypocriet om God om hulp te vragen nadat ik een half jaar heb geweigerd tegen Hem te spreken.

Dan zie ik rechts van me iets bewegen. Ik schrik: aan het einde van de naastgelegen steiger komt een man overeind. Hij steekt een hand op ter begroeting. 'Riki Franzel, ben jij dat?'

Nee! wil ik uitroepen. Ik ben Riki Franzel niet. Die is jaren geleden vertrokken. 'Eh... ja, maar ik heet nu Erika Blair,' roep ik, en ik zie nu pas dat er aan het einde van de steiger een sneeuwscooter staat. Mijn taxi.

'Zeg het maar als je zo ver bent.'

Ik pak mijn weekendtas en loop over de betonnen steiger naar hem toe. Hoe lang heeft hij naar me zitten kijken? Hoofdschuddend versnel ik mijn pas. Pas op anderhalve meter afstand herken ik de man in de spijkerbroek en de leren jas. Het is Curtis Penfield, de ongrijpbare jongen op wie ik – samen met alle andere meisjes op Mackinac Island School – vroeger smoorverliefd was, al had hij de diepgang van een ontbijtbordje.

'Hoe gaat het met je, Riki?'

Zijn lippen vormen een boog als een hangmat, zo een waarin je op een lome zomermiddag wilt wegkruipen – als je niet weet hoeveel anderen er al hebben gelegen.

'Leuk je te zien, Curtis.'

'Jou ook.' Zelfs bij maanlicht zie ik de twinkeling in zijn ogen wanneer hij me aandachtig opneemt. Zijn blonde haar, nu een paar tinten donkerder dan vroeger, is nog altijd dik en golvend. Hij is lang en slungelig en heeft de zelfverzekerde uitstraling van iemand die uit een totaal ander milieu komt.

'Hoe is het hier?' vraag ik terwijl ik de helm aanneem van zijn uitgestoken hand.

'Ik mag niet klagen. Het is nog nooit zo druk geweest in de jachthaven als afgelopen zomer.' Hij pakt mijn tas. 'Het is lang geleden dat je thuis was.'

Ik doe mijn mond al open om hem te verbeteren. Dit is mijn thuis niet, nooit geweest. Maar het heeft geen zin om hem te beledigen.

'Vijf jaar,' zeg ik.

'Zes,' corrigeert hij me.

Ik houd mijn hoofd schuin.

'Je was hier in de zomer dat Jimmy Pretzlaff verlof had.'

Ik reken terug. Dat klopt. Hij heeft gelijk, het is zes jaar geleden. Er werd een kleine intocht gehouden in het stadje voor de oorlogsheld die een zomer naar huis kwam. 'Hoe gaat het met Molly? Ik hoorde van Jonahs ongeluk.'

'Molly is een taaie,' zegt hij, en hij laadt mijn tas op de slee. 'Jimmy wil naar huis komen, weg uit Qatar, maar bij het leger laten ze hem niet zomaar gaan. Gelukkig draagt iedereen hier zijn steentje bij om haar te helpen.'

'Fijn,' zeg ik, en ik denk terug aan de vele bloemen en kaartjes op mijn moeders graf, de eindeloze stroom ovenschotels en cake, en de vrouwen die Katie en mij maandenlang iedere week kwamen helpen het huis schoon te houden. Wat een verschil met Kristens uitvaart, die zo kil en formeel was.

'Toe maar,' zegt hij als hij mijn weekendtas bekijkt. 'Louis Vuitton.' Hij spreekt het verkeerd uit, en ik weet niet of hij dat voor de grap doet, uit sarcasme of misschien uit onwetendheid.

Als hij mijn 'Vuit-ton' op de slee heeft vastgemaakt, springt hij op de sneeuwscooter. Dan kijkt hij reikhalzend mijn kant op. 'Ga zitten,' zegt hij met een nauwelijks zichtbaar lachje.

Ik wil op de scooter stappen, maar mijn jas zit te strak. Ik voel zijn ogen op me gericht als ik de rits opentrek, zodat mijn nette donkerblauwe pak zichtbaar wordt.

'Kijk nou eens! Die Riki.'

Ik voel mijn wangen gloeien als hij me van top tot teen opneemt. 'Hooggesloten en keurig. Helemaal New York.' Hij zegt het hoofdschuddend. 'Ik weet nog dat jij het lekkerste meisje van het hele eiland was.'

Terwijl ik mijn been over het zadel zwaai en mijn helm vastmaak, vraag ik me af of ik dit moet opvatten als een compliment of als een belediging.

* * *

Eenmaal in het zadel ben ik me sterk bewust van de mannelijke geur van zijn leren jack en de warmte van zijn lichaam tegen het mijne. Onder de ski's van de sneeuwscooter is het ijs bedekt met een laag papsneeuw, als glazuur op een taart. Ik huiver. Waar moet ik mijn handen laten? Zo'n sneeuwscooter heeft handgrepen, dat weet ik zeker. Maar waar? Curtis maakt een snelle draai over het ijs. Ik pak het eerste beet wat ik kan beetpakken – zijn middel.

'Goed vasthouden,' roept hij over zijn schouder. 'Het wordt stuiteren.'

Ik verstevig mijn greep en gil: 'Nee, hè?' Maar hij geeft een dot gas en mijn kreet wordt overstemd door de brullende motor.

Er zitten flinke wakken in het ijs. Een goede bestuurder kan, afhankelijk van de snelheid van de sneeuwscooter, over gapende scheuren en het open water daaronder scheren. Dat is zo idioot en gevaarlijk dat het in drie staten verboden is.

Curtis meerdert vaart en scheurt in een rechte lijn vooruit. De kleinste afwijking in richting of snelheid en de sneeuwscooter kan zomaar in een wak duiken. Mijn helm stuitert tegen de rug van zijn leren jack en ik knijp mijn ogen dicht. Ik concentreer me op mijn ademhaling en denk aan Kristen en Annie, aan Kate en mijn moeder. En voor het eerst in een half jaar, in de beslotenheid van deze donkere, slechts door de maan beschenen vlakte, omringd door ijs en de dood, besef ik dat ik wil leven.

* * *

Curtis rijdt de kust op bij British Landing. Als ik zijn middel loslaat, zijn mijn armen stijf van de spanning. Hij schakelt de motor uit en zet zijn helm af. 'Wat een kick!'

'Het is gekkenwerk! Waarom heb je niet gezegd dat het ijs voor een deel is ontdooid?' Mijn handen trillen zo hevig dat ik de sluiting van mijn helm niet loskrijg.

Hij begint te lachen en buigt zich naar me toe om me te helpen. Dan slingert hij mijn tas over zijn schouder en wipt als een lenige tiener de kade op. 'Geef me een hand,' zegt hij vanaf de andere kant van een omgevallen boomstam.

Met zijn hand in de mijne om mijn evenwicht te bewaren klim ik over de stam heen. Mijn knieën knikken nog steeds als ik voet aan de grond zet op Mackinac Island. Ik snuif de frisse lucht op en probeer me te ontspannen.

'Ik was vergeten hoe het hier ruikt. Zo zouden diamanten kunnen ruiken, of de lucht of water. Het is een geur die ik nooit kan omschrijven.'

'Ik noem het de geur van de stilte,' zegt Curtis. 'We nemen trouwens paard en wagen naar het huis van je zus.'

We lopen over een kiezelvlakte tot we bij een donkere asfaltweg komen.

'Onvoorstelbaar dat jullie hier nog met paard en wagen rijden.'

Hij glimlacht en helpt me in het rijtuig. 'Beter dan de maandelijkse kosten van een auto.' Hij slaat een keer met de teugels en het paard begint ritmisch te draven. 'Je zult het eiland wel missen.'

'Je moest eens weten.' Zonder enige waarschuwing hoor ik

de stem van mijn vader: *Stel je niet aan, kom van dat kruis af. Andere mensen kunnen het hout goed gebruiken.* Dat was zijn mislukte poging om mijn moeders spreuken voort te zetten na haar dood. Hij had dat zinnetje opgepikt toen we een keer *The Adventures of Priscilla, Queen of the Desert* keken. 'Dat is er een voor jou, Erika Jo,' zei hij terwijl hij in de donkere huiskamer mijn kant op wees. 'Jij denkt ook altijd dat je de meest gekwelde ziel van allemaal bent.'

Hoe durfde hij! Ik wás een gekwelde ziel. Ik had mijn moeder verloren. Hoe kon hij me zomaar een schuldgevoel aanpraten voor mijn verdriet?

Ik voel een hand op de mijne en zie dat Curtis naar me kijkt. 'Gaat het wel?'

'Ja, prima.' Ik zucht diep. 'Het zijn gewoon de spoken van het verleden hier op het eiland.' Ik trek mijn hand weg. 'Hoe komt het toch dat ik me hier meteen weer een kind van tien voel, hulpeloos en zwak en boos op de hele wereld?'

'Dit eiland kan een paradijs zijn, maar ook een voorportaal van de hel, afhankelijk van de tijd van het jaar, de stand van de zon en het ritme van de getijden.' Hij richt zijn aandacht op de smalle weg voor ons. 'Niemand weet het beter dan ik.'

Curtis' introspectie verbaast me. Misschien heeft hij toch meer diepgang dan een ontbijtbordje. Ik maak er een diep bord van.

Hij grijnst breed. 'Daarom is The Mustang zo populair.'

Curtis doelt op de oude bar waar de plaatselijke bevolking graag komt, een kroeg waar de serveersters laag uitgesneden hemdjes en minirokjes dragen. Ik rol geërgerd met mijn ogen. Ik had het toch bij het rechte eind: een ontbijtbordje. Gewoon een plat ontbijtbordje.

We rijden over de smalle weg in zuidelijke richting en ik staar het donkere bos in. Is Kristen daar ergens, verstopt in het zomerhuis van de familie Devon? Of heeft Annie haar al gevonden? En wat zal Annie doen als ze mij ziet? Zal ze eindelijk inzien hoeveel ik van haar hou? Belde ze me maar terug, ik wil weten hoe het met mijn dochter gaat.

We komen aan bij de rand van de bebouwde kom, waar de lantaarnpalen hun schijnsel op het vakantieplaatsje werpen. Als ik hier nu voor het eerst kwam, zou ik het bijzonder noemen, pittoresk, bijna idyllisch. Ik kijk aandachtig naar de silhouetten van de statige oude zomerhuizen links van me op de steile rotsen, met hun neus in de lucht alsof ze te goed zijn voor de gewone eilandbewoners. Aan weerskanten van de straat liggen snoepwinkeltjes, fietsverhuurbedrijven, dure restaurants en chique hotels. Ze zijn, op een handjevol na, allemaal gesloten voor het laagseizoen. Als we langs The Mustang rijden, hoor ik binnen muziek.

Curtis grijnst. 'Doug Keyes speelt hier nog steeds iedere zaterdag en zondag. We boffen dat hij nooit vertrokken is. Vorig jaar kreeg hij een platencontract aangeboden, maar dat heeft hij afgeslagen.'

'Eeuwig zonde,' zeg ik hoofdschuddend.

'Niet echt. Doug is hier gelukkig.'

Mijn hart begint te bonzen zodra het houten huisje waar ik ben opgegroeid in zicht komt. Ik kijk naar het licht achter het erkerraam en stel me voor dat mijn vader binnen in zijn luie stoel zit te doezelen voor de televisie, met een flesje bier op het tafeltje naast hem. Behalve Kate, die het bijna verdient om heilig verklaard te worden, heeft hij nu niemand meer. Maar dat verbaast me niks. Zelfs Sheila, zijn tweede vrouw, kon hem niet om zich heen velen.

Twee straten verderop houdt Curtis de teugels in, waardoor het paard overgaat in stap.

'Kom vanavond ook naar The Mustang.'

'Vanavond?'

'Het is pas acht uur, Riki.' Hij stoot me broederlijk aan, waardoor ik enigszins mijn evenwicht verlies. 'Als je komt, trakteer ik de zusjes Franzel op een biertje.'

'Dat zou leuk zijn, maar ik ben hier niet voor mijn plezier. Ik moet maandag alweer werken. Het is niet vervelend bedoeld, maar morgen neem ik alweer het vliegtuig naar huis.'

Hij trekt zijn wenkbrauwen op. 'Dat is een hele reis voor één nachtje.'

'Vertel mij wat. Mijn dochter... Het zit namelijk zo, ik heb een raar mailtje gekregen en...' Ik maak de zin niet af en haal in plaats daarvan Kristens schoolfoto tevoorschijn uit mijn jaszak. Ze lacht ondeugend op de foto, zelfverzekerd, zorgeloos en levenslustig. Ik slik iets weg en laat Curtis de foto zien.

'Heb jij haar pasgeleden nog gezien?'

'Nee,' antwoordt hij, en ik zie de bezorgde blik in zijn ogen. 'Sinds vorige zomer niet meer, Riki. Ik vind het heel erg wat er gebeurd is.'

Hij denkt dat ze dood is. En waarschijnlijk denkt hij dat ik gek geworden ben. Ik recht mijn schouders en probeer mijn dichtgesnoerde keel te schrapen.

'Dank je.' Ik stop de foto weer in mijn zak. 'Ik kom ook voor mijn andere dochter.'

'Voor Annie?'

'Ja.'

'Riki, ik heb Annie vanmorgen naar Saint Ignace gebracht. Haar vlucht ging vanmiddag.'

Ik kijk hem met bonzend hart aan. 'Nee. Je vergist je. Wou je beweren dat ze terug is naar New York?'

Hij haalt zijn schouders op. 'Ze ging naar het vliegveld, dat is het enige wat ik weet.'

'Was haar zus bij haar?'

Hij fronst zijn voorhoofd. 'Nee, Riki.'

Annie is terug naar huis. Maar waar is Kristen dan? Ik wend me tot Curtis. 'Breng me meteen naar het huis van Wes Devon. Je weet wel, die jongen van Dartmouth. Hij woont en werkt hier deze winter.'

Curtis schudt zijn hoofd. 'Wes is van de week al vertrokken.' Voordat ik iets kan vragen voegt hij eraan toe: 'Alleen.'

17

Annie

Het is acht uur als Annie aan boord gaat van het vliegtuig naar Parijs. Ze is vanmiddag aangekomen in New York, en ze had net genoeg tijd om snel naar huis te gaan om haar paspoort te halen en een koffer in te pakken. In het vliegtuig leunt ze achterover in haar stoel en sluit haar ogen terwijl de muziek van haar favoriete indie-vrouwenband, Chastity Belt, door haar draadloze speakers klinkt. Voor het eerst die dag staat ze zichzelf toe zich te ontspannen.

Niet dat ze ook maar enige rust voelt; in de verste verte niet. Haar maag trekt samen en ze pakt voor de honderdste keer haar telefoon. De verleiding haar moeder te bellen om te zeggen dat ze naar huis wil is groot. Nee! Ze moet dit doorzetten. Het is de enige manier om haar zus te vinden.

In plaats van te bellen klikt ze het Facebook-icoontje aan en stuurt haar zus nog een privébericht.

Onderweg naar Parijs. Alleen. Hier is mijn adres. Je kunt me vertrouwen. Ik weet dat je zwanger bent. Ik zal niks tegen mama zeggen, beloofd. BEL ME, KRISSIE*!!!*

Annie laat haar telefoon zakken, hoopvol en tegelijkertijd doodsbang. Houdt ze zichzelf voor de gek? Is het erg wreed van haar om het contact met haar moeder rigoureus te verbreken? Nee, houdt ze zichzelf voor. Het interesseert haar moeder niet eens. Gelukkig heeft Annie haar vader nog om mee te praten. Nou ja, min of meer.

Ze heeft hem vanmorgen gebeld, om afscheid te nemen en

door te geven dat ze zijn creditcard heeft gebruikt. Alweer. Hij had maar liefst vijf minuten tijd voor haar, op de golfbaan. Vijf fucking minuten.

'Goh, Parijs,' zei hij. 'Dat wordt vast een mooie ervaring. Bel me als je daar aankomt.'

Ze voelde een enorme leegte. Ze zou zomaar kunnen verdwijnen zonder dat iemand wist waar ze was.

'Je wilt natuurlijk de contactgegevens van professor Barrett, hè?' vroeg ze om hem een schuldgevoel te bezorgen.

'Juist, ja. Ogenblikje, dan pak ik pen en papier.'

'Laat maar, ik app je wel. En hou mama een beetje in de gaten, oké? Ze is straks helemaal alleen.'

'Doe ik.' Hij aarzelde. 'En Annie, bewaak alsjeblieft je grenzen. Ik zeg dit voor jouw bestwil.'

Haar vader, haar tante, haar opa en zelfs Kristen – hebben ze dan toch gelijk? Ze zal het gauw genoeg weten, want haar grens wordt straks de Atlantisch Oceaan. En ze is vastbesloten om haar moeders telefoontjes en berichten te blijven blokkeren. Ze volgt Kristens advies op en blijft niet langer aan de hand van haar moeder lopen.

Toch voelt Annie zich schuldig, ze kan er niets aan doen. Haar moeder houdt zich groot, maar Annie ziet hoe kwetsbaar haar glimlach is; alsof ze hem met één penseelstreek zou kunnen wegvegen. Daarom heeft ze het er zo moeilijk mee om het contact te verbreken.

Ze wrijft over haar voorhoofd, alsof ze hoopt de woorden van haar vader uit haar geheugen te wissen. Haar moeder zal vast flippen als ze straks bij tante Kate te horen krijgt dat Annie zonder iets te vertellen naar Parijs is vertrokken. En ook al was het tante Kates idee dat Annie als au pair zou gaan werken, zelfs zij vond het niet leuk dat Annie niet wilde wachten tot haar moeder er was. Annie vond het te gênant om uit te leggen dat ze hun telefoongesprek heeft gehoord en dat ze de waarheid weet: haar moeder komt naar Mackinac om Kristen te zoeken. Ze geeft niets om 'de dochter die nog leeft'.

Eén ding is zeker. Haar moeder zal Kristen niet vinden op het eiland. Annie is degene die Kristen zal vinden. Dan pas kan ze het schuldgevoel van zich afzetten dat haar kwelt – omdat ze haar zus die bewuste ochtend heeft laten vertrekken, moederziel alleen. Krissie wilde niet weg. Ze treuzelde expres, maar Annie luisterde niet naar haar. Oké, Krissie is weggeglipt toen Annie haar spreukenboek ging pakken, maar waarom is ze niet achter haar aan gehold? Ze had haar moeder beloofd een oogje in het zeil te houden en dat heeft ze niet gedaan.

Een van de stewardessen roept om dat het toestel klaar is om op te stijgen. Annies hele lichaam verstart. Ze gaat echt vertrekken. Nog één keer kijkt ze op haar telefoon, want ze vergeet steeds dat ze haar moeders nummer heeft geblokkeerd. Er is wel een bericht van professor Thomas Barrett, de man voor wie ze gaat werken.

Olive en ik vinden het heel fijn dat je komt. We wachten morgen pal achter de douane op je. Goede reis, Tom

Ja, hoor. Misschien is de professor echt blij dat ze komt, maar Olive? Echt niet. Dat onhandelbare kind gaat natuurlijk Annie het leven zuur maken. Toen ze laatst Soléne Duchaine van het au-pairbureau sprak, kreeg ze allerlei verhalen te horen over de vorige twee au pairs die het meisje al had weggejaagd.

'Olive Barrett is... hoe zeg je dat? Lastiger dan de meeste kinderen.' Ze vertelde dat Olive driftig kon zijn, en dat ze moeilijk vriendschappen sloot met andere kinderen nadat haar moeder anderhalf jaar geleden was overleden.

Annie bijt op haar lip. Ze heeft geen idee hoe je met kinderen moet omgaan, laat staan met een lastig kind dat in de rouw is.

Maar wacht even... zouden andere mensen háár ook niet zo omschrijven?

18

Erika

'Hoe bedoel je, "ze is weg"? Hoe kon je dat nou laten gebeuren, Katie?'

'Sorry. Ik was net zo verbaasd als jij toen Annie me belde om te zeggen dat ze al vertrokken was.'

Ik sta bij Kate in de keuken met het getypte briefje van mijn dochter in mijn hand.

Lieve mam,

Maak je alsjeblieft geen zorgen, het gaat goed met me. En wat je ook doet, kom me niet zoeken. Ik heb je nummer geblokkeerd op mijn telefoon. Het lijkt me beter als wij elkaar een tijdje niet zien of spreken, denk je ook niet?

Liefs,
Annie

Ik stort bijna in. Annie is vertrokken, net als Wes. Is Kristen dan ook weg? Ben ik voor niks dat hele eind hierheen gereisd?

Kate houdt haar blik strak gericht op het glas water dat ze inschenkt. 'Annie is onderweg naar Parijs.'

Mijn zicht wordt wazig. Ik leg een hand op mijn keel en doe een stap naar achteren. 'Wat? Waarom? Hoe kan ze zomaar het land uit gaan zonder mij iets te vertellen?'

Kate zet de karaf op het aanrecht. 'Ze gaat daar werken als au pair. En nou niet meteen door het lint gaan, haal even diep adem. Een paar maanden Parijs zal haar goed doen. Ik heb haar trouwens aangemoedigd, al leek ze toen weinig belangstelling te hebben.' Kate fronst haar voorhoofd. 'Wist je dat ze naar het eiland is gekomen in de hoop Kristen hier te vinden?'

Mijn hart gaat sneller slaan. 'Heeft ze haar gevonden?'

Kates mond valt open. 'Nee! Natuurlijk niet, Rik. Serieus, je moet hier mee ophouden. Ik weet dat het klote is, maar je kunt Annie niet helpen als je de draad van je leven niet oppakt.'

Ik staar haar aan en voel een brok opkomen in mijn keel. 'Ik ben niet gek geworden, Kate, en Annie ook niet. Kristen leeft nog en ik zal haar vinden.'

Kates blik is somber. 'Zullen we er maar over ophouden?'

Ik slaak een zucht. 'Prima. Maar je zult zien dat ik gelijk heb.'

'Je hebt te hard gewerkt. Je neemt niet de tijd om het te verwerken. Er komt een moment dat je niet langer al je gevoelens in je aktetas kunt proppen, zus.'

'Mijn baan is belangrijk voor me, Kate.' Ik maak me van haar los en veeg mijn ogen droog. 'Zonder mijn werk blijft er niets van me over. De enige keren dat ik me enigszins normaal voel, is als ik aan het werk ben. Verder ben ik een waardeloos mens.'

Kate wrijft over mijn arm. 'Dat is niet waar.'

'Wel waar. Ik ben een waardeloze moeder.' Ik bijt op mijn lip, bang om mijn schuldgevoel hardop uit te spreken. Ik heb mijn zus nooit verteld dat ik Kristens rare bui van die laatste morgen straal genegeerd heb. Ik kan het niet, de schaamte is te groot.

'Je bent vast geen waardeloze moeder want Annie is gek op je. Nog steeds.'

'Ja, hoor, natuurlijk. Ze is zo gek op me dat ze naar de andere kant van de oceaan vertrekt zonder mij dat te vertellen.' Ik huiver als ik denk aan Annie moederziel alleen in Parijs, en daar is de angst weer. 'Ik moet haar gaan halen. Ik moet mijn paspoort...'

'Hou op,' zegt Kate. 'Ze is geen kind meer. Een paar maanden in Parijs is alleen maar goed voor haar. De spreuk heeft je geleerd naar het verleden te kijken. Daarom ben je hier.' Kate glimlacht. 'En je kunt dat verleden om te beginnen herleven bij The Mustang. Kom, dan trakteer ik op een hamburger en een karaf bier.'

'Een karaf bier? Nee. Ik moet Kristen zoeken.' Maar waar moet ik beginnen? Ineens krijg ik een akelig voorgevoel. Misschien is Kristen toch niet hier. Annie zou het eiland nooit verlaten hebben als ze dacht dat haar zus hier ergens was. Ik lees haar briefje nog een keer, en nu pas dringt de ernst van haar boodschap tot me door.

'Annie heeft me geblokkeerd op haar telefoon.' Ik voel paniek opkomen, mijn ademhaling wordt zwaar. 'Ik kan geen contact met haar opnemen, Kate!'

'Rustig. Ik houd wel contact met haar zo lang ze daar is. Maar jij moet haar wens respecteren. Ze wil tijd voor zichzelf.'

'Nee. Dit is belachelijk. Je moet me helpen. Bel haar alsjeblieft en zeg dat ik hier ben, dat ze moet opnemen als ik bel.'

'Goed idee. Zodat ze mij ook kan blokkeren, zeker.'

* * *

Ik doe de deur van Kates piepkleine logeerkamertje dicht, vis mijn telefoon uit mijn tas en bel Brian. Terwijl de telefoon overgaat, valt me op dat de witte shutters voor het enige raam nog dicht zijn en dat er op het antieke bureautje van oma een stuk of vijf exotische planten staan, in verschillende tinten groen.

'Hoi, E,' zegt Brian. 'Zeg het eens.'

'Om te beginnen is onze dochter onderweg naar Parijs. Ik ben hier op het eiland en ze is weg!'

'Ja, cool, hè?'

'Nee. Ik vind het doodeng. En ze wil me niet spreken.'

'Ik heb haar gesproken voordat ze vertrok. Komt goed.'

Ik weet dat het niet terecht is, maar ik voel me verraden. Waarom belt ze hem wel? Hij werkt net zo hard als ik, maar omdat ik de moeder ben, wordt het van mij niet gepikt.

'Waar verblijft ze dan? En voor wie werkt ze precies?'

'Ik, eh, dat heb ik niet precies onthouden. Ik stuur je de gegevens wel.'

Ik hang op; ik ben dus helemaal niets opgeschoten met dit telefoontje. Maar Brian houdt zich aan zijn woord en appt me Annies contactinformatie. Goddank!

Prof. Thomas Barrett
Gastdocent biochemie
Faculté de médecine Pierre-et-Marie-Curie,
Sorbonne Universités
UPMC
Place Jussieu 4
75005 PARIS
thomas.barrett@upmc.fr

Ik ga met mijn laptop op de rand van het bed zitten en stel een bericht op.

Geachte heer Barrett, ik ben de moeder van Annie Blair. Ik heb zojuist gehoord dat mijn dochter onderweg is naar Parijs.

Ik stop met typen, bang dat hij een verkeerde indruk van me zal krijgen. Zou hij me zien als een slechte moeder die niet met haar dochter communiceert? Of nog erger, zo'n helikoptermoeder die haar volwassen kind geen moment uit het oog verliest. Het is allebei waar, ben ik bang.

De relatie tussen Annie en mij verloopt momenteel wat stroef. Zou u me alstublieft een berichtje willen sturen als ze veilig is aangekomen?

Mijn adem stokt als ik denk aan Annie die helemaal alleen ergens hoog boven de oceaan zit. Ik bijt op de binnenkant van mijn wang en leg mijn vingers weer op het toetsenbord.

Is de buurt waar u woont wel veilig voor een jonge Amerikaanse vrouw zoals Annie? Ze is erg gevoelig en ik ben bang dat ze heimwee zal krijgen.

Ik toets net mijn naam en nummer in als er op de deur wordt geklopt. 'Binnen,' zeg ik. Ik slik de brok in mijn keel weg en druk op *verzenden*.

Mijn knappe zus komt binnen. Ze ziet er eerder uit als een studente dan als een bedrijfsleidster van een restaurant. Ze heeft zich omgekleed in een gescheurde spijkerbroek met slobberlaarzen, een wijde blouse en een hele rits rinkelende armbanden. Haar glanzende bruine haar is lang en recht, net als haar figuur.

'Gin-tonic.' Ze geeft me een glas en houdt het tweede zelf. 'Proost.'

We tikken de glazen tegen elkaar en ik neem een slokje van een heel sterke gin-tonic.

'Kom, dan gaan we naar The Stang,' zegt ze; zo noemt iedereen op het eiland The Mustang. 'Het is zaterdagavond. Iedereen is er.' Maar Kristen niet, mocht ze nog hier op het eiland zijn, en die kans is klein. Ze is nog geen eenentwintig, ze mag niet drinken. En ik huiver bij het idee mijn oude vrienden weer te zien, mensen die ik niet meer ken en met wie ik niks gemeen heb. Ik hoor in gedachten al hun goedbedoelde condoleances, de *Wat erg voor je*'s en dat gelul van *Het heeft zo moeten zijn*.

'Ach, Kate, het is al laat.'

'Mens, het is verdorie half tien! Schiet een beetje op, dan kunnen we gaan!'

Ik heb nooit nee kunnen zeggen tegen mijn kleine zusje. Misschien komt het doordat ze nog luiers droeg toen onze moeder doodging. Mijn hart brak als ze huilend 'mama' zei. Of misschien heeft het ermee te maken dat ze het hart van een engel heeft en de instelling van een motorchick, een tegenstrijdige combinatie waardoor ze meer soul lijkt te hebben dan ieder ander. Om de een of andere reden is Katie de enige die macht over me kon uitoefenen, en dat zal altijd wel zo blijven.

Ik hijs mezelf overeind, maar niet zonder er overdreven bij te kreunen. 'Als het dan per se moet.' Ik wil naar de deur lopen, maar Kate houdt me tegen.

'Je kunt zo niet naar de kroeg.'

Ik frons mijn voorhoofd. 'Hoe niet?'

'Je ziet eruit als een makelaar.' Ze trekt een pijnlijk gezicht. 'Sorry. Niet lullig bedoeld.'

'Zeg.' Ik kijk even naar mijn kleding. 'Dit pak heeft toevallig wel ruim achthonderd dollar gekost. Het is van Christian...'

'Sorry, zus. Het kan niemand hier ook maar een moer schelen of je rondloopt in Fendi of in Faded Glory.' Ze loopt naar de kast en kijkt over haar schouder naar me. 'Dat is het eigen merk van Walmart, maar dat ken jij vast niet.'

'Ik heb alleen dit pak bij me. En een vest, maar dat bewaar ik voor de terugreis van morgen.'

Kate tikt peinzend tegen haar kin terwijl ze me van top tot teen bekijkt. 'Oké, trek die blazer maar uit.'

Ik wacht even, trek dan de blazer uit en hang hem over een stoel.

'Jezus, wat ben je dun.'

'Dank je. In New York beschouwen we dat als een compliment.'

'Tuurlijk.' Ze buigt zich naar me toe en maakt het bovenste knoopje van mijn blouse los. 'Mijn antwoord op een badhairday is een laag decolleté.'

'Hé!' Ik bedek mijn borst. 'Het kan aan mij liggen, maar ik zie er liever uit als een makelaar dan als een hoer. In mijn wereld is de eerste indruk belangrijk.'

Ze lacht. 'Precies. En jouw wereld is vanavond Mackinac in plaats van Manhattan.' Ze wijst naar mijn haar. 'Haal die clip uit je haar. Je lijkt oma Louise wel met dat kapsel.'

Ik breng een hand naar mijn steile, uit mijn gezicht gekamde haar. 'Hou eens op met je complimenten, straks word ik nog verwaand.'

'Het valt best mee. Je kunt je nog lang niet meten aan Trump en Kanye,' zegt ze lachend. 'Laat me dan tot slot zeggen dat ik je wimpers prachtig vind. Als ik niet beter wist, zou ik zweren dat het neppers zijn.'

Ik glimlach en recht mijn schouders. 'Goh, dank je. Ik heb wimperextensions.'

Ze houdt haar hoofd scheef. 'Dat zou je niet zeggen, hoor.'

Ik kijk haar aan. Is ze nou sarcastisch? Voordat ik eruit ben, beent ze met haar glas de kamer uit en doet het licht achter zich uit. 'Kom nou! Ik heb tegen pa gezegd dat we komen, hij zit waarschijnlijk al op ons te wachten.'

Mijn hartslag versnelt. Ik ben er nog niet aan toe om mijn vader te zien. 'Wacht even,' zeg ik vanuit de donkere logeerkamer 'Ik... ik heb hoofdpijn. Ga jij maar vast. Misschien kom ik straks nog wel.'

Ik zie haar staan, daar op de schemerige overloop. Ze ziet er niet boos uit. Niet geërgerd. Wat ik op haar gezicht zie is veel erger. Teleurstelling.

'Je verdwijnt, Rik.' Haar stem is niet meer dan een fluistering. 'Er blijft haast niets van je over.'

* * *

Om tien uur vis ik de enige Xanax-tablet die ik bij me heb uit mijn tas en neem die in. Als ik de koele lakens over me heen getrokken heb en mijn ogen dichtdoe, probeer ik de slaap te forceren. Maar het is te stil hier op het eiland. Ik hoor geen verkeer achter het raam. Er valt geen licht van straatlantaarns door de shutters naar binnen.

Wacht Kate op me bij The Mustang? Heeft ze tegen haar vrienden gezegd dat ik zou komen?

Ik draai me op mijn zij, maar ik kan de woorden van mijn zus niet uit mijn hoofd zetten. *Je verdwijnt.* Wanneer is dat begonnen?

Om half een, als ik er tamelijk zeker van ben dat mijn vader inmiddels naar huis gestrompeld moet zijn, trek ik mijn broek en blouse aan en ga de deur uit.

* * *

Het is vijf minuten lopen van Kates huis naar het dorp. Ik steek mijn handen in mijn jaszakken. Als ik de hoek om loop naar The Mustang komt de basdreun me al tegemoet, en ik word er naartoe getrokken en er tegelijkertijd door afgestoten. Verderop bij de ingang staan een stuk of tien mensen. Tussen alle gezichten valt mijn blik op dat van Curtis Penfield.

'Riki! Ik wist wel dat je zou komen.'

Tuurlijk, Curtis. Ik kon jouw charme niet weerstaan. Voordat ik de tijd krijg om hem terecht te wijzen, hem duidelijk te maken dat ik alleen voor Kate kom, draait Curtis zich om, in een wolk van aftershave met dennengeur. 'Hé, mensen! Kijk eens wie hier is, helemaal uit New York! Onze eigen Riki Franzel.'

Ik krimp in elkaar; ik vind deze aandacht bijna net zo vreselijk als de naam die ik twintig jaar geleden achter me heb gelaten. De groep komt mijn kant op, en mijn hart gaat als een razende tekeer. Ik begroet de vaag bekende gezichten, mijn oude vrienden. Ik herken ze aan hun glimlach, die nu wordt omringd door diepe rimpels en schaduwen.

'Sherri, wat leuk je te zien. Hoe is het met jou, Holly?'

Net als ik me begin te ontspannen, hoor ik een vrouw fluisteren: 'Riki Franzel? Dat meen je niet. Die was vroeger zo knap.'

Het is alsof mijn keel wordt dichtgeknepen. *Zet het van je af.* Ik strijk mijn haar glad, nog altijd naar achteren vastgezet met een clip, en ik hoop vurig dat de glimlach die ik op mijn gezicht geplamuurd heb zich niet laat verdrijven. 'Misschien kunnen jullie me helpen,' zeg ik, en ik tast in mijn zak naar de foto van Kristen.

Curtis' blik wordt mild en hij pakt me bij mijn pols. 'Riki, niet doen.'

Ik schud hem van me af en hou de foto omhoog. 'Heeft een van jullie mijn dochter Kristen gezien?' Ik draai de foto langzaam langs de groep en kijk naar hun gezichten. Ik zie dat er nerveuze blikken worden gewisseld, wenkbrauwen gefronst. Twee vrouwen fluisteren iets.

'We kenden Kristen allemaal van de zomers die ze hier heeft doorgebracht,' zegt een mollige vrouw met bruin haar. 'Maar we dachten…'

'Er is een fout gemaakt,' zeg ik op gezaghebbende toon. Ik

voel de tranen in mijn ogen, maar ik blijf de foto omhooghouden. 'Ze is niet dood, ze wordt vermist. En ze zou hier op het eiland kunnen zijn. Heeft iemand haar gezien?'

Ze schudden allemaal het hoofd en mompelen dat ze haar niet gezien hebben. Ik hoor het woord 'gek' en iemand zegt: 'Net als haar moeder.' Mijn bloeddruk schiet omhoog. Het liefst zou ik gaan schreeuwen, mezelf verdedigen. Mijn moeder verdedigen. Maar ik heb er de energie niet meer voor.

Ik moet naar Kate toe. Als ik naar de ingang van de kroeg loop, zwaait de oude houten deur net open. Ik hap naar lucht als ik zie wie er naar buiten komt.

'Wie we daar hebben! De chique dame. '

Zijn gezicht is verwrongen als altijd, met die asymmetrische trekken, waardoor hij er net zo grimmig en sinister uitziet als hij klinkt. Ik doe instinctief een stapje terug.

'Jij dacht hier straks te kunnen vertrekken zonder je ouwe vader gesproken te hebben, hè?' Zijn neus ziet rood, ongetwijfeld het gevolg van te veel whisky-cola. Zijn spierwitte haar piekt onder een pet uit met de opdruk *Arnolds Transit*, en zelfs van deze afstand kan ik zien dat zijn lichaam, ooit kaarsrecht en gespierd, krom begint te groeien. Ja, natuurlijk. Mijn vader is inmiddels achtenzeventig.

De groep valt stil. Ik voel zweet prikken in mijn nek. Achter me geeft iemand, Curtis misschien, een duwtje tegen mijn schouder. Ik schuifel naar voren als een kind dat op het matje moet komen bij het schoolhoofd.

'Hallo, pa.' Ik omhels hem halfslachtig, doe wat er wordt verwacht van een dochter die haar vader voor het eerst in zes jaar terugziet. Zijn wang voelt als schuurpapier tegen de mijne en ik snuif de nog altijd vertrouwde geur van whisky en pijptabak op. Maar wij zijn nooit zo van de omhelzingen geweest, Cap Franzel en ik. En ik merk aan de manier waarop hij verstijft dat hij zich er net zo ongemakkelijk onder voelt als ik.

Met een zere keel maak ik me van hem los. Ik voel de tranen opkomen en knipper verwoed. Het is niet zozeer verdriet als wel verlangen. Na al die jaren en al mijn succes snak ik diep in mijn hart nog steeds naar de liefde van mijn vader.

Hij sloeg ons nooit, zelfs niet op zijn zaterdagse zuipavonden. Hij schoot gewoon ernstig tekort als vader. Zag hij dan niet dat de afwezigheid van mijn moeder een gat in mijn hart had geslagen dat erom smeekte opgevuld te worden?

Nu knikt hij naar me. 'Tot het volgende bezoek maar weer.' Zijn mond vormt een dwarse *S* die net zo goed een misvormde grijns als een sarcastisch lachje zou kunnen voorstellen.

Goed. Ik heb hem gezien. Ik kan morgen zonder schuldgevoel het eiland de rug toekeren. Ik kan eenWonder mailen dat ik aandachtig naar mijn laatste reis heb gekeken – die nog net zo wreed bleek te zijn als toen.

Ik voel de groep omstanders om me heen drommen, hun ogen op me gericht terwijl ze in gedachten de roddels al doorvertellen. *Heb je gehoord dat Riki Franzel hier was, de oudste dochter van Cap? Dat gewichtige mens uit New York. Ze is niet helemaal goed bij haar hoofd. Cap en zij hebben elkaar amper gesproken.*

Ik kijk toe hoe hij de mensen opzijduwt en de straat in loopt.

* * *

Ik moet hier weg. Mompelend neem ik afscheid van Curtis en de anderen, en ik haast me in de tegenovergestelde richting van mijn vader. Mijn ademhaling is snel en oppervlakkig. Twee straten bij The Mustang vandaan, als de muziek eindelijk zachter klinkt, ga ik langzamer lopen. Bij een houten bankje aangekomen pak ik mijn telefoon uit mijn jaszak en scroll naar de mail van eenWonder. Ik leg mijn duim op het minuscule toetsenbordje.

Wie is dit? Kristen? Annie? Ik ben naar het eiland gekomen om je te zoeken. Waar ben je? Zeg alsjeblieft iets. Ik heb je nodig.

* * *

Als ik het laatste woord typ, is uitgerekend Curtis Penfield degene die de woorden uitspreekt waaraan ik nu zo'n behoefte heb.

'Jij lijkt totaal niet op je pa.'

Hij staat voor me in een vaal spijkerjack, met twee flesjes bier in zijn handen.

Ik haal diep adem. 'Ik ben bang van wel, op de pijp en het flanellen overhemd na.'

Met een brede grijns geeft hij me een flesje bier en tikt er met het andere flesje tegen. Ongevraagd laat hij zich naast me op het bankje zakken.

'Ik kan je niet zeggen of ze nog leeft,' zegt Curtis, 'maar ik kan je wel verzekeren dat Kristen niet op het eiland is.'

Geschrokken kijk ik hem aan. 'Hoe weet je dat?'

'Dat heeft Annie me verteld toen ik haar naar de overkant bracht.'

De moed zinkt me in de schoenen. Ik dacht het ook al. Annie zou nooit weggegaan zijn als ze dacht dat Kristen nog hier was.

'Ze zei dat ze was gekomen om haar zus te zoeken, maar dat ze haar niet had gevonden. Het klonk alsof ze de draad van haar leven weer wilde oppakken.' Ik voel zijn ogen op me gericht. 'Misschien moet jij dat ook doen.'

Heeft Annie het opgegeven? Is ze er uiteindelijk toch van overtuigd dat haar zus dood is? Moet ik proberen verder te gaan met mijn leven, voor haar? Ik schud mijn hoofd.

'Het punt is dat ik geen flauw idee heb hoe dat moet.'

Curtis strekt zijn lange benen voor zich uit en leunt achterover om naar de sterren te kijken. 'Heel af en toe,' zegt hij, 'als we mazzel hebben, zit het mee in het leven en hebben we de wind in de zeilen. Maar als de wind draait – en dat gebeurt altijd – dan moeten we een nieuwe koers gaan varen.' Hij draait zich naar me toe en legt een hand op de mijne. 'Dat geldt voor jou nu ook, Riki Franzel. Je zult een nieuwe koers moeten gaan varen.'

Ik wacht even tot mijn keel niet langer dichtgeschroefd is en zeg dan: 'Je gelooft het misschien niet, maar thuis heb ik alles onder controle. Alleen hier raak ik van slag.' In gedachten zie ik Brian een ongelovig kreetje slaken, Kate met haar ogen rollen en Annie iets zeggen als: 'Wat een bullshit.'

'Weet je wie ik zie als ik naar jou kijk, Riki? Het bange meisje met de vlechtjes dat haar moeder had verloren en weigerde te geloven wat anderen tegen haar zeiden.'

Ik sla een hand voor mijn mond; de dam in mijn binnenste dreigt het te begeven. Hij doelt op de leugens die rondgingen na het ongeluk van mijn moeder. 'Hou op,' zeg ik, want ik wil het niet horen. 'Niemand kende mijn moeder zoals ik. En niemand kent Kristen zoals Annie en ik haar kennen.'

Zonder dat ik het van plan was vertel ik hem over het spreukenboek en de opmerkingen die Kristen er met potlood in geschreven heeft. En ik blijf maar praten. Ik vertel hem over mijn stormachtige relatie met Annie en zeg dat ik haar zwaar teleurgesteld heb. De woorden rollen naar buiten alsof ik in een biechtstoel zit. 'Je zult me wel een vreselijk slechte moeder vinden.' Ik kijk strak naar mijn bierflesje.

'Neuh,' zegt hij. 'Je bent hetzelfde als ik en miljoenen andere mensen. Je durft geen gas terug te nemen, uit angst dat je dan iets moet voelen.'

19

Annie

Annie staat achter de douane op vliegveld Charles de Gaulle en speurt de menigte af op zoek naar de professor en zijn dochter. Vluchtig gaat ze de gezichten langs, in de hoop dat er een nerd tussen staat met een figuur als een limonaderietje, met een rond brilletje en een vlinderdas.

Dan hoort ze achter zich een lage, melodieuze stem. 'Annie Blair?'

Ze draait zich met een ruk om en hun blikken kruisen elkaar. De glimlachende veertiger draagt een kakikleurige broek en een wit kantoenen overhemd en hij heeft dik, donker, golvend haar. Zijn figuur lijkt totaal niet op een limonaderietje.

'Annie Blair?' vraagt hij nog een keer.

Ze weet een 'ja' uit haar plotseling kurkdroge mond te persen en denkt er wonder boven wonder aan om hem een hand te geven.

'Welkom in Parijs,' zegt hij. 'Ik ben Tom Barrett.' Maar Annie heeft alleen maar aandacht voor zijn warme hand in de hare en de goudkleurige spikkeltjes in zijn donkere ogen, die de kleur hebben van gebruinde boter. Hij trekt zijn hand terug en legt hem op het hoofd van een klein meisje. 'En dit is Olive.'

Annie gaat op haar hurken voor het bleke meisje zitten. Ze heeft bolle wangen en schouderlang haar, met een baret die schuin op haar hoofd staat. Ze verstopt zich achter haar vaders been.

'Hoi, Olive.'

Als Olive haar eindelijk aankijkt, hapt Annie nog net niet naar adem. In die donkere ogen, die groter lijken door de dikke ronde glazen in haar roze brilletje, ziet Annie de pijn en het verdriet die ze zelf voelt. Instinctief legt ze een hand op de arm van het meisje. Olive krimpt ineen, en Annie trekt snel haar hand terug.

'Ik ben Annie. Ik word jouw...'

'Nanny,' maakt het meisje de zin af.

Annie glimlacht. 'Ja, dat klopt. Goed van jou, Olive.'

'Duh. Wie zou je anders moeten zijn?'

'O, ja. Ja, natuurlijk.' Het is een leuk kind om te zien, maar ze is inderdaad brutaal. Daar had Soléne haar al voor gewaarschuwd. Annie wipt naar achteren op haar hakken. 'Ik hoop dat we ook vriendinnen kunnen worden.'

Olive doet alsof ze het niet hoort en gluurt naar haar vader. 'Op de foto die je me hebt laten zien was ze veel knapper.'

Annie voelt haar wangen gloeien door de onverbloemde eerlijkheid van dit meisje van vijf. Haar glimlach ebt weg, en ze draagt zichzelf op zich niet van de wijs te laten brengen door de hatelijke opmerking van een kind.

Tom strijkt Olives bruine bobkapsel glad. 'Lief zijn, Olive. Ik vind Annie in het echt toevallig een stuk knapper dan op haar foto.'

'Welnee,' zegt Annie, en ze hoopt vurig dat haar stem niet zal breken. 'Olive heeft gelijk.' Dan wendt ze zich tot Olive. 'Die foto is een jaar geleden genomen. Toen zag ik er veel beter uit dan nu, hè?'

'Ja. Je hebt ons voor de gek gehouden.'

'Olive!' zegt Tom met zichtbare afschuw.

Annie staart naar haar voeten. Ze kan wel door de grond gaan. Ze moet haar stem zien te vinden voordat dit brutale kind de overhand krijgt. Wat zou haar moeder zeggen? Ze kijkt Olive aan en lacht geforceerd.

'Weet je hoe dat komt? Ik wilde zo graag jouw nanny worden dat ik mijn allerbeste foto heb uitgezocht. Sommige mensen vinden het uiterlijk van anderen heel belangrijk. Gek, hè? Gelukkig ben jij zo niet.'

Olive kijkt boos en lijkt niet te weten hoe ze daarop moet reageren. Tom glimlacht. 'Kom, dan gaan we je bagage halen.' Hij komt achter Annie staan en fluistert: 'Goed opgelost.'

Annie kijkt toe hoe hij haar koffer van de band pakt, duizelig van het gevoel dat zijn adem in haar oor net heeft bezorgd. Ze zou het wel kunnen uitgillen: 'Ja, ik ben single en beschikbaar en je mag me hebben!' Maar dan beseft ze dat hij weer naast haar staat, en de enige vraag die hij stelt is of Olive nog moet plassen voordat ze vertrekken.

⋆⋆⋆

Annie zit op de passagiersstoel van Toms vierdeurs auto en laat haar blik heen en weer gaan tussen het adembenemende uitzicht op een zonovergoten Parijs rechts van haar, het meisje dat vanaf de achterbank vernietigend naar haar kijkt en de superknappe man achter het stuur, die met zijn duim mee tikt op de maat van de muziek. Ze ziet de donkere haartjes op zijn gespierde onderarmen, zijn coole, overdreven grote horloge en de suède hoge schoenen die ze laatst heeft gezien bij J. Crew en die ze voor haar vader had willen kopen als kerstcadeau, tot ze besloot dat hij daar niet cool genoeg voor was. Als ze naar het raampje kijkt, verwacht ze bijna dat het helemaal beslagen zal zijn.

De stad is precies zoals ze had verwacht, met stenen *beaux-arts*-gebouwen en hotels met mansardedaken en smeedijzeren kroonlijsten. Tom steekt de Pont de Sully over. Onder de brug meandert de Seine. Hij wijst bezienswaardigheden aan, zoals Île Saint-Louis en Île de la Cité daarachter. Bij de Rive Gauche aangekomen rijden ze over de drukke Boulevard Saint-Germain. Annie houdt haar ogen wijd open. Misschien loopt Kristen wel ergens over dat overvolle trottoir, is ze een van de duizenden mensen die de winkels, eettentjes en restaurants in en uit lopen. De moed zakt Annie in de schoenen. Hoe moet ze Kristen ooit vinden in deze stad? Dat lukt nooit, zeker als ze niet gevonden wil worden.

Tom rijdt de Rue de Rennes in, een mooie, met bomen omzoomde straat in de wijk Saint-Germain-des-Prés. Een paar tellen later komen ze aan bij een kalkstenen, ouderwets appartementencomplex van vier verdiepingen dat rechtstreeks uit een sprookjesboek lijkt te komen.

Tom brengt haar bagage naar de bovenste verdieping, opgewekt babbelend – in tegenstelling tot Olive, die alleen maar wat bromt als haar een vraag wordt gesteld. Terwijl Tom de voordeur van het appartement openmaakt, zwaait aan de overkant van de gang ook een deur open. Er komt een lange, magere, bleke jongen naar buiten.

'Hallo allemaal!' Hij woelt door Olives haar en glimlacht naar Annie. 'Jij bent vast Annie!'

'Hallo, Rory,' zegt Tom. 'Dit is onze nieuwe au pair, Annie Blair. Annie, dit is Rory Selik, onze goede vriend en buurjongen. Hij volgt de gastronomische opleiding Le Cordon Bleu.'

'Hoi.' Annie geeft hem een hand.

'Ik zou je graag de stad laten zien, Annie,' zegt Rory met een onmiskenbaar Duits accent. 'Ik wilde net de deur uit gaan, maar als je zin hebt om mee te gaan, wacht ik op je.'

Ze kijkt Tom aan, in de hoop dat hij haar zal redden van deze overenthousiaste bonenstaak. Maar Tom glimlacht alleen maar en zegt: 'Ik vind het prima.'

'Nee, dank je, ik denk dat ik beter mijn spullen kan uitpakken.'

'Dan gaan we een andere keer op verkenning uit,' zegt Rory.

'Mij best,' zegt Annie, maar ze heeft niet duizenden kilometers gereisd om de stad te verkennen. Ze is hier om haar zus te zoeken. En ze zit niet te wachten op vriendschap... of afleiding.

'Schiet eens op!' Olive houdt met haar tengere lijfje de deur open, en Annie loopt naar binnen.

Het is kleiner dan hun appartement in New York, maar de hoge plafonds en de grote ramen werken heel ruimtelijk. Tom gaat haar voor door de zit- en de eetkamer, langs een piepkleine zwart-wit betegelde badkamer, naar een gang met drie slaapkamers en een tweede badkamer.

'Mijn kamer is aan het einde van de gang.' Tom wijst naar een gesloten deur achteraan rechts.

Hij steekt zijn hoofd om de hoek van de brandschone badkamer. 'Deze deel je met Olive,' zegt hij. 'Ik hoop dat je dat niet erg vindt.'

'Natuurlijk niet.'

'Ze mag niet aan mijn shampoo komen!' zegt Olive tegen haar vader.

'Dat doe ik niet,' zegt Annie. 'Ik heb mijn eigen lievelingsshampoo bij me, die ruikt naar kersen en amandel. Misschien wil je hem een keer proberen.'

'Jouw haar stinkt.'

'Olive, nu ga je te ver!'

'Jeetje!' zegt Annie, en ze buigt zich naar Olive toe om haar neus van dichtbij te bekijken. 'Wat heb jij een goed reukorgaan.' Ze raakt het topje van Olives neus aan. 'Dat zal nog van pas komen als we morgen taartjes gaan kopen.'

Tom glimlacht samenzweerderig naar Annie en loopt dan de gang door naar de middelste slaapkamer. 'En hier droomt Olive 's nachts.'

Annie loopt de drempel over en neemt de lichtroze kamer en de roze gordijnen met zwarte stippeltjes aandachtig op. Op het nachtkastje staat een foto van een aantrekkelijke vrouw met bruin haar, die in een rieten stoel zit met een peuter op schoot. Olives moeder, neemt Annie aan. Voordat ze verder de kamer in kan lopen, komt Olive voor haar staan en pakt met twee handen de klink beet. 'Je mag niet in mijn kamer komen!' Ze gooit de deur dicht, zo abrupt dat Annie de luchtstroom langs zich heen voelt trekken.

'Olive!' zegt Tom, en hij duwt de deur open. 'Voorzichtig. Annie kreeg bijna de deur in haar gezicht.'

'Geeft niet, Olive,' schiet Annie hem te hulp. 'Dan zien we elkaar gewoon bij mij op de kamer. Kun je me die even laten zien?'

Olive slaat haar armen over elkaar. 'Het is jouw kamer niet. Jij bent geen familie van ons.'

'Zo is het genoeg, Olive,' zegt Tom op ferme toon. Hij gaat Annie voor naar de laatste kamer aan de linkerkant. Die is geschilderd in een mooie tint geel, en op het tweepersoonsbed ligt een wit dekbed met een heleboel blauwe en witte kussens. Achter de witte openslaande deuren is een piepklein balkonnetje.

'Wat een mooie kamer,' zegt Annie, en ze loopt naar de oude commode waar een vaas met bloemen naar haar staat te lachen. 'Zonnebloemen.' Ze strijkt met haar vinger over de goudgele blaadjes. 'Mijn lievelingsbloemen.' Ze wendt zich tot Olive. 'Mijn zusje hield van orchideeën, maar die zijn niet altijd even betrouwbaar. Zonnebloemen zijn veel loyaler, vind je ook niet?'

Olive knijpt haar ogen tot spleetjes. 'Jij bent raar.'

Tom doet zijn mond al open om te protesteren, maar voordat hij de kans krijgt om Olive een standje te geven, barst Annie in lachen uit. Tom lacht al gauw met haar mee. Olives blik gaat heen en weer tussen Annie en Tom, en Annie zou zweren dat die kleine dondersteen moeite heeft om haar lachen in te houden.

20

Erika

Zondagmorgen word ik wakker en tast naar mijn telefoon op het nachtkastje. Geen bericht van eenWonder. Er is wel een e-mail van John Sloan, de oude vriend die ik in de Fig and Olive tegenkwam op de dag van het treinongeluk. Hij zegt dat hij vaak aan me denkt en dat hij hoopt dat het goed met me gaat. Ik wis het mailtje.

Dan bel ik Kristens nummer en luister naar haar stem. Mijn meisje.

'Hoi, met Kristen. Spreek een bericht in.'

'Mailbox vol,' zegt de stem.

'Goedemorgen, schat,' fluister ik, in de hoop dat Kate het niet kan horen. 'Ik kom vandaag naar huis. Ben jij er ook, wacht je op me?'

De ceintuur van mijn badjas sleept achter me aan als ik Kates keuken in loop. Op het aanrecht zie ik Kates koffiemok met de tekst *Wake up and dream!* staan. Trekken de dromers, zoals Kate en Annie, aan het langste eind? Of is het leven uiteindelijk gewoon een dikke vette bak ellende?

Dan zie ik een briefje op het hakblok liggen.

Ben naar de kerk, daarna naar Seabiscuit Café. Over een paar uurtjes terug, uiterlijk om twaalf uur. Zet lekker koffie voor jezelf en neem een kaneelbroodje – of beter nog, kom gezellig naar het restaurant. Liefs.

Op het aanrecht staat een bakblik met kaneelbroodjes. Kate is bedrijfsleidster bij Seabiscuit Café, wat betekent dat ze altijd hun beroemde kaneelbroodjes in huis heeft. Ik heb ze al jaren niet meer gegeten. Ik buig me over de bak en snuif de geur op. Het water loopt me in de mond, maar ik hou me in en schenk een beker zwarte koffie voor mezelf in. Buiten valt de regen als fijne zijden draadjes uit een staalgrijze hemel. De laatste restjes sneeuw smelten vrijwel voor mijn ogen weg. Ik nip van mijn koffie en staar uit het raam. Een eekhoorn balanceert als een koorddanser op een tak om zaadjes uit Kates bungelende vogelhuisje te pikken. Glimlachend denk ik aan mijn moeder, die zo van vogels hield.

Ineens duikt er een herinnering op, glashelder en duidelijk als een steen in een rivier. Het is winter en we zijn in ons huis in Milwaukee. Kate is nog een baby, en ze huilt. Ze heeft honger, dat snap ik zelfs. Ik wil het mijn moeder duidelijk maken, maar ze lijkt me niet te horen.

'Een moeder moet haar kindjes voeden,' zegt ze steeds opnieuw. Maar in plaats van voor Kate te zorgen pakt ze een zak vogelzaad uit de voorraadkast en loopt ermee naar buiten, in haar ochtendjas en op pantoffels. Ik ben bang. Iets in haar ogen bezorgt me kippenvel. Door het raam kijk ik toe hoe ze het vogelzaad in de buis strooit, steeds meer, tot het cilindervormige gaas overstroomt en er een hele berg zaadjes aan de voet van de boom belandt.

Uiteindelijk komt ze weer naar binnen, en ze trekt een gezicht als ze Katies gebrul hoort. Ik houd haar het flesje voor dat ik heb opgewarmd, maar in plaats van het aan te nemen loopt ze naar haar kamer en doet de deur achter zich dicht.

Als ik bij het raam vandaan loop, voel ik een leegte in mijn hart op de plek die mijn moeder eens innam. Ik was deze gebeurtenis helemaal vergeten. Het is raar, zoals ze zich die dag gedroeg, de vrouw die anders altijd zo levendig en goedlachs was. Werd ze langzamerhand gek van het leven op het eiland? Maar nee, dat voorval met het vogelvoer was in Milwaukee, voordat we naar Mackinac verhuisden.

Staand aan het aanrecht met mijn koffie – en een half kaneelbroodje – haal ik op mijn laptop mijn mail op, in de hoop mezelf daarmee af te leiden van die verontrustende herinnering. Met ingehouden adem speur ik mijn inbox af op zoek naar een reactie op het bericht dat ik eenWonder vannacht heb gestuurd, maar er is alleen een nieuw bericht van Carter, met de laatste ontwikkelingen.

Je staat nu op nummer 47. Er wordt gefluisterd dat Emily Lange het exclusieve verkooprecht krijgt van dat nieuwe complex in Midtown East, The Fairview aan Lexington Avenue. Steek er een stokje voor, Blair, voordat de deal dadelijk rond is.

Exclusief verkooprecht wil zeggen dat Emily alle appartementen in dat complex gaat verkopen – zestien stuks, allemaal peperduur. Snel bereken ik haar potentiële commissie. Als dat doorgaat, haalt ze me in. Exclusief verkooprecht, daar kan ik niet tegenop. Maar vandaag kan ik me er even niet druk om maken.

Ik stuur het mailtje door naar Altoid en delete het dan.

Het volgende bericht is van thomas.barrett@upmc.fr, twee uur geleden verstuurd. Yes! Annies werkgever.

Beste Erika, tot mijn tevredenheid kan ik je melden dat je dochter vanmorgen veilig is aangekomen.

Ik slaak een zucht van verlichting. 'Goddank!'

Ik merk nu al dat het een topper is. Je hebt een fijne jonge vrouw grootgebracht.

Ik glimlach, meteen al wat minder gespannen.

Je vroeg of het hier wel veilig is voor Annie. Natuurlijk kent Parijs, zoals iedere grote internationale stad, ook criminaliteit. Maar de buurt waar wij wonen is veilig: in het zesde arrondissement, op korte loopafstand van eetcafés en boekwinkels, Olives school en de Seine. Ik merk dat Annie heel zelfstandig en avontuurlijk is. Hoewel ze nog maar net hier is, maakt ze al gebruik van haar vrije dag door in haar eentje de stad te verkennen.

Echt waar? Annie? Mijn dochter, die een beurs voor de universiteit van Wisconsin afsloeg omdat ze Wisconsin te ver van huis vond? Het kind dat Kristen vaak omkocht om met haar mee te gaan als ze even een boodschap moest doen? Opnieuw word ik overspoeld door schaamte. Hoe goed ken ik mijn dochters eigenlijk?

Ik hoorde van Annie dat je een van de succesvolste makelaars in Manhattan bent. Gefeliciteerd. Ze is duidelijk heel trots op je. Dat meld ik even omdat ik door je bericht merkte dat je enige verwijdering tussen jullie voelde. Eerlijk gezegd heb ik soms hetzelfde met mijn Olive – en zij is pas vijf. Zeg me alsjeblieft dat het overgaat.

Ik moet lachen en voel meteen een band met deze man, die net als ik in zijn eentje een dochter probeert groot te brengen.

Olive heeft twee nanny's gehad sinds we hier in augustus zijn komen wonen. Nu maar hopen dat driemaal inderdaad scheepsrecht is. Ooit was Olive een tevreden, gevoelig kind, en ik vertrouw erop dat ik haar wel weer terugkrijg. Ik ben me er volledig van bewust dat ze me om haar vinger windt, dat ik strenger zou moeten zijn, maar het voelt wreed om Olive te straffen na alles wat ze heeft doorgemaakt.

Wat heeft ze doorgemaakt? Heeft Olive een broertje of zusje verloren? Haar moeder? Lijdt ze onder de scheiding van haar ouders?

Oké, sorry voor de veel te persoonlijke bekentenis en zelfanalyse. Je zult intussen wel in slaap gevallen zijn, of misschien ben je het nummer van een goede therapeut voor me aan het opzoeken. Of nog erger: je wilt je dochter zo snel mogelijk naar huis halen!

Ik moet weer lachen. Wat een leukerd, die Amerikaanse professor.

Wat ik eigenlijk bedoel, is dat ik een alleenstaande ouder ben, net als jij. Ik snap je bezorgdheid om Annie, en ik zal mijn best doen om voor jou de link naar je dochter te zijn zolang ze onder mijn hoede is. En ik beloof je voor haar te zorgen alsof ze mijn eigen dochter is.

Hartelijke groet,

Tom

+1 888 555 2323

Ik lees de e-mail nog een keer en voel de spanning van me af glijden. Ik moet deze attente man bedanken. Ik begin te typen en kies voor dezelfde luchtige toon.

Beste Tom, bedankt voor je aardige mail. Er valt een last van mijn schouders. Vind je het erg om niet tegen Annie te zeggen dat wij contact met elkaar hebben gehad? Zoals je al raadde, gaat het even niet zo lekker tussen ons. Ik denk dat ze, zolang ze zelf geen moeder is, niet kan begrijpen hoe belangrijk het voor mij is om te weten dat ze in goede handen is.

Zo, ik heb je overtroffen met mijn persoonlijke ontboezeming. Sorry daarvoor. Ik had blijkbaar niet door hoe vrij je je voelt als je 'praat' via een toetsenbord, met iemand die je nooit ontmoet hebt.

Nogmaals bedankt. Ik kan je niet zeggen wat een opluchting het is om te weten dat Annie goed terechtgekomen is.

Hartelijke groet,

Erika

* * *

Een uur later sta ik druipend in Kates badkamer met een handdoek om me heen te telefoneren met het vliegveld van Mackinac – of eigenlijk is het nauwelijks meer dan een landingsbaan.

'Hoe bedoelt u, gesloten?' Ik knijp hard in mijn telefoon en doe mijn best om niet uit te vallen; ik ben hier tenslotte niet in New York.

'Het spijt me, mevrouw Blair. De start- en landingsbaan is een paar weken buiten gebruik wegens reparatiewerkzaamheden.'

Ik knijp in mijn neusbrug. Nu zal ik die verdomde sneeuwscooter weer als taxi moeten inzetten om vanmiddag naar het vasteland terug te keren. Weer de snel smeltende ijsvlakte over, in het zadel achter Curtis Penfield. Ik voel het zweet alweer in mijn nek prikken.

* * *

Ik zet een donkere zonnebril op om mijn niet-opgemaakte gezicht te verbergen en trek mijn parka aan. Als de deur achter me dichtvalt, komt de warme lucht me tegemoet. Wat krijgen we nou? Het is zeker vijftien graden buiten. Het is pas 6 maart!

Ik leg de vijf straten in zuidelijke richting naar Penfield Marina op een drafje af, de panden van mijn openhangende parka flapperend achter me als een rokkostuum.

Als ik het kantoortje binnenkom, zit hij achter zijn bureau in een vaal T-shirt en een honkbalpet van de Spartans. Hij zet met een klap zijn koffiebeker neer, waardoor er spetters op het sportkatern belanden. Hij kijkt geërgerd… tot hij mij ziet. Dan breekt de zon door op zijn gezicht.

'Ha!' zegt hij terwijl hij opspringt uit zijn stoel. Zijn teenslippers klepperen op de tegelvloer als hij naar me toe komt lopen. 'Riki Franzel! Kom binnen!'

Ik bén Riki Franzel niet, zou ik willen roepen.

'Hoi, Curtis. Ik moet vandaag naar het vasteland,' zeg ik, en ik strijk een losgeraakte pluk haar achter mijn oor en zet mijn zonnebril recht. 'Het vliegveld is gesloten voor reparatiewerkzaamheden.'

Hij zet zijn leesbril af. 'O, ja?'

'Hm, hm. Kun jij me overzetten?'

Hij wrijft over zijn kin en lijkt erover na te denken. 'Afgelopen voorjaar moest Andy Kotarba over een plas zo groot als een zwembad heen stuiteren. Als ik naar het smeltende ijs van vandaag kijk, zouden we Andy's record wel eens kunnen breken. Ik schat de kans dat het lukt op fiftyfifty.'

Ik reageer verontwaardigd. 'Dat is belachelijk. Ik ga de oversteek niet wagen als er vijftig procent kans is dat ik daarbij omkom.'

Hij lacht en slaakt een diepe zucht. 'Poeh! Ik maakte me even zorgen, schat. Noem me gerust een watje, maar ik jaag mezelf ook liever niet de dood in, hoe dolgraag ik het jou ook naar de zin wil maken.'

Ik doe alsof ik dat 'schatje' niet hoor en blijf even hangen bij *dolgraag naar de zin maken*. 'Jij zei gisteravond dat mijn dochter… dochters hier niet zijn. Ik moet terug naar New York, voor het geval ze daar is.' Ik pak mijn portemonnee. 'Je hebt vast wel een vissersboot waarmee je tussen het smeltende ijs door kunt varen. Zeg maar wat het moet kosten.'

Hij slaat zijn armen over elkaar en kijkt toe hoe ik de bankbiljetten uit mijn portemonnee trek. Dan legt hij een hand over de mijne.

'Stop dat geld weg, Riki. Er steekt niemand de plas over tot de ijsschotsen weg zijn. Je weet toch nog wel wat er met de Titanic is gebeurd?'

* * *

Ik storm naar buiten. Mijn ademhaling is wild en oppervlakkig. Ik zit vast hier op het eiland, maar ik moet naar huis. Ik moet Kristen vinden. Annie wil niet met me praten. Er dreigt een paniekaanval, ik voel het. De eerste keer dat ik angstaanvallen had waarbij mijn borst werd samengedrukt was een paar dagen na de dood van mijn moeder, en ze zijn mijn hele jeugd gebleven. In gedachten hoor ik mijn vader snauwen, bij het horen van mijn gejaagde ademhaling: 'Erika Jo! Zo kan-ie wel weer!'

Ik probeer mijn adem onder controle te krijgen, zoals mevrouw Hamrick, de bibliothecaresse op het eiland, me dertig jaar geleden heeft geleerd toen ze me een keer hyperventilerend aantrof achter een boekenrek. Zonder de mogelijkheid om te vertrekken kan dit eiland een mens insluiten en verpletteren. Mijn moeder wist dat als geen ander.

Aan het einde van het trottoir blijf ik doorlopen over Lakeshore Drive, de smalle weg langs de westkust van het eiland. Het bloed gonst in mijn slapen. Ik verlaat de weg en leun tegen een boom. Het idee om zelfs nog één dag hier te moeten blijven is voor mij ondenkbaar. Kristen loopt ergens rond en ik moet haar vinden.

Ik stop mijn telefoon in mijn zak en kijk omhoog. In de verte zie ik het huis van mijn vader. Mijn hartslag versnelt. Het is piepklein, dat witte houten huisje. Onvoorstelbaar dat er ooit een gezin van vier mensen heeft gewoond, hoe vluchtig die periode ook was. Er moet nodig een nieuw dak op, dat kan ik vanaf hier zien, en een van de luiken hangt scheef in de scharnieren.

Ziet hij me? Komt hij in de verleiding me te vragen om binnen te komen, te zeggen dat het hem spijt en dat hij van me houdt?

Ik lach spottend. Die fantasie heb ik jaren geleden losgelaten. Cap Franzel heeft nog nooit gezegd dat hij van me houdt en dat zal ook nooit gebeuren.

Ineens moet ik denken aan oma Louise die mij op schoot nam na de dood van mijn moeder, ook al was ik daar eigenlijk veel te groot voor. 'Op een dag, Erika Jo, zul je dit eiland en je huis verlaten. Dat weet ik en ik begrijp het. Maar één ding moet je goed onthouden: als je het niet meeneemt, verwacht dan niet dat het er nog is als je terugkomt.'

Ik sluip de straat in. Rust er een vloek op me? Is het geluk me mijn hele leven ontglipt, simpelweg omdat ik het nooit heb gehad? Nee. Ik was gelukkig en tevreden in de eerste jaren van mijn huwelijk, toen ik met Brian en de kinderen in Madison woonde. Zijn thuis werd mijn thuis. Ik was gek op mijn schoonmoeder. Eindelijk had ik de familie gevonden die ik altijd had gewild. Tot ik die kwijtraakte.

Ik sta voor het huis dat eens mijn thuis was. Ik kan niet verklaren waarom, maar ik loop de inrit op. Ik bel aan en wacht af. Met bonzend hart bel ik nog een keer. Uiteindelijk trek ik de hordeur open en draai aan de deurknop.

'Pap?' roep ik zacht als ik naar binnen loop. De benauwende lucht van verschaalde tabak, vertrouwd en tegelijkertijd afstotelijk, slaat me in het gezicht. De piepkleine huiskamer is krap en donker. En ja hoor, daar staat zijn bruine luie stoel, voor de televisie, met op het tafeltje ernaast zijn pijp en de afstandsbediening.

'Pap?' roep ik nog een keer, al weet ik intussen dat hij niet thuis is.

Het oude houten kruisbeeld hangt nog bij de deur, naast het ingelijste borduurwerk van oma Louise. *Familie: de mensen die je laten vertrekken, maar je nooit loslaten.*

Mijn oog valt op een schilderij aan de andere kant van de kamer, met heldere kleuren, als tegenhanger van de grauwe, vale reproducties aan de andere muren. Met bonzend hart loop ik erheen. Het is een acrylverfschilderij van een pauw, de kop gedraaid en de veren gespreid. Ik strijk met mijn vinger over mijn eigen handtekening, onderaan in een hoekje, en mijn keel wordt dichtgesnoerd.

Dan zie ik er nog een, in de boekenkast, geschilderd in de periode dat ik een olifantenobsessie had. Ik krijg tranen in mijn ogen. Mijn vader heeft mijn schilderijen bewaard. En ingelijst.

Ik schrik van het gerammel van de deur. Met een ruk draai ik me om, en dan sta ik oog in oog met mijn vader. Zijn lijf lijkt de hele kamer op te slokken.

'Hoe ben jij hier binnengekomen?'

'Ik... Ik was aan het wandelen. Ik dacht ik ga even langs, maar je was er niet.' Mijn handen trillen als ik de lijst terugzet in de boekenkast.

'Ik hoorde dat je naar Kristen hebt gevraagd. Als je zo doorgaat, denken de mensen nog dat je kierewiet bent geworden.'

Ik zet meteen mijn stekels op. 'Ik... ik kreeg een mailtje. Er stond een spreuk van mama in, dat je moet leren van het verleden. Ik dacht dat Kristen wilde dat ik hierheen zou gaan om...'

'Om van je verleden te leren?' onderbreekt hij me. 'Wat heeft dat te maken met die zoektocht naar je dode dochter?'

Zijn woorden raken mijn hart als een mokerslag. 'Ik dacht dat zij me hierheen wilde lokken, naar het eiland.'

Hij bromt wat, zijn manier om mijn woorden weg te wuiven. 'Als Kristen op het eiland was, zou ik dat weten. Ze is hier niet. Ze zat in een trein die ontspoord is.'

De tranen branden in mijn ogen, maar ik weiger om te huilen waar hij bij is. 'Ze zat niet in die trein.'

'Schei eens uit met die fantasiewereld van je. Dat is altijd jouw probleem geweest. Je hebt één kind verloren, niet twee. Je hebt een dochter die nog leeft en die je nodig heeft.'

Ik druk mijn nagels diep in mijn handpalmen. 'Ik ga maar weer eens.'

'Eerst wil ik je iets vragen,' zegt mijn vader. 'Wanneer is het eens genoeg?'

De vraag brengt me van mijn stuk. Ik ben weer een kind, bestookt door vragen waardoor ik me dom voel en waarvan ik buikpijn krijg. Mijn blik valt op mijn schilderij aan de muur. Ik wijs ernaar, in de hoop zo van onderwerp te kunnen veranderen.

'Van mij. Ik... ik keek ervan op dat je mijn oude schilderijen hebt ingelijst.'

'Dat heb ik niet gedaan, dat is het werk van je zus.'

'O,' zeg ik, en ik draai me om voordat hij mijn gezicht ziet betrekken.

* * *

De hordeur valt met een klap achter me dicht, alsof hij het laatste woord moet hebben. Dit was de tweede keer dat ik mijn vader zag, en weer ben ik helemaal stuk. Met grote passen probeer ik de frustratie en vernedering van me af te zetten.

Een half uur later sta ik ineens bij de kruising met Scott's Cave Road. Het zweet staat in mijn nek en ik heb een droge mond. Op een houten bord staat: *Port aux Pins, 1 mijl.* Weer voel ik die druk op mijn borst. Ik zou nu terug moeten gaan. Ik weet wat me te wachten staat. Maar als een masochist loop ik door.

Na zo'n twintig minuten zwoegen kom ik eindelijk bij het meest noordelijke puntje van het eiland, Port aux Pins. Ik vraag me af of dit niet al die tijd onbewust mijn eindbestemming was.

Vanaf de verlaten weg loop ik een klein bosperceel in. Een zandpad dat ik door en door ken voert me door de dichte begroeiing. Niet doen, waarschuw ik mezelf. Niet verder gaan. Maar ik baan me een weg door de braamstruiken en takken tot ik bij een lapje grond kom dat uitkijkt over de deels bevroren wateren. De laatste plek op aarde waar mijn moeder heeft geleefd.

* * *

Een wijs ontdekkingsreizigster kijkt aandachtig naar haar laatste reis voordat ze aan de planning van de volgende begint. Maar ik voel me nu allesbehalve wijs. De herinneringen vliegen me aan, en ik knijp mijn ogen dicht. Uit school thuiskomen in een leeg huis. Kate als baby, drijfnat huilend in haar wiegje. De dreunende laarzen van mijn vader die de trap van de veranda op loopt, de lucht asgrijs. De paniek in zijn ogen, de manier waarop hij als een bezetene het huis doorzocht, alsof hij verstoppertje speelde met grote gevolgen voor de verliezer. Buren en vrienden die als één man het hele eiland uitkamden. Mevrouw McNees die aan de krant vertelde dat ze Tess Franzel naar Port aux Pins had zien gaan. En toen niks. Dagenlang helemaal niks.

Aarzelend zet ik een voet op het bevroren water. Het ijs voelt hier stevig, uit de zon en in de beschutting van de inham. Als ik er met mijn volle gewicht op leun, sijpelt het water mijn schoenen in.

Was mijn moeder bang toen ze het ijs op liep, bang dat het haar niet zou houden? Of dacht ze daar helemaal niet aan, begon ze er zorgeloos aan, hoopvol zelfs? Verheugde ze zich op een verkwikkende tocht over het ijs en terug? Ik vraag me af, zoals ik me al die tijd heb afgevraagd, welk moment van de dag het was. Kwam ze hier 's morgens heel vroeg aan, meteen nadat ik naar school vertrokken was, omdat ze hoopte terug te zijn als ik weer thuiskwam? Was ze van plan een tijdje op het vasteland te blijven, misschien om inkopen te doen? Verwachtte ze ons die avond te vertellen over haar tocht, bij een maaltijd van gefrituurde kip met aardappelpuree?

Achter me breekt een tak. Ik draai me met een ruk om en laat mijn blik door het bos gaan, al mijn zenuwen op scherp. Maar de omgeving is stil en roerloos, er is niemand.

Ik haal een keer diep adem en waag nog een paar pasjes. Was ze meteen dood, zijn haar longen geklapt door het ijskoude water dat ze binnenkreeg? Of heeft ze nog geprobeerd onder het ijs vandaan te komen, klauwend en bonzend, wanhopig om het gat te vinden? Ik sla mijn armen om mijn bovenlichaam.

De pijn komt terug, net zo acuut als op de dag dat haar lichaam werd gevonden, zes dagen later, een paar honderd meter verderop. Er ontstond in die tijd een gat op de plek waar mijn hart had gezeten, een gat dat door niets of niemand gevuld kon worden.

Ik sla dubbel en pak snikkend mijn knieën vast. 'Ik hield van je. Ik hield zo veel van je, mama.'

Dan hijs ik mezelf overeind en kijk woest naar de hemel. De tollende, draaiende wolken maken me duizelig en misselijk.

'Verdomme! Hoe kon je haar van me afnemen! Ik had haar nodig! Je haalt iedereen weg van wie ik hou!'

Ergens in een diepe, donkere uithoek van mijn geest vraag ik me af wie ik nu eigenlijk vervloek. De goden of mijn vader?

21

Annie

Die maandagmorgen vliegen Annies ogen open, om te landen op een paar enorme bruine kijkers achter dikke brillenglazen. Annie schiet overeind. 'Olive! Wat doe je?'

Olive rukt het dekbed van Annie af. 'Mijn vader moet naar zijn werk. Je moet hurriën.'

'Wat moet ik?'

'Hurriën! Dat betekent dat je moet opschieten!'

Annie probeert zich te concentreren, maar haar hoofd is helemaal wazig. Ze pakt haar telefoon van het nachtkastje. Negen uur, dat kan niet. Maar jawel, aan het zonlicht te zien dat door de dubbele deuren naar binnen valt is het al ruimschoots ochtend. Helaas is haar lichaam nog gewend aan een andere tijdzone, waardoor het voelt alsof het drie uur 's nachts is.

'O, shit,' zegt Annie, en ze slaat meteen een hand voor haar mond. Ze vliegt het bed uit en grist haar ochtendjas van de haak. 'Sorry, Olive. Dat was niet netjes. Nooit "shit" zeggen, dat mag niet.'

Olive pakt haar arm beet en trekt haar de kamer uit. 'Mijn vader moet weg. Jij ligt al de hele dag te slapen.'

Annie krimpt in elkaar als ze Tom bij het raam ziet staan. Hij kijkt op zijn telefoon. Hij draagt een spijkerbroek en een blazer en op de stoel staat zijn leren rugzak; hij is duidelijk klaar voor vertrek. Hij draait zich om en glimlacht zodra hij haar ziet.

'Goedemorgen. Ik neem aan dat je goed geslapen hebt?'

Annie kan wel door de grond zakken. Ze strijkt haar haar achter haar oren en kijkt strak naar haar blote tenen. 'Eh, ja. Heel goed. Ik sta anders nooit zo laat op. Sorry, ik...'

'Dat gebeurt mij ook altijd als ik gereisd heb. Of ik ben om drie uur 's nachts klaarwakker of ik loop tot twaalf uur 's middags rond als een zombie.'

Ze glimlacht. Hoe komt het toch dat hij altijd precies weet wat hij moet zeggen? 'Ga jij maar naar je werk, wij redden het hier wel.'

Olive rent naar haar vader toe en klampt zich vast aan zijn knieën. 'Mag ik met je mee? Toe nou, papa! Ik wil niet bij haar blijven.'

Hij plukt haar van zijn benen en gaat op zijn hurken voor haar zitten. 'Liefje, het is niet leuk voor Annie als je zulke dingen zegt.' Hij werpt Annie een verontschuldigende grimas toe.

'Dat kan me niks schelen! Ze is mijn moeder niet.'

Annies hart breekt. 'Dat weet ik,' zegt ze. 'En daar word je verdrietig van. Ik weet hoe dat voelt.' Ze kruist haar vingers achter haar rug vanwege het leugentje dat ze gaat vertellen. Als ze Olive kan helpen bij het verwerken van de dood van haar moeder, wil Annie best even doen alsof Kristen dood is. 'Ik had ook iemand van wie ik hield die nu dood is. Mijn zusje.'

Tom draait zich om en kijkt Annie aan. 'Wat erg voor je.'

Olive slaat haar armen over elkaar alsof ze het niet wil horen.

'Echt waar,' zegt Annie. *Vergeef het me, Kristen!*

Tom komt omhoog. 'Praten jullie lekker samen verder. Ik heb een plattegrond op het aanrecht gelegd met plekken die je misschien wilt verkennen, en een creditcard. Als je tijd hebt, kun je misschien ook naar de markt gaan. Olive weet de weg.'

'Laat me niet met haar achter!' roept Olive.

'Olive, hou op. Je krijgt het vast heel gezellig met Annie.'

'Nee!' Olive laat zich op haar knieën vallen en begint theatraal te snikken, zonder tranen.

'Je hebt mijn nummer,' zegt Tom tegen Annie als hij de voordeur openmaakt. 'Bel maar als er iets is. Veel succes.' Hij kust Olive op haar kruin, knikt nog een keer naar Annie en gaat dan de deur uit.

'O, shit,' mompelt Annie.

'Dat heb ik gehoord!' Olive rent naar haar kamer en smijt de deur dicht.

'Liefje?' Annie klopt op de deur.

'Ga weg.'

Gelukkig voor Annie zitten er nergens sloten op de deuren. Ze gluurt om het hoekje en ziet Olive op de vloer zitten, met een pop met een sproetjesgezicht. Annie gaat bij haar zitten.

'Zal ik jou eens een geheimpje verklappen?'

Olive friemelt aan het haar van de pop zonder Annie aan te kijken.

'Mijn zus heeft een ongeluk gehad, net als jouw moeder.' Annie kruist opnieuw haar vingers en hoopt dat dat haar leugen minder erg maakt. 'Dus ik weet hoe het voelt om verdrietig en boos en eenzaam te zijn.'

Olives hand valt stil. 'Een auto-ongeluk?'

'Nee. Het was een trein.' Annie krijgt tranen in haar ogen, maar ze slaagt erin Olive te vertellen over de ontsporing – een vereenvoudigde versie – zonder in snikken uit te barsten.

Olive kijkt voor het eerst naar haar op. 'Deed het pijn, toen ze doodging?'

Annie glimlacht treurig naar haar. 'Nee. Helemaal niet. Kristen heeft er niks van gevoeld, net als jouw moeder. Ze is gewoon gaan slapen en niet meer wakker geworden.'

'En is haar lichaam ook in de hemel?'

Of het nu waar is of niet, dit is blijkbaar wat Tom wil dat Olive gelooft. 'Ja. Krissie is bij de engelen – net als mijn oma.'

Olive lijkt daar even over na te denken, en dan licht haar gezicht op. 'Hé, denk je dat ze vriendinnen zijn daarboven, mijn moeder en zij?'

Annie streelt Olives wang. 'Vast wel. Dikke vriendinnen. En ze zijn natuurlijk heel blij dat wij ook vriendinnen zijn.'

Bij die woorden kruipt Olive abrupt weer in haar schulp. 'Niet waar. Wij zijn geen vriendinnen!'

Kleine stapjes, denkt Annie.

22

Erika

Als ik die maandagmorgen wakker word, geeft de wekker tot mijn stomme verbazing 7:43 uur aan. Ik kan me niet herinneren wanneer ik voor het laatst na zes uur ben opgestaan. Gisteravond raakte ik in paniek bij het besef dat ik mijn laatste Xanax had opgemaakt. En toen ik Kate om een slaappil vroeg, keek ze me aan alsof ik haar om cyanide had gevraagd. Ze gaf me een dampende mok warme chocolademelk in plaats van een pil. ‘Misschien moet je de pijn niet langer onderdrukken, Rik.’

Ik keek aandachtig naar de groene ogen van mijn zus en vroeg me af of ze uit ervaring sprak.

Kate was twee jaar getrouwd met Rob Pierson, een succesvol restauranthouder uit Chicago, toen Rob besloot dat het tijd werd voor een kind. Kate was dolgelukkig. Ze maakte meteen een afspraak met haar gynaecoloog. Ze zou stoppen met de pil en ze gingen samen aan de slag.

Vijf dagen later zegde ze de afspraak af, nadat ze had ontdekt dat het kind waar Rob zo naar verlangde in werkelijkheid Stephanie Briggs was, een sprankelende barkeepster van twintig die in zijn restaurant Leopold’s werkte. Een half jaar later beviel Stephanie van een jongetje, dat ze Robbie noemde.

Als Kate er al kapot van was, liet ze dat niet merken. Ze scheidde in alle stilte van Rob en stuurde de kersverse ouders een hobbelpaard voor Robbie. Ze gaf haar baan als *general manager* bij Woodmont op, Robs succesvolste restaurant, en keerde terug naar het eiland. Dat is nu acht jaar geleden. Twee zomers terug, na nog twee stukgelopen verhoudingen, leerde ze Max Olsen kennen. En al doet Kate alsof ze nergens last van heeft, mij heeft ze nooit kunnen overtuigen.

Ik warm een kaneelbroodje op in de magnetron en neem dat samen met mijn koffie mee naar Kates huiskamer. Het is weer zo'n milde dag, en door het erkerraam zie ik dat Kates krokusjes in de tuin hun kopjes al laten zien.

Lucy de kat komt naast me liggen. Ik krabbel achter haar oren terwijl ik mijn e-mail open, en ik adem scherp in als ik zie dat er bericht is van eenWonder. Het onderwerp luidt weer *Vermiste dochter*. Mijn vinger trilt als ik het bericht open.

Soms is het leven een kwestie van je vastklampen, maar vaker moet je juist loslaten.

Het is de spreuk die mijn moeder in mijn lunchtrommeltje stopte op de dag dat we Josie, onze cockerspaniel, moesten laten inslapen. Ik heb Annie dezelfde spreuk meegegeven toen ze het moeilijk had op haar nieuwe school in Manhattan en ze heel graag terug wilde naar haar oude vrienden in Brooklyn.

Ik vlieg de gang door naar mijn slaapkamer en pak het spreukenboek van het nachtkastje. Snel blader ik erdoorheen tot ik de spreuk gevonden heb. Ik lees de woorden van mijn dochter die ernaast gekrabbeld zijn.

Loslaten? Mijn moeder? Die klampt zich zo hard vast dat haar knokkels er wit van zien.

De paniek slaat me om het hart. Ik kan niet loslaten. Als ik dat doe, stort ik in en blijft er niets van me over.

'Kristen, liefje, ben jij dat?' zeg ik hardop, en ik typ mijn antwoord.

'Kom toch naar huis, lieverd. Ik hou zo veel van je. Ik zal proberen alles wat meer los te laten, dat beloof ik.'

Buiten voor het raam hoor ik iets kraken. Ik draai me met een ruk om, ervan overtuigd dat Kristen de oprit op komt rennen om tegen me te zeggen dat ze nog leeft, dat het allemaal één grote grap was. Maar ik zie alleen een tak die van Kates eik is afgebroken.

Kreunend graai ik met twee handen naar mijn haar. Wat is er toch met me aan de hand? Brian, Kate, mijn vader, detective Bower – iedereen behalve Annie en ik denkt dat Kristen dood is. Als ze nou eens gelijk hebben? Stel dat Annie eenWonder is, zoals Kate en Brian beweren.

Ik druk op 'verzenden'. De binnengekomen e-mail stuur ik door naar detective Bower, omdat ik tegen beter weten in hoop dat hij de afzender voor me zal kunnen natrekken.

* * *

Als ik de deur van Seabiscuit Café openzwaai, rinkelt er een ouderwets belletje. De ontbijtdrukte is voorbij, en de zaak is verlaten op meneer Nash van het postkantoor na, die aan een tafeltje achterin zit met een kruiswoordpuzzel. Ik knik naar hem, loop over de houten plankenvloer naar de bar en ga daar zitten. Aan de bakstenen muur hangt een enorm schoolbord waarop uitbundig een indrukwekkend assortiment cocktails wordt aangeprezen, voor een fractie van de prijs die je er in Manhattan voor betaalt.

'Kate?' roep ik.

Mijn zus komt aangelopen van achteren en veegt haar handen af aan haar schort. 'Hé, hoi!' zegt ze. Haar gezicht is bestoven met kaneel. 'Ik heb net een lading broodjes in de oven gezet. Tijd voor koffie?' Ze giechelt. 'Natuurlijk heb je daar tijd voor. Ik wou dat ik kon zeggen dat ik het rot vind dat je niet weg kunt, maar ik vind het helemaal niet rot.'

Ik kom meteen ter zake. 'Zou jij iets voor me willen doen? Wil je alsjeblieft contact opnemen met Annie en zeggen dat ze me moet bellen? Zo snel mogelijk.'

Ze doet een stapje naar achteren. 'Nee. Dat heb ik je al gezegd, ik doe het niet. Laat haar los, ze heeft deze ervaring nodig.'

'Loslaten, zei je?' Ik kijk haar fronsend aan. 'Jij hebt je spreukenboek toch nog, hè? Ben jij degene die me die mailtjes stuurt?'

'Mailtjes? Meervoud?'

'Ik heb er vanmorgen weer een gekregen. *Soms is het leven een kwestie van je vastklampen, maar vaker moet je juist loslaten.'*

'Uitstekend advies.' Ze geeft me een kop koffie. 'Annie zegt precies hetzelfde als wat ik tegen je zou willen zeggen, Rik. Laat je twijfels los. Je pijn. Hou op met zoeken naar Kristen en richt je op Annie. Je bent nog steeds moeder, hoor.'

'Hoe kan ik me op Annie richten als ze niet met me wil praten?'

'Luister naar de goede raad die ze je geeft. Kijk naar je verleden en laat het los.'

'Ik moet haar spreken. Deze ene keer. Als ik haar stem heb gehoord, als ik weet dat het goed met haar gaat en dat zij degene is die me die mailtjes stuur, zal ik haar de ruimte geven die ze nodig heeft.'

'Denk jij nog steeds dat de mailtjes van Kristen komen?'

Ik wend mijn blik af.

'Goed dan,' zegt Kate, en ze tikt iets in op haar telefoon. 'Maar ik ga wel tegen Annie zeggen dat ze haar grenzen moet bewaken. Jullie twee helpen elkaar niet.'

Ik slaak een zucht van opluchting. 'Dank je wel, Katie.'

Ik volg mijn zus naar een tafeltje bij het raam. Ze trekt er een stoel bij van een andere tafel en legt haar voeten erop, alsof ze thuis voor de televisie zit.

'Zeg, zullen wij vanavond samen gaan koken bij pa?'

Ik staar in mijn koffiekopje en mijn maag komt in opstand. 'Ik heb pa al gesproken, ik ben gisteren bij hem langsgegaan. Het was zo gênant dat ik het je niet verteld heb.' Ik verberg mijn trillende kin in mijn hand. 'Hij heeft de pest aan me, dat moet jij toch ook inzien. Hij kijkt me niet eens aan.'

'Omdat hij dan de teleurstelling in je ogen ziet.'

Zoals ik de teleurstelling zie in Annies ogen.

'Verdedig hem nou niet steeds. Ik zou hier op het eiland gebleven zijn om hem te helpen jou op te voeden. Maar tegen die tijd had hij Sheila al gevonden. Hij zei tegen me – echt, Kate, dat heeft hij gezegd – "maak dat je wegkomt, anders schop ik je eigenhandig het eiland af".'

Ik wend mijn blik af en bijt op mijn wang tot ik bloed proef. Ik ga verdomme niet janken nu. Dan voel ik Kates hand op mijn arm. Als ik haar aankijk, is haar blik mild en liefdevol. Ze glimlacht treurig naar me. 'Dat komt toch op hetzelfde neer als wat jij op de ochtend van jullie ruzie tegen Annie hebt gezegd, in iets andere bewoordingen?'

Ik steiger. 'Ik lijk totaal niet op pa, in geen énkel opzicht. Ik hou van mijn dochters en dat zeg ik vaak genoeg tegen ze.'

'Maar laat je het ook blijken?'

Mijn mond valt open, maar ik kan geen woord uitbrengen.

'Ik zeg het maar,' vervolgt Kate. 'Soms moet je een steen omdraaien om de gladde kant te zien. Probeer eens een keer door zijn ruwe kant heen te kijken. Laat je boosheid los, zoals de spreuk je aanraadt.'

'Ik zou mijn boosheid best loslaten als hij zijn best voor me deed, al was het maar een klein beetje. Weet je wel dat hij me nog nooit is komen opzoeken in New York? Die man heeft niet één keer gezegd dat hij trots op me was.'

Ze zet haar beker neer en kijkt me recht in de ogen. 'En hoe vaak heb jij gezegd dat je trots op hém bent?'

Ik wuif haar vraag weg. 'Ik ben zijn dochter, niet zijn moeder.' Ik staar uit het raam. 'Bovendien staat de kapitein van een veerboot die zich iedere zaterdag lam zuipt niet bepaald boven aan mijn lijst van dingen waar ik trots op ben.'

Kate leunt hoofdschuddend achterover in haar stoel. 'Jezus, jij kunt het echt niet loslaten, hè?'

Ik hou even mijn adem in. 'Pardon?'

'Denk je dat pa het leuk vindt om bij nul graden op die boot te staan? Om in de stromende regen toeristen over te zetten, pas om middernacht thuis te komen en de volgende morgen weer voor dag en dauw op te moeten voor dat ondankbare baantje? Ooit was hij een echte kapitein, Rik. Een man met een titel en aanzien. Besef je wel hoe vernederend het voor hem moet zijn om te degraderen van kapitein op een driehonderd meter lang vrachtschip naar de kerel met de rare pet die aan het roer staat van een veerboot vol toeristen?'

'O ja? Nou, niemand heeft hem gevraagd zijn baan op te geven. We waren allemaal beter af toen hij steeds wekenlang van huis was.' Mijn wangen gloeien van woede, wrok en schaamte. 'Moet je horen, Kate, ik ben niet zo'n heilige als jij, oké? Ik heb geen stralenkrans rond mijn hoofd.'

Er klinkt een *ping* in de keuken. We blijven elkaar aanstaren, tot ze uiteindelijk opstaat. 'De kaneelbroodjes zijn klaar. Ik had beter hemelse cake kunnen maken, dat is blijkbaar mijn specialiteit.'

Ik ga niet in op haar poging om het af te doen met humor en sta op, waarbij ik per ongeluk tegen de tafel stoot. Mijn koffiekop rammelt op het schoteltje alsof mijn wangedrag op die manier afgestraft moet worden. 'Sorry hoor, Kate, maar ik kan niet doen alsof...' Ik maak de zin niet af. 'Ik kan gewoon niet doen alsof,' zeg ik dan, en daar laat ik het bij.

Het belletje aan de deur rinkelt weer als ik het restaurant uit loop en de onuitgesproken woorden branden op mijn lippen.

Ik kan niet doen alsof ik van de man hou die mijn moeder de dood in heeft gejaagd.

23

Annie

Annie zeult twee zware canvas tassen vol boodschappen de trappen van metrostation Odéon op. Na iedere trede kijk ze om of Olive nog wel achter haar loopt. Het meisje weigert om haar hand vast te houden – en zelfs om naast haar te komen lopen. Als Annie niet omkijkt naar Olive, speurt ze om zich heen op zoek naar Kristen.

Mensen van iedere huidskleur en afkomst haasten zich door het metrostation. Annies akelige gevoel van gisteren keert terug. Hoe moet ze hier haar zus in godsnaam vinden? Ze voelt zich weer een kind dat in kleermakerszit op de grond zit met een *Waar is Waldo?*-boek.

'Je moet je niet op de streepjestrui richten,' zei Kristen dan, die binnen een paar tellen Waldo wist aan te wijzen. Maar Annie zag niets anders dan een zee van streepjestruien en gebreide mutsen.

En zo voelt ze zich nu ook. Van achteren ziet iedere vrouw met lang blond haar en een sjaal er precies zo uit als Kristen. Tot ze zich omdraaien.

Er komt een tekstbericht binnen op Annies telefoon, maar ze heeft haar handen vol en kan niet kijken. Het zal Tom wel zijn om nog een keer te vragen of alles goed gaat met Olive, of zijn dochtertje – juffertje Grote Mond – zich netjes gedraagt. Annie loopt in de stroom metropassagiers de trap op en zet dan haar tassen met een plof op de grond naast het bord met de plattegrond.

'Wacht even, Olive. Ik krijg een bericht binnen.'

Olive bromt wat, alsof de vertraging haar vreselijk veel overlast bezorgt, en laat zich op de stoep zakken. Annie weet niet of dat wel een goed idee is. Moet ze haar opdragen te gaan staan? Ze heeft wel een donkere spijkerbroek aan, maar misschien ligt er duivenpoep op de tegels. Zou Olive daarvan vogelgriep kunnen krijgen?

Annie vraagt zich voor de zoveelste keer af hoe ze het in haar hoofd heeft gehaald om deze baan aan te nemen. Ze heeft geen flauw idee hoe je voor een kind van vijf moet zorgen. En zeker niet voor een brutaal meisje van vijf dat haar iedere keer te slim af lijkt te zijn. Nog maar twee dagen geleden had ze goede hoop dat ze Olive voor zich zou kunnen winnen. Nu hoopt ze alleen nog maar augustus te halen zonder het meisje te wurgen.

Annie kijkt omlaag naar Olive, die net een mier op een weggegooid metrokaartje schept. Ze durft er niet aan te denken hoeveel bacteriën Olive inmiddels op haar vingers heeft. In plaats van er ruzie over te maken besluit Annie haar gewoon op de stoep te laten zitten. Lekker dan, dat kind is haar nu al de baas. Dan richt ze haar aandacht op het bericht op haar telefoon. Het is afkomstig van tante Kate.

Bel alsjeblieft je moeder, Annie. Voor deze ene keer. Je mailtjes jagen haar de stuipen op het lijf. Liefs, Kate

Annie voelt een druk op haar borst van heimwee, en nog iets anders – schrik. *Je mailtjes jagen haar de stuipen op het lijf.* Wat wil ze daarmee zeggen? Voordat ze de tijd krijgt om zich te bedenken toetst ze het nummer van haar moeder in, en ze belooft zichzelf dat dit de laatste keer is tot augustus.

'Ogenblikje,' zegt ze tegen Olive. Het is niet duidelijk of het meisje haar heeft gehoord.

Haar moeder neemt onmiddellijk op. 'Annie, lieverd, wat fijn dat je belt. Ik was zo ongerust. Luister, het spijt me van onze ruzie vorige week.'

Annies keel zit dicht en even kan ze geen woord uitbrengen. 'Mij ook,' zegt ze dan.

'Ik mis je. Ik ben toch naar Mackinac gegaan.'

'Echt?' zegt Annie, en dan herinnert ze zichzelf er snel aan dat haar moeder alleen maar naar het eiland is gegaan om Kristen te zoeken, niet voor haar.

'Je had me moeten vertellen dat je naar Parijs ging. Is alles goed met je?'

'Ja, alles goed. Ik woon bij een Amerikaanse professor die een jaar hier werkt.' Annie zou willen dat ze haar moeder meer kon vertellen over de superknappe professor. Maar haar moeder zou een hartverzakking krijgen als ze wist dat Annie valt op een man van in de veertig. Bovendien zit het dochtertje van diezelfde man nu naast haar, waarschijnlijk met gespitste oortjes. 'Het is een toffe man.' Ze kijkt even naar Olive, die in een van de boodschappentassen heeft zitten rommelen en er een pakje kauwgum uit heeft gevist, dat was bedoeld als beloning voor straks, als ze thuiskomen. 'Aan zijn dochtertje heb ik mijn handen vol, maar dat komt wel goed.'

Olive kijkt met een ruk naar Annie op, met opgetrokken bovenlip.

Annie glimlacht naar haar en imiteert het gebaar. Olive rolt geergerd met haar ogen en richt haar aandacht weer op de kauwgum.

'Vast wel,' zegt haar moeder. 'Maar Annie, ik moet het weten. Ben jij degene die me die berichten stuurt?'

'Welke berichten?'

Het blijft even stil aan de andere kant van de lijn, en Annie vraagt zich af of de verbinding soms is weggevallen. Maar dan, na een lange stilte, neemt haar moeder opnieuw het woord. 'Weet je dat echt niet?'

'Wat niet?'

'Annie, toe nou. Geen spelletjes, ik moet het weten.'

'Jezus, mam, hou op! Waar heb je het over?'

Olive zet grote ogen op. 'Je doet onaardig!'

Annie drukt een hand tegen haar borst en mimet 'sorry'.

Ze hoort haar moeder diep zuchten. 'Ik heb twee geheimzinnige mailtjes gekregen, van iemand die zich eenWonder noemt. In allebei die berichten stond een citaat uit ons spreukenboek.'

Annie luistert naar de spreuken die haar moeder citeert. Haar hart gaat sneller kloppen en ze drukt opnieuw een hand tegen haar borst.

'Kristen,' zegt ze hardop.

Haar moeder kreunt. 'O, liefje, ik wil je geen valse hoop geven.'

'Ze leeft nog,' zegt Annie.

'Ik had gehoopt Wes Devon te spreken,' zegt haar moeder. 'Maar die is van het eiland vertrokken.'

'Dat weet ik,' zegt Annie. 'Ik heb hem al uitgehoord, hij weet van niks. Kristen is niet op het eiland, daar ben ik van overtuigd.' Ze zwijgt even. 'Ze is in Parijs.'

'Wacht even. Zit je daarom in Parijs, omdat je denkt dat Kristen daar is?'

'Ik weet het zeker. En ik zal haar vinden, mam.' Als ik haar gevonden heb, denkt Annie, dan kun je me misschien vergeven dat ik haar zomaar heb laten gaan.

Ze hoort haar moeder diep inademen. 'Ik kom naar Parijs om je te helpen zoeken.'

Annie bijt op haar wang. Hoe graag ze haar moeders hulp ook zou verwelkomen, in gedachten hoort ze Kristens woorden, luid en duidelijk alsof ze naast elkaar op Kristens bed zitten. *Je moet niet eeuwig bij mama aan het handje blijven lopen. Het wordt tijd dat je volwassen wordt.* Haar zus heeft van zich laten horen. Ze wil dat Annie haar komt zoeken. Alleen. En als ze haar gevonden heeft, zal Krissie haar eindelijk vergeven dat ze haar die morgen alleen heeft laten vertrekken, terwijl ze een oogje in het zeil had moeten houden.

'Niet doen! Ik verbied het je. Serieus, ik moet dit zelf doen, mam. Heb alsjeblieft vertrouwen in me.'

'Verwacht je van me dat ik hier blijf afwachten?'

'Inderdaad. Bovendien kunnen we niet allebei het land uit. Stel dat ze naar huis komt, dan moet je er voor haar zijn.'

Haar moeder is het niet met haar eens. Annie moet haar duidelijk zien te maken dat ze echt niet hierheen mag komen, maar ze mag Krissies geheim niet verraden.

'Ze is...' stamelt Annie. 'Ze is nu heel kwetsbaar. Ik ben de enige die ze vertrouwt.' Haar hart breekt, ze is te ver gegaan. Dat was ronduit wreed. 'Sorry, mam.'

'Nee, je hebt gelijk. Ik was er niet voor haar – en ook niet voor jou. Maar ik kan mijn leven beteren, Annie. Wat zou je graag van me willen? Dat ik stop met die wedstrijd? Ik wil zelfs mijn baan opgeven. Ik heb er alles voor over om Kristen en jou terug te krijgen.'

Annie weet niet wat ze hoort. Haar moeder is bereid een einde te maken aan haar carrière. Maar dat wil Annie niet. Hoe hard ze ook heeft geklaagd over de competitie, het punt was dat haar moeder zo weinig thuis was. Maar nu zit ze in haar eentje in New York. Hoe zou ze haar tijd moeten doorkomen zonder haar werk? Het zou harteloos zijn om haar moeder nu die droom af te nemen, nadat ze er maandenlang zo hard voor heeft gewerkt. En Krissie denkt er vast ook zo over.

'Je hoeft niet te stoppen met werken, en zelfs niet met die wedstrijd. Als je er maar niet je hele leven van maakt. Ik... wij willen dat je gelukkig bent.' Ze gebruikt bewust het woord 'wij', in het besef dat haar moeder wel eens echt zou kunnen veranderen als ze denkt dat het voor Kristen is. 'Zo ingewikkeld is het niet,' gaat ze door. 'Luister maar naar de spreuken. Krissie probeert je naar het verleden te laten kijken, zodat je leert van je fouten, en het dan los te laten. Ga alsjeblieft weer léven! Lekker samen op de bank een film kijken, en dan niet met één oog op je laptop. Als je iets belooft, hou je er dan ook aan, zelfs al kost het je misschien een transactie. Ga met ons wandelen, en luister écht als we iets vertellen. Zet je telefoon uit onder het eten. Voer in de auto een gesprek met ons in plaats van met een of andere makelaar in China. We missen je! En mam? Lach ook eens een keer.'

'Ja.' De stem van haar moeder klink bibberig. Zo te horen huilt ze. 'Dat kan ik wel.'

'Ja, je kunt het,' zegt Annie. 'Maar ga je het ook doen?'

Ze wacht het antwoord niet af. 'Ik ga Krissie zoeken. Jij moet eerst jezelf terugvinden. Tot die tijd blokkeer ik je nummer.'

* * *

Met een zwaar gemoed stopt Annie haar telefoon weg. Is het wreed van haar om het contact te verbreken? En hoe moet ze nu weten of haar moeder veranderd is als ze niet met haar praat? Maar ze moet vertrouwen hebben in tante Kate, haar vader en dokter Kittle. Het is beter als ze tijdelijk geen contact heeft met haar moeder, ook al doet het pijn.

Het lijkt wel of ook Olives stemming bedrukter is geworden. Niet dat ze nou zo opgewekt was, maar nu zwijgt ze de hele weg terug naar het appartement, en ze zegt geen woord als Annie de boodschappen opruimt. Ze zit daar maar met haar armen over elkaar aan het keukeneiland en heeft geen aandacht voor het papier en de viltstiften die Annie voor haar heeft neergelegd. Ze trekt een boos gezicht als Annie een kip afspoelt in de gootsteen en in een pan legt.

'Nog een glaasje melk?' vraagt Annie terwijl ze haar handen staat te wassen.

Olive doet alsof ze het niet hoort.

Annie leest de volgende stap in haar kookboek *Joy of Cooking* en pelt een ui. Koken deed ze als kind al, eerst in het appartement van haar vader, toen Kristen en zij misselijk werden bij de gedachte aan wéér een bord opgewarmde macaroni met kaassaus, en later, toen haar moeder steeds vaker 's avonds ging werken. Maar tot nu toe waren haar specialiteiten heel eenvoudige pastaschotels en tosti's. Vandaag gaat ze proberen kip cacciatore te maken, een ingewikkeld recept dat ze nog nooit heeft geprobeerd. Maar het is vast de moeite waard. Gisteravond, toen Olive in bed lag en Annie met Tom zat te praten, zei hij terloops dat hij half Italiaans is, wat haar niet verbaast, gezien zijn donkere huid en die prachtige bruine ogen. Ze hoopt dat hij blij wordt van dit Italiaanse gerecht. En ze hoopt ook dat hij blij wordt van iets anders lekkers, iets Amerikaans… namelijk Annie Blair.

Als ze knoflook staat te hakken, doet Olive eindelijk haar mond open.

'Je hebt tegen me gelogen.'

Annie kijkt op. 'Wat? Nee, Olive. Ik zou nooit tegen jou jokken.'

'Je bent een dik vet liegbeest!' schreeuwt ze.

Annies ogen schieten naar de deur terwijl de woorden 'dik' en 'vet' nagalmen in haar oren. Het is nog aan de vroege kant, maar Tom kan in principe ieder moment thuiskomen. Ze had gehoopt hem te begroeten met de verrukkelijke geur van kip op het fornuis en een zoet spelende Olive, of misschien een lieflijk tafereeltje waarbij ze samen knus op de bank zaten te lezen in het nieuwe boek dat Annie heeft gekocht. In plaats daarvan staat Olive op het punt weer een driftbui te krijgen. Annie laat de knoflook in de hete olie glijden, schuift een kruk naast Olive en legt een hand op haar rug.

Olive wurmt zich los. 'Ga weg. Ik haat leugenaars.'

'Dat snap ik helemaal, ik kan er ook niet tegen. Maar vertel me nou eens waarover ik dan gelogen zou hebben.'

Olive laat zich onderuitzakken op haar kruk, haar armpjes nog steeds strak over elkaar geslagen. 'Je hebt gezegd dat je zusje dood is. Maar ik hoorde je aan de telefoon zeggen dat ze nog leeft.'

De moed zakt Annie in de schoenen. Shit! Waarom heeft ze niet beter opgelet? Olive heeft haar hele gesprek gevolgd, zoals Annie al vermoedde. Hoe kan ze zich hier nog uit redden?

Annie draait haar kruk een slag en neemt Olives handen in de hare. 'Liefje, het is ingewikkeld. Mijn zusje had een geheim. Ze deed soms domme dingen. Daarom vraag ik me af of ze misschien alleen maar net doet alsof ze dood is.'

Olive rukt haar handen terug. 'Mijn moeder doet ook gewoon alsof.' Ze laat zich van de barkruk glijden en rent de keuken uit.

O, goeie god! Annie is al gewaarschuwd dat Olive de dood van haar moeder niet kan accepteren. Tom wordt natuurlijk woest als ze zijn dochter valse hoop geeft. Hoe kan ze eerlijk zijn en tegelijkertijd rekening houden met haar gevoelens, en realistisch blijven?

Annie loopt achter Olive aan naar de huiskamer en gaat op haar hurken voor de bank zitten, waar Olive haar gezicht verbergt in een kussen. 'Olive, kijk me eens aan.'

Olive verroert zich niet. Annie wil een hand op haar rug leggen, maar bedenkt zich dan. Ze leunt met haar ellebogen op de bank en zegt zachtjes, met haar gezicht op een paar centimeter afstand van dat van Olives oren, die ze met haar handen bedekt: 'Weet je wat het is? Ik heb mijn zusje niet meer gezien, ik heb nooit echt afscheid van haar kunnen nemen. Daarom is het zo moeilijk voor te stellen dat ze echt dood is.'

Olive tilt langzaam haar gezicht van het kussen en gaat rechtop zitten. Maar ze weigert Annie nog altijd aan te kijken. Nou ja, het is beter dan niks, vindt Annie.

'Ik heb mijn moeder ook niet meer gezien. Toen ik wakker werd, was ze al in de hemel.'

Ach ja, dat is waar ook. Gisteravond, toen Olive in bed lag, heeft Tom Annie over het ongeluk verteld. 'Een dronken chauffeur,' zei hij. Gwen, zijn vrouw, was op slag dood. Olive had haar dijbeen gebroken en moest met spoed geopereerd worden. Ze was versuft van de narcose en de pijnstillers. Tegen het einde van de week, toen Olive weer helemaal helder was, was haar moeder inmiddels begraven.

'Ik dacht toen dat het makkelijker voor haar zou zijn,' zei Tom met een afwezige blik in zijn ogen. 'Maar achteraf bekeken was het wreed. Ze kan zich de dag van het ongeluk niet herinneren. Het is alsof ze op een avond is gaan slapen als een tevreden, geliefd kind en ze de volgende dag wakker werd zonder moeder.'

'Olive,' zegt Annie. 'Ik weet hoe het voelt om je mama te moeten missen. Wist je dat ik geadopteerd ben?' Ze probeert maar wat, ze weet zelf niet waar ze nu eigenlijk heen wil. 'Maria, de mama bij wie ik in de buik heb gezeten, weet niet eens wie ik ben.'

'Wel waar! Ik heb je zelf met haar horen praten!'

'Nee. Dat is de mama die me heeft geadopteerd. Mijn echte moeder heb ik nooit gekend.'

Olives frons verdwijnt en haar toon wordt vriendelijker, alsof ze met Annie te doen heeft. 'Maar dan had jij twee moeders. En je hebt er nog steeds een, dus dan hoef je niet verdrietig te zijn.'

'Dat is waar. Ik heb een mama die van me houdt en voor me zorgt als een echte moeder.'

Olive gaat rechtop zitten, en haar ogen schitteren. 'Kan ik ook een nieuwe mama krijgen?'

Annies hart spat uit elkaar van medelijden met dit moederloze kind. Eigenlijk verschillen ze niet zo veel van elkaar, Olive en zij. Ze willen allebei een nieuwe moeder... alleen heeft Annie de hare nog. Bij die gedachte voelt ze zich ondankbaar en klein.

Voordat ze antwoord kan geven, hoort ze Toms sleutel in het slot van de voordeur. Pas als ze zijn geschrokken gezicht ziet, ruikt Annie het... en ziet ze het. Er komt dikke zwarte rook uit de keuken.

Shit! De knoflook!

24

Erika

Annie heeft gelijk. Ik moet een moeder zijn, en daar ga ik alles aan doen. Ik masseer mijn slapen. Ik zit in de schemer voor de haard in Kates huiskamer met Lucy de kat op schoot te telefoneren.

'Dus je neemt contact op met iemand in Parijs die kan helpen? Fijn. Laat hem ook informatie inwinnen bij de immigratiedienst en de Amerikaanse ambassade. Alvast bedankt voor de moeite, Bruce.' Ik rond het gesprek af en leun met mijn hoofd in het kussen van de bank.

'Hoi.'

Lucy springt van mijn schoot als ik me omdraai, en in de hal zie ik Kate staan. Ze schopt haar schoenen uit. Ik kom overeind van de bank. Hoe lang staat ze daar al? Ze wikkelt een sjaal van haar hals. 'Wie had je aan de lijn?'

Ik voel het bloed naar mijn wangen trekken. 'Niemand.'

Kate doorboort me met haar blik terwijl ze dichterbij komt, alsof ze zo de waarheid uit me wil krijgen. Ik geef me gewonnen en zeg hoofdschuddend: 'Bruce Bower. Een privédetective. Hij helpt me bij de zoektocht naar Kristen.'

Kate ploft naast me neer op de bank. 'O, Rik, wanneer houdt dit eens op?'

'Ik kan het niet opgeven tot ik bewijs heb. Bower heeft de locatie van de afzender nog steeds niet kunnen vaststellen, maar de Veiligheidsraad voor Transport gaat het onderzoek sluiten. Als het goed is, krijg ik ergens in de komende maanden haar spullen terug.'

‘En geloof je het dan wel? Laat je het dan los?’

Loslaten? Is dat wat eenWonder van me verlangt? Dat ik de hoop opgeef?

Ik vecht knipperend tegen de tranen. ‘Ik heb Annie gesproken, dankzij jou. Zij heeft die e-mails niet gestuurd, ze had geen idee waar ik het over had. Zij denkt ook dat ze van Kristen komen.’

Kate laat haar hoofd hangen en wrijft over haar slapen. ‘Rik, je moet naar me luisteren. Annie is wanhopig. Ze zal er alles aan doen om jou te veranderen, ook al moet ze je daarvoor mailtjes sturen uit naam van Kristen.’

‘Nee. Annie zou niet tegen me liegen.’

‘Wel als ze dacht dat ze jou daarmee hielp.’ Kate bijt op haar lip, en ik merk aan haar dat ze iets kwijt moet. ‘Ze denkt dat je niet naar haar zou luisteren als je wist dat die spreuken van haar afkomstig zijn.’

* * *

Die avond zit ik op bed met mijn laptop. Ik laat mijn gesprek met Kate nog een keer de revue passeren. Heeft ze gelijk? Denkt Annie dat zij er niet toe doet, dat haar zus belangrijker is dan zij?

Ik pieker ook over het telefoongesprek met Annie. Heeft ze eigenlijk wel ronduit ontkend die mailtjes gestuurd te hebben?

Ik open het laatste bericht van eenWonder en klik op ‘beantwoorden’. Deze keer stromen de emoties mijn vingers uit. Als Annie eenWonder is, zoals Kate blijft volhouden, dan zal ze mijn woorden lezen, ook al neemt ze niet op als ik haar bel. Ik moet haar duidelijk maken hoeveel ik van haar hou, en dat ze er net zo veel toe doet als haar zus.

Ik hou van jou als het ijs van de kou, eindig ik mijn bericht. *Alles wat ik doe, doe ik voor jou.*

Ik klik op verzenden. Net als ik mijn inbox wil afsluiten, komt er een bericht binnen van Tom Barrett. Yes! Ik voel me een uitgehongerde vrouw die zojuist een kruimeltje heeft gevonden. Het is dan wel geen voedzame maaltijd, maar behalve de anonieme mailtjes is de Amerikaanse professor in Parijs de enige link die ik heb met mijn dochter.

Dag Erika,

Aangezien ik geen ervaring heb met het grootbrengen van een jonge vrouw, kan ik wel wat advies gebruiken. Ik ben bang dat ik je dochter heb gekwetst.

Het zit namelijk zo: ze wilde iets bijzonders koken, ik denk als verrassing voor mij, en ik heb het helemaal verprutst. Toen ik thuiskwam zag ik alleen maar rook. Ik reageerde nogal heftig. Annie had een pan op het vuur laten staan terwijl ze met Olive zat te praten in de huiskamer.

Achteraf gezien was er niks aan de hand, op een kromgetrokken pan na. Maar toen ik al die rook zag, dacht ik meteen aan een uitgebrande flat, of Olive met fatale brandwonden. Ik ben bang dat ik tegen Annie uitgevallen ben. Ik zei, op veel te strenge toon, dat ze nooit een pan op het vuur mag laten staan zonder erbij te blijven. Tot mijn grote schrik kreeg ze tranen in haar ogen. Ze wendde zich van me af om de pan schoon te maken en verbrandde daarbij ook nog haar hand.

Al met al was het eten een fiasco. We hebben met z'n drieën zwijgend soep uit blik zitten oplepelen. Ik voel me schuldig. Zo schuldig zelfs dat ik nu, om vier uur 's nachts, klaarwakker ben. Ik zit met een kop koffie op het balkon en kijk uit over deze schitterende stad. Rechts van me zie ik de Notre Dame. En als ik goed kijk, heel ver naar links, kan ik het puntje van de Eiffeltoren zien. Een paar straten recht vooruit, achter de oude winkels en gebouwen, ligt de Seine. Iedere andere ochtend zou ik genieten van dit moment voor mezelf, maar vandaag voel ik me zo'n stomkop.

Hoe ga ik met Annie om nu ik haar zo gekwetst heb? Als jij een tip hebt, hoor ik dat graag. Zwijgen? Excuses aanbieden? Jezus, ik voel me zo'n kluns. De volgende keer zal ik eerst nadenken, beloofd.

Ik lees de mail nog een keer door, een beetje treurig maar ook geamuseerd. Arme Annie. Ze wilde hem natuurlijk een plezier doen. En arme Tom. Met Annie is het nooit makkelijk. Haar beste eigenschap – haar gevoeligheid – kan ook haar slechtste zijn. Ik stel me Kristen voor in dezelfde situatie. In plaats van zich gekwetst te voelen door Toms verwijt dat ze die pan niet alleen had mogen laten, zou ze waarschijnlijk om zichzelf gelachen hebben en een gevatte opmerking hebben gemaakt. *Je hebt helemaal gelijk. Vanaf nu gebruik ik alleen nog de magnetron. Hoe heb je je steaks het liefst: teflon, rubber of karton?*

Ik moet die arme man geruststellen.

Beste Tom,

Wat vervelend! Voor jullie allebei. Annie is een bijzonder kind, met een huid zo dun als de vleugeltjes van een mot. Ze heeft altijd extra veel geduld en vriendelijkheid van me gevergd. Maar neem maar van mij aan dat ik het talloze keren flink heb verprutst (ik heb niet voor niks contact met je opgenomen). De positieve kant is dat ik geen liever, vergevingsgezinder kind ken dan Annie.

Dat is waar, denk ik bij mezelf. In Annies DNA komt geen greintje kwaad voor. Kristen heeft haar opa altijd gewantrouwd, maar om de een of andere merkwaardige reden (die Kristen en ik niet begrepen) is Annie dol op hem. En nu vraag ik me af: zal Annie het me ooit kunnen vergeven?

Als ze boos op je is – maar dat is vast niet zo – dan is ze morgenvroeg weer gewoon de oude, opgeruimd en vrolijk als altijd. Ik denk eerder dat ze zich geneert. Annie doet niets liever dan het anderen naar de zin maken. Een bemoedigend woord, een complimentje voor iets waar je tevreden over bent, en ze is weer helemaal happy.

Bedankt voor je mail. Ik hoop dat je er wat aan hebt. En ga nu alsjeblieft nog even slapen!

Hartelijke groet,
Erika

Die man is duidelijk van zijn stuk gebracht, net als ik, omdat Annie het moeilijk heeft. In gedachten zie ik hem in zijn eentje zitten met een kop koffie terwijl de rest van die prachtige stad op één oor ligt. Ik kijk op de wekker op mijn nachtkastje. Tien over tien. Ik bijt op de nagel van mijn duim en voeg er dan nog een zin aan toe.

Ik ben wakker, mocht je willen praten.

Ik zet mijn telefoonnummer erbij en druk op verzenden. En vervolgens lig ik twee uur klaarwakker te wachten op een telefoontje dat niet komt. Ik voel me dom en opgelaten – en afgewezen, al slaat dat nergens op.

* * *

Dinsdagmiddag zit ik op Kates zonneterras te wachten op een telefoontje. Professor Barrett heeft me gisteravond niet meer gebeld – waarschijnlijk vond hij het maar een raar voorstel – maar ik heb wel bericht gekregen van Allison. Ze heeft Stephen Douglas gesproken, de hoofdontwikkelaar van Fairview Properties, de man die op het punt stond Emily het exclusieve verkooprecht te geven. Hij vond Allisons e-mail 'intrigerend'. Allison heeft een telefonische vergadering voor ons drieën belegd.

Ik strijk mijn pak glad en veeg wat losse plukjes haar uit mijn gezicht, alsof ik op kantoor zit en niet hier op het eiland. Het is een welkome afleiding van het gepieker over Annie, Kristen, mijn vader en zelfs mijn moeder. Ik bereid me mentaal voor op het gesprek. Er daalt een rust over me neer. Dit is mijn wereld – een wereld van cijfers, statistieken en contracten. Dit heb ik onder controle.

Om 13:58 uur gaat mijn telefoon. Ik schraap mijn keel en hoop dat ik net zo beheerst en formeel klink als in mijn kantoor in Manhattan.

'Dag Stephen, bedankt voor het bellen. Ik haal Allison erbij.'

Net als ik wil overschakelen naar de andere lijn, zegt een stem. 'Sorry, wacht even. Spreek ik met Erika Blair?'

Ik houd mijn hoofd schuin. 'Ja. Is dit niet Stephen Douglas?'

'Nee. Erika, ik ben het. Tom Barrett, Annies werkgever.' Hij heeft een zware stem, vol en donker als bruine jus.

'Tom,' zeg ik, en ik zie de klok verspringen naar 13:59. Shit. Zijn timing had niet slechter gekund.

'Ik was vannacht in slaap gevallen nadat ik je had gemaild,' zegt hij, 'en uiteindelijk heb ik me verslapen. Ik zag je mailtje pas vanmorgen, maar je kunt je misschien wel voorstellen dat ik je toen niet kon bellen vanwege de chaos hier in huis.'

'O.' Ik giechel nerveus. 'Geeft niks, joh.' Vol afschuw trek ik mijn neus op. Ik klink als een idioot. 'Maar eh, ik verwacht een telefoontje. Is alles goed daar?'

'Ja, prima. Wat stom van me, sorry dat ik je stoor. Ik hang meteen op.'

Ik moet iets zeggen om hem te laten weten dat ik straks wel tijd voor hem heb, als hij wil. Maar ik hoor het piepje van een wisselgesprek. Stephen. Shit!

'Oké. Bedankt, meneer… Tom.'

Meneer Tom? Jezus! Maar ik heb geen tijd om me er druk om te maken. Tom hangt op en ik neem Stephens telefoontje aan.

Twee minuten later ben ik druk in gesprek met Stephen en Altoid, alsof we tegenover elkaar aan tafel zitten. Ik som mijn referenties en verkoopcijfers van de afgelopen drie jaar op, met een lijst van mijn buitenlandse investeerders, de Aziatische klanten en makelaars. Hij noemt met een vreemd hoog stemmetje de prijs die hij in gedachten heeft voor de appartementen.

'Hoog gegrepen,' zeg ik, 'maar niet onrealistisch. Laat mij ze voor je verkopen.'

'Je hebt een kruiwagen bij de buitenlandse investeerders, zoals veel makelaars in Manhattan. Maar wat maakt jou uniek, Erika?'

Ik glimlach. Yes! Eindelijk kan ik mijn troefkaart inzetten! Afgelopen winter was er in het onroerendgoedwereldje veel te doen over Emily Lange, door haar huwelijk met een man die tien jaar jonger is dan zij. Matthew Watts heeft de voogdij over zijn drie schoolgaande kinderen, wat Emily tot een zeer drukke stiefmoeder maakt. Zonder haar naam te noemen gebruik ik die insiderskennis om de eerste twijfel te zaaien.

'In tegenstelling tot andere makelaars heb ik geen afleiding vanuit mijn privéleven. Ik ben single en mijn dochters... *dochter*... woont in Frankrijk. Mijn werk is mijn leven. Je zult merken dat ik onvermoeibaar doorwerk, vierentwintig uur per dag, zeven dagen per week, om het mijn klanten naar de zin te maken.'

'Ik heb al wat navraag gedaan,' zegt hij grinnikend. 'Je hebt beslist de reputatie van een workaholic.'

'Dat is een titel waar ik trots op ben,' zeg ik. Maar vandaag word ik er niet blij van, zoals anders, eerder een beetje droevig. Heb ik te veel opgeofferd voor deze baan? Ik stel me voor dat Emily Lange als nieuwbakken stiefmoeder hard haar best doet om haar werk te combineren met huiswerk en voetbaltraining en de maaltijden met het gezin. Zou het kunnen dat Emily heeft gevonden wat er echt toe doet, terwijl ik me bezighield met de dingen die ik belangrijk vond?

'Dat bedoel ik nou,' zeg ik op onnatuurlijk opgewekte toon. 'Het komt erop neer dat ik graag jullie makelaar wil worden, en naar alle objectieve maatstaven – mijn verkoopcijfers, mijn contacten en mijn persoonlijke inzet – ben ik duidelijk de meest geschikte kandidaat om deze appartementen te verkopen.'

Met ingehouden adem wacht ik Stephens vonnis af.

'Ik moet zeggen dat ik onder de indruk ben. Ik belde je eerlijk gezegd alleen voor de vorm. Ik dacht dat mijn keuze vaststond, en het is niks voor mij om aan mijn eigen beslissingen te twijfelen.'

Ik knijp mijn ogen dicht en hoop dat er een 'maar' komt. En die komt. 'Maar na jouw wervende verhaal ben ik bereid tot een heroverweging.'

Glimlachend adem ik uit. 'Terecht. Geef mij het exclusieve verkooprecht voor alle zestien de appartementen en ik verkoop ze binnen negentig dagen. Allemaal.'

Zestien appartementen in negentig dagen is torenhoog gegrepen, maar het is te doen... als ik me kapot werk.

'Dertig,' zegt Stephen.

Ik hap naar adem. 'Pardon? Zei je nou dertig dagen? Om ze alle zestien te verkopen?'

'Jij zegt dat je de beste bent. Bewijs het maar.'

Maakt hij een geintje? Mijn hoofd tolt. Ik moet Kristen gaan zoeken. Ik moet naar mijn verleden kijken en het loslaten, zoals eenWonder van me vraagt. Hoe valt dat hiermee te combineren?

'Luister, Stephen, ik ben inderdaad de beste makelaar die er is. Maar ik kan niet toveren. Ik kan die deals niet sluiten op pure wilskracht, ik heb wel tijd nodig om...'

Hij valt me in de rede met zijn schelle sopraanstem. 'Je verdoet mijn tijd. Ik kan vandaag een makelaar krijgen die me heeft beloofd ze binnen negentig dagen te verkopen. Jij zou met iets beters komen. Als het je lukt, zal je commissie riant zijn.'

'Hm, hm.' Ik was de commissie bijna vergeten.

'Maar als je ze niet binnen dertig dagen verkoopt, tot de allerlaatste toe, dan vervalt je commissie en wordt de omzet niet geregistreerd.'

Hij is duidelijk op de hoogte van de deadline voor de top 50, en die gebruikt hij in zijn voordeel. 'Niet geregistreerd?' Mijn stem klinkt nu zwak. 'Ook niet voor de appartementen die ik wél verkocht heb?'

'Nul komma nul,' zegt Stephen. 'Deal?'

De woorden 'nul komma nul' blijven door mijn hoofd galmen als de echo van een waarschuwingsschot; ik moet deze missie staken. De top 50 doet er niet toe. Ik moet het loslaten. Emily mag het exclusieve verkooprecht hebben.

Net als ik dat wil zeggen, neemt Allison het woord.

'Deal,' zegt ze. 'Erika en ik gaan ze binnen dertig dagen verkopen. Allemaal.'

Kristens laatste woorden spelen door mijn hoofd. *Aan de slag jij. Zorg dat je de top 50 haalt. Volgend najaar kan The Blair Agency van start gaan.*

Als ik heb opgehangen, hoop ik tegen beter weten in dat Kristen en Annie straks naar de uitreiking van de award zullen komen.

Volgend jaar, als het concurrentiebeding verlopen is, ga ik The Blair Agency beginnen, onze gezamenlijke droom. Mijn dochters zullen trots op me zijn. Ja, toch?

25

Annie

Halverwege die week hebben Annie en Olive een vaste routine opgebouwd. Annie staat om zes uur op en gaat dan naar de keuken om Toms ingewikkelde espressoapparaat aan te zetten. Ze dekt de ontbijttafel met verse croissants, verschillende soorten jam en kaas, yoghurt en sap. Na het douchen föhnt ze haar haar droog en doet lipgloss op. Als ze hoort dat de kraan in Toms badkamer wordt dichtgedraaid, gaat ze naar Olives kamer.

'Wakker worden, slaapkop,' roept ze zachtjes, en ze strijkt het haar uit Olives lieve gezichtje. En iedere morgen is het weer pijnlijk om te zien hoe Olive hoopvol haar slaperige oogjes opendoet, waarna er een wolk van teleurstelling over haar gezicht trekt als het tot haar doordringt dat het Annie is die aan haar bed zit, en niet haar moeder.

Het is woensdag, en net als de andere dagen van de week legt Annie kleren voor Olive klaar uit haar ladekast. Verderop in de gang hoort ze Tom fluiten. Ze glimlacht; zo stelt ze zich een eigen gezinnetje voor.

Het is een regenachtige, koele ochtend, dus kiest ze voor een zwart-wit gestreepte legging en een rood jurkje met lange mouwen. Die legt ze op Olives vers opgemaakte bed. En zoals altijd loopt Olive straal langs het bed zonder zich iets aan te trekken van de kleren die Annie heeft uitgekozen. Ze trekt een la open en pakt er willekeurig een ander stapeltje kleren uit. De keuze van vandaag: een rood met groene maillot – duidelijk bedoeld voor de kerst –, een roze rokje met oranje stippen en een flinterdun groen T-shirt. Annie trekt een pijnlijk gezicht.

'Olive, liefje, het is koud buiten. Weet je zeker dat je niet liever iets met lange mouwen aandoet?'

Olive klemt haar kaken op elkaar en wurmt zich in het T-shirt.

'Kom eens hier, gekkie.' Annie hurkt bij haar neer. 'Laat me je helpen. Het zit vandaag achterstevoren én binnenstebuiten. Als je zo de straat op gaat, moet je de hele dag achteruitlopen.' Ze lacht erbij, maar Olive kijkt haar minachtend aan.

Door de open deuren hoort ze Tom grinniken. Hij heeft haar opmerking blijkbaar gehoord. Annie grinnikt, trots dat iemand haar humor weet te waarderen.

'Je bent niet grappig,' zegt Olive, alsof ze bang is dat het succes Annie naar het hoofd zal stijgen. Ze beent de kamer uit en weigert Annies hulp.

Waarom heeft, van alle scholen in Paris, uitgerekend die van Olive geen verplicht uniform?

* * *

Annie loopt een paar passen achter Olive de keuken in. Tom staat aan het aanrecht melk op te schuimen. Als hij Olive hoort, draait hij zich om, en zijn gezicht klaart op.

'Goedemorgen, mijn poppetje!'

God, wat ziet hij er verrukkelijk uit. Hij draagt zijn gebruikelijke outfit van jeans en een katoenen overhemd, een blazer en hoge suède schoenen, die met het piepkleine roze vlekje op de neus waar Olive een keer aardbeienijs heeft geknoeid. Hij zet de metalen melkopschuimer weg en bukt om zijn dochtertje op te tillen. 'Was het fijn in dromenland?'

Ze slaat haar armpjes om zijn hals. 'Moet je echt gaan werken vandaag?'

'Ja, liefje. En jij moet dadelijk naar school. Misschien kan Annie met je naar het park gaan als ze je om twaalf uur heeft opgehaald.'

Ze steekt pruilend haar onderlip naar voren. 'Ik vind het park stom.'

'Niet zo flauw doen. Zullen we vanavond naar een restaurant gaan? Dan kom ik een beetje eerder naar huis.'

Ze zet grote ogen op. 'Georges?'

'Als jij dat wilt.'

'Jippie!'

Annie is onder de indruk. Haar vader was lief voor hen, maar nooit zo liefdevol als Tom voor Olive is. Hij is helemaal het type man dat ze later als vader voor haar eigen kinderen zou willen.

Dan ziet hij haar staan. 'Goedemorgen, Annie.'

'Goedemorgen.' Annie strijkt het haar van haar voorhoofd.

'Cappuccino?' Hij zet Olive neer.

'Graag.'

'Wat zie je er mooi uit vandaag.'

Annie kijkt naar haar vaste kloffie – en yogabroek met een trui – en houdt haar buik in, althans, dat probeert ze. Tom is extra attent sinds het fiasco met de knoflook van maandag, hij overlaadt haar met complimenten die allerlei vragen bij haar oproepen. Heeft de professor misschien een oogje op haar, zoals zij op hem? Annies rationele kant zegt haar dat hij gewoon aardig wil doen, en dat ze zijn motieven niet verkeerd moet opvatten. Maar ze luistert nooit naar haar rationele kant.

Als hij haar de beker aangeeft, raken hun handen elkaar per ongeluk. Snel wendt ze haar ogen af en ze voelt haar wangen gloeien. 'Dank je,' mompelt ze. Dan draait ze haar hoofd in de richting van de tafel, waar Olive de jam van haar croissant zit te likken. 'Even voor de duidelijkheid,' fluistert Annie, 'die kleren heeft ze zelf uitgekozen.'

Tom kijkt naar Olive en verslikt zich in zijn koffie. 'Ach, jeetje.'

Annie moet lachen. 'Zal ik haar iets anders aantrekken?'

'Neuh, laat maar. Er zijn ergere dingen.' Hij tikt met zijn koffiebeker tegen de hare. 'Proost, op al je goede werk. Ik ben heel blij dat je er bent, Annie. Jij bent precies wat dit huis nodig had.'

Annie glimlacht, en ze is er tamelijk zeker van dat haar hart drie maten groter wordt. In de negentien jaar van haar leven heeft nog nooit een knappe man zoals hij zoiets liefs tegen haar gezegd.

* * *

Annie hurkt neer naast Olive voor het gebouw van rode baksteen dat is begroeid met klimop, Olives Amerikaanse kleuterschool. 'Tot over een paar uur.' Ze zet Olives baret recht. 'Lief zijn. Doe je best.' Annie wil haar omhelzen, maar Olive duikt weg, zoals altijd, en ze rent de trap op naar school alsof ze niets liever wil dan uit Annies buurt blijven.

Annie loopt Rue du Bac in. Misschien gaat het vandaag gebeuren. Vandaag gaat ze het eerste arrondissement verkennen, de wijk rondom het beroemde museum het Louvre. Ze kijkt goed om zich heen als ze naar de rivier loopt. Ze let vooral op tengere blondines. Maar zo tenger is Kristen nu misschien niet meer. Ze zou acht maanden zwanger kunnen zijn, met een buik als een meloen onder haar jas. Bij die gedachte moet Annie glimlachen, maar al snel krijgt ze weer een brok in haar keel. Ze zou tante geworden zijn. Nee, ze wórdt tante.

Ze steekt haar handen in haar jaszakken en loopt verder, tot ze ineens in de Jardin des Tuileries is aanbeland, het spectaculaire zeventiende-eeuwse stadspark. Ze slentert over het weelderige gazon dat bezaaid is met standbeelden, als een reusachtig schaakbord, en haar ogen zoeken Kristen.

Annie loopt over een grindpad tussen twee strak gesnoeide heggen door. Edward Scissorhands-bomen, zou Kristen zeggen. Vrouwen zitten twee aan twee te kletsen op de bankjes. Oude mannen komen in groepjes bij elkaar, pratend in die melodieuze taal, zwaaiend met de armen om hun verhalen kracht bij te zetten. Gepensioneerden lezen in stilte. Annie betrapt zich erop dat ze loopt te dagdromen en ze spreekt zichzelf streng toe. Ze moet haar zus vinden! Maar met ieder passerend gezicht, met ieder moment dat verstrijkt, met iedere hartslag voelt ze de hoop uit zich wegsijpelen.

De volgende twee uur zit ze voor het Louvre, waar ze elke voorbijganger aandachtig opneemt. Als ze uiteindelijk om twaalf uur Olive uit school gaat halen, heeft ze een knoop in haar maag. Hoe haalde ze het in haar hoofd dat ze Kristen ooit zou kunnen vinden in een grote stad als deze?

Annie heeft in haar privéberichten aan Kristen op Facebook duidelijk laten weten dat ze hier in Parijs naar aan het zoeken is. Ze heeft haar Toms adres gegeven en stuurt haar iedere morgen nog een herinnering. Wat nu als Krissie niet gevonden wil worden? Annie kent haar zus. Ze is koppig en onafhankelijk, en ze denkt niet altijd even rationeel na. Als Krissie verborgen wil blijven, dan zal ze zich daar door niets of niemand van af laten brengen.

Nu is het half vijf en Olive zit op haar knieën op de bank uit het raam te kijken. Annie komt binnen met een mand vol schone was in haar armen.

'Waar kijk je naar?'

Olive geeft geen antwoord. Annie zet de mand op de vloer.

'Wil je me helpen met opvouwen? Of we kunnen de was ook laten staan en gaan wandelen.'

'Neehee!' roept Olive, alsof ze nog nooit zo'n slecht idee heeft gehoord.

'Kom, dan doen we een potje Uno. Of we gaan kleuren of koekjes bakken.'

'Nee. Mijn vader komt vandaag vroeg naar huis.'

Annie knikt. Ze was Toms belofte aan Olive bijna vergeten. 'Ja. Dat is waar ook.' Ze gaat naast Olive zitten en samen kijken ze door het raam naar het trottoir beneden.

'We gaan naar Georges en dan neem ik een milkshake en jij mag niet mee.'

'O. Nee, natuurlijk niet.' Annie was er – onterecht, beseft ze nu – van uitgegaan dat ze met Tom en Olive mee uit eten ging. Maar Olive heeft gelijk. Annie maakt geen deel uit van het gezin, ze is alleen maar de nanny. Dat mag ze niet vergeten.

‘Toen Kristen en ik klein waren, nam mijn vader ons mee naar een ouderwetse *diner*, Cup and Saucer. We aten aan de bar. Ik nam altijd een tosti kaas, Kristen een hamburger met friet. Mijn vader at altijd een omelet.’

‘En je moeder?’

Het verbaast Annie dat Olive reageert. ‘O, mijn moeder ging niet mee. Het was na de scheiding.’

‘Wat is dat, scheiding?’

Annie zwijgt even en zoekt naar een eerlijke uitleg die niet al te zwaarmoedig klinkt. ‘Een scheiding is als vaders en moeders niet meer met elkaar getrouwd willen zijn. Ze blijven altijd vader en moeder, maar dan wonen ze niet meer samen.’

Olive kijkt haar aan. ‘Waar wonen de kinderen dan?’

‘Nou, Kristen en ik woonden meestal bij mijn moeder. We gingen elke maand twee zaterdagen en zondagen naar mijn vader.’

Olive fronst haar voorhoofd. ‘Woonden jullie niet allemaal samen in één huis?’

‘Nee.’

Olive kijkt weer uit het raam. Samen houden ze zwijgend de straat in de gaten. Annie vraagt zich af of ze te veel gezegd heeft. Misschien is Olives jonge hartje nog te teer voor het idee dat de liefde soms niet eeuwig duurt.

‘Mijn moeder woonde wel bij papa en mij.’ Olive zegt het zo trots dat Annie glimlacht.

‘Ja. Jij hebt geboft.’

Olive knikt, en ze drukt haar voorhoofd tegen het raam. Het glas beslaat ervan. ‘Schiet nou eens op, pap.’

Dan ziet Annie in de kast naast de bank een verrekijker staan. Ze buigt zich ernaartoe om hem te pakken. Met behulp van de verrekijker speurt ze de mensenmenigte af op zoek naar een knappe man in spijkerbroek en een bruine blazer. Maar dan herinnert ze zich dat ze moet uitkijken naar een blond meisje met een zwangere buik.

‘Hé!’ zegt Olive. ‘Die is van mijn vader. En het is geen speelgoed.’

Annie moet lachen, want het is duidelijk dat Olive Toms woorden herhaalt. 'Je hebt gelijk. Ik zal heel voorzichtig doen. Ik wil alleen kijken of ik je vader al zie. Met deze verrekijker kun je dingen zien in de verte.'

'Echt?' Olive pakt de verrekijker van haar af. 'Laat mij eens kijken.'

Annie lacht, blij met Olives ongekende enthousiasme. 'Ja, ja, rustig, popje. Laat me je even helpen.' Ze hangt het koord om Olives nek en zet de verrekijker aan haar ogen. 'Voorzichtig.'

'Ik zie niks!' zegt Olive klaaglijk.

'Wacht even.' Annie stelt de kijker scherp. 'Ik draai, en dan moet jij zeggen wanneer je iets ziet.'

'Nee... nee... nee,' zegt Olive. Dan roept ze ineens: 'Wauw!'

Annie kijkt toe hoe Olive door de kijker tuurt. 'Ik zie die mensen daar beneden!' Maar algauw geeft ze haar zoektocht over het trottoir op en richt de verrekijker op de hemel. 'Hé! Dat is niet eerlijk, dat gebouw staat in de weg. Ik zie niks! Ga eens opzij, stom gebouw.'

'Dat is een appartementencomplex, net als dat van ons. Daar is je vader niet. Je moet op de stoep kijken, hij komt van die kant.' Annie wijst naar rechts.

Voordat Olive haar zoektocht kan hervatten, horen ze een sleutel in het slot van de voordeur. Olive rukt de band van haar nek.

'Leg terug,' fluistert ze, en ze duwt Annie de verrekijker in handen. 'Dit is geen speelgoed.'

'O, ja! Vlug, vlug!' Annie doet overdreven stiekem en zet een plant voor de verrekijker, zogenaamd om die te verstoppen. Ze gaat snel op de bank zitten, precies op het moment dat Tom binnenkomt. Olive giechelt, een geluid dat Annie als muziek in de oren klinkt.

Nee, het is geen levensgrote verandering. Olive is nog steeds brutaal. Maar het is een beginnetje. Misschien, heel misschien kan Annie in de komende maanden een band met Olive opbouwen, of in ieder geval wat meer wederzijds begrip. Ze neemt zich voor om een verrekijker voor Olive te kopen.

* * *

Tom heeft woord gehouden: hij is op tijd thuis om Olive mee uit eten te nemen.

'We gaan naar Georges,' zingt Olive. 'Mijn papa en ik!'

Annie trekt zich terug in haar kamer. Ze zit met haar laptop op bed, de deur op een kier, als Tom aanklopt.

'Ga met ons mee,' zegt hij vanaf de drempel.

Annies hart maakt een sprongetje. *Ja! Natuurlijk! En als je wilt, kunnen we onderweg alvast verlovingsringen uitzoeken!*

'Tenzij je liever wat tijd voor jezelf hebt,' zegt hij dan. 'Dat zou ik heel goed begrijpen.'

Nee, denkt Annie. Ik wil bij jou zijn... voor de rest van mijn leven. Maar ze denkt aan Olives opmerking: *Jij mag niet mee.* Ze schuift haar laptop opzij.

'Dank je, maar gaan jullie lekker samen. Olive verheugt zich op een uitstapje met haar vader.'

Hij glimlacht. 'Wat attent van je. Dan gaan wij een andere keer, goed?'

Annie knikt. 'Prima. Ander keertje.' Maar in gedachten steekt ze juichend haar vuist in de lucht en maakt ze een rondedansje. Ze ziet het al helemaal voor zich, hun etentje bij kaarslicht.

Voordat hij wegloopt, wijst hij op de ingelijste foto op Annies nachtkastje. 'Je familie?'

Annie loopt naar de foto toe en pakt hem op. 'Mijn zusje, mijn moeder en ik.' Ze geeft de foto aan Tom. 'Deze is genomen op onze diploma-uitreiking.'

Hij neemt de foto van haar aan en kijkt er langer naar dan Annie had verwacht. Ze krijgt een brok in haar keel. Kristen en zij staan aan weerskanten van hun moeder, alle drie met de armen om elkaar heen geslagen. Het waaide hard die dag, hun haren vliegen alle kanten op. Meteen nadat de foto werd genomen, kuste haar moeder haar op haar voorhoofd. Haar moeders donkere ogen stralen, zoals vroeger meestal het geval was, en je ziet het kuiltje in haar wang, dat Krissie ook heeft.

'Prachtig,' zegt Tom als hij haar de foto teruggeeft.

'Ja, dat is ze,' zegt Annie. Ze wordt bevangen door de bekende jaloezie als ze de foto terugzet op het nachtkastje. Tom vindt Kristen dus prachtig, zoals iedere man op aarde.

'Ik ben bij ons thuis degene die van cheeseburgers houdt, mocht je dat nog niet gezien hebben.'

Ze zegt het met een lachje, maar niet van harte.

26

Annie

Hoewel ze liever met Tom en Olive was meegegaan, is dit voor Annie een mooie gelegenheid om haar zus te gaan zoeken. Kristen is altijd een avondmens geweest. Misschien is dat de reden dat Annie haar nog niet gevonden heeft.

Annie stapt in de piepkleine lift en drukt het knopje voor de lobby in. Maar voordat de lift in beweging komt, gaat de deur open en stapt er een jongen in.

'*Bonne soirée*,' zegt Annie met neergeslagen blik.

'Hallo, Annie,' antwoordt de jongen met een Duits accent.

Annie kijkt op. Het is de magere jongen die aan de overkant van de gang woont, die Tom aan haar heeft voorgesteld op de dag dat ze hier aankwam.

'O, hoi...' Haar stem ebt weg. Shit, ze weet zijn naam niet meer!

'Rory,' zegt hij met een glimlach. Rory ziet er vandaag, in de schemerige lift, beter uit dan laatst. Niet zo spierwit. Hij draagt een donkerblauwe trui en een bruine sjaal. 'Lukt het een beetje met Olive? Ze is laaiend enthousiast over je, hè?'

Annie snuift. 'Ha! Je vertaling klopt niet helemaal. Bedoel je niet: "Ze is voortdurend laaiend op je"?'

Hij lacht bulderend. 'Je bent grappig, Annie.'

Annie glimlacht, en heel even staat ze zichzelf toe te geloven dat er een comédienne aan haar verloren is gegaan.

'Lobby?' vraagt ze. Rory knikt.

Het is stil in de krappe lift, en Annie krijgt het opeens heel warm. Ze voelt zich een reuzin naast de broodmagere Rory. Ze doet haar sjaal wat losser.

'Heb je een avondje vrij?' vraagt hij.

'Ja.'

'Mag ik vragen waar je naartoe gaat?'

Ze houdt haar blik op de deur gericht. 'Gewoon een eindje wandelen. Ik zoek...' Annie zwijgt even, uit angst voor de medelijdende blik die haar ten deel zal vallen als ze begint over haar vermiste zus. Bovendien wil ze niet dat Rory over haar oordeelt, dat hij zal denken dat ze knettergek is. 'Ik zoek iemand. Ze is hier in Parijs. Ik ben haar telefoonnummer kwijt.'

Rory leeft helemaal op. 'Je vindt haar vast wel in een van de nachtclubs. Zal ik je meenemen? Ik zou beginnen met The Wall, of misschien Yellow Mad Monkey – daar stikt het van de mooie jonge Amerikanen zoals jij.' Die laatste twee woorden mompelt hij, en Annie weet niet zeker of ze het goed verstaan heeft. De laatste keer dat iemand haar mooi heeft genoemd, werd het gevolgd door: 'Voor een meisje met een maatje meer.'

De lift valt stil en stuitert nog even na. Rory duwt de deur open en laat haar als eerste uitstappen. Samen lopen ze door de lobby naar buiten.

De lucht is grijs en er valt natte sneeuw. Ze blijven staan onder de luifel voor de ingang.

'Zullen we dan maar?' vraagt hij.

Ze negeert de elleboog die hij haar aanbiedt en zet de kraag van haar trenchcoat omhoog als ze samen de drukke Boulevard Saint-Germain oversteken. Dit is niet wat Annie in gedachten had. Ze was van plan in haar eentje de stad uit te kammen, van café naar café.

'Dit vind ik de fijnste avonden, als het regent,' zegt Rory als ze aan de overkant staan. 'Je ziet dan van die glinsterende lichtkringen rond de lantaarnpalen.'

Annie kijkt naar de mist rond de lampen en glimlacht. Zijn woorden doen haar denken aan een gedicht dat ze ooit heeft geschreven. 'Ik ook,' zegt Annie. 'Helaas gaat mijn haar kroezen van die vochtige lucht, maar wat geeft het.'

'Ik vind je haren zo veel mooier,' zegt hij, en hij maakt een soort opfrommelgebaar rondom zijn hoofd. 'Die krulletjes staan goed bij je gezicht.' Hij kijkt haar niet aan als hij het zegt, en Annie ziet rode vlekken op zijn wangen verschijnen.

Ze lopen langs Café de Flore. Onder de enorme witte luifel zitten tevreden stelletjes wijn te drinken en te eten van schalen met vleeswaren, kaas en brood. Vriendengroepjes en gezinnen zitten zij aan zij te roken, praten en lachen. Annie sluipt langs hen heen en bekijkt aandachtig de gezichten.

'Zullen we een café crème nemen?' stelt Rory voor.

'Nee. Ze is hier niet.'

Ze lopen door tot ze bij het volgende café komen. Ook hier speurt Annie de gezichten af. Aan een van de tafeltjes zit een knappe vrouw met haar jonge dochtertje. Annie voelt plotseling een overweldigend verlangen. De vrouw lacht om iets wat het jonge meisje zegt, en ze doet haar denken aan haar moeder. Als de vrouw haar ziet staren, betrekt haar gezicht. Annie wendt snel haar blik af, opnieuw de buitenstaander.

Ze voelt een hand op haar arm en kijkt op. Rory's ogen staan ernstig. 'Je voelt je eenzaam in deze mooie stad, yes?'

Ze strijkt de natte plukken haar uit haar gezicht. 'Hoe weet je dat?'

'Ik had precies hetzelfde toen ik hier pas was.'

Hij gaat haar voor de hoek om naar Les Deux Magots, het buurtcafé waar Hemingway, Picasso, Dali en andere kunstenaars ooit stamgast waren. De tafeltjes buiten zit vol, verwarmd door terraslampen.

Het is harder gaan regenen, en de mensen schuiven hun stoelen dichter onder de gestreepte luifel. Annie scant alle gezichten. Toe nou, Kristen, laat je zien!

'Laat me je alsjeblieft op een espresso trakteren,' zegt Rory. 'Dan kun je je vriendin beschrijven. Ik ga er alles aan doen om haar voor je te vinden.'

Annie moet glimlachen om zijn hoopvolle blik. 'Oké. Dat zou fijn zijn.'

* * *

Ze gaan naast elkaar aan een vrij tafeltje onder de luifel zitten. Annie bekijkt aandachtig de menukaart.

'Heb je een tussenjaar?' vraagt Rory.

Annies maag trekt samen. Ze doet juist haar best om Haverford en die gênante schorsing te vergeten, en ze is niet van plan om het Rory allemaal uit te leggen.

'*Bonjour, Rory!*' Als Annie opkijkt, ziet ze een jonge Française staan, met een grote glimlach en een nog grotere bril. Ze draagt een heel kort truitje vol strategisch aangebrachte scheuren op een zwarte maillot – een outfit waar Annie misschien ingepast zou hebben toen ze tien was. Oké, negen.

Rory wordt vuurrood. 'Bonjour, Laure. Mag ik je voorstellen aan Annie? Annie, Laure studeert ook aan Le Cordon Bleu, net als ik.'

'Leuk je te ontmoeten,' zegt Laura in het Engels tegen Annie, met haar prachtige Franse accent. Voor ze wegloopt, werpt ze Rory een kushandje toe. '*Rendez-vous demain, Rory.*'

Annie kijkt Rory grinnikend aan. 'Die knappe mademoiselle heeft haar zinnen op jou gezet.'

Hij schudt zijn hoofd. 'Dat is niet waar, Annie. Ik heb een keer gevraagd of Laure koffie met me wilde gaan drinken en ze zei nee.'

Annie steigert. 'Nou en? Vraag haar nog een keer!'

'De worteltjes zijn gekookt,' zegt hij hoofdschuddend. 'Ik ga nu over haar heen.'

Het duurt even voordat Annie het begrijpt: het is een gepasseerd station, ik ben eroverheen.

'Nee, serieus,' zegt ze. 'Als je Laure leuk vindt, moet je dat tegen haar zeggen voordat het te laat is. Dat is mijn nieuwe motto. Nooit iets onuitgesproken laten, daar krijg je spijt van.'

Maar heeft ze wel de moed om haar eigen advies op te volgen? Zal ze Tom ooit durven vertellen wat ze voor hem voelt?

* * *

Annie en Rory nemen samen een baguette en een kaasplankje. Rory vertelt over thuis, het gehucht Cochem aan de Moezel. 'Mijn ouders en mijn zus wonen daar nog steeds. De meeste families in het dorp hebben een wijngaard of een wijnmakerij, maar wij hebben een restaurantje. Ik word daar straks chef-kok, ik ga de zaak van mijn vader overnemen.'

Op een paar verkeerd gekozen woorden na is zijn Engels vrijwel volmaakt, net als zijn Frans – voor zover ze dat kan opmaken uit zijn gesprekje met de ober. Dit is Rory's laatste jaar aan Le Cordon Bleu, de culinaire eliteopleiding.

'Ik heb een recept ingezonden voor een kookwedstrijd.' Hij buigt zich naar haar toe. 'Ik ben doorgedrongen tot de finale. Als ik win, komt mijn eend met peperkorst en kersen-balsamicosaus op de kaart bij Ducasse!'

'Wat goed! Wat is Ducasse?'

Hij werpt zijn armen in de lucht. 'O, gewoon… het beste restaurant in Parijs!' Zijn gezicht betrekt en hij laat het hoofd hangen. 'Ik had het je niet moeten vertellen. Straks brengt het ongeluk. Beloof me dat je het aan niemand doorvertelt.'

Annie steekt haar rechterhand op. 'Erewoord.'

Hij fronst zijn wenkbrauwen. 'Erewoord?'

'Dat betekent dat ik het plechtig beloof.'

* * *

'Tien uur? Dat kan niet,' zegt Annie als ze op haar telefoon kijkt.

'Gek, hè?' zegt Rory. 'De tijd kruipt als ik me verveel, maar als ik samen ben met iemand die ik leuk vind, dan vliegt hij juist.'

Annie glimlacht, en ze begint de borden op tafel te stapelen om iets omhanden te hebben. 'Hoef je dat laatste stukje kaas echt niet?' vraagt ze.

'Nee.' Hij geeft glimlachend een klopje op zijn ribbenkast. 'Ik zit vol. *Stuffed*, zoals jullie Amerikanen zeggen.'

Annie steekt het laatste stukje brie in haar mond terwijl Rory de ober wenkt voor de rekening.

'Nu heb je me nog niet verteld hoe die vriendin van je eruitziet,' zegt Rory.

Annie verstart en stopt met kauwen. Ze is vanavond speciaal op pad gegaan om Kristen te zoeken, maar in plaats daarvan heeft ze de hele avond met Rory zitten praten. Hoe kon ze zo egoïstisch zijn?

Ze slikt en veegt haar mond af met het servet. 'Ze is klein en tenger en heel mooi,' zegt ze dan, en ze wendt haar gezicht af naar de mensen die voorbijsnellen in de regen. 'Haar huid is zo blank als room – en al net zo egaal en zacht. Als ze glimlacht, is het alsof er een bloem opbloeit.'

'Net als bij jou,' zegt hij.

Annie strijkt een weerbarstige krul achter haar oor en vraagt zich af waarom het ineens zo warm is. 'Nee. Krissie is...' Ze zoekt naar een passende vergelijking. 'Zij is champagne, ik ben water.'

'Geef mij maar water. Van champagne krijg ik hoofdpijn.'

'Champagne is bruisend en opwindend.'

'Ja, maar zonder water kun je niet leven.' Hij glimlacht naar Anne. 'Je houdt van haar.'

'Ja.'

Rory steekt zijn kin in de lucht. 'Aha,' zegt hij een tikkeltje treurig, of misschien beeldt Annie zich dat maar in. 'Ich verstehe. Ik begrijp het.'

'Ze heet Kristen.'

'Kristen,' herhaalt hij, starend in zijn lege koffiekopje.

'Ze is mijn zus.'

Hij kijkt op. 'Je zus? Zoek je je zus?'

'Ja. En ze is zwanger. Ongeveer acht maanden.'

Het is een enorme opluchting dat ze haar geheim met iemand kan delen. Annie kijkt naar Rory's gezicht, en ze zou zweren dat ze ook bij hem opluchting ziet. Hij propt zijn portemonnee in zijn zak en staat op.

'Kom mee.' Hij steekt een hand naar haar uit. 'Ik heb een uitstekend idee.'

* * *

Rory loopt met snelle passen over het trottoir en trekt Annie aan de hand met zich mee. De regen druipt van haar regenjas en ze moet het op een drafje zetten om hem bij te houden. Ze komen langs een schoenenwinkel, een winkeltje met ansichtkaarten en een dokterspraktijk. Daar houdt hij halt.

Eerst begrijpt Annie het niet. Hij wijst op een bronzen plaquette naast de gigantische houten deur.

Médecin spécialiste de l'obstétrique

Een verloskundige. Ze houdt haar adem in. Natuurlijk! Waarom heeft ze daar zelf niet aan gedacht?

'Als je zus hier ergens is, moet ze toch een *spécialiste de l'obstétrique* bezocht hebben, *oui*?'

'Oui. Ja. Inderdaad.'

Hij glimlacht. 'We gaan ze allemaal langs, in heel Parijs. Hoeveel kunnen er nou helemaal zijn? Een paar honderd, yes? Dat wordt een eikeltje.'

Een eitje, denkt Annie, maar ze verbetert hem niet. Waarschijnlijk zijn er meer dan duizend verloskundigen in Parijs. Ze krijgt kippenvel. Wat zal er gebeuren als ze te dicht bij de waarheid komt? Wat als al die anderen het bij het rechte eind hadden en haar zus echt in die trein zat? Wat als Annie straks zonder Krissie naar huis moet? Zal haar moeder het haar ooit vergeven?

27

Erika

Het is woensdag en ik heb een afgezonderd tafeltje achter in Seabiscuit Café in gebruik genomen als tijdelijk kantoor. Ik loop al sinds zaterdag in dezelfde nette broek, ook al was Kate zo gul om me het gebruik van haar kledingkast aan te bieden. Ik moet er professioneel uitzien, zelfs nu ik opgesloten zit op dit eiland van flanellen overhemden en hoodies.

Ik klap mijn laptop open, zet mijn koptelefoon op en omring me met stapels paperassen en contracten, een welkome afleiding van het gepieker over Annie en de vraag of zij, of detective Bower, Kristen echt zal vinden. Ik probeer mezelf ervan te overtuigen dat Brian, Kate en mijn vader gelijk hebben: Kristen is er niet meer en ik moet de draad van mijn leven oppakken. Maar diep in mijn hart kan ik haar nog niet loslaten. Ik betwijfel of ik dat ooit zal kunnen.

Ik richt mijn aandacht op de foto's en blauwdrukken die Allison me heeft gestuurd. Ik werk aan een coole video en een gelikte brochure om online te zetten. *The Fairview Lifestyle*, dat wordt mijn verkoopverhaal. Aanstaande dinsdag is het open huis voor makelaars, en ik heb kosten noch moeite gespaard. Alles is uitbesteed, compleet met catering en een cellist, een rijk gevulde bar met barkeeper, en parkeerservice. Ik heb alle grote makelaars in Manhattan gemaild, wat betekent dat we er meer dan honderd over de vloer krijgen. Waarschijnlijk ben ik dinsdag de enige die schittert door afwezigheid. Zal ik nog ooit van dit eiland af komen?

Er zijn hoge temperaturen voorspeld tot en met vrijdag, maar in het weekend komt er weer een koufront en duikt de temperatuur opnieuw onder nul. Dus tenzij het ijs vrijdag voldoende is gedooid, zodat Curtis me per boot kan overzetten, is de kans groot dat ik hier niet weg kom voordat de landingsbaan weer opengaat, en dat is pas over een week.

Vandaag is het negen uur als Curtis me weet te vinden. Later dan gisteren – niet dat ik het precies bijhoud. Hij komt als een pauw op me af geparadeerd en neemt even de tijd om te flirten met de gastvrouw, een meisje van in de twintig. Hij zwaait naar een trio lunchende vrouwen. Een paar minuten later staat hij aan mijn tafel, zijn handen om een papieren beker koffie gevouwen.

'Riki Franzel!'

Glimlachend kijk ik naar hem op. 'Hoi, Curtis.'

Hij bukt om op het scherm van mijn laptop te kijken.

'Zat je hier gisteren ook al niet aan te werken, bij de Lucky Bean?'

'Hm, hm.'

Ik neem een slokje van mijn ijsthee terwijl hij de online brochure bestudeert die ik in elkaar gezet heb. Met ingehouden adem wacht ik af; ik kan het niet uitstaan van mezelf dat ik zijn mening zo belangrijk vind.

'Stijlvol.' Dan wijst hij op het bedrag onderaan in de hoek. 'Holy shit! Is dat de startprijs?'

Ik klik snel het scherm weg. 'Het is Manhattan, Curtis, niet Mackinac.'

'Nog een reden waarom ik hier zo graag woon,' zegt hij. Hij roffelt met zijn knokkels op tafel en pakt zijn koffie. 'Oké, ik ga weer.'

In gedachten spreek ik het zinnetje uit waarmee hij elke dag afscheid neemt. *Zeg, als je zin hebt om straks langs te komen in de jachthaven... ik ben er.*

'Zeg, als je zin hebt om straks langs te komen in de jachthaven, ik ben er.'

* * *

Ik heb net mijn zesde gesprek van vandaag met Altoid afgerond als Kate naar mijn tafeltje toe komt lopen. Ze verbergt iets achter haar rug.

'Lukt het een beetje?' vraagt ze, en ze geeft me een kus op mijn wang. Dan komt ze op het bankje tegenover me zitten en schuift iets onder de tafel. 'Raad eens? Max heeft me uitgenodigd om eind april naar Key West te komen.'

Een diepe zucht is hier op zijn plaats. Max Olsen, Kates zomervriendje van de afgelopen twee jaar, is een ware hartenbreker. Hij is negen jaar ouder dan zij, maar gedraagt zich als een jongen van vijfentwintig met een zigeunerhart. Ieder jaar in juni komt hij naar het eiland om zijn fietsenverhuur te runnen. In september pakt hij zijn biezen weer en vertrekt naar Key West, waar hij het hele proces herhaalt in de wintermaanden. Ik ken hem alleen van verhalen en foto's, maar daar had ik genoeg aan om te concluderen dat Max een heel knappe, charmante flirter is – precies het type dat Kate uit de weg zou moeten gaan. Wat mijn zus nodig heeft is een stabiele man met een gewone, vaste baan, iemand die haar kan weghalen van dit eiland.

'Hij huurt een villaatje vlak bij het strand,' gaat ze verder. Haar ogen schitteren, en als ik niet beter zou weten, zou ik gezworen hebben dat ze een naïef kind was dat nog nooit een gebroken hart heeft gehad. Maar ik weet wél beter.

Kate heeft een totaal ander leven gehad dan ik. Na het verlies van haar moeder en haar oma raakte ze op haar vijftiende ook nog eens haar stiefmoeder kwijt, toen Sheila wegging bij mijn vader. En later, toen Kate vijfentwintig was, brak Rob haar hart. De droom van mijn zus, een goed huwelijk en een huis vol kinderen, lijkt zo langzamerhand te verdwijnen. Maar ik moet toegeven dat Kate desondanks gelukkig overkomt.

'Hoe slaag jij er toch in om zo hoopvol te blijven, Kate? Vertel me alsjeblieft je geheim.'

Ze haalt haar schouders op. 'Ach, wie zal het zeggen?' Ze bijt op haar lip en lijkt over de vraag na te denken. 'Zelfs in de slechtste tijden ben ik altijd blijven hopen dat er iets fijns in het verschiet lag – al lag het misschien achter een enorme hoop shit.' Ze grijnst. 'Dat geldt voor jou ook. Er komt een moment, als je het helemaal niet verwacht, dat je jezelf ineens hoort lachen – zo'n onbeheersbare schaterlach die uit je hart komt, niet uit je mond. En op een dag zie je de twinkeling in de ogen van een oude man die naar zijn vrouw kijkt en dan zul je tot de ontdekking komen dat een deel van jou nog steeds in dat gekke concept van de liefde gelooft.' Ze haalt haar schouders op. 'Of op korte termijn: dan vind je iemand die je de kleren van het lijf wilt scheuren.'

Ze lacht. 'Ik weet dat je het zwaar hebt hier op het eiland. Ik dacht dat je wel een oppepper kon gebruiken.' Ze haalt een vlieger onder de tafel vandaan en legt die op tafel. *'Is het mogelijk om niet te glimlachen als je een vlieger in de lucht houdt? Probeer het maar eens.'*

'Mama's favoriet,' zeg ik, en ik voel de weemoed.

'Vertel me het verhaal nog eens.' Kate komt dichter bij me zitten, weer helemaal mijn kleine zusje dat de verhaaltjes van haar moeder wil horen.

'Op een dag kwam ik overstuur uit school. Ik had van juf Turner een zeven gekregen voor het boekverslag waar ik zo hard aan had gewerkt. Het ging over *Charlotte's Web,* en ik was er apetrots op. Mama vond in de garage een oude vlieger. Het waaide flink en ze zei: 'Is het mogelijk om niet te glimlachen als je een vlieger in de lucht houdt? Laten we het gaan proberen!' En ja hoor, tien minuten later stonden we samen in het stadspark. De vlieger zeilde door de lucht en mama en ik lagen dubbel van het lachen.'

'Leuk,' zegt Kate. 'Zo te horen had ze overal de perfecte oplossing voor.'

'Klopt.' Ik kijk glimlachend naar de vlieger. 'Maar ik ben nu toch wel een jaar of dertig te oud om blij te worden van een vlieger.'

Kate schuift het ding naar me toe. 'Soms moet je krampachtig iets loslaten.'

'Wat wil dat zeggen?'

'Als je weer wilt gaan léven, moet je het zware lozen. Ga op zoek naar de vreugde.'

Ik wrijf over mijn slapen. 'Was het leven maar zo simpel.'

Kate leunt naar achteren en slaat haar armen over elkaar. 'Misschien moet jij dat zelfmedelijden eens overboord zetten en je wat meer bekommeren om andere mensen.' Ze legt een hand op de mijne. 'Jij was er altijd zo goed in om mensen het gevoel te geven dat ze geliefd waren. Besef je eigenlijk wel dat je mij niet één persoonlijke vraag hebt gesteld sinds je hier bent?'

'Dat is niet waar!'

'En dat is nog niet zo erg, maar heb je bijvoorbeeld al contact opgenomen met Molly?'

Ergens in mijn toch al aangetaste geweten wordt een mes ruw omgedraaid. Kate heeft het over mijn oude vriendin, de moeder van Jonah met de beschadigde ruggenwervel – de vrouw die ik bloemen zou moeten sturen. Hoe meer tijd er verstrijkt, hoe zwaarder het me valt om haar te benaderen. Ze is vast gekwetst en boos, en ik kan het haar niet kwalijk nemen. Wat ben ik toch een lafaard dat ik me voor haar verberg.

Ik buig me naar Kate toe om van onderwerp te veranderen, met samengeknepen handen tegen het trillen.

'Mijn dochter wordt vermist, Kate. En mijn andere dochter wil niet met me praten. Mijn leven is een puinhoop.'

'Er is een reden waarom Annie niet met je wil praten. Je bent er al twee jaar niet voor haar. Maar dit is een geschikt moment om dat goed te maken, om het verleden te accepteren en in het heden te gaan leven. Concentreer je op de mensen die je nog wél om je heen hebt. Je dochter houdt van je, Rik. Ze wil je terug, ze wil dat je weer helemaal de oude wordt, vol leven. Dat wil ik ook, en pa ook. Maar jij blijft hangen in je schuldgevoel en je boosheid, waardoor je niets te bieden hebt. Verdomme, je kunt de dood van mama niet eens achter je laten en het pa vergeven.'

* * *

Ik been het café uit, het felle zonlicht in. Buiten adem ik de warme lucht in en probeer mijn zenuwen tot bedaren te brengen. Op de vlieger die ik in mijn hand heb kijkt een Ninja Turtle met een zwaard me minachtend aan. Dat verdomde eiland ook, en Kate met haar verwachtingen. Ik loop met grote passen langs Doud's Market en zie dat de winkelier, ooit een jongen met wie ik op school zat, nu een volwassen man, de stoep staat te vegen.

'Voor wie is die vlieger?' vraagt hij.

'Voor mij.' Ik versnel mijn pas. 'Ik heb gewoon zin om te vliegeren.'

Hij glimlacht naar me. 'Wat ze ook beweren, Riki, je bent geen spat veranderd.'

Ik blijf staan. 'Vind je dat echt? Ik geloof dat jij de enige bent die er zo over denkt. Kevin was het toch?'

Hij glimlacht en toont daarmee een schots en scheef gebit. 'Klopt. Ik weet nog dat je hier kwam wonen toen we in de vierde zaten. Je droeg nooit twee dezelfde sokken. Dat is me nog het meest bijgebleven.'

'Huh.' Ik speur mijn geheugen af. 'De fase van de verschillende sokken. Die was ik haast vergeten.'

'Je zei tegen iedereen dat het jouw... merk was.'

'Mijn handelsmerk,' zeg ik zacht; de uitdrukking die mijn moeder ervoor gebruikte.

'Dat was het, je handelsmerk. Je zei dat je er blij van werd om anders te zijn.'

Mijn keel wordt dik en ik moet moeite doen om te blijven glimlachen. Mijn mond trilt.

'Het was leuk je te spreken,' zeg ik nog voor ik er snel vandoor ga. Het heeft me dertig jaar gekost om deze herinneringen te wissen, ik kan ze nu niet zomaar laten terugkeren.

Alsof ze me wil tarten verschijnt het gezicht van mijn moeder voor mijn geestesoog, rond en opgewekt. Ze wordt omringd door een berg wasgoed. Ze heeft zwarte vegen onder haar ogen, alsof ze dagen niet heeft geslapen, en haar stem klinkt slepend, als een grammofoonplaat op een te laag toerental. 'Het is toch veel makkelijker om de sokken niet te sorteren? Laten we daar ons handelsmerk van maken, altijd twee verschillende sokken dragen.'

En dat deed ik. Drie weken lang kreeg ik een glimlach op mijn gezicht als ik naar mijn voeten keek, alsof ik iets rebels en wilds had gedaan dat me toegang bood tot mijn moeders geheime club. Maar toen mijn moeder op school kwam aanzetten in een broek met te korte pijpen waaronder ze niet alleen duidelijk zichtbaar één rode en één blauwe sok droeg, maar ook één witte sneaker en een bruine leren loafer, kon ik niet meer lachen om ons handelsmerk.

Ik zet het beeld krachtig uit mijn hoofd en loop Garrison Road in. Wat is dat toch ineens met die verontrustende herinneringen? Thuis in New York denk ik alleen aan de mooie momenten met mijn moeder. En dat wil ik graag zo houden.

Ik kom aan in het park, hoog op een heuvel met uitzicht op Lake Huron. Er is vandaag niemand, een desolate stilte die goed aansluit bij mijn stemming. Ik hou mijn vlieger omhoog, en een harde windvlaag rukt hem uit mijn handen voordat ik er klaar voor ben. Snel pak ik het afwikkelende touw stevig beet.

Ik kijk naar de stijgende vlieger die in- en uitzoomt, met de staart er wapperend achteraan. Hij komt gevaarlijk dicht bij de takken van de bomen, maar ik ruk aan het touw om hem in bedwang te houden. Wiebelend gaat hij hoger en hoger. Hij doet me denken aan Kristen, mijn onverschrokken hoogvlieger. En wat ben ik dan? Ik ben de staart, die bedoeld is om de vlieger in evenwicht te houden.

Als het touw zich spant, juich ik de vlieger hardop toe. 'Daar blijven,' zeg ik dwingend, alsof het echt mijn dochter is en haar bestaan volledig van mij afhankelijk is. 'Ja!'

Zonder enige waarschuwing draait de wind. De vlieger tolt en schiet met duizelingwekkende snelheid door de lucht. Ik pak de klos touw en haal haar binnen alsof ik een walvis op het droge moet hijsen. 'Niet neerstorten,' zeg ik op dwingende toon. De vlieger schiet weer omhoog, als op commando, en draait dan een slag. Onmiddellijk maakt hij een snoekduik en belandt in het gras.

Ik ren erheen, redeloos aangedaan. Ik raap de verfomfaaide vlieger op met een zwaar gemoed in plaats van de luchtigheid die mijn moeder voorspeld zou hebben. Als ik een betere staart was geweest, zou ze nog hoog aan de hemel gestaan hebben.

Heel even schiet er een vlammende angst door me heen: stel dat Kristen er echt niet meer is? Dat ik haar nooit meer zal zien? Ik schud mijn hoofd. 'Nee!' zeg ik hardop. Er zijn te veel aanwijzingen die me vertellen dat ze nog leeft. Als dat niet zo is... hoe zou ik het mezelf dan ooit kunnen vergeven?

28

Erika

Donderdagmorgen zit ik in mijn ochtendjas aan Kates eiken tafeltje met een beker koffie en een kaneelbroodje. Verderop in de gang hoor ik mijn zus neuriën terwijl ze zich klaarmaakt voor haar werk. Ik kijk naar buiten. Door het groepje sparren heen glinstert een reep blauw van het water, en de eerste zonnestralen zetten alles in een gouden gloed. Alweer zo'n mooie dag.

Ik zit te dagdromen over mijn dochters als er een mailtje binnenkomt op mijn telefoon. Mijn hart maakt een sprongetje als ik de onderwerpregel zie. *Vermiste dochter.*

Ik vlieg overeind en hol naar de badkamer, waar Kate voor de spiegel mascara aanbrengt. Ze heeft haar korte zwarte werkrokje en panty aan, maar loopt nog op pluchen pantoffels.

'O, my god, Kate!' Ik houd mijn telefoon omhoog. 'Er is weer mail van eenWonder.'

'Laat eens zien.'

Mijn zus kijkt toe terwijl ik het bericht hardop voorlees. *'Zelfs de bruinste tak van de winter keert in de lente terug als een spectaculaire roos.'*

'Die spreuk heeft mama me gegeven nadat ze ziek was geweest. Het leek wel of ze een eeuwigheid in bed had doorgebracht.' Ik zeg het met een lachje, maar ik hoor zelf hoe treurig het klinkt.

Kate wijst glimlachend naar de telefoon. 'Daar. Nu heb je je wegenkaart.'

'Wegenkaart? Waar heb je het over?'

'Je hebt alles wat je nodig hebt voor het helingsproces. Luister maar naar de spreuken.' Ze telt ze af op haar vinger. 'Eén: *Een wijs ontdekkingsreizigster kijkt aandachtig naar haar laatste reis voordat ze aan de planning van de volgende begint.* Daar zegt ze dat je naar je fouten uit het verleden moet kijken en ervan moet leren. Twee: *Soms is het leven een kwestie van je vastklampen, maar vaker moet je juist loslaten.* Ze wil dat je je schuldgevoel, boosheid en verdriet loslaat. En nu deze.' Kate pakt mijn telefoon en leest voor: '*Zelfs de bruinste tak van de winter keert in de lente terug als een spectaculaire roos.* Ze zegt dat je weer tot leven moet komen, je moet dóór.'

Ik laat mijn hoofd hangen. 'Ja hoor, alsof het zo simpel is.' Ik klik mijn telefoon uit. 'Degene die dit heeft gestuurd, heeft geen idee hoe je met de dood moet omgaan.'

'Hij of zij verlangt niet van je dat je omgaat met de dood, Rik. Het gaat erom dat je met het léven leert omgaan.' Ze glimlacht naar me en gaat op haar tenen voor de badkamerspiegel staan. 'Heb je al goed naar je verleden gekeken?'

Mijn hart bonst. 'Waarom zou iemand willen dat ik pijnlijke herinneringen oprakel? Dat is ronduit wreed.' De verraderlijke woorden bezorgen me al wroeging terwijl ik ze uitspreek. Want ik weet dat Kristen of Annie of wie het ook is die die berichten stuurt dat uit liefde doet.

'Misschien omdat jouw pijnlijke herinneringen niet kloppen. Misschien is alle woede die je voor pa voelt wel misplaatst.'

Mijn wereld wordt zwart. 'Hou op!'

Haar toon wordt milder, en ze neemt mijn gezicht in haar handen. 'Wanneer ga je de waarheid over haar eens onder ogen zien?'

Ik wend mijn gezicht af en druk mijn handen tegen mijn oren. 'Ik weet wat de waarheid is, Katie. Het kan me niet schelen wat anderen zeggen. En ik laat mijn herinneringen niet aantasten door dit eiland.'

De tranen springen me in de ogen. Ik voel Kates hand op mijn rug.

'Rik,' zegt ze zachtjes. 'Mijn wijze ontdekkingsreizigster. Je moet in het reine komen met je verleden. Je toekomst hangt ervan af.'

* * *

Het is tien uur als ik die donderdagmorgen de openbare bibliotheek binnenga, de enige plek op dit eiland waar ik fijne herinneringen aan heb. Het is een eenvoudig rechthoekig, houten gebouw, maar vanbinnen heeft het hoge plafonds en mooi sierpleisterwerk. Het is kleiner dan in mijn herinnering. De muren zijn nu helder turquoise geschilderd en de nieuwe stoelen zijn van metaal in plaats van van hout. Ik snuif een keer diep en geniet van de unieke geur van boeken die hier nog altijd hangt.

Als ik op weg ben naar een tafeltje bij de haard, hoor ik iemand mijn naam fluisteren. Ik draai me om en daar zit mevrouw Hamrick, de bibliothecaresse die me heeft leren doorademen bij een paniekaanval.

'Riki!' Ze komt achter de uitleenbalie vandaan en vliegt op me af, haar leesbril bungelend aan een zilveren kettinkje. 'Ik had gehoord dat je hier was. Ik hoopte al dat je langs zou komen.'

Ze trekt me in een moederlijke omhelzing tegen zich aan en ik beland in een wolk van Estée Lauder. Ik doe mijn ogen dicht en denk aan het eenzame meisje dat achter de boekenkasten naar adem stond te happen en stiekem wenste dat mevrouw Hamrick haar moeder was.

'Wat fijn om u te zien, mevrouw Hamrick.' Ik geef een klopje op de leren tas aan mijn zij. 'Ik kom hier om een beetje te werken, als u het niet vervelend vindt. U hebt toch internet, hè?'

'Jazeker!' antwoordt ze trots. 'Je vader geeft hier bijles aan Jonah. Het is mooi om je vader van zijn zachte kant te zien.'

Ik zet mijn stekels op. Zal ik die zachte kant ooit te zien krijgen?

'Vertel eens,' zegt ze dan. 'Wat lees je tegenwoordig? Hou je nog steeds zo van detectives?'

Ik schud mijn hoofd en lach even. 'Ik kan me niet heugen wanneer ik voor het laatst een boek heb gelezen.'

Ze fronst haar voorhoofd. 'Wat jammer. Je hebt het er natuurlijk te druk voor. Ik heb gehoord dat je een hele sensatie bent in het makelaarswereldje.'

Ik schud mijn hoofd. 'Kate overdrijft.'

Ze pakt me bij mijn arm. 'Loop je mee naar mijn kantoor? Dan kunnen we even bijpraten bij een kopje thee.'

'Dat zou ik graag willen, maar ik moet nog heel veel doen.'

Haar gezicht betrekt. 'Natuurlijk, ik begrijp het.' Ze wijst naar de andere kant van de zaal. 'Daar is een fijn plekje bij de haard. Ik zal je niet langer storen.'

'U stoort mij nooit,' zeg ik, en ik wil al weglopen. Ineens hoor ik in gedachten Kates woorden weer. *Jij was er altijd zo goed in om mensen het gevoel te geven dat ze geliefd waren.* Ik denk aan de vlieger, hoog in de lucht. *Zoek het plezier weer op.*

Ik draai me weer om naar mevrouw Hamrick. 'Ach, eerst een kopje thee moet wel lukken.'

★ ★ ★

Zelfs met de vertraging van het theedrinken heb ik tegen het middaguur de Fairview-brochure af, zes e-mails en meerdere sms'jes verstuurd, onderhandeld over de verkoop van een studio waar ik vorige week een bezichtiging had, en Allison op pad gestuurd naar Madison Avenue voor een afspraak met mijn favoriete makelaar uit Beijing, Chung Wang.

Als ik even naar buiten loop om de benen te strekken, word ik begroet door een warme windvlaag. Genietend hef ik mijn gezicht naar de zon. Het was fijn om bij te praten met mevrouw Hamrick. Ik wist helemaal niet dat ze twee jaar geleden is uitgeroepen tot bibliothecaresse van het jaar in Michigan. En haar neef is vorig jaar getrouwd, hier op het eiland. Ze wilde een uurtje van mijn tijd, meer niet. Net als Kate. En Annie.

In de verte zie ik een vrouw naast een rolstoel lopen. Als ze opzij kijkt, slaak ik een kreetje. Het is Molly Pretzlaff. Dan is de jongen in de rolstoel natuurlijk Jonah. Ik word overspoeld door schaamte. Eindelijk dringt het tot me door waarom ik geen contact met haar heb gezocht. Ik ben verbitterd. Onze kinderen hebben allebei een ongeluk gehad, maar zij heeft haar zoon nog. Sinds wanneer ben ik zo kleingeestig?

Ik kijk toe hoe Jonah zijn rolstoel de stoep op werkt en naar de voordeur rijdt van hetzelfde blauwe huisje waar Molly al jaren woont. Er ligt nu een houten hellingbaan over de verandatrap heen. En blijkbaar kan Jonah zijn handen en armen inmiddels weer gebruiken.

Dan krijg ik een idee. Ik draai me om en loop weer de bibliotheek in om mijn computer te gaan halen. Op weg naar buiten ga ik nog even langs bij mevrouw Hamrick om haar een knuffel te geven.

'Ik vond het heel fijn om u te zien,' zeg ik, en ik houd haar beide handen in de mijne. 'Ik geloof niet dat ik het ooit tegen u heb gezegd, maar ik hoop dat u weet dat u altijd heel speciaal voor me bent geweest. Zonder u had ik mijn prille puberjaren niet overleefd.'

'O, wat lief van je. Ik had ook een heel hoge pet van jou op. Ik wilde je alleen van dat schuldgevoel afhelpen,' zegt ze. 'Het verstikte je, maar dat weet je zelf inmiddels natuurlijk ook wel.'

Schuldgevoel? Dat mij verstikte? Voordat ik de tijd krijg om te vragen wat ze daarmee bedoelt, doet een klant een stap naar voren om een stapel kinderboeken op de balie te leggen. Mevrouw Hamrick steekt een vinger op om de vrouw te laten weten dat ze bijna aan de beurt is en zegt dan tegen mij: 'Blijven doorademen, lieverd.' Ze geeft me een kus op mijn wang. 'En kon gauw nog eens langs. Ik zal een paar detectives klaarleggen die me wel wat voor jou lijken.'

'Ik kom zeker terug. Maar eerst ga ik langs bij een andere vriendin die ik al veel eerder had moeten opzoeken.'

* * *

'Hé, alweer!' zegt Kevin als ik binnenkom bij Doud's Market. Hij draagt een overhemd met korte mouwen, ingestopt in zijn Dockers-broek. 'Heb je gisteren nog gevliegerd?'

'Jazeker. En ik kom nog een vlieger kopen.' Ik loop naar het speelgoedschap en pak een vlieger van een haak. 'Heb je er achter nog meer?'

'Nee, alleen wat daar ligt.'

'Deze dan maar.' Ik leg de laatste vlieger in een kar, die ik verderop vollaad met ijs, chocoladesaus, bananen, pinda's en slagroom. Ik weet zelfs een potje maraschinokersen te scoren.

* * *

Molly lijkt tien jaar ouder dan haar drieënveertig. En te oordelen naar haar aarzeling als ze de deur opendoet, herkent ze mij ook niet meteen. Of misschien is ze zo razend dat ze me niet meer wil kennen. Maar dan slaakt ze een kreetje en zwaait de deur wagenwijd open. 'Riki! Ik hoorde al dat je in de stad was! Kom binnen!'

De opluchting overspoelt me. Ze ontvangt me hartelijk, ook al heb ik haar schandalig lang laten stikken.

Ik loop de piepkleine huiskamer in, waar het grote erkerraam wordt omlijst door gedrapeerde beige gordijnen. Het is er knus en huiselijk, net als vroeger in haar ouderlijk huis. Een met velours beklede bank neemt een groot deel van de ruimte in beslag, samen met wat eiken tafeltjes en planken vol beeldjes en snuisterijen. Het geheel doet me denken aan haar slaapkamer; ik zou bijna een Strawberry Shortcake-pop of een roze My Little Pony verwachten.

Jonah, in een spelershemd van de Detroit Lions, zit onderuitgezakt in zijn rolstoel met een gehaakte sprei over zijn benen. Er komt een plastic slangetje uit zijn keel; ik hoor dat hij daar lucht door naar binnen zuigt. Hij zit te typen op een computer die op een blad voor hem staat.

'Jonah,' zegt Molly terwijl ze zijn laptop dichtklapt. 'Dit is

Riki Franzel – eh, ik bedoel Erika,' verbetert ze zichzelf hoofdschuddend. 'Ik weet dat je niet graag meer Riki wordt genoemd.' Tegen Jonah voegt ze eraan toe: 'Erika is de dochter van Cap. Mijn beste vriendin, weet je nog?'

Beste vriendin? Dat is jaren geleden. Ze kent me tegenwoordig amper. Nu voel ik me nog schuldiger.

Ik steek een hand uit. 'Hoi, Jonah.'

Hij schudt me de hand en stoot een keelklank uit. Ik herinner me dat Kate me heeft verteld dat hij zijn spraak langzaam terugkrijgt.

'Mijn kinderen weten alles over jou,' gaat Molly verder. 'Weet je nog, Jonah? Erika verkoopt huizen in New York. Ze heeft twee dochters die maar een paar jaar ouder zijn dan...' Dan kijkt ze me geschrokken aan. 'O, god, Erika, ik vind het heel erg van Kristen. Hoe gaat het nu met je?'

'Goed, hoor,' antwoord ik, maar mijn stem klinkt verstikt. Mijn blik gaat naar Jonah, en voor hem probeer ik te glimlachen, maar mijn mond weigert medewerking. Ik mag nu niet gaan zitten snotteren. Dit gezin heeft het zwaar en ik ben hier om troost te bieden.

'De plant die je hebt gestuurd was prachtig,' zeg ik tegen Molly. 'En zo attent van je.'

'Het spijt me dat ik er niet voor je kon zijn.'

'Hou eens op,' zeg ik. 'Ik had er voor *jou* moeten zijn. Er is geen excuus voor, ik had je moeten bellen, Molly. Als een echte vriendin. Vergeef het me alsjeblieft.'

Ze wuift het weg. 'Jij had belangrijker dingen aan je hoofd.'

Opnieuw zag ik het verschil niet tussen wat belangrijk is en wat ertoe doet. 'Dat dacht ik, ja. Maar de waarheid is dat ik geen oog had voor wat er echt toe doet.' Glimlachend houd ik een van mijn tassen omhoog. 'Zijn er hier soms mensen die zin hebben in een grote ijscoupe?'

'Jippie!'

Als ik me omdraai, zie ik in de aangrenzende eetkamer een jong meisje met een studieboek aan tafel zitten. Dat moet Samantha zijn, de dochter van zeven over wie Kate me heeft verteld, die het zo zwaar heeft sinds Jonahs ongeluk.

'Je hebt Samantha al lang niet meer gezien,' zegt Molly, en ze loopt naar het meisje toe en strijkt haar weerborstel glad. 'Ik geef haar een paar maanden hier thuis les. Maar ze is al bijna klaar om weer naar school te gaan, hè Sammie?'

Ze kijkt op naar haar moeder. 'Mag ik ijs, mama?'

'We nemen het straks als toetje.' En tegen mij zegt Molly: 'Wat lief van je, Rik – Erika. Je hebt altijd een goed hart gehad.' Ze loopt naar een boekenplank naast de televisie, pakt er een lijst vanaf en komt daarmee naar me toe gelopen. 'De tekening die je voor me hebt gemaakt na de dood van mijn opa.'

Ik staar naar een tekening van Molly en haar opa die samen op zijn oude schommelbank op de veranda zitten.

'Deze koester ik,' zegt ze, en ze neemt de lijst weer van me over en zet hem terug op de boekenplank. Ze gebaart naar de tas. 'Ik ga dit maar eens even in de vriezer zetten.'

Als ze in de keuken verdwijnt, richt ik me tot de jongen in de rolstoel. Zijn ogen staan wanhopig, alsof hij niets liever wil dan ontsnappen aan zijn kooi van hulpeloosheid. Ik pak de vlieger uit de tweede tas en ga op mijn hurken naast hem zitten.

'Wat erg dat je een ongeluk hebt gehad, Jonah. Deze vlieger is voor jou. Mijn moeder daagde me vroeger namelijk uit. Volgens haar was het onmogelijk om niet te glimlachen als je een vliegertouw in handen hebt.'

Hij neemt de vlieger van me aan en zijn ogen worden milder. Dan schudt hij zijn hoofd en geeft hem terug.

'Wil je hem niet?' vraag ik ontmoedigd. Natuurlijk hoeft hij die stomme vlieger niet, hij is immers geen klein kind meer.

Molly komt de kamer weer in gelopen. 'Wat is er, Jonah? Erika heeft een vlieger voor je meegebracht, is dat niet lief?'

Hij opent zijn mond, en het lijkt hem de grootste inspanning te kosten om één woord uit te brengen. 'Jij,' zegt hij, en hij kijkt me strak aan. 'Glimlach. Nodig.'

Ik krijg tranen in mijn ogen. Hij weet het van Kristen. Deze jongen is veertien en heeft al zoveel meegemaakt, en toch vindt hij dat ik de vlieger meer verdien dan hij. Ik voel Samantha's ogen op me gericht vanaf haar plekje aan tafel. Ik leg een hand op Jonahs schouder. 'Vind je het goed als we de vlieger aan je zusje geven?'

In de eetkamer begint Samantha te joelen.

* * *

Vijf minuten later staan we in Molly's achtertuintje. Jonah kijkt vanuit zijn rolstoel toe hoe Samantha en ik proberen de vlieger de lucht in te krijgen. Het ding tuimelt telkens weer omlaag. Maar ik weiger het op te geven. Als er weer een windvlaag komt, roep ik tegen Samantha: 'Hollen!'

Ze trekt een sprintje over het gras. En dan laat ze de vlieger los, net op tijd. De wind zuigt hem op als een insect in een vacuüm. Zo snel als ik kan laat ik het touw vieren, en ik krijg een tintelend, uitgelaten gevoel in mijn binnenste. Sammie gilt het uit van vreugde. Achter me hoor ik Molly juichen. Als ik me omdraai, zie ik Jonah grijnzen als een Halloweenpompoen. Ik pak de spoel met het touw en geef die aan hem.

'Ik help je wel,' zegt Sammie, en ze draait de spoel rond in de handen van haar broer. 'Zo, hé! Moet je kijken!'

De vlieger maakt eerst een duikvlucht en schiet dan nog hoger de lucht in, tegen de achtergrond van de blauwe hemel.

Mijn moeder wint. Op dat moment, met mijn oude hartsvriendin, haar twee kinderen en die gekke ouderwetse vlieger, is het onmogelijk om niet te glimlachen.

* * *

Als ik terugloop naar de stad voel ik me lichter dan ik me in maanden heb gevoeld. Ik denk aan Annie, die vroeger altijd zo graag vliegerde. Als ze straks weer thuis is, gaan we naar het park. Ze zal het wel gek vinden, maar dan zal ik tegen haar zeggen dat je nooit te oud bent om te vliegeren. Ik zal haar uitdagen om niet te glimlachen.

Ik steek de straat over en vraag me af wat mijn meisje nu aan het doen is. In Parijs is het acht uur 's avonds. Zit ze te eten? Doet ze Olive in bad? Mist ze me?

Maar Annie wilde tijd voor zichzelf, dat moet ik respecteren.

Even overweeg ik om Brian nog een keer te bellen, maar ik heb totaal niks aan hem gehad. Hij weet alleen de oppervlakkige dingen: het 'lijkt' goed met haar te gaan. Het regent in Parijs. De professor is aardig.

De professor... ja, hij zou me kunnen helpen! Tom Barrett kan me misschien vertellen hoe het met mijn dochter gaat – als hij dat tenminste niet vervelend vindt. Ik vind het nog steeds gênant dat ik hem dinsdagmiddag aan de telefoon moest afwimpelen. Zou ik hem nu, drie dagen later, nog durven terugbellen?

Ik vis mijn telefoon uit mijn tas en toets zijn nummer in. Mijn hart bonst als het toestel overgaat.

'Tom Barrett.'

'Tom. Hallo. Je spreekt met Erika Blair, Annies moeder.' Ik raffel mijn inleiding af, in de hoop alles kwijt te kunnen zonder dat hij me aanziet voor een gestoorde moeder. 'Ik hoop dat je het niet vervelend vindt dat ik je bel. Zeg het gerust als je het niet gepast vindt. Je zult het wel stiekem van me vinden dat ik achter haar rug om naar Annie informeer, maar ik wil alleen horen dat het goed met haar gaat. Mijn man – ex-man – laat erg weinig los.'

'Geeft helemaal niks,' zegt hij. 'Ik ben zelf vader, weet je nog? Ik weet wat het is om je buitengesloten te voelen.'

Zijn stem is zwaar, warm, met een vriendelijke ondertoon. Opgelucht sluit ik mijn ogen. 'Hoe is het met haar?'

'Beter, dankzij jouw tip. Ik heb Annie bewust de complimentjes gegeven die ze verdient.'

Glimlachend slenter ik over de stoep. Er rijdt een koetsje met paard langs. Ik zwaai naar de koetsier en loop een smal weggetje in dat naar het zuiden voert. 'Dank je wel. Dat vindt ze vast heerlijk.'

'Ja. Ze wordt vuurrood als ik haar prijs, maar ik heb het gevoel dat ze het wel waardeert. En mijn complimenten zijn honderd procent oprecht, het is een fantastische meid.'

'Ik ben blij dat jij er ook zo over denkt.'

'Ze is nu bevriend met Rory, een culinair student uit Duitsland die bij ons op de verdieping woont. Echt, volgens mij begint ze zich al aardig thuis te voelen. Ik zou willen dat ik hetzelfde kon zeggen van mijn dochtertje.'

Ik wil meer horen over mijn eigen kind, maar ik denk aan Kates beschuldigende woorden en zeg: 'Vertel me eens wat meer over Olive.'

Een kwartier lang vertelt hij me over Olives streken en over de laatste twee nanny's die ze heeft weggejaagd met haar onaardige opmerkingen en driftbuien, met als dieptepunt de keer dat Olive een van hen had opgesloten in de voorraadkast. 'Toen ik eindelijk thuiskwam en haar daar aantrof, na ruim een uur, liep ze linea recta naar de slaapkamer en pakte haar koffer. Dat voorval is de reden waarom ik in het hele huis de sloten van de deuren heb gehaald.'

Ik moet lachen, ik kan er niks aan doen. 'Hou vol. Je doet je best, meer kun je niet doen.'

'Jij ook, volgens mij. Annie heeft me verteld over het verlies van haar zus.'

Ik slik moeizaam. 'Ze kan het maar moeilijk aanvaarden. En ik ook.'

'Dat begrijp ik.' Ik hoor hem zuchten. 'Olive heeft een jaar geleden haar moeder verloren. Ze was bij Gwen, mijn vrouw, toen het gebeurde. Het was een auto-ongeluk – ze zijn aangereden door een dronken chauffeur.'

'O, Tom, wat verschrikkelijk.'

'Zeg dat wel. En het gekke is dat ik soms zou zweren dat Gwen me de weg wijst.'

'Ik weet wat je bedoelt,' zeg ik voorzichtig. 'Het is alsof ze er nog zijn, hè? Alsof ze over ons waken.' Na een korte aarzeling voeg ik eraan toe: 'Of in mijn geval: alsof ze me dingen laat doen die ik niet wil doen.'

Ik weet niet wat me bezielt, maar ineens hoor ik mezelf aan deze vreemde het verhaal vertellen van het spreukenboek. 'En nu krijg ik diezelfde spreuken terug in de vorm van anonieme e-mails.' Ik leg hem snel uit, zo goed en zo kwaad als het gaat, wat de geheimzinnige berichten inhouden.

'Wat raar. Heb je geen idee wie ze heeft gestuurd?'

'Nee. Mijn zus en Annie zweren allebei dat zij het niet zijn. En het gekke is dat ik het gevoel maar niet van me af kan zetten dat Kristen hier misschien echt achter zit.' Ik knijp mijn ogen stijf dicht en zet me schrap voor een preek, of nog erger: een abrupte beëindiging van ons gesprek.

Maar Tom zegt alleen maar: 'En dus moet je die spreuken wel serieus nemen.'

Een verrukkelijke opluchting maakt zich van me meester. Hij oordeelt niet. 'Dat zegt mijn zus ook. Die spreuken zijn bedoeld om mij weer tot leven te wekken, volgens Kate.' Ik vertel hem over de vlieger die ik van mijn zus heb gekregen, bedoeld om mij vrolijk te stemmen, en ik moet er inderdaad van glimlachen als ik het vertel. 'Dus toen liep ik ineens door de stad met zo'n maffe vlieger in mijn hand.'

Zijn stem klinkt nu geamuseerd. 'Toch niet zo'n cool ding van metallic, hè?'

'Nee,' zeg ik, en ik onderdruk een nieuwe glimlach. 'Eentje met de Teenage Mutant Ninja Turtles erop. Dat ding stortte neer. Ik was er kapot van en voelde me volkomen belachelijk.' Ik vertel hem niet over Jonah en Samantha. Ik wil niet met de eer gaan strijken voor een simpel gebaar dat ik al veel eerder had moeten maken.

Tom lacht bulderend aan de andere kant van de lijn. Opeens moet ik ook lachen, en ik zie in gedachten die vlieger hoog aan de blauwe hemel staan. Misschien had eenWonder toch gelijk.

Het is onmogelijk om niet te glimlachen als je een vlieger in de lucht houdt.

* * *

Een half uur later hebben we het overal over gehad: Annie en Olive, onze banen en onze familie. Tom heeft me verteld dat hij is opgegroeid in Washington DC, zijn vader werkte bij de Wereldbank.

'Na mijn promoveren had ik de mazzel dat ik een baan kreeg in Georgetown. Mijn ouders wonen nog steeds in Maryland. Gwens ouders wonen in Virginia. Ze zijn natuurlijk allemaal dol op Olive, maar om de een of andere idiote reden dacht ik na het ongeluk dat verandering goed zou zijn voor Olive en mij.'

'En waar kun je dan beter naartoe gaan dan naar Parijs.'

'Precies. Maar eerlijk gezegd weet ik niet of het wel zo'n goed idee was. Ik heb me verbonden aan een onderzoeksproject dat nog loopt tot augustus, maar daarna gaan we terug naar Georgetown. We zijn er allebei aan toe om naar huis te komen.'

Ik zit intussen met gestrekte benen op een betonnen bankje voor de stenen kerk. 'Wat is je vakgebied eigenlijk?'

'Niets veel soeps, als je de cijfers van mijn studenten ziet.'

Ik moet lachen om zijn zelfspot. 'Dat zal wel meevallen.'

'Ik geef biochemie aan de faculteit geneeskunde. En ik doe onderzoek naar leveraandoeningen.'

'Indrukwekkend.' En dat is het ook. Bij hem vergeleken voel ik me een nietsnut.

'En jij bent makelaar. De beste die is er, vertelde Annie me.'

Ik schud mijn hoofd en ben dankbaar dat hij niet kan zien hoe aangedaan ik ben. Naast zijn werk is het verkopen van luxueuze woningen aan anonieme kopers maar onbeduidend en oppervlakkig. 'Tja,' zeg ik, en dan verras ik mezelf door eraan toe te voegen: 'Ik wil op een dag mijn eigen kantoor openen. Iets kleins, waar ik de tijd kan nemen om mijn klanten te helpen hun droomhuis te vinden. Ik wil een makelaar zijn die haar klanten persoonlijk kent, een beetje zoals vroeger in de tijd dat ik maatschappelijk werker was.'

Om de een of andere reden is het belangrijk voor me dat hij dat weet. Mijn zus en mijn dochters en zelfs Curtis Penfield hebben gelijk. Ik ben de weg kwijtgeraakt. Ik ben mijlenver afgedwaald van mijn ware ik, van de vrouw die ik eens was. En voor het eerst in jaren wil ik haar terug.

29

Erika

Kates haard loeit en Bruno Mars schalt uit de speakers. Het is donderdagavond, ladies' night bij The Stang, en Kate kan niet wachten. Ik zet de laatste borden van het avondeten in de vaatwasser terwijl Kate gin-tonic voor ons inschenkt.

Ik gris nog één laatste soepstengel van de schaal en stop de rest terug in de doos. Ik breek er een stukje van af en dans door de keuken, meezingend met Bruno. Ik val stil als ik Kates blik op me gericht voel. 'Wat is er?'

Ze bekijkt me glimlachend. 'Je bent er nog.'

'Wat bedoel je?'

Mijn zusje grijnst alleen maar.

* * *

We zijn nog één straat verwijderd van The Stang en ik voel de energie al. De mensen snellen lichtvoetig over de stoep, alsof de muziek die vanuit het oude pand naar buiten sijpelt hen lokt als een sireneroep. Ik voel een lang vergeten opwinding, snel gevolgd door een golf van schaamte. Ik hoor nu niet naar een kroeg te gaan, ik verdien het niet om plezier te maken. Mijn dochter wordt vermist. Door mijn schuld.

'Kom mee,' Kate trekt aan mijn arm.

Misschien vind ik vanavond wel een aanwijzing. Misschien springt Kristen straks in The Mustang ineens achter de bar vandaan, alsof het een surpriseparty is. Bij die gedachte wordt mijn keel dichtgesnoerd. En ik kan dit natuurlijk niet met Kate bespreken. Zij zou alleen maar zeggen dat ik de draad van mijn leven moet oppakken.

Onder een lantaarnpaal blijven we even staan zodat Kate lipgloss kan aanbrengen en haar behabandje goed kan doen. Ik wil mijn haar gladstrijken en herinner me dan weer dat ik het vanavond los draag in plaats van in een klem, op rechtstreeks bevel van Kate.

'Klaar om je te laten gaan en te genieten, zoals Annie graag wil?' vraagt ze.

Mijn hart bonst. Ik kijk op mijn horloge. Nog vier uur tot middernacht, dan mag ik terug naar Kates huis, mijn pyjama aantrekken en dat hele 'loslaten' van mijn lijstje strepen.

Een jonge jongen in een Packers-jack houdt de deur voor ons open en ik loop achter Kate aan de schaars verlichte bar in.

Mijn laarzen blijven aan het ranzige tapijt kleven en de walm van verschaald bier en sigarettenrook van tientallen jaren slaat me in het gezicht. Rechts van me staan de mensen drie rijen dik aan de enorme eiken bar. In The Stang worden ongetwijfeld alle veiligheidsregels overtreden, maar wat geeft dat als het hoofd van de brandweer zelf ook met zijn bierbuik tegen de bar gedrukt staat? Op een podiumpje achter in de zaal rondt een rockband net een slechte versie van Bon Jovi's 'Wanted Dead or Alive' af. De menigte op de dansvloer begint te joelen en te fluiten.

'Wij zijn Second Nature,' zegt de zanger met de baard in de microfoon. 'We nemen even een korte pauze, tot zo.'

De muziek maakt plaats voor druk gepraat en gelach, bijna net zo oorverdovend als de band. Kate en ik sluipen naar achteren en gaan op zoek naar een tafeltje. Mijn zus lacht, slaat mensen op de rug en gebruikt namen en bijnamen die mij niet langer bekend in de oren klinken. Ik voel me, in een skinny jeans en een strak gouden topje van Kate, in deze luidruchtige tent net zo onhandig en misplaatst als de Britse Koningin-Moeder bij een NASCAR-race. Waarom wilde Kate per se dat ik me opdofte?

Hier loopt zo'n beetje iedereen in een sweatshirt en een honkbalpetje.

'Daar,' brult Kate boven het lawaai uit, en ze wijst naar een tafel die bezaaid is met glazen en jassen.

Ik ga zitten en kijk om me heen. Ik zie hem niet. Misschien komt hij toch niet. Ook prima. Waarom zou het me wat kunnen schelen?

Algauw heeft zich een hele groep mensen om Kate en mij heen gevormd. Ik hoor iemand zeggen: 'Je ziet er verdomd goed uit, Riki.' Ik krijg een shotglas in mijn hand gedrukt met daarin een heldere vloeistof die naar benzine ruikt. Is het de bedoeling dat ik dit opdrink? Verwachtingsvolle blikken. Blijkbaar wel dus.

Ik staar naar het glas in mijn hand. Iemand begint mijn naam te scanderen. Anderen haken in, tot ik alleen maar 'Rik-i, Rik-i, Rik-i!'-geroep hoor. De energie is bedwelmend. Als ik het shotglas oppak, kruist mijn blik die van Curtis Penfield aan de andere kant van de ruimte. Hij heft met een geamuseerde blik zijn flesje bier en komt naar me toe geslenterd.

'Op mijn *homies*,' zeg ik, en ik kijk hem strak aan. Als ik het shotje achterover giet, gaat er een huivering door me heen. Ik weet niet of het komt door de brandende vloeistof of door mijn gebruik van het woord 'homies'.

Maar de alcohol lijkt een rustgevende uitwerking op me te hebben. 'Op mijn eilandvrienden!' roep ik. Mijn vrienden – ja, vanavond voelen ze echt als vrienden – juichen. Dan zie ik weer een oude bekende van wie de naam me niet te binnen wil schieten. 'Hé, hoe is het met jou? Jij had vroeger rood haar, toch?'

'Ja. Ik ben Karen Tegels, jij kwam weleens oppassen op mijn zusjes en mij. Van jou heb ik geleerd een paard te tekenen met ovalen als uitgangspunt. Die techniek gebruik ik nog steeds! Je bent trouwens nog net zo mooi als vroeger.'

Ik schud mijn hoofd, ervan overtuigd dat het door de schemerige verlichting komt dat ik er vanavond goed uitzie. En ik vóél me ook goed.

Curtis geeft me een flesje bier. Hij neemt me met zijn pretogen van onder tot boven op. 'Kijk eens aan, zo te zien is Riki Franzel helemaal terug.'

'Klopt,' zeg ik, en ik werp hem een blik toe waarvan ik hoop dat die hem doet denken aan de jongere, sexyer Riki. Ik neem een grote slok uit het flesje bier. Waar ben ik mee bezig? Ik laat me gaan, dat is het. Als dit is wat mijn dochter wil, kan ze het krijgen.

Hij buigt zich naar me toe om iets tegen me te zeggen, maar dan duikt Kasey Blevins achter me op en slaat haar armen om zijn borst. 'Kom met me dansen, Curtis.'

Hij werpt me een verontschuldigende blik toe als ze hem meetroont. Voordat ik de tijd krijg om me eenzaam te voelen, duikt Kate hijgend op. 'Kom, Rik. We gaan dansen!' Ze werpt joelend haar armen in de lucht.

'O, Kate, ik heb niet meer gedanst sinds...'

Voordat ik mijn zin kan afmaken sleurt Kate me mee naar de dansvloer. Ik stop snel nog de clutch die ik van haar heb geleend onder mijn stoel en voeg me dan bij de kronkelende, zwetende lichamen. Maar dan begint alles om me heen te draaien, en ik raak in paniek. Ik kan niet dansen. Ik sta voor gek. Ik moet hier weg!

Kate komt naast me staan, meedeinend op de maat van de muziek. 'Krampachtig loslaten!' roept ze boven het lawaai uit.

Over Kates schouder kijk ik Curtis Penfield aan. Zonder zijn ogen van me los te maken fluistert hij Kasey Blevins iets in het oor. Dan loopt hij weg en laat haar alleen achter op de dansvloer. Maar ze lijkt er niet mee te zitten. Lachend kijkt ze mijn kant op.

Hij baant zich een weg naar me toe en pakt mijn handen beet. 'Gewoon meebewegen,' brult hij boven de muziek uit.

'Ik heb in geen jaren gedanst,' zeg ik, en ik voel me een buitenstaander. Als ik wil weglopen, laat hij me niet gaan.

'Geeft niks,' zegt hij. 'Niemand let op je.'

Maar daar vergist hij zich in. Ik kijk om me heen en het lijkt wel of iederéén me in de gaten houdt... of misschien kijken ze allemaal naar Curtis. En Kasey en haar vriendin – zwart haar en een tatoeage van een Keltisch kruis – lachen me uit. Ik weet zeker dat ze me uitlachen.

'Niet op letten,' zegt Curtis.

Ik probeer me te concentreren op de beat en dwing mijn lijf om mee te bewegen, dankbaar voor de alcohol... en de schaarse verlichting. Langzaam vinden mijn voeten hun ritme.

'Goed zo,' zegt Curtis. Door het lawaai moet hij zijn mond vlak bij mijn oor houden. Ik zie het littekentje van die keer dat hij is gevallen op het ijs en zijn kin openspleet, dertig jaar geleden. Om de een of andere bizarre reden raak ik het plekje even aan.

Hij kijkt me glimlachend aan. 'Ongelukje als kind.'

'Weet ik.' Ik voel een zekere kameraadschap, een verwantschap met deze mensen met wie ik een geschiedenis deel. 'Tony Collins liet je struikelen toen jullie tikkertje deden op British Landing.'

'Dat klopt! Dat je dat nog weet.'

Ik glimlach. We zijn samen kind geweest. Is er een sterkere band denkbaar?

Het ene nummer gaat over in het andere, en Curtis geeft me geen kans om de dansvloer te verlaten. Algauw zwier ik lachend rond met Curtis en stoot ik mijn heupen en billen tegen die van Kate. Daar sta ik dan, in deze luidruchtige tent, te dansen met de knapste kerel van de hele zaak! Ik zou eigenlijk een foto moeten nemen om die naar mijn meiden te sturen. Ze zouden het niet geloven!

Mijn meiden. Heel even dreigt het verdriet mijn feestelijke stemming te bederven. Maar dan kijk ik op naar Curtis. Hij glimlacht naar me. En als vanzelf laat ik me terugvoeren naar de zalige onwetendheid waar ik zo hevig naar verlang.

Het volgende nummer begint, 'Tequila Sunrise', een oude ballad van de Eagles. Curtis vraagt niets, hij spreidt alleen zijn armen. En ik stap erin.

Hij trekt me tegen zich aan als een man die het gewend is de leiding te hebben, onze lichamen tegen elkaar gedrukt. 'Relax,' fluistert hij in mijn oor.

Er trekt een huivering door me heen. Ik doe mijn ogen dicht om de starende blikken en het gefluister buiten te sluiten. De stress glijdt van mijn schouders. Ik leg mijn wang tegen Curtis' borst. Zo lang als het nummer duurt – vierenhalve minuut – ben ik Assepoester op het bal. Want ik weet dat alles over een paar dagen weer heel anders zal zijn. Het ijs zal verdwijnen zoals het glazen muiltje, en de prinses zal terugkeren naar haar lege appartement in de stad, naar een zoektocht zonder aanwijzingen en een corrupte deal met een veel te krappe deadline. Straks moet ze zich weer overal aan vastklampen en zal ze geen moment de tijd hebben om terug te denken aan de rust van deze plek, hier in Curtis' armen.

* * *

Mijn oren piepen als de band eindelijk weer pauze neemt. Curtis legt een hand op mijn middel en buigt zich naar me toe. 'Laten we hier weggaan.'

Mijn hartslag versnelt. Ik ben er tamelijk zeker van wat dat zinnetje betekent, maar misschien vergis ik me. 'Wacht even,' zeg ik tegen hem.

Ik tref Kate aan tussen een groepje vrouwen van uiteenlopende leeftijden, soorten en maten, heel anders dan in New York, waar de vrouwen allemaal slank, broodmager of anorectisch zijn. 'Kan ik jou even spreken?' Ik trek haar bij hen vandaan. 'Curtis wil hier weg. Met mij. Wat betekent dat volgens jou?'

Kate tikt met haar vinger tegen haar lippen. 'Hm, eens even denken. Het zou kunnen betekenen dat hij ergens rustig met je wil praten.' Ze grijnst. 'Of hij wil je helemaal suf neuken.'

Ik hap geschrokken naar adem. 'O, god! Wat moet ik doen?'

'Zo te horen gaat er vanavond iemand paardje rijden!'

Ik draai me met een ruk om naar de plek waar Kasey Blevins staat en zie de vrouw met de tatoeage grinniken. Het tweetal ligt in een deuk. Ze hebben me gehoord. Ik moet dit rechtzetten. Ik moet ze duidelijk maken dat ik helemaal niks of niemand ga berijden!

Kate steekt haar middelvinger op en pakt me bij de schouders. 'Je hebt een bevel gekregen, weet je nog?' Ze draait me om, met mijn gezicht naar de uitgang. '*Soms is het leven een kwestie van je vastklampen, maar vaker moet je juist loslaten.*'

'Ik kan dit niet, Kate. Het is acht jaar geleden.'

Haar ogen worden zo groot als schoteltjes. 'Acht jaar? Fuck!'

Ik schud mijn hoofd. 'Nee, acht jaar zónder fuck.'

Ze barst in lachen uit. 'Tijd om je te laten gaan, zusje.'

* * *

Als ik terugkom bij Curtis staat hij glimlachend te wachten. '*Ready, Betty*?'

Hij is lekker, daar gaat het niet om. Maar hoe charmant hij ook mag zijn en wat Kate ook het beste mag lijken, ik moet trouw blijven aan mezelf. In één lange adem laat ik al mijn onzekerheden los. 'Wat je van tevoren moet weten: ik ben niet de beste makelaar van New York. Ik heb geen vrienden. Ik ben een waardeloze moeder. Ik kan niet linedancen. En jij krijgt geen seks.' Ik blaas mijn pony uit mijn gezicht. 'Zo. Je bent gewaarschuwd.'

Hij strijkt mijn haar glad. 'Kun je echt niet linedancen?'

Ik moet wel glimlachen.

'Jij bent me d'r een, Riki Franzel. Altijd geweest.'

'Dank je. Jij bent ook oké, Curtis Penfield. Sorry dat ik je onderschat heb.'

Hij pakt mijn handen en vlecht zijn vingers door de mijne. Er gaat een stroomstootje door me heen. 'Als je liever hier blijft,' zegt hij, 'dan blijven we hier. Alleen... ik wil al de hele week wat meer tijd met je doorbrengen, en nu ik eindelijk je aandacht heb, versta ik geen woord van wat je zegt. Zullen we een eindje gaan lopen? Alsjeblieft?'

Ik kijk sceptisch naar hem. Hij steekt lachend zijn handen omhoog. 'Gewoon als vrienden, ik zal mijn handen thuishouden. Beloofd.'

Ik slaak een zucht en voel me idioot. 'Oké, je mag me naar huis brengen.'

Hij legt een hand op mijn rug en leidt me door de drukte. Het valt me op hoe andere vrouwen – vooral Kasey Blevins en Tatoeage – naar me kijken. Ik kan hun gezichtsuitdrukking niet helemaal plaatsen.

Bij de bar blijft Curtis staan, en hij buigt zich naar de barkeepster toe, een meisje van in de twintig met een Kardashiankont.

'Klaar om met me af te rekenen, knapperd?' vraagt ze.

Ik pak mijn telefoon uit mijn tas en doe alsof hun gesprekje me niet interesseert. En het interesseert me ook echt niet. Het kan me geen reet schelen met wie hij flirt. Ik heb de grenzen al aangegeven.

Mijn hart bonst als ik zie dat er een bericht is van Tom Barrett. Ik open het snel, in de hoop op nieuws over Annie. De woorden dansen voor mijn ogen, door de schaarse verlichting... of misschien door mijn alcoholconsumptie. Als ik vluchtig de eerste regels bekijk, stel ik vast dat het eerder een gezellig praatje is dan een update over Annie. Ik sluit het bericht en bewaar het voor een moment waarop ik niet op het punt sta me te 'laten gaan'.

Curtis heeft twee shotglaasjes in zijn rechterhand. 'Eén voor jou,' zegt hij.

Ik staar naar de bruine vloeistof. Het laatste waar ik nu op zit te wachten is nog zo'n shot. Maar het hoort erbij, toch? Ik neem het glaasje aan en tik het tegen dat van hem.

'Proost.' Ik giet de vloeistof in één terug naar binnen.

Een fel branderig gevoel schiet door mijn keel en trekt naar mijn ingewanden. Ik onderdruk een huivering en zet het glas met een klap op de bar. Een man die twee krukken verderop zit buigt zich naar me toe. Als ik zijn kant op kijk, zie ik tot mijn verbazing dat het de oude Perry is, de man die vroeger onze school schoonmaakte.

'Ga je nu al weg?' vraagt hij met een grijns op zijn rood aangelopen gezicht.

Ik voel het bloed naar mijn hoofd trekken. Hij daagt me uit. Hij denk dat ik met Curtis wegga... om paardje te rijden.

'Dag, meneer Perry,' zeg ik zwakjes.

'Die meiden hebben op je ingezet,' zegt hij, zwaaiend met een rimpelige vinger. 'Ik niet, hoor, ik heb gewed dat je het niet zou doen.'

Ik heb geen idee waar hij op doelt, maar ik voel me evengoed beledigd. Ik wil hem vragen waar hij het over heeft, maar dan zie ik vanuit mijn ooghoek nog een barkruk omdraaien. Mijn vader.

Hij zit aan het andere uiteinde van de bar, met zijn armen over elkaar geslagen, naar me te kijken. Hij heeft een oud, vaal flanellen overhemd aan en zijn asymmetrische gezicht is voor de meeste mensen niet te lezen, maar ik ken die blik. Zijn ogen staan verbijsterd. Hij is teleurgesteld. Teleurgesteld in mij.

Ik voel een hand tegen mijn elleboog duwen.

'Ben je zo ver?' vraagt Curtis.

Ik hou mijn vaders blik vast, en het liefst zou ik hem duidelijk maken dat zijn dochter niet op het punt staat met een man mee te gaan voor de seks. Curtis is een vriend van me. Hij heeft respect voor me. Maar mijn vader heeft me de rug toegekeerd. Alweer.

* * *

Buiten is het mistig. Curtis en ik lopen naar het park. Als we Main Street oversteken, pakt hij mijn hand en laat die niet los, zelfs niet als we de overkant bereikt hebben. Dat sentimentele gebaar maakt dat ik me beschermd voel, op een vaderlijke manier. Alleen hield mijn vader nooit mijn hand vast, ook niet toen ik klein was.

Ik probeer het beeld van mijn vader, met zijn doordringende

blik, uit mijn hoofd te zetten. Ter afleiding laat ik de cryptische woorden van meneer Parry nog een keer de revue passeren. Het begint hard te regenen, alsof het weer mijn stemming wil bijbenen.

'Je bent van streek,' zegt Curtis. 'Er is daarbinnen iets gebeurd. Vertel eens?'

Ik kijk naar de donkere hemel en verwelkom de koele druppels op mijn gloeiende gezicht. 'Gewoon spoken die bij het eiland horen,' zeg ik. 'De reden waarom ik hier nooit kwam.'

'Wil je het erover hebben?'

Ik schud mijn hoofd. 'Niet echt. Maar evengoed bedankt.' De regen druipt van mijn neus. 'Ik wil alleen nog maar naar huis.'

Curtis komt tegenover me staan en strijkt een natte pluk haar achter mijn oor. 'Je moet de regen uit. Ga mee naar mijn huis, dan maak ik een kop thee voor je. Ik laat me niet afwimpelen. Bij mij thuis kun je me alles vertellen over die spoken van je. Of niet.' Hij laat zijn handen nog een keer zien. 'En ik beloof je dat ik me op dat andere gebied wél laat afwimpelen.'

Ik moet vanzelf lachen als ik zijn hoopvolle, jongensachtige blik zie. Als ik nu heel eerlijk was, zou ik tegen Curtis zeggen dat ik niet zo zeker meer weet of ik wel wil dat hij zich laat afwimpelen. Want hoe zwak het ook klinkt, vanavond wil ik iemand die me stevig vasthoudt.

* * *

De metalen trap kreunt als we naar Curtis' appartement in Penfield Marina lopen. Ik ben er al jaren benieuwd naar. Ik stel me de stoet vrouwen voor die deze zelfde klim heeft gemaakt en word vervuld van evenveel afkeer als afgunst.

Hij zwaait de voordeur open.

'Welkom in mijn nederige stulpje.' Hij doet een stap opzij om me erdoor te laten. Als mijn lichaam langs het zijne strijkt, gaat er een stroomstoot door me heen. Hij steekt zijn hand naar binnen om het licht aan te doen.

'Dat is wel wat anders dan dat chique appartement in jouw brochure, hè?'

De makelaar in mij – hoewel enigszins dronken – taxeert het pand onmiddellijk. *Vele mogelijkheden. Met wat liefde en aandacht valt er iets moois van te maken.* Dat zouden ze van mij ook kunnen zeggen.

'Ik vind het leuk,' zeg ik, en ik loop de kleine huiskamer in, met een kaalgesleten houten vloer en mokkabruin geschilderde muren. De eiken salontafel is bezaaid met tijdschriften over boten, lege bierflesjes, een hondenbot en drie afstandsbedieningen.

'Heb je zin in een kop thee? Ik kan ook koffie zetten.' Grijnzend trekt hij zijn wenkbrauwen naar me op. Ik ben ook verdomd goed met warme chocolademelk.'

Ik ben geroerd. Hij biedt me geen druppel alcohol aan.

'Ik wil die chocolademelk van je wel eens proberen.'

Terwijl Curtis in zijn kastjes op zoek gaat naar een steelpan, bekijk ik vluchtig de keuken. Die is klein, met een terracottavloer en mooie eiken kastjes. Op een houten plankje zie ik een set borden met dessins van verschillende veldbloemen, iets wat je oma zou uitstallen.

'Ik had jou niet ingeschat als een serviesverzamelaar,' zeg ik. Ik pak een van de borden op en zie dat er een dikke laag stof op zit.

Hij zet een pannetje melk op het fornuis en begint te lachen. 'Ik heb een paar jaar samengewoond met Martha Stewart – ik bedoel Mandy Stubbing.' Hij grijnst. 'Het is er hier in huis niet bepaald opgeruimder op geworden sinds zij bij me wegging.'

Hij heeft dus samengewoond met een vrouw. En zij is bij hém weggegaan. Dan zie ik een paar rafelige tennisballen onder de keukentafel liggen, en ik buk om ze op te rapen. 'Heb je een hond?'

Curtis trekt een kastje open om bekers te pakken, maar ik zie zijn gezicht betrekken. 'Hij heette Dewey.' Hij doet het kastje weer dicht. Zijn ogen staan donker als hij me eindelijk aankijkt. 'De beste hond op aarde.' Hij schudt zijn hoofd alsof hij vecht tegen de emoties. 'Dewey is er al acht maanden niet meer, maar ik kan het niet over mijn hart verkrijgen om zijn speeltjes weg te gooien.'

En van het ene moment op het andere worden mijn knieën week. Ik laat de tennisballen op de vloer vallen, sla mijn armen om zijn nek en laat me helemaal gaan… Bijna helemaal.

30

Erika

Ik wil stiekem de deur uit glippen als Curtis wakker wordt. Hij rekt zich uit op de bank. Het licht van de veranda werpt een gloed over zijn slaperige gezicht, en als hij me ziet komt hij glimlachend op één elleboog omhoog. 'Waar dacht jij naartoe te gaan, schoonheid?'

Ik glimlach, opgelucht om zijn vriendschappelijke toon. Toen ik hem tegenhield voordat de vrijpartij uit de hand liep, was hij een stuk minder mild.

'Je maakt een geintje, neem ik aan?' zei hij met een ongelovig gezicht.

'Nee,' antwoordde ik. 'Ik heb je gewaarschuwd, Curtis. Ik zit niet te wachten op vrijblijvende seks.'

Geërgerd liet hij zich terugvallen op de bank. Twee minuten later lag ik naast een snurkende kerel, gefrustreerd en bibberig; voor de zoveelste keer had ik het gevoel dat ik iemand zwaar teleurgesteld had.

'Ik moet terug naar Kate,' zeg ik nu terwijl ik mijn laarzen aantrek.

'Wacht even.' Hij springt van de bank en pakt zijn schoenen. 'Ik loop met je mee.'

'Nee, dat hoeft niet.'

Hij pakt zijn telefoon uit zijn broekzak om te kijken hoe laat het is. 'Het is pas één uur, ik kan de laatste ronde nog halen.'

* * *

Ik heb zelf gezegd dat hij me niet naar huis hoefde te brengen. Dat is nergens voor nodig. Het is veilig hier op het smalle voetpad. Een beetje frisjes, maar duidelijk niet gevaarlijk. Waarom baal ik dan dat Curtis er niet op aangedrongen heeft met me mee te lopen tot aan Kates veranda, in plaats van afscheid te nemen zodra we bij The Mustang aankwamen?

Ik bijt op mijn lip. Zou het kunnen dat ik kwaad ben op mezelf? Want hoe deugdzaam ik me ook zou moeten voelen, ergens heb ik er spijt van dat ik die ene kans op ongebonden, ongecompliceerde seks heb vergooid.

Ik versnel mijn pas, en mijn hoofd tolt als ik de gebeurtenissen van gisteravond nog eens doorneem. Ik heb me laten gaan, zoals de bedoeling was, alleen niet tot het uiterste. En het werkt allemaal nog daar beneden! Zo'n heftige vrijpartij heb ik niet meer gehad sinds mijn laatste studiejaar, toen ik een practicum had in het ziekenhuis en dokter Brian Blair me de donkere bezemkast in trok. Maar ik ben niet langer dat meisje van eenentwintig. Nog een stapje verder gaan met Curtis voelde gewoon niet goed. Ondanks ons gezamenlijke verleden ken ik hem amper.

Ik denk aan mijn dochters, hoe trots ze zouden zijn op de zelfdiscipline van hun moeder. Of niet? Hun generatie lijkt geen moeite te hebben met los-vaste seks. Een stemmetje in mijn achterhoofd zegt: *Je bent gewoon een lafaard. Een bange, onzekere lafaard die zich niet durft over te geven.*

Als Kates huis in zicht komt, wil ik mijn sleutels pakken. Maar die zitten in mijn tas, en mijn tas ligt nog in de bar. Ik heb hem onder de tafel geschoven toen ik ging dansen.

Ik keer om en ga op een drafje terug, ondanks mijn zere voeten.

* * *

Het is bijna sluitingstijd als ik de piepende houten deur van The Mustang openduw. De band is aan het inladen en uit de jukebox klinkt een nummer van de Zac Brown Band. De ouwe Perry hangt onderuitgezakt op een barkruk, net als een paar andere achterblijvers.

'Zoek je iemand?'

Ik draai me om en daar staat Kasey Blevins, met haar kont tegen de pooltafel geleund. Ik schud nee; mijn hart bonst.

'Ja... ik bedoel nee. Ik had mijn tas hier laten liggen.'

'Weet je zeker dat je niet voor Curtis komt?'

De ouwe Perry veert op, weer helemaal bij de les. Er worden blikken uitgewisseld, en stiekeme, samenzweerderige lachjes.

Kasey komt naar me toe geslenterd met een biljartkeu in haar hand. 'Hij is teruggekomen om zijn geld te innen. Daarna is hij vertrokken voor een tweede ronde.' Er wordt bulderend gelachen. Ze zet de keu op de vloer en wenkt met haar hoofd in de richting van de bar. Ik volg haar blik. De barkeepster met de Kardashian-kont is weg.

'O,' zeg ik. Mijn hoofd tolt en ik probeer de puzzelstukjes in elkaar te passen. Curtis is teruggekomen. En weer vertrokken met de barkeepster. Hij ligt haar nu ergens te neuken. Ik loop naar de deur, ik voel me misselijk.

'Heeft hij het verhaal van de dode hond opgehangen?' Met een ruk draai ik me om, mijn mond valt open. De vrouw met de tatoeage van het Keltische kruis werpt bulderend haar hoofd in haar nek. 'Ik wíst het!'

Mijn mond wordt droog.

'Dat verhaal gebruikt hij al zeker twintig jaar,' zegt Kasey. 'Ze trappen er altijd in. Dewey heeft het 'm weer geflikt, zegt Curtis dan.'

'Dewey maakt de vrouwtjes week,' doet Tatoeage een duit in het zakje, en ze stoot een soort oerkreet uit.

Ik draai me om naar Kasey. 'Wat zei je nou over geld innen?'

'Hij sloot weddenschappen op je af. Curtis beweerde dat hij je zijn bed in zou krijgen voordat je van het eiland vertrok.'

De ouwe Perry draait rond op zijn barkruk. 'Persoonlijk geloofde ik niet dat het hem zou lukken.'

Die meiden hebben op je ingezet. Ik niet, hoor, ik heb gewed dat je het niet zou doen. Nu wordt het me duidelijk. Ze hadden een weddenschap afgesloten over de vraag of Riki Franzel bij Curtis in bed zou kruipen. Ik proef gal achter in mijn keel, de misselijkmakende smaak van afschuw, afkeer en schaamte.

* * *

Ik ren zo hard als ik kan, in de hoop de pijn en de vernedering achter me te laten. Hoe heb ik zo stom kunnen zijn? Goddank ben ik niet tot het uiterste gegaan met die eikel!

Opeens trek ik iedere aardige opmerking die mensen op dit klote-eiland tegen me hebben gemaakt in twijfel. Hadden ze allemaal lol om dezelfde grap – een grap met Riki Franzel als clou?

Ik voel mijn voeten niet meer tegen de tijd dat ik het trapje van Kates veranda op loop. Ze heeft het licht voor me aangelaten. Wist ze dat ik zou terugkomen? Was zij ook op de hoogte van die weddenschap?

Ik loop naar binnen, schop mijn schoenen uit en schrik als Kate ineens opstaat van de bank.

'Hé.' Ze doet het licht aan. 'Hoe was je avond?'

Ziedend kijk ik haar aan; eindelijk heeft mijn woede een doelwit gevonden. 'Heb jij me erin geluisd? Wist jij dat Kasey, de ouwe Perry en god weet wie nog meer een weddenschap hadden lopen over de vraag of Curtis mij zijn bed in zou krijgen?'

'O, Rik.' Ik moet het haar nageven, Kate reageert aangedaan. Maar ik ben nog niet bereid haar te geloven. Als ze haar arm om me heen wil slaan, mep ik die weg.

'Moedigde je me daarom aan om met hem mee te gaan? Nou? Had jij je geld ook op Curtis gezet?'

Ze deinst achteruit. Hoe kun je dat nou denken?'

Ik neem mijn hoofd in mijn handen. 'Ik weet niet meer wat ik moet denken! Het is alsof ik in het konijnenhol van Alice in Wonderland terechtgekomen ben. Ik weet niet meer wat echt is en wat niet. Ik was halfdronken en probeerde me voor het eerst in jaren weer eens te laten gaan.'

'Ach schat, wat erg voor je.'

Ik wend mijn blik af, beschaamd voor de tranen. 'Goddank ben ik niet met hem naar bed geweest.'

'Wacht even – huh?'

'Nee. Maar ik geloofde hem, Kate.' Mijn stem breekt, en ik pep mezelf bewust op. Ik moet kwaad zijn, niet sentimenteel. 'Ik geloofde die lul! Ik wist dat hij met me naar bed wilde, ik bedoel, die kerel is niet meer dan een hoer. Maar ik dacht dat hij me daarnaast misschien *leuk* vond.' Ik slik moeizaam. 'Echt leuk. En het is lang geleden dat ik leuk was voor anderen.'

'Mijn lieve zus,' zegt Kate. 'Ik word hier heel blij van.'

'Blij?'

Ze kijkt me glimlachend aan en streelt even mijn wang. 'Je probeert wel de harde tante uit te hangen, maar je gelooft dus nog steeds in de liefde.'

Zonder enige waarschuwing gaan de sluizen open. Mijn ogen vullen zich met tranen. Kate neemt me in haar armen.

'Laat maar gaan,' zegt ze, en ze citeert oma Louise. 'Net als bloemen hebben onze harten vocht nodig, anders verpieteren ze.'

* * *

Een uur later lig ik languit op het vloerkleed in mijn branderige ogen te wrijven. Kate heeft de bank in beslag genomen. Ze vertelt me over haar vriend Max en hun vakantieplannen. Ik bestook haar met vragen, vragen die ik maanden geleden al had moeten stellen. En al ben ik met negentig procent van mijn gedachten gefocust op Kate, tien procent houdt zich nog steeds bezig met Curtis' leugen en de geheime weddenschappen bij The Mustang.

'Max en ik lachen zo veel als we samen zijn. Ik ben gelukkig, Rik, echt gelukkig.'

'Dat is het enige wat ik graag voor je wil, Katie.'

Ik doezel net een beetje weg als ik Kate in de gangkast hoor rommelen. Even later komt ze terug met zes rollen wc-papier.

Ik kijk naar haar op. 'Dat hoeft niet, ik ben wel uitgehuild, hoor.'

Ze grijnst naar me. 'We gaan Curtis' huis in wc-papier wikkelen.'

'Nee, gek.'

'Jawel. Hij heeft het verdiend.'

Er breekt een glimlach door op mijn gezicht. Ik zie haar idee eigenlijk wel zitten. 'Heb je nog meer?'

Ze begint te giechelen. 'Nog een pak van twaalf. Dubbele rollen!'

* * *

Het is vier uur 's nachts als we bij Penfield Marina aankomen. We laten onze fietsen achter op de hoek en sluipen naar het terrein. Het hek piept als Kate het openduwt. Ik verstar en hoop vurig dat het licht niet aan zal gaan, dat niet iedereen kan zien dat we ons op verboden terrein bevinden. Dat gebeurt niet. Als een stel ordinaire criminelen lopen we het hek door.

'Dit is echt kinderachtig,' fluister ik.

'Precies,' zegt Kate. 'Extra leuk.'

We hebben allebei een tas bij ons – die van haar vol rollen toiletpapier, de mijne met het spandoek dat ik heb gemaakt van oude lakens. Giechelend sluipen we over het betonnen pad, en we slaan een hand voor onze mond om te voorkomen dat Curtis wakker wordt.

Kate gaat onder een enorme notenboom staan en wikkelt een paar meter papier af. Vol ontzag kijk ik toe hoe ze de rol in de lucht gooit. Het toiletpapier blijft in een tak haken en de rol valt naar beneden. Ze vangt hem op, en samen kijken we omhoog naar de boom. Er wappert een lange sliert papier aan de takken.

'Zo, hé,' fluister ik terwijl ik zelf ook een rol pak. 'Jij hebt dit eerder gedaan.'

'Het is net als seks, mijn lieve zus,' zegt ze. Haar stem klinkt trots. 'Als je het eenmaal hebt gedaan, verleer je het nooit meer.'

'Op hoop van zegen,' mompel ik, en ik wikkel mijn rol af. Dan imiteer ik de handelingen van mijn zus. De eerste twee keer blijft het papier niet hangen, maar als het daarna wel lukt, voel ik bijna dezelfde trots en tevredenheid als na mijn eerste miljoenentransactie.

'Kijk nou!' zeg ik terwijl ik de rol nog een keer gooi. We schuiven op naar de populier en daarna de esdoorns, en we eindigen met de blauwe sparren bij het hek. Om vijf uur 's morgens hangt Penfield Marina vol lange witte slierten.

Opeens gaat er boven een licht aan. 'Shit!' zegt Kate.

'O, god! Hij is wakker!'

Kate trekt me lachend achter een groepje sparren. Daar blijven we staan, met onze armen om elkaar heen geslagen. Mijn hart klopt in mijn keel

'Dadelijk ziet hij ons,' fluister ik. 'Kan hij een aanklacht tegen ons indienen? Kunnen we gearresteerd worden?'

Kate lacht zacht. 'Gezusters Franzel Betrapt Met Toiletpapier.'

Ze lacht me gewoon uit! Ik schrik als ik in de verte een bekend geluid hoor, als de muziek van een favoriet nummer dat ik bijna vergeten was. En dan dringt het tot me door wat het is: het geluid van mijn eigen lach.

'Ze hadden de mazzel,' zeg ik op dezelfde toon, 'dat hun *papieren* in orde waren.'

Ze knijpt in mijn arm. 'Daarom hoeven ze niet te *zitten*.'

Ik krijg er de slappe lach van.

'Verdomme, maak me niet aan het lachen!' Kate drukt een hand tegen haar mond. 'O, god, ik moet plassen!' Ze wipt van de ene voet op de andere.

Ik lig nu echt dubbel. Kate slaat me op de rug en laat zich dan gierend op de grond vallen. Kreunend houdt ze haar buik vast. Ik val naast haar neer, de tranen stromen over mijn wangen. Samen gillen we het uit van het lachen.

Zo voelt dat dus, denk ik bij mezelf. Zo voelt het om je helemaal te laten gaan.

* * *

Voordat we vertrekken haal ik het spandoek uit mijn tas, klaar om deze vergeldingsactie te voltooien. Kate pakt de ene kant en ik houd de andere kant vast. Samen bevestigen we het tweepersoons laken met touw en tape aan het hek. We kiezen ervoor om de tekst aan de staatkant te hangen, zodat iedereen die vanmorgen langskomt – zo'n beetje alle eilandbewoners – die te zien krijgt nog voordat Curtis doorheeft dat het spandoek er hangt.

De ochtendzon kleurt de oostelijke hemel langzaam roze en oranje als ik een stapje terug doe om ons werk te bewonderen.

'Is het niet te gemeen?' vraag ik.

'Voor een kerel die weddenschappen op je heeft afgesloten? Bij lange na niet.'

Het spandoek wappert even in de wind en wordt dan strakgetrokken tegen het ijzeren hek. Ik lees de letters die ik met zwart schoensmeer heb aangebracht:

IK KEN EEN HOND DIE ZIJN BALLEN MIST... EN HET IS NIET DEWEY.

31

Annie

'Goede wedstrijd gisteravond, hè?' zegt Annie als ze de keuken in komt lopen. Ze voelt haar gezicht gloeien. Heeft Tom door dat ze twee dagen geleden niet eens het verschil wist tussen een Washington Wizard en een Charlotte Hornet?

Toen Tom terloops vertelde dat hij het basketbalteam van DC al van kinds af aan volgt, besloot ze de wedstrijd van gisteravond te streamen. Ze had gehoopt samen met hem te kijken, knus naast elkaar op de bank met haar 13 inch-computerscherm tussen hen in. Maar vlak voor het begin van de wedstrijd ging zijn telefoon. Ze hoorde hem afkeurend brommen, maar toen hij op zijn display zag wie er belde, leefde hij op. Ze wist niet wat haar overkwam toen hij naar zijn slaapkamer verdween en niet meer terugkeerde.

'Ik heb de wedstrijd gemist, maar ik heb er wel over gelezen online. Nagelbijtend spannend, hè?'

Wat kon er zo belangrijk zijn dat hij de eerste wedstrijd van het seizoen ervoor gemist had? Of erger nog: wíé kon er zo belangrijk zijn?

* * *

In plaats van de straten af te stropen nadat ze Olive die vrijdag naar school heeft gebracht, keert Annie met hernieuwde hoop terug naar het appartement. Vandaag gaat ze haar zus vinden.

Net als ze de sleutel in het slot steekt, zwaait de deur aan de andere kant van de gang open.

'Goedemorgen!' Rory heeft een bord in zijn handen dat is afgedekt met een theedoek. Hij ziet er slungelig uit in zijn witte jeans en een blauw-wit gestreept T-shirt, als een soort Parijse Waldo.

'Hallo, Rory. Hé, nog bedankt voor je tip van laatst. Ik heb gisteren de hele dag op mijn computer naar verloskundigen zitten zoeken. Ik ga ze nu bellen.'

'Super! Ik kom je helpen.' Hij tilt de theedoek van het bord. 'En ik heb iets lekkers voor je.'

Ze staart naar de vijf brosse croissants met hun zoete botergeur, het water loopt haar in de mond. Toch aarzelt ze. Het voelt niet goed om zomaar een jongen uit te nodigen in Toms huis terwijl Olive en hij er niet zijn, ook al is Rory bevriend met Tom.

'Moet jij geen recepten bedenken? Een wedstrijd winnen?'

'Mijn lessen zijn altijd 's middags.' Hij houdt het bord omhoog alsof hij haar in de verleiding probeert te brengen. 'Met chocoladevulling.'

'Had dat dan meteen gezegd.' Annie grist het bord uit zijn handen en zwaait de deur open. Als ze half in de gang staat, draait ze zich naar hem om. 'O. Kom je zelf ook binnen?'

Hij lacht. 'Jij weet een mens wel het gevoel te geven dat hij welkom is, zeg.'

Ze glimlacht om zijn sarcasme. 'Ik heb nu eenmaal een zwak voor bladerdeeg.' Ze prikt in haar buik. 'Kijk, hier.'

Annie maakt voor hen beiden een cappuccino. Ze gaan met het bord chocoladecroissants op de vloer in de huiskamer zitten. Dat is hun *Trouver siège Kristen*, zoals Rory het noemt: hun Kristen-opsporings-hoofdkwartier.

'Kristen zou kiezen voor een vrouw,' zegt Annie als ze Rory haar lijst met médecins spécialistes de l'obstétrique laat zien. 'Iemand die hoog aangeschreven staat en niet te oud is, iemand die Engels spreekt. De rest heb ik afgestreept, en zo bleven er zesenveertig over.'

Rory knikt. 'Je bent een uitstekend rechercheur, Annie. Zullen we beginnen?'

Annie toetst het eerste nummer in, Rory kijkt toe. Haar hartslag versnelt als er een vrouw opneemt.

'Bonjour, met de praktijk van Docteur Geneviève Fouquet.'

Annie legt uit dat ze haar zus zoekt. Ze vraagt zich af of Kristen Blair, een Amerikaanse, patiënt is bij dokter Fouquet.

'*I am sorry*,' zegt de vrouw in accentloos Engels. 'Die informatie kan ik niet verstrekken, daarmee zou ik het beroepsgeheim schenden.'

Annie knijpt in de hoorn. 'Alstublieft... *s'il vous plaît*. Het is een noodgeval, ik moet het weten.'

'Het spijt me, mademoiselle.' De vrouw hangt op.

Annie kijkt Rory terneergeslagen aan. 'Ze willen me niet te woord staan!'

Rory steekt een vinger in de lucht. 'Let maar eens op.' Hij gaat naar het tweede nummer op de lijst en toetst het in op zijn eigen telefoon, die hij demonstratief op de speaker zet.

Annie hoort Rory melden – niet vragen – dat zijn 'echtgenote' een afspraak heeft. Die moet hij verzetten. Kristen Blair. B-L-A-I-R. Geboortedatum? Hij kijkt Annie aan. Ze glimlacht en schrijft de datum voor hem op. Hij leest het voor aan de vrouw. Ja, hij is er tamelijk zeker van dat ze de laatste keer een nieuwe afspraak heeft gemaakt. Niet? Oké, misschien vergist hij zich. *Merci beaucoup*. Hij verbreekt de verbinding.

'Voilà!' zegt hij met een tevreden grijns tegen Annie.

Annie slaakt een juichkreetje en geeft Rory een high five. Ze veegt de kruimels van haar handen en toetst het volgende nummer van de lijst in, en deze keer geeft ze zich uit voor Kristen Blair. Ze zegt tegen de receptioniste dat ze niet meer precies weet wanneer ze een afspraak heeft. Ze geeft haar geboortedatum en veinst verbazing als ze niet blijkt te vinden in het systeem. Ze verontschuldigt zich voor het misverstand.

'Je bent geniaal, Rory,' zegt ze terwijl ze het volgende nummer erbij pakt. 'En heerlijk sluw. Daar hou ik van.'

'Sluw is goed?'

'Ja! In dit geval wel!'

Binnen een uur hebben ze vijfenveertig van de zesenveertig Engelssprekende vrouwelijke verloskundigen van hun lijst gestreept. Met ieder telefoontje verliest Annie meer moed.

'Shit!' roept ze uit als ze nummer zesenveertig van de lijst streept. Ze pakt nog een croissant en knippert de tranen van frustratie weg. 'Wat moet ik nu doen? Ik moet Kristen redden, maar de hoop is bijna vervlogen!'

Rory pakt haar hand. 'Sst. Dat moet je niet zeggen, Annie.' Zijn ogen staan ernstig. 'Als je zegt dat je geen hoop meer hebt, maak je je eigen woorden nog waar. Jouw zus is ergens in deze stad en wij gaan haar vinden, jij en ik.'

Is dat echt zo? Of houdt Annie zichzelf voor de gek, zoals haar tante, haar opa, haar vader en haar therapeut allemaal beweren? Ze leunt naar achteren, pakt een kussen, drukt dat tegen haar borst en sluit haar ogen. 'Er is iets wat je moet weten, Rory.'

Hij komt naar de bank toe gelopen en gaat met een ernstig gezicht naast haar zitten.

'Ben je zelf zwanger, in plaats van je zus?'

Annie haalt het kussen van haar borst en kijkt naar haar eigen lichaam. 'Nee. Mijn buik is altijd zo dik. Wat ik je moet vertellen gaat niet over mij. Het gaat over mijn zus. Ik geloof namelijk wel dat ze in Parijs is...' Annie bijt op haar lip en hoopt dat ze er geen spijt van zal krijgen dat ze Rory de waarheid vertelt. 'Maar verder denkt iedereen dat Kristen dood is.'

Rory luistert met gefronst voorhoofd als Annie hem vertelt over de ontspoorde trein. 'Even voor de duidelijkheid. Ze zat dus niet in die trein?'

'Jawel... nee... Ik... ik weet het niet.'

Rory bekijkt haar sceptisch, en Annie beseft dat ze klinkt alsof ze knettergek is. 'Moet je horen, ik weet dat het idioot klinkt, maar ik heb goede redenen.' Ze loopt naar het raam en kijkt naar buiten, waar al lichtgroene knopjes aan de takken zitten. 'Ik heb mijn moeder beloofd om Kristen mee naar huis te brengen.'

Ze voelt zijn hand op haar arm. 'Jij moet de heldin zijn, yes? Jij brengt je zusje thuis om je moeder gelukkig te maken.'

'Ja. Maar dat is niet het enige.' Ze wendt haar blik af, want ze voelt zich egoïstisch en schuldig en opgelaten. 'Als ze dood is, heb ik haar namelijk de dood in gejaagd.'

Hij vertrekt geen spier. Annies keel wordt dik, en het liefst zou ze zich naar hem toe buigen en zijn zachte wang strelen.

'Ik heb haar gepusht om de trein van negen uur te nemen. Ze was die morgen zichzelf niet. En ze wilde me iets vertellen, maar ik luisterde niet. Toen is ze vertrokken zonder afscheid te nemen. Ik had achter haar aan moeten hollen. Ik had beloofd een oogje in het zeil te houden. Als ik dat had gedaan, had ze nu nog geleefd.'

Hij steekt zijn kin naar voren. 'Ah. Ich verstehe. Ik begrijp het. Als je zus dood is, is het allemaal jouw schuld.'

Annie houdt haar adem in. Ondanks maanden therapie bij dokter Kittle slaat Rory de spijker op z'n kop.

'Precies.'

'Omdat ze geen eigen wil had. Omdat jij zoveel invloed hebt, Annie, dat je het treinongeluk had kunnen voorkomen als je erbij was geweest.'

'Nee. Ik...'

Hij schudt glimlachend het hoofd en strijkt dan een losse haar van haar wang. 'Waarom zou je schaamte lenen, lieve Annie? Weet je dan niet dat het ook gratis te krijgen is?

32

Erika

Ik rijd op Kates fiets door Market Street naar Lucky Bean Coffee House, mijn ogen nog een beetje glazig van onze nachtelijke capriolen in de jachthaven. De zon verliest vanochtend de strijd van de wolken, en de frisse bries voelt lekker op mijn gezicht.

Ik stuur mijn fiets naar rechts zodat mevrouw Turner, de chagrijnige oude dame die vroeger in het postkantoor werkte, erlangs kan op haar driewieler.

'Goedemorgen,' zeg ik als ze me inhaalt.

Ze laat met een stalen gezicht haar stuur even los om haar duim naar me op te steken. Wat een merkwaardige begroeting.

Als ik de knusse zaak binnenkom, begint mijn maag te knorren bij de geur van koffie en zoete broodjes. Er staat een rij, en ik sluit aan achter een tiener die zijn petje achterstevoren draagt, waardoor hij me doet denken aan een brutale jonge versie van Curtis Penfield. Opeens voel ik een steek van spijt. Hoe heb ik Curtis zo kunnen vernederen? Hij woont hier. Ik kan over een paar dagen vertrekken, maar hij blijft achter op het eiland.

Een knappe blonde barista kijkt naar me op, wijst in mijn richting en knipoogt. Ik draai me om in de veronderstelling dat ze iemand anders moet hebben.

Vanaf haar tafeltje bij het raam komt Judy Graves naar me toe gelopen.

'Ik wacht al mijn hele leven tot iemand die opgeblazen eikel eens op z'n nummer zet,' zegt ze, zo hard dat iedereen het kan horen. Ze steekt haar meeneembeker koffie omhoog. 'Namens alle vrouwen op het eiland: goed gedaan, Riki.'

Er begint iemand te klappen en anderen doen mee. Er gaat gejuich op. Ik kijk van het ene gezicht naar het andere, en langzaam verschijnt er een glimlach om mijn mond. Misschien deed toch niet het hele eiland mee aan die weddenschap van Curtis. Misschien waren het alleen Casey en Tatoeage en die paar achterblijvers aan de bar.

Met mijn borst naar voren gestoken van trots ga ik aan een tafeltje bij de haard zitten en open mijn mail. Er is een update van Allison met een lijst van alle appartementen en klanten. Ze eindigt haar bericht met: *By the way, we hebben nog zevenentwintig dagen om Fairview te verkopen. Maar maak je geen zorgen, ik ben alle makelaars in de stad aan het benaderen. Je bent toch wel op tijd terug voor het open huis van dinsdag, hè?*

Mijn van trots opgeblazen borst zakt in. Waar ben ik aan begonnen? Zestien appartementen in minder dan een maand, dat lukt me nooit! Net als de wanhoop dreigt toe te slaan, denk ik aan het verschil tussen wat belangrijk is en wat er echt toe doet. Ik denk aan Annie die in Parijs haar zus aan het zoeken is. Ik denk aan Jonah die moeizaam opnieuw leert lopen. Mijn gedachten gaan naar Kate, die op zoek is naar de liefde. Het verkopen van die appartementen is belangrijk, maar in het grote geheel doet het er misschien niet zoveel toe als ik dacht. Dat besef maakt een groot verschil.

Ik negeer Allisons mail en glimlach als ik het bericht van Tom Barrett zie dat gisteren binnenkwam toen ik bij The Mustang wegging. Ik was het bijna vergeten.

Hoi, Erika.

Zo leuk om je te spreken gisteravond – of voor jou gistermiddag. Ik hoop dat ik niet te veel van je tijd in beslag genomen heb. Het was voor mij heel, heel lang geleden dat ik zo'n prettig gesprek heb gevoerd. Sterker nog: ik moet je eerlijk zeggen dat ik al klaar zat op de bank voor de wedstrijd tussen de Washington Wizards en de Cavaliers toen je belde. Die slimme dochter van je heeft de tv-uitzending gestreamd. Mocht je dat niet weten: de Cavs zijn onze grootste rivaal. Ik was van plan om het gesprek kort te houden en snel naar de wedstrijd te gaan kijken. Maar... hoe zal ik het zeggen? Jij... bleef me boeien.

Tot onze volgende telefoonmarathon,
Tom

Ik staar naar de e-mail. Ik bleef hem boeien? Mijn hand gaat naar mijn hoofd. Mijn haar zit weggestopt onder een roze honkbalpet, mijn nagels zijn kortgeknipt en ik heb de laatste wimperextensions losgetrokken. Het pak draag ik niet meer, dat heb ik verruild voor een yogabroek van Kate en een paar sneakers. En ik voel me beter op me gemak, meer mezelf, dan ik me in jaren heb gevoeld.

In een opwelling googel ik 'professor Thomas Barrett, Georgetown'. Er verschijnen een stuk of tien linkjes, de meeste naar artikelen in wetenschappelijke tijdschriften. Ik klik de eerste link aan. De samenvatting van het artikel staat vol met éénlettergrepige woorden die ik niet eens kan uitspreken, laat staan dat ik weet wat ze betekenen. Onderaan in een hoek zie ik een foto van een leuke man met een prachtige glimlach. Hij ziet er ouder uit dan de 'vader van in de dertig' met een dochtertje van vijf die ik had verwacht. Hij is eerder van mijn leeftijd, schat ik.

Dan kijk ik op, me plotseling bewust van de stilte in de koffiezaak. Mijn glimlach verdwijnt. In de deuropening staat Curtis Penfield, in een strakke spijkerbroek en met een pilotenzonnebril op. Hij zet de bril af en laat zijn blik langzaam door het vertrek gaan.

Ik zak onderuit in mijn stoel. Laat me alsjeblieft verdwijnen. Ik trek de klep van mijn pet omlaag en doe alsof ik iets zit te lezen op mijn laptop.

Kort daarna ruik ik zijn ranzige dennengeurtje. En dan zie ik zijn knokkels op mijn tafeltje en voel ik zijn starende blik.

'Onze comédienne,' zegt hij. 'Hoe kón je zoiets doen.'

'Wat precies?' vraag ik terwijl ik naar hem opkijk, en ik recht mijn rug. 'O, je bedoelt dat ik doorhad dat je tegen iedereen doet alsof wij seks hebben gehad. Ja, ongelooflijk, hè? Hoeveel heeft je dat eigenlijk gekost?'

'Geloof het of niet, Riki, ik wilde je alleen maar helpen.'

'Helpen? Noem je dat zo? Want waar ik vandaan kom noemen we dat iemand gebruiken.'

'Noem het zoals je wilt,' zegt hij, en daar is die brutale grijns weer. 'Ik hoopte de mythe te ontkrachten dat Riki Franzel niks meer is dan een frigide ouwe trut.'

De muren komen op me af. Het liefst zou ik in snikken uitbarsten. En een week geleden zou ik dat ook gedaan hebben. Vandaag pleister ik een glimlach op mijn gezicht en kijk hem strak in de ogen.

'Wat ik je al een tijdje wil vragen, Curtis, zijn jouw ouders broer en zus?'

* * *

Ik neem niet de moeite mijn laptop in te pakken. Zodra Curtis uit het zicht is, loop ik de koffiezaak uit en spring op mijn fiets. De wind snijdt in mijn gezicht en ik trap harder, sneller, in een poging Curtis' wrede woorden achter me te laten.

Winkels, hotels en Kates huis trekken in een waas voorbij als ik langsrace en het huis van mijn vader komt in zicht. Ik wend mijn gezicht af, maar ik zie nog net de vitrage voor het raam van de slaapkamer, de laatste plek waar ik mijn moeder een afscheidskus heb gegeven. Ik probeer het bitterzoete beeld terug te halen waarover ik jarenlang heb gefantaseerd: mijn moeder die in de deuropening staat met Kate op haar heup. Ze geeft me mijn lunchtrommeltje en drukt een kus op mijn voorhoofd. 'Lief zijn. Doe je best.'

Maar in plaats daarvan verschijnt er een duisterder plaatje. Ik ga harder fietsen, in de hoop dat de herinnering zal verwaaien in de wind.

Dat gebeurt niet.

* * *

Die bewuste ochtend sloop ik op mijn tenen de donkere kamer van mijn ouders binnen met de kleine Kate in mijn armen, die ik net had verschoond en gevoed. Mijn vader was al naar zijn werk. Ik boog me naar mijn moeders hoofd op het kussen. 'Ik ga, mama.'

Ze draaide zich op haar zij, haar geklitte haar viel voor haar gezicht. Haar slaphangende kaak, de gesloten ogen en haar zware ademhaling zeiden me dat ze sliep. Kate werd lastig, ik suste haar. Ik zocht haar speentje tussen de lakens, stopte het in haar mond en legde haar naast mijn moeder op het matras.

'Lief zijn, Katie,' fluisterde ik tegen mijn zusje van anderhalf, en ik gaf een kusje op haar hoofd. Ik schudde aan mijn moeders arm.

'Je moet wakker worden, mam. Je kunt niet de hele dag liggen slapen.'

Haar ogen gingen knipperend open. Zo lag ze naar me te staren, alsof er een engel aan haar was verschenen. Ze legde een warme handpalm tegen mijn wang. 'Blijf vandaag thuis bij je zusje,' fluisterde ze... smeekte ze.

Ik legde mijn hand op de hare. 'Dat kan niet. Ik ben aan de beurt om de hamsters te voeren op school. De vorige keer was ik er ook al niet, en juf Murray zegt dat ze mij nooit meer zal uitkiezen als ik het nog een keer oversla.'

'Alsjeblieft, Riki.' Zelfs in de donkere kamer kon ik mijn moeders smekende blik zien. 'Het is de laatste keer, dat beloof ik.'

Maar het was nooit de laatste keer. Dat had ik inmiddels wel geleerd.

De vloerplanken kraakten toen ik een stapje naar achteren deed. Mijn moeders arm viel slap langs het bed. Ik pakte hem beet, stopte hem onder het laken en gaf een kus op haar wang. 'Ik beloof je dat ik meteen na school naar huis zal komen. Ik hol zo hard als ik kan.'

'Blijf nou hier,' zei ze nog een keer. 'Daarna zal ik het nooit meer van je vragen.'

Hoe kon ik weten dat ze die keer de waarheid sprak?

* * *

Ik race het hele eind naar Port aux Pins en minder pas vaart als ik daar aangekomen ben. Mijn fiets trilt als ik van de weg af schiet, een grindpad vol dennennaalden op. Ik gooi de fiets op het pad en ren naar het meer.

Er is een grijze sluier over de hemel gedrapeerd. Ik sta aan de oever te kijken naar het onrustige water, dat nu bijna helemaal ijsvrij is, en ik voel de haat in me kolken, haat voor deze afgelegen plek die me mijn moeder heeft afgenomen... en mezelf. Woest kijk ik naar de hemel.

'Waarom?' Mijn kreet wordt gedempt door de noorderwind die over het water giert. Ik heb me nog nooit zo afgezonderd gevoeld. Niemand kan me zien, niemand kan me horen. Voelde mijn moeder zich ook zo?

'Waarom heb je me in de steek gelaten?' brul ik. 'Ik had je nodig! Hoe kon je bij me weggaan, mama?'

Ik stoot een bloedstollende schreeuw uit. En nog een. Zo blijf ik mijn woede uiten tot mijn keel er rauw van is en de akelige verbittering die in me woekerde eindelijk is uitgewerkt. Snikkend leun ik met mijn armen tegen een boomstam.

Dan verschijnt er een gezicht voor mijn geestesoog, nietsziend en opgeblazen. Ik slaak een kreet en deins achteruit. De gelaatstrekken van mijn moeder gaan langzaam over in die van Kristen, haar schoonheid bijna onherkenbaar verkoold. Bijna onherkenbaar, maar niet helemaal.

'Nee!'

Ik sla mijn handen voor mijn gezicht en schud mijn hoofd om het beeld te verdrijven.

Kates woorden stuwen me voort. *Sluit vrede met je verleden. Je toekomst is ervan afhankelijk.*

Ik knijp mijn ogen stijf dicht en druk mijn handen tegen mijn oren. Voelen is te pijnlijk. Maar nee, niet voelen is nog pijnlijker.

Ik klap dubbel en grijp naar mijn ribben. Al het opgekropte verdriet komt eruit. Ergens in de verte galmt het geluid van een gewond dier over de baai. Dan besef ik dat ik het zelf ben.

'Ik mis je zo.' Ik laat me op mijn knieën zakken. Mijn tranen zijn als glasscherven, snijdend, brandend, vernietigend. 'Hoe moet ik zonder jou leven?' Ik adem haperend in. 'Het spijt me zo. Ik had er voor je moeten zijn. Ik had je moeten beschermen.' Voorbijflitsende beelden. Kristen. Annie. Mijn moeder. Ikzelf als meisje van tien. De tranen en het snot lopen over mijn gezicht.

'Het spijt me zo,' fluister ik nog een keer. 'Ik had hulp voor je moeten zoeken. Ik wilde niet geloven dat je ziek was.'

Ik weet niet hoe lang ik daar zo heb gelegen als ik geritsel achter me hoor. Ik vlieg overeind. De takken van een esdoorn veren terug alsof iemand ze zojuist heeft losgelaten. Met bonzend hart stap ik het dichte struikgewas in. 'Wie is daar?'

Er komt geen antwoord.

Ik laat me weer op de vochtige grond vallen en begraaf snikkend mijn hoofd in mijn handen. Als ik na lange tijd opkijk, bestudeer ik de blauwzwarte tinten van het water en de zon die wordt weerkaatst op de golven. Zo af en toe duikt er een plaat ijs op, als een kind dat kiekeboe speelt.

Als ik naar de hemel kijk, dringt het tot me door dat er iets is veranderd in mijn boosheid. Ik ben niet meer als verdoofd. In plaats daarvan word ik vervuld door een ijzige, pijnlijke liefde voor een jonge vrouw die er eens was en er nog steeds zou moeten zijn, maar ze is er niet meer.

Mijn moeder. Mijn dochter. Ikzelf.

En van ons drieën is er maar één die het vermogen heeft om door te gaan.

* * *

Ik ben op de terugweg halverwege het dorp als ik het geluid van een motor hoor. Ik kijk omhoog en zie een eindje verderop een vliegtuig dalen. Eerst sta ik er niet bij stil, maar dan is het alsof ik een klap met een honkbalknuppel tegen mijn schedel krijg. Er landt iemand op het eiland. De landingsbaan is weer open.

Ik keer mijn fiets en rijd erheen. Ik kan vertrekken. Eindelijk kan ik van dit godvergeten eiland af. Waarom fiets ik dan niet harder?

* * *

Bij het vliegveld aangekomen zet ik mijn fiets tegen een bijgebouw en loop op een drafje over het asfalt naar het eenmotorige chartertoestel. Er stappen twee passagiers uit, gevolgd door de piloot. Ik zwaai om zijn aandacht te trekken en struikel bijna over een scheur in de landingsbaan. Wacht eens, dit is geen nieuw asfalt. Ik kijk om me heen. Nergens een vrachtwagen of machine te zien.

Bij het vliegtuig aangekomen is het gebrul van de motor bijna oorverdovend. 'Kan ik een vlucht naar het vasteland boeken?' vraag ik aan de piloot.

Hij pakt een tas uit het bagageruim en geeft die aan de man die naast hem staat. 'Ik ga nu terug. De volgende vlucht is pas volgende week.'

Ik kan eindelijk naar huis. Dit vliegtuig staat hier en kan me meenemen. Maar ik heb meer tijd nodig met Kate. Ik wil nog eens terug naar Molly en de kinderen. Ik moet nog een keer theedrinken met mevrouw Hamrick. Ze zoekt detectives voor me uit.

'Kunt u over een paar dagen terugkomen?' roep ik boven de draaiende motor uit.

'Het is nu of volgende week. Kies maar.'

Ik knik. 'Ik moet mijn tas halen. Ik kan over twintig minuten terug zijn.'

Hij kijkt op zijn horloge. 'Ik geef je een half uur.' Hij haalt een formulier uit zijn zak. 'Op welke naam?'

'Riki Franz–' Wacht. Bijna had ik mijn eilandnaam gebruikt. 'Blair,' zeg ik dan. 'Erika Blair.'

'Ben jij de dochter van Cap Franzel?'

Ik knik.

Dan gooit hij de deur van het bagageruim dicht. 'Jij staat op de *no-fly list*.'

33

Erika

Ik zie een flits van zijn flanellen geruite overhemd als ik het houten huis nader. Hij is buiten, sleept in de achtertuin zijn oude kapiteinsstoel uit het aluminium schuurtje. Hij ziet me niet. Zelfs van deze afstand zie ik hem hijgen en puffen met de stoel in zijn armen, die hij als een kersverse bruid door de tuin zeult. Al zijn spieren en de aderen in zijn hals staan strak van de inspanning. Die kerel is verdomme nog steeds zo sterk als titanium.

Het bloed stijgt naar mijn hoofd, en ik haast me naar hem toe. 'Hé!' roep ik van dertig meter afstand.

Hij rekt zijn hals. Onze ogen ontmoeten elkaar en ik word bijna verblind van woede. Dan wendt hij zijn hoofd af en loopt door naar een rode kar. Ik volg hem.

'Hoe durf je me hier vast te houden! Ik weet wat je hebt geflikt. De startbaan hoefde helemaal niet gerepareerd te worden.'

Hij zet de kapiteinsstoel neer en veegt zijn handen af. Ik staar hem aan, met kramp in mijn keel van frustratie, zo hevig dat de woorden niet willen komen. 'Gooi het er maar uit!' zei mijn vader vroeger altijd, waardoor ik alleen maar erger ging hakkelen. Maar dat is lang geleden, ik ben niet meer dat bange meisje dat niet uit haar woorden kwam. Ik haal diep adem en dwing mezelf om hem recht in de ogen te kijken.

'Waarom?' vraag ik. 'Waarom moet je zo wreed zijn?'

Hij wendt zich van me af en loopt in de richting van het huis, alsof ik onzichtbaar ben. Mijn armen en benen trillen van de opgekropte woede en frustratie.

'Jij hebt gisteren gewoon toegekeken hoe ik mezelf vernederde. Je wist waar Curtis mee bezig was, of niet soms? Wat voor vader doet zoiets? Nou? Je bent een gemene schoft.' Mijn hart gaat tekeer. Ik ben te ver gegaan. Ik heb nooit op deze manier tegen hun durven spreken – niemand praat zo tegen mijn vader.

Uiteindelijk draait hij zich om. Zijn rode gezicht is vlekkerig en zijn scheve mond grotesk. 'Ga je spullen pakken.'

Mijn hoofd loopt om. 'Welke spullen? Waar heb je het over?'

'Ik breng je naar het vasteland.' Zijn laarzen dreunen op de verweerde planken als hij het trapje van de veranda op loopt.

Heeft hij daarom zijn kapiteinsstoel uit de schuur gezeuld? Gaat hij de boot weer te water laten? Voor mij? Schaamt hij zich voor me? Heeft iemand mijn inzinking gezien en erover verteld aan mijn vader? Wil hij nu zijn gestoorde dochter hier weg hebben?

'Jij... Is... is dat wel verantwoord?' Ik denk aan de sterke stroming, het drijvende ijs, aan de Titanic. Ik denk aan mijn moeder.

'Jij wilt hier weg, ik breng je weg.'

'Doe niet zo idioot, ik ga mijn leven niet wagen. Zeg gewoon tegen die piloot dat ik mag vliegen, dat jij het goedvindt.'

'Jacobs is allang weg. Die komt pas over een week weer terug. Pak je spullen,' zegt hij nog een keer. 'We vertrekken over een uur.'

* * *

Ik prop mijn blouse en mijn make-up in mijn weekendtas, leeg, doodsbang en volkomen verward. Waarom heeft mijn vader me eerst hier vastgehouden en staat hij er nu ineens op dat ik vertrek? Ik wil niet weg. Nee, dat is niet waar. De dochters die ik kwam halen zijn hier niet. Natuurlijk wil ik hier weg – alleen niet op deze manier.

Ik pak mijn jas en mijn handtas. Voordat ik Kates huis uit loop, kijk ik nog een keer om me heen. Een onverwachte baan zonlicht schijnt door het erkerraam naar binnen, een strook goud. Het licht valt precies op de roman van Nicholas Sparks die Kate aan het lezen is, die onderstboven op het tafeltje bij de bank ligt. Daarnaast staat Kates koffiebeker met de opdruk *Wake up and dream!* Ik glimlach en tik tegen mijn denkbeeldige hoed. Dan loop ik naar buiten.

* * *

Op weg naar de aanlegsteiger ga ik langs bij Seabiscuit. Mijn zus zit op een kruk aan de bar iets te lezen op haar iPad.

'Ik ga weg,' zeg ik.

'Nu?' Ze wipt van haar kruk. 'Je kunt niet weggaan, ik ben nog niet klaar met je.'

Opnieuw vraag ik me af of eenWonder in werkelijkheid Kate is. Maar ik heb geen tijd om haar uit te horen. 'Pa brengt me naar het vasteland.'

'Hè? Hoe dan? Toch niet met die oude vissersboot?'

'Ik heb geen idee. Het was geen aanbod, het was een bevel.'

'Is hij gek geworden?' Kate werpt haar schort af. 'Verderop ligt nog steeds ijs op de Straat.'

Ik krijg koude rillingen en wrijf over het kippenvel op mijn armen. 'Komt goed. Hij is een prima kapitein.'

'Er is geen betere,' zegt Kate. 'En het weer gaat omslaan. Waarschijnlijk beseft hij dat je hier god weet hoe lang vast zult zitten als hij je vandaag niet van het eiland vaart. Je leven staat al lang genoeg in de wacht.'

De eenzaamheid grijpt me bij de strot en knijpt mijn keel dicht. Ik schud mijn hoofd en dwing mezelf om te glimlachen. 'Ja. Ik heb bezichtigingen en klanten. Dinsdag is er een belangrijk open huis voor collega's en...'

Ze slaat een hand voor haar mond en ik zie tranen glinsteren tussen haar wimpers. 'Doe het niet.'

'Ga met me mee.' Ik pak haar handen. 'Ga mee naar New York. Kom bij Annie en mij wonen. Je zou in de beste restaurants kunnen werken, je kunt vier keer zoveel verdienen als hier.' Ik hoor de wanhoop in mijn stem, maar ik kan er niets aan doen. 'Of ik koop een koffiezaakje voor je. Je hebt altijd een koffie...'

'Dat kan ik niet, Rik.' Ze glimlacht naar me, haar blik is liefdevol. 'Ik vind het hier fijn. Ik ben niet gemaakt voor de stad, dat weet je.' Ze geeft een stomp tegen mijn arm. 'Maar ik kom wel naar de steiger om het themanummer van *Titanic* te spelen als pa en jij vertrekken.'

Ik onderdruk een glimlach. 'Heel fijn.' Ik slik een enorme brok in mijn keel weg. Hoe kon ik mezelf wijsmaken dat ze met me mee zou gaan? 'En over een paar weken,' zeg ik, 'ga je op vakantie met Max, toch?'

Ze knikt, haar ogen schitteren. 'Ik denk dat hij me ten huwelijk gaat vragen, Rik.'

Ik geef een kneepje in haar arm en hoop in stilte dat het hart van mijn zusje niet gebroken zal worden.

'We gaan samen hier op Mackinac wonen,' vervolgt ze.

Haar leven ontvouwt zich voor mijn ogen. Ik zie mijn zus de komende jaren onafgebroken ploeteren in haar uitzichtloze baan.

'O, Katie,' zeg ik hoofdschuddend. 'Ik snap gewoon niet dat je wilt wonen op een eiland waar ze niet waarderen wat je allemaal te bieden hebt.'

Ze kijkt me glimlachend aan. 'Grappig, ik vraag me van jou hetzelfde af.'

* * *

Er heeft zich een groepje mannen verzameld bij de aanlegsteiger, en zelfs van een afstand kan ik hun opgewonden gepraat horen. Ze zijn hier als getuigen van Cap Franzels aangrijpende poging om zijn dochter naar het vasteland te krijgen.

De vertrouwde geur van diesel bereikt mijn neusgaten. Ik baan me een weg door de menigte en zie aan het einde van de steiger de oude vissersboot liggen, pruttelend en rook uitbrakend. Mijn vader staat aan het roer met een wollen muts diep over zijn ogen getrokken. Hij heeft zijn stokoude regenpak aan: broek met bretels, gele canvas jas en rubberlaarzen. Hij knikt en steekt een hand naar me uit.

Ik aarzel, mijn hart gaat tekeer. Ik wil niet vertrekken. Het is te gevaarlijk.

'Kom op nou,' zegt hij bars.

Ik leg mijn hand in zijn verweerde handschoen en stap van de betonnen aanlegsteiger. De boot wiebelt hevig als ik mijn eerste voet aan boord zet. Ik verlies mijn evenwicht. Ik kijk naar mijn vader, maar hij heeft me al de rug toegekeerd.

Als ik wat steviger sta, loop ik naar een metalen bankje en berg mijn tas eronder op. De wind steekt op vanaf het water en ik duik weg in mijn jas.

De stemmen galmen door elkaar heen. Het lijkt wel of iedereen advies heeft voor Cap Franzel. *Niet harder varen dan vijf knopen. Kijk goed uit voor ijsschotsen. Wees voorzichtig als je bij het midden van de Straat komt, daar schuilt het gevaar.*

'Jullie hoeven mij goddomme niet uit te leggen wat ik moet doen.'

'Luister,' zeg ik, maar niemand lijkt te luisteren. 'Ik hoef niet per se weg.'

De ouwe Perry bemoeit zich ermee. 'Cap heeft gevaarlijkere wateren overgestoken dan jullie allemaal bij elkaar, stelletje watjes. Als hij zegt dat hij het kan, dan kan hij het.'

Maar waarom? Ik kijk naar het donkergrijze water. Boven onze hoofden hangen dikke wolken, als een engelenkoor dat ons uitgeleide komt doen. Waarom is mijn vader bereid zijn leven te wagen, en dat van mij, om me van het eiland te laten vertrekken nadat hij me hier een week heeft vastgehouden? Opnieuw vraag ik me af of iemand mijn inzinking bij Point aux Pins heeft gezien. Heeft diegene Cap Franzel verteld dat zijn dochter doordraaide? Of wil hij gewoon van me af?

Een bulderende stem haalt me uit mijn overpeinzing.

'No fucking way!'

Als ik opkijk, zie ik Curtis Penfield aankomen. Hij baant zich een weg naar voren door de menigte. 'Cap, met alle respect, je kunt het water nu niet oversteken. Halverwege de Straat stikt het van de ijsschotsen. Eén klap tegen dit metalen bootje en het zinkt als een blok cement.'

'Val dood jij,' zegt mijn vader, en hij maakt de boelijn los.

'Cap weet wat hij doet,' zegt Perry.

Dan houden mijn zenuwen het niet meer. 'Stop, pap!' Ik leun naar voren en roep boven de draaiende motor uit: 'Dit is gekkenwerk. Laten we wachten, ik hoef niet...'

De blik die hij me toewerpt is zo giftig dat de woorden in mijn keel blijven steken.

Als ik omkijk, treft mijn blik frontaal die van Curtis. Hij lacht wrang naar me, maar ik zie ook iets van angst in zijn ogen. 'Tot de volgende keer, schoonheid.'

Misschien maakt hij me belachelijk. Misschien ook niet. Maar in vergelijking met een week geleden is het machtsevenwicht verschoven. Ik ben niet meer zo zwak als toen. En dat weet hij ook.

'Sorry van gisteravond,' zegt hij. Aha, nu gaat hij aardig doen, omdat hij weet dat ik best eens zou kunnen verzuipen het komende uur.

'Mij ook,' zeg ik om dezelfde reden.

Grijnzend tikt hij tegen zijn hoed. '*Bon voyage*.' Dan kijkt hij naar mijn vader. 'Jij ook, ouwe mafkees.'

Mijn vader werpt hem een touw toe. Curtis vangt het en duwt de boot met zijn voet van de kant.

* * *

'Alsjeblieft,' zeg ik smekend als we weer een drijvende ijsschots raken. 'Keer om. Ik hoef niet weg.'

Mijn vader staat met zijn rug naar me toe aan het roer en staart over het water alsof hij me niet hoort. Ik zit achter hem op het metalen bankje met een reddingsvest om, en ik knijp zo hard in de reling dat mijn hand er pijn van doet.

De boot vaart nu heel langzaam, alsof we door een donker, gevaarlijk mijnenveld sluipen – een mijnenveld dat deint en wiebelt en zo nu en dan uit het zicht verdwijnt door een hoge golf, die ijskoud water over de boeg spuit.

Ik houd mijn blik gericht op het vasteland en bid in stilte. Ik bid voor Annie, voor Kristen, voor mijn moeder en mijn zus. En zelfs voor mijn vader.

De wind striemt in mijn gezicht en ik houd mijn adem in. Ik ga dood.

Mijn woorden komen snel en ongecensureerd. 'Waarom? Waarom ben je zo wreed?'

Kwaad kijk ik naar de achterkant van zijn regenjas. Het water druipt van het geoliede canvas terwijl ik wacht op een antwoord dat niet komt.

'Waarom ben ik nooit genoeg voor je geweest?' roep ik boven de gierende wind uit.

Hij laat de motor loeien, ongetwijfeld zijn manier om te zeggen dat ik mijn mond moet houden. Maar dat kan ik niet. Mijn angst jaagt me op en ik voel een wanhopige behoefte aan antwoorden.

'Hoe komt het dat je nooit van me hebt gehouden? Kun jij eigenlijk wel van iemand houden? Mama zou nog geleefd hebben als we van jou niet zo nodig hadden moeten verhuizen!' Zodra de woorden mijn mond uit zijn, word ik vervuld van spijt en schaamte en afschuw.

Hij draait zich naar me toe, zijn gezicht paars en vlekkerig, nat van de opspattende druppels. 'Je weet er verdomme niks van.' Zijn ogen fonkelen, en het ziet eruit alsof hij vecht tegen de tranen. Maar dat is onmogelijk, Cap Franzel huilt niet. Nooit. Als hij het woord weer neemt, klinkt zijn stem schor. 'Ik breng je weg, het eiland af. Is dat niet genoeg?'

Ik denk terug aan mijn inzinking bij Port aux Pins vanmiddag, toen ik een tak hoorde knappen. Was mijn vader daar? Heeft hij me gezien? En nu brengt hij me weg, van het eiland af; is hij bang dat ik gek zal worden als ik blijf? Of heeft hij het over vijfentwintig jaar geleden, toen hij me liet vertrekken om te gaan studeren?

'Waarom moest ik weg?' luidt mijn al even vage wedervraag. 'Ik zou gebleven zijn. Kate had me nodig.'

Hij kijkt weer naar het water en bet zijn gezicht met een zakdoek, maar ik krijg geen antwoord op mijn vraag.

* * *

Het schemert als ik vanaf de boot het vasteland op stap. Mijn knieën dreigen het te begeven en mijn hele lijf trilt. Mijn vader gooit mijn tas op de kade. Voor me zie ik de lichten van de taxi die klaarstaat op het verlaten parkeerterrein, zoals ik had geregeld.

'Blijf vannacht hier,' zeg ik tegen mijn vader. Want hoe kwaad ik ook op hem ben, ik moet er niet aan denken dat hij dezelfde oversteek nog een keer gaat maken. Ik graai in mijn tas naar mijn portemonnee. 'Laat me een hotel voor je boeken. Het is te gevaarlijk op het water.'

Bij wijze van antwoord pakt hij zijn zender en blaft: 'Penfield Marina, dit is Lodestar. Ik kom terug, over en uit.'

'Nee!' roep ik. 'Doe niet zo stom! Ik laat je niet alleen oversteken!'

Voor het eerst kijken we elkaar in de ogen. 'Wat maakt het jou verdomme uit? Ik ben die gestoorde lul aan wie iedereen de pest heeft, het vervloekte monster dat jou en je moeder heeft weggehaald uit het paradijs.'

Ik staar in zijn waterige ogen, verlamd van angst en besluiteloosheid. Want hoe graag ik hem ook de rug zou toekeren, ik kan het niet. 'Dan ga ik met je mee terug,' zeg ik.

Hij maakt het touw los. 'Schiet op, je taxi wacht. Ga weer naar je eigen leven. We hebben je lang genoeg opgehouden.'

'Koppige ezel,' mompel ik zacht.

'Niks anders dan jij.' Hij draait de sleutel om en de boot komt bulderend tot leven. 'Gedraag je,' zegt hij nors.

Duizend herinneringen. Mijn vader aan mijn zij op de begrafenis van mijn moeder, zijn grote, ruwe knuist op mijn knie, een kneepje telkens wanneer ik begin te huilen. *Gedraag je*. De dag dat ik mijn spullen pakte om te gaan studeren, boos en verbitterd omdat hij me wegstuurde. *Gedraag je.*

Hij maakt de boot los van de steiger. Ik moet tegen hem zeggen dat het me spijt. Misschien is dit de laatste keer dat ik hem zie. Ik wil een laatste omhelzing – een eerste omhelzing.

'Je dochter is dood. Daar doe je niks aan. Laat dat nu eens tot je doordringen.'

Iedere gedachte aan een omhelzing verdwijnt. Mijn lichaam verandert in ijs.

'En de dochter die nog leeft heeft je nodig.'

Mijn hart bonst pijnlijk. 'Dat jij één week met Annie hebt doorgebracht maakt je nog niet tot een expert!'

'Dat jij haar hele leven met haar doorbrengt maakt jou ook geen expert.' Hij duwt de boot af van de steiger. Ik neem mijn hoofd in mijn handen. Hij vertrekt!

'Hoe durf je zo begaan te zijn met je kleindochters terwijl je om mij nooit ook maar ene moer hebt gegeven?'

Hij staart in de verte, zijn stem is schor. 'Ik moest toch ergens beginnen.'

Ik kijk toe hoe hij wegvaart, het water op dat mijn moeder heeft verzwolgen.

'Pap!' schreeuw ik. 'Niet weggaan!' Maar mijn stem gaat verloren in het geloei van de motor. 'Stop! Kom terug!'

Het motorgebrul neemt af, en naarmate het meer verdwijnt, komt het antwoord op mijn vraag tot me. Mijn vader wilde me van het eiland hebben omdat hij bang was voor wat ik zou doen als ik was gebleven. Mijn moeder heeft hij niet kunnen redden, dus moest hij in ieder geval mij redden.

* * *

Ik ren naar de taxi, trillend over mijn hele lijf. 'Ik kan pas weg als die boot terug is op het eiland,' zeg ik tegen de chauffeur. 'Ik betaal u voor het wachten.'

Hij haalt zijn schouders op. 'Ik heb toch niks beters te doen.'

Ik ijsbeer over het parkeerterrein en staar over het water. De hemel in het westen is van grijs overgegaan in paars. Dan pak ik mijn telefoon en bel Kate.

'Ik had hem niet moeten laten gaan,' zeg ik, en mijn woede en frustratie keren in volle hevigheid terug. 'Ik had sterker moeten zijn, voet bij stuk moeten houden.'

'Die man laat zich niet tegenhouden als zijn besluit eenmaal vaststaat. Dat weet je.'

'Hij gaat dood, Kate. En ik ben zo bot tegen hem geweest.' Ik knijp in mijn voorhoofd en vertel mijn zus over het grimmige gesprek. 'Stel dat...' Mijn stem hapert. 'Stel dat dit de laatste woorden zijn die ik ooit met hem heb gewisseld?'

* * *

Zevenentachtig minuten later komt het telefoontje. 'Hij is thuis.'

Ik druk een hand tegen mijn hart. 'Goddank!'

'Rik?' zegt Kate. 'Weet je nog hoe bang je was dat jouw woorden tegen hem de laatste waren geweest?'

'Ja.'

'Zorg ervoor dat dat niet het geval is, oké?'

34

Erika

Het is kwart over vijf 's ochtends als ik de plafondverlichting aanknip en mijn kantoor wek na een gat van een week. De komende twee uur ben ik de enige hier bij Lockwood Agency. Ik zie een stapel dossiermappen liggen, en naast mijn computer staat Allisons koffiebeker, compleet met bubblegumroze lippenstiftvlekken. Ze heeft het zich kennelijk gemakkelijk gemaakt in mijn kantoor. Ik neem me voor om binnenkort een keer met haar te gaan lunchen en haar te waarschuwen dat ze wat meer plezier moet maken; het echte leven speelt zich niet af in dit muffe kantoor.

Ik pak een stapel post van de afgelopen week van mijn bureau en leg hem dan meteen weer terug. Vervolgens trek ik een la open en haal er een post-it-blocnote uit. Uit mijn hoofd schrijf ik de spreuken op en plak ze op mijn computerscherm: een geheugensteuntje om het verleden te accepteren, het los te laten en door te gaan.

Dan kom ik achter mijn bureau vandaan en loop naar het raam. Eenentwintig verdiepingen lager wordt de stad wakker. Ik bijt op de nagel van mijn duim terwijl ik kijk naar de stoet achterlichten die traag over de Queensboro Bridge kruipt. Op de East River zie ik een veerboot, de lichtjes twinkelend, die forenzen naar de stad brengt. Ik ben benieuwd of de kapitein van die boot een dochter heeft. Een dochter voor wie hij bereid is zijn leven te wagen.

Mijn handen trillen als ik zijn nummer intoets. Hij moet wakker zijn. Deze man doet dutjes – hij slaapt nooit. Zijn stem klinkt nors als hij opneemt.

'Goedemorgen,' zeg ik met bonzend hart. 'Met mij.'

'Je bent vroeg op.'

'Ik heb de hele nacht niet geslapen. Ik heb veel nagedacht. Ik wilde...' Ik knijp in de telefoon. 'Ik wilde je bedanken. Ik vind het echt fijn wat je gisteren voor me hebt gedaan.'

'Ach, je moest naar je werk.'

Mijn vader bedoelt het sarcastisch, dat weet ik zeker. Ik wrijf over mijn voorhoofd en probeer me niet door hem van mijn stuk te laten brengen. 'Inderdaad. Ik ben nu op kantoor.' *Ik kan een wedstrijd winnen, pap. Ongelooflijk, hè? Je dochter behoort tot de beste makelaars in New York.*

'Dus geen gezeur meer dat je naar huis moet. Je bent terug waar je thuishoort, om poepchique huizen te verkopen en meer geld te verdienen dan je in drie mensenlevens kunt uitgeven.'

Ik haal diep adem en dwing mezelf om kalm te blijven. 'Ik spaar voor later, pap. Mijn dochters hebben straks...'

'Dochter. Enkelvoud.'

Godverdomme! Ik haal nog een keer diep adem. En nog eens. 'Ja. Enkelvoud. Nou ja, ik wilde je alleen even bedanken.'

'Oké.'

Mijn kin trilt en mijn keel wordt dichtgeschroefd. Waarom is het zo moeilijk om met die man te praten? 'Pap, sorry voor wat ik laatst zei, toen we de oversteek maakten.'

'Wat zei je dan? Dat weet ik niet meer.'

Verdomme! Je weet heel goed wat ik heb gezegd! Ik doe mijn ogen dicht en probeer al mijn begrip aan te spreken, de compassie terug te halen die ik voelde toen we samen op de boot zaten.

'Ik had je niet de schuld mogen geven van mama's dood. Je hebt gelijk, ik ken niet alle feiten.'

Dit is de eerste keer dat ik dat toegeef. Mijn herinneringen – de nieuwe, die op het eiland naar boven gekomen zijn – vertellen een ander verhaal dan de gekuiste kinderversie waaraan ik me altijd heb vastgeklampt, het verhaal van mijn blije, tevreden moeder die een wandelingetje ging maken over het ijs om boodschappen te doen voor haar gezin.

'Ik heb in de tijd dat ik thuis was eens goed naar het verleden gekeken. Mama was ziek, hè? Echt ziek, bedoel ik – mentaal, niet fysiek. Daarom ben je met ons naar het eiland verhuisd. Je wilde bij oma in de buurt wonen. En zo kon je 's avonds en 's nachts thuis zijn. Je hebt je carrière opgeofferd...'

Hij valt me luid en op scherpe toon in de rede. 'Het is nooit een offer geweest, hoor je me?' Een paar decibel zachter vervolgt hij: 'Je doet wat je moet doen voor je gezin. Zij heeft mij ook gesteund na mijn ongeluk.'

'Ongeluk?' Ik zeg het heel zacht, in de hoop dat hij het raadsel zal ontrafelen dat ik nooit heb kunnen oplossen. 'Wat is er met je gezicht gebeurd, pap?'

Hij geeft geen antwoord, en ik geloof dat ik te ver gegaan ben. Uiteindelijk klinkt zijn stem weer in de stilte, nauwelijks meer dan een fluistering. 'Bij het uitladen van vracht. Jij was nog maar een baby. Een ketting sloeg me vol in het gezicht. Wang verbrijzeld, gezichtszenuwen beschadigd.'

De schaamte overspoelt me. Hoewel ik de geruchten over een knokpartij in de kroeg nooit echt heb geloofd, heb ik ook niet de moeite genomen om ze te ontkrachten.

'Nog geen maand later,' vervolgt hij, 'kreeg ze haar eerste depressieve bui.'

'O, pap,' fluister ik. Nu is het me duidelijk. Mijn moeders eerste 'bui' – een postnatale depressie of misschien was ze manisch-depressief – viel samen met het ongeluk dat hem verminkte. Zoals Kristens bui samenviel met het treinongeluk. Ik sluit mijn ogen. 'Het was niet jouw schuld.'

'Dat zeg ik ook niet.'

Waarom kan hij nou niet één keer mild reageren? 'En dat ze verdronk... zelfmoord pleegde...' Ik wrijf over mijn hals. 'Dat kwam niet door jou, pap. Dat kwam door mij. Ik ben die morgen naar school gegaan terwijl ze...'

'Hou op!' Zijn stem is luid en streng. 'Weet je wat jouw probleem is, Erika Jo? Jij kunt niet accepteren dat het leven geen keten van oorzaak en gevolg is. De waarheid is dat sommige dingen gewoon gebeuren, zonder goede reden. Waarom leer je daar niet een keer mee leven?'

* * *

Nog lang nadat ik heb opgehangen blijf ik aan mijn bureau zitten. Mijn vader zal me nooit troost bieden. Hij zal nooit tegen me zeggen dat het goed is, dat ik nog maar een kind was, dat hij van me houdt ondanks het feit dat ik mijn moeder niet heb kunnen redden.

Ik weet inmiddels wel beter. Mijn vader zal het me nooit vergeven.

Want voor hem valt er niks te vergeven. Hij heeft het me namelijk nooit verweten.

Huilend leg ik mijn hoofd op mijn bureau en laat de zoete opluchting over me heen komen.

35

Annie

Dinsdagmorgen ziet Annie weer een bobbel in Olives roze rugzakje. Het is nu een maand geleden dat ze haar de verrekijker heeft leren gebruiken, en om de paar dagen betrapt ze Olive ermee. Meestal staat ze voor het raam van haar slaapkamer naar de hemel te turen. Een paar keer, zoals vandaag, probeert Olive de kijker mee naar school te smokkelen.

Annie steekt in de hal van het appartement een hand uit naar Olive, naar de dikke rugzak die langs haar zij bungelt.

'Geef eens hier, liefje. Je kent de regel van je vader: de verrekijker mag niet mee naar school.'

'Hij zit niet in mijn tas.'

Annie schudt haar hoofd, ze begrijpt niet hoe een kind van vijf zo geobsedeerd kan zijn door de verrekijker van haar vader. Ze doet de rits van de rugzak open en haalt de kijker eruit. 'Leuk geprobeerd.'

Olive gromt naar Annie. 'Ik vind jou niet meer leuk!'

Niet méér? Annie is dolblij met die woorden.

* * *

Om twaalf uur staat Annie voor Olives school. Ze hurkt neer en begroet Olive met een glimlach, zoals iedere doordeweekse dag. 'Hoe was je ochtend, popje?'

Olive haalt haar schouders op. 'Gewoon.'

'Wat is het leukste dat je vandaag hebt geleerd?' Dat vroeg Annies moeder vroeger ook altijd.

'Ik ken een nieuw lied. Dat mag ik bij het voorjaarsconcert helemaal alleen zingen. Voor mijn land. Het heet "America the Beautiful".'

'Dat is een mooi lied,' zegt Annie. Ze lopen het hek door, de stoep op. 'Zullen we samen oefenen?'

Olive werpt haar een blik toe en roept dan nadrukkelijk: 'Nee-hee!'

Annie zat toch het refrein in. '*America, America, God shed His grace on thee.*'

'Nee, domoor!' zegt Olive, en ze slaat meteen een hand voor haar mond. 'Sorry, Annie, maar je zingt het helemaal verkeerd. Het is *God shed His greats on me.*'

Annie moet lachen. 'Oeps, mijn fout.' Ze geeft een klopje op de leren tas die ze bij zich heeft. 'Hé, ik heb een verrassing voor je.'

'Niet weer zo'n stom boek, hè?'

'Nee. Maar als je het niet wilt, hou ik het zelf.' Ze haalt het pakje tevoorschijn, mooi ingepakt in paars papier met een felroze strik eromheen.

Olive kijkt ernaar en lijkt te overwegen wat ze liever doet, het cadeau aannemen of Annie beledigen. Het cadeau wint.

'Geef hier! Geef hier! Geef hier!' Ze graait naar het pakje.

Annie houdt het lachend buiten haar bereik. 'Laten we naar de Jardin du Luxembourg gaan, dan mag je het daar openmaken.'

Annie is dol op de mooie Franse tuin, die vier eeuwen geleden is aangelegd voor de weduwe van koning Hendrik IV van Frankrijk. Annie vindt de beelden, de bloemen en de fonteinen prachtig, maar haar favoriete plekje is het ronde bassin waar kinderen hun modelbootjes laten varen, met de vlaggen van al die verschillende landen erop. Het is een van de weinige plekken in de stad, zo heeft ze ontdekt, waar Olive zich gedraagt als een gewoon, gelukkig kind, lachend en spetterend en rennend.

Maar vandaag rent Olive niet naar het bassin. Zodra ze in het park zijn, ploft ze neer op een bankje. 'Geef hier dat pakje.'

Annie gaat naast haar zitten. 'Jongedame, waar zijn je manieren?'

Olive zucht overdreven. 'Geef hier dat pakje, alsjebliéft.'

Annie woelt glimlachend door Olives haar. 'Zo mag ik het horen, Olly-Golly!'

Olive probeert geërgerd te kijken terwijl ze haar haar goed doet, maar Annie ziet de onderdrukte glimlach die op haar bolle wangen dreigt te verschijnen.

'Alsjeblieft.' Annie geeft haar het pakje.

Olive rukt de strik eraf en gooit die op de grond. Ze wil het papier losscheuren, maar stopt dan en staart naar het pakje in haar schoot. 'Ik ben niet jarig, hoor.'

'Dat weet ik. Maar ik zag iets in de winkel wat me echt iets voor jou leek en dat wilde ik graag aan je geven.'

Olive bijt op haar lip. 'Maar ik heb niks voor jou.'

Annie glimlacht. 'Geeft niet. Ik hoef niks.'

Olive kijkt naar haar op. 'Ik kan je ook morgen iets geven.'

'Nee, dank je. Jij geeft me je vriendschap, meer heb ik niet nodig.'

Olive maakt één hoekje van het papier los en wacht dan weer even. 'Ik heb nooit gezegd dat ik je vriendin ben, hoor.'

Annie grinnikt. 'O, dat weet ik wel. Dat is ook niet nodig. Echte vriendinnen weten zoiets namelijk gewoon.'

Olive knikt en scheurt dan een groot stuk papier van het pakje. 'Wauw!' Ze gooit het paarse papier op de grond en houdt de doos omhoog. 'Een verrekijker!' Hoopvol kijkt ze Annie aan. 'Mag ik ermee spelen?'

'Dat mag.'

Ze maakt de doos open door de randen stuk te scheuren en tilt de verrekijker eruit. Annie stelt lachend de band bij en hangt de kijker om Olives nek. 'Wacht, de kapjes zitten nog voor de lens.'

Olive schuifelt ongeduldig heen en weer. Als Annie de kapjes van de lenzen heeft gehaald, houdt ze de verrekijker voor haar ogen en richt hem op de lucht. Zo blijft ze een hele tijd zitten turen. Dan zegt ze stampvoetend: 'Nee! Waar? Waar ben je nou?' Ze laat de kijker zakken en pakt Annies hand. 'We moeten gaan! We moeten naar de Eiffeltoren, nu meteen!'

Annie kijkt op haar horloge. Ze heeft afgesproken om vanavond met Rory te gaan eten, maar dat is pas over een paar uur. Ze hijst zich van het bankje. 'Oké, dan gaan we naar de Eiffeltoren.' Ze bukt om het papier op te rapen. 'Maar het verbaast me wel. Laatst zei je dat je de Eiffeltoren eng vond.'

'Nee, ik heb nu deze.' Ze geeft een klopje op de kijker. 'Daarboven kan ik mijn mama zien.

* * *

Annie en Olive zitten op de achterbank van een taxi. Annie heeft een knoop in haar maag. Er staat Olive een enorme teleurstelling te wachten. 'We kunnen ook thuis een spelletje gaan doen. Dan gaan we een andere keer naar de Eiffeltoren.'

Olive wil er niets van horen. 'Je hebt het beloofd,' zegt ze. En dat is waar. Shit.

'Weet je, deze verrekijker heeft nog niet veel kunnen oefenen,' zegt Annie. 'Misschien werkt hij nog niet goed. Die meneer in de winkel zei dat het soms wel een jaar duurt voordat je er heel ver mee kunt kijken.'

Olive reageert er niet op. Haar gezicht lijkt uit steen gehouwen. 'Jij mag hem niet gebruiken,' zegt ze, en ze drukt de verrekijker tegen zich aan. 'Hij is van mij.'

* * *

Olive wipt van de ene voet op de andere als de lift naar het observatiedek klimt. De band van de verrekijker hangt om haar nek, maar ze houdt de kijker met twee handen vast. 'Schiet op,' mompelt ze tegen de lift.

Zodra de deur opengaat, vliegt ze de lift uit. Annie kan haar bijna niet bijhouden als ze over het bovenste platform holt. 'Niet zo hard!' roept ze Olive na.

Olive gaat aan de metalen reling staan en zet de verrekijker aan haar ogen. In plaats van hem op de mooie stad of de meanderende rivier te richten, kijkt ze strak naar de hemel, nu nergens door gehinderd.

Annie houdt haar adem in, en ze voelt zich hulpeloos en wreed tegelijk als ze Olive door de lens ziet kijken. Ze biedt niet aan de kijker scherp te stellen, daarmee zou ze het alleen maar erger maken. Olive laat de kijker zakken, bestudeert hem aandachtig en zet hem dan weer aan haar ogen.

'Hij doet het niet,' zegt ze. 'Ik... ik zie haar niet.' Haar stem trilt wanhopig. Ze kan ieder moment in tranen uitbarsten, ziet Annie. Al die tijd dat ze haar kent, en na alles wat Olive heeft meegemaakt, heeft Annie het meisje niet één keer zien huilen.

Ze gaat op haar hurken naast haar zitten en wiebelt met haar vingers. 'Mag ik het eens proberen?'

Olive negeert haar en zet haar vruchteloze zoektocht voort. 'Waar is ze zou? Dat stomme ding is kapot.'

'Weet je, popje, mijn ogen zijn ouder en veel sterker dan die van jou. Misschien zie ik meer door de verrekijker.'

Er verstrijken ruim drie minuten voordat Olive met tegenzin de band van haar hals trekt. Haar onderlip trilt als ze de kijker aan Annie geeft. 'Hij doet het niet.'

Annie houdt de verrekijker voor haar ogen en stelt hem scherp. 'Hm,' zegt ze, en ze laat hem weer zakken. Met veel omhaal veegt ze de lens schoon met de onderkant van haar truitje en zet de kijker dan weer aan haar ogen.

'Zoek je Kristen daarboven?' vraagt Olive.

De lucht wordt uit Annies longen geslagen. Tot nu toe was ze niet op het idee gekomen om Kristen op deze manier te zoeken, ook niet beneden op straat. Eigenlijk heeft Annie de wens om te zoeken opgegeven nadat ze samen met Rory de verloskundigen heeft gebeld. Niet omdat het haar niet kan schelen, of omdat ze niet meer aan Kristen denkt of ze haar niet zou willen vinden. De reden waarom ze is gestopt met zoeken is omdat ze de hoop levend wil houden.

Ze knikt naar Olive en speelt het spelletje mee. 'Ja. Maar de hemel is heel ver weg.' Ze zwaait met de verrekijker van links naar rechts. 'Verdorie! Ik zie haar niet!'

'Maar je weet wel dat ze er is, toch?' Haar stemmetje klinkt zo hoopvol dat Annie een brok in haar keel krijgt.

'Ja,' antwoordt ze met verstikte stem. 'Ik word er verdrietig van dat ik haar niet kan zien. Ik mis haar zo.'

Olive bijt op haar lip. 'Kun je dan nu kijken of je mijn moeder ziet? Zij is daar ook ergens.'

'Eens kijken.' Annie verplaatst de kijker langzaam naar links. 'Aha. Ja, hoor.'

'Zie je haar?' Olive trekt aan Annies truitje.

'Tjonge. Ik zie een heel mooi plekje tussen de wolken.'

Olive hopt op en neer. 'Hoe ziet dat plekje eruit?'

'Ik zie overal gelukkige, blije mensen,' zegt Annie. 'En kleurige bloemen en heel lieve, leuke dieren.'

'Zie je mijn moeder ook? Ze heeft bruin haar, net als op de foto.'

'Ogenblikje.' Annie stelt de kijker scherp. 'O! Ik geloof... Ja! Daar is ze!'

'Waar?' roept Olive. 'Wat is ze aan het doen?'

'Ik zie haar dansen... en lachen. En ze heeft een foto in haar hand.'

'Van mij?'

'Hm, hm. Een foto van jou met haar en je papa.'

'Kijkt ze ernaar?'

'Ja. Ze vertelt een vriendin over jou.'

'Kan ze daarboven dan ook praten?'

'Ja. En ik kan zien dat ze gelukkig is.'

Zonder enige waarschuwing barst Olive in tranen uit. Annie legt de verrekijker weg. Ze hurkt bij Olive neer en neemt haar in haar armen. 'Ach, popje. Stil maar, schatje.'

In plaats van zich los te trekken, zoals ze anders altijd doet, begraaft Olive haar gezicht in Annies hals. Warme tranen op haar huid.

'Stil maar, popje, stil maar. Je mama heeft het fijn daar.' Annie drukt haar tegen zich aan en streelt haar haar. Haar hart loopt over van liefde voor dit kind.

Olive neemt een grote hap lucht. 'Het is... n-niet... eerlijk.'

Annies hart spat aan diggelen. Olive heeft gelijk, het is helemaal niet eerlijk. Een meisje van vijf zou haar moeder niet mogen verliezen. Geen enkel kind zou de hemel moeten afspeuren op zoek naar een vrouw die hier op aarde hoort te zijn, die haar elke avond zou moeten instoppen.

'Dat weet ik.' Annie geeft een klopje op Olives schokkende schoudertjes. 'Ik weet dat het niet eerlijk is.'

'Het is n-niet eer-eerlijk,' zegt Olive nog een keer, bijna hyperventilerend. Ze maakt zich van Annie los en kijkt haar strak aan, haar vochtige ogen heel groot achter haar brillenglazen. 'Ik kan wel zien wat mama doet, maar jij hebt je zusje niet gezien.'

Annie staart haar aan. Olive huilt niet voor zichzelf. Haar tranen zijn voor Annie.

God shed His greats on her.

* * *

Je hebt gebeurtenissen die iemands leven compleet veranderen; momenten die een kentering markeren waardoor er later sprake is van een uitgesproken *voor* en een *na*. Hun ervaring op de Eiffeltoren was zo'n moment. Het moment dat de liefde toesloeg en definitief Annies hart veroverde.

'Niet de hele dag wegblijven, hoor,' zegt Olive.

Annie kijkt via de spiegel naar haar. Olive zit met haar armen over elkaar geslagen op Annies bed. 'Jij gaat dadelijk met je vader ontbijten bij Le Bal Café. En daarna neemt hij je mee naar Jardin des Tuileries, dat vind je toch fijn? Je mag in de draaimolen.'

'Met jou?'

'Nee, ik ga vandaag met Rory op pad. Maar ik zal een citroenmacaron voor je meenemen.'

'Ik wil chocola. En ik wil er twéé.'

Annie staart in de spiegel terwijl ze probeert de dikke puist op haar kin te camoufleren. 'Niet zo onbeleefd, jongedame.'

Olive kreunt. 'Mag ik alsjeblieft twee chocolademacarons?'

Annie knipoogt naar haar. 'Goed zo. En als ik straks thuiskom, gaan we je solo voor het voorjaarsconcert oefenen.'

'Waar ga je eigenlijk naartoe?'

'Naar Une Autre Page, een heel bijzonder boekwinkeltje in Croissy waarover Rory heeft gelezen. Misschien kunnen wij er ook een keer samen naartoe gaan.' Annie smeert nog één laagje camouflage op haar pukkel. Als ze lipgloss op doet, brengt ze ook een beetje aan op Olives lippen.

'Ben je verliefd op hem?' Olive komt omhoog om haar lippen te bekijken in de spiegel.

'Op Rory? Nee!' Annie zegt het zo hard dat Tom het ook kan horen, mocht hij meeluisteren. 'We zijn gewoon vrienden.'

'Waarom doe je dan zo je best om er mooi uit te zien?'

Annie snuift. 'Dat doe ik helemaal niet.'

'Welles.'

Annie gooit haar make-uptasje in een la. Ze richt haar stem op de open deur en praat zo duidelijk als ze kan. 'Geloof me nou maar, ik heb niks met Rory.'

Olive slaat haar armen over elkaar. 'Je mag niet met hem trouwen.'

Annie moet lachen. 'Wees maar niet bang, bazige tante. Ik ga niet met hem trouwen. Maar mag ik vragen waarom je dat niet wilt?'

Olive kijkt uit het raam en antwoordt zo zacht dat Annie haar amper kan verstaan. 'Omdat je dan misschien niet meer hier wilt wonen.'

Annie sluit haar ogen en bergt die woorden op in haar hart. Ze voelt ze overal doorheen naar buiten schijnen, als een diamant onder een laagje zijde.

36

Erika

April breekt aan, en ik krijg inderdaad het gevoel dat er een aprilgrap met me wordt uitgehaald. Ik mail eenWonder elke dag, maar sinds mijn thuiskomst heb ik niks meer van haar gehoord. Is ze me vergeten? Of is het klaar omdat ik heb gedaan wat ze me had opgedragen? Deze stilte frustreert me, net zoals het me frustreert dat ik Kristens dood nog steeds in twijfel trek en ik geen contact kan opnemen met Annie. Soms denk ik dat ik mijn verstand kwijtraak – en hén erbij. Maar Kate praat die angst steeds weer uit mijn hoofd. 'De spreuken zijn jouw reddingsboei,' zegt ze. 'Leer van het verleden. Laat het los. Ga door met je leven en geniet ervan.'

Om het allemaal nog erger te maken, is de makelaarscompetitie eind deze maand afgelopen en heb ik nog maar acht dagen om de appartementen in het Fairview te verkopen. Ik ben afgegleden naar nummer 53 op de ranglijst. En heb geen nacht meer doorgeslapen sinds... sinds ik op het eiland was.

Het open huis van twee weken geleden was een groot succes en de biedingen stroomden binnen – één zelfs boven de vraagprijs. We hebben nu dertien appartementen verkocht, maar pas als ik ze alle zestien kwijtraak, telt de omzet mee. Ik moet de laatste drie dus verkopen om me te verzekeren van een plek in de top 50, zoals Kristen voor me hoopte. Zo niet, dan is mijn inzet voor deze wedstrijd voor niks geweest, ook de bezichtiging in The Plaza op die noodlottige ochtend. Ik weet niet of ik daarmee zou kunnen leven.

Het probleem is dat de laatste drie appartementen het minst gewild zijn.

Het enige positieve in mijn leven op dit moment – en ik moet toegeven dat dat een belangrijk punt is – is mijn opbloeiende vriendschap met Tom Barrett. De onschuldige, ongemakkelijke telefoontjes op het eiland zijn overgegaan in willekeurige sms'jes over en weer de hele dag door en lange, lome gesprekken in de vroege uurtjes – als het bij hem middag is. Hij heeft zelfs een miniatuur-Eiffeltoren naar mijn kantoor gestuurd. *Zo voel je je misschien wat dichter bij Annie*, schreef hij in het begeleidende briefje, dat ik thuis in mijn ladekast bewaar. Zou hij weten dat ik me ook dichter bij hém voel?

Het is wel een raar idee dat Annie niets van ons contact weet. Maar haar stilzwijgen is juist de reden dat ik toenadering heb gezocht tot haar baas. Nu voelt het alsof ik een geheim voor haar heb – en ik durf het haast niet meer te vertellen omdat ik haar toch min of meer bespioneerd heb. Kate zegt dat ik gerust vriendschap mag sluiten zonder toestemming van mijn dochter. Als Annie in augustus thuiskomt, is ze vast laaiend enthousiast over ons contact. Althans, volgens Kate.

Ik loop door de ondergrondse parkeergarage van het Fairmont op weg naar een bezichtiging als er weer een berichtje van Tom binnenkomt.

Een van mijn studenten nam net een selfie tijdens een examen! Het moet niet gekker worden.

Ik glimlach en blijf even staan bij de lift om te reageren.

Ze zijn alleen maar met zichselfie bezig. J

Mijn telefoon pingt tegelijk met de lift.

Inderdaad! Zoiets zou ik selfie nooit doen.

Laten we hopen dat ze selfie inzien hoe raar het is.

Ik zweef bijna de lift in en loopt nog te grijnzen als een kind met een vlieger als de deuren opengaan op de eerste verdieping. En dan sta ik zonder enige waarschuwing oog in oog met Emily Lange.

'Erika,' zegt ze, en ze komt met een uitgestoken visitekaartje op me af. 'Wat zie je er fantastisch uit.'

'Dank je,' antwoord ik. Zij ziet er ook fantastisch uit, maar ik kan het niet opbrengen dat tegen haar te zeggen. Haar strakke blonde bob benadrukt haar hoge jukbeenderen zoals haar donkerblauwe wikkeljurk haar slanke figuur benadrukt. Ze is ouder geworden sinds de laatste keer dat ik haar zag, maar ze is nog steeds mooi, zeker als ze glimlacht. Je zou niet zeggen dat er achter die lieve kuiltjes in haar wangen een vrouw schuilgaat die getrouwde mannen inpikt.

Ik stop haar kaartje in mijn tas. 'Hallo, Emily. I-Ik dacht dat ik een afspraak had met Janice Newmann.'

'Ik heb Janice gevraagd het zo te regelen. Ik was bang dat je me niet zou willen zien.'

Ik zet mijn sportieve gezicht op en probeer professioneel te blijven, maar vanbinnen ben ik één bonk zenuwen. Ze heeft gelijk. Als ik had geweten dat Emily de bezichtiging zou doen, had ik Allison gestuurd.

Ik merk dat zij ook nerveus is. En terecht. Ze is met mijn man naar bed geweest! Zonder waarschuwing duikt ineens de spreuk van mijn moeder weer op: Een wijs ontdekkingsreizigster kijkt aandachtig naar haar laatste reis…

Ik heb de schuld volledig bij Emily neergelegd. Maar Brian dan? En ikzelf?

Die twee hadden iets met elkaar in een fase van mijn leven waar ik niet trots op ben. Ik hield me alleen maar bezig met mijn dochters, mijn baan in het Elmbrook-ziekenhuis en de verhuizing naar New York. Brian was niet gelukkig. Hij had behoefde aan méér, en ik wist dat. Hij wilde samen met mij naar een huwelijkstherapeut, maar ik weigerde dat.

Ik praat het niet goed, voor geen van beiden, en ik keur hun daden nog steeds af, maar moet ik ook niet een deel van de schuld op me nemen?

Ik zet de gedachte uit mijn hoofd. 'Heb je een potentiële koper voor een van de appartementen?' vraag ik aan Emily.

'Ja. Hij is helemaal weg van nummer 4.'

Ze heeft het over de vierkamerflat met het binnenplaatsje. Een van de meest gewilde appartementen. 'Dan had ik je je komst kunnen besparen. Dat is al verkocht. Alle grotere flats zijn verkocht.'

'Ja, ik weet het. Ik probeer even wat breder te denken. Mijn klant zou twee aangrenzende appartementjes op de begane grond kunnen kopen. Hij heeft al een aannemer ingeschakeld. Hij kan een muur uitbreken om twee kleinere units samen te voegen tot één grotere.'

Ik kan ineens twéé flats verkopen? Ik veeg even langs mijn mond voor het geval ik per ongeluk sta te kwijlen.

'Loop maar mee,' zeg ik, en ik ga Emily voor door de gang.

Ze staat achter me als ik de deur van de appartementen 1 en 2 openmaak, allebei op de begane grond. Ik laat haar beide krappe flatjes zien en wijs op de technische snufjes, de Poggenpohl-kastjes, het Thassos-marmer en de Waterfront-kranen. Maar al die tijd denk ik alleen maar aan het enorme bedrag dat haar klant kwijt zou zijn om van deze twee units één te maken.

'Het kan wel wat worden,' zegt Emily na mijn rondleiding.

Wat? Nee! Deze deal kan niet doorgaan, hoe graag ik ook twee flats zou slijten. Als ik ze kan verkopen aan Emily's klant, haal ik de top 50 zeker. Maar als tussenpersoon van de koper zou zij waarschijnlijk ook in de top belanden.

Ik haal diep adem en dwing mezelf om geen verontschuldigende toon op te zetten. 'Vanwege de overweldigende belangstelling hebben we de prijzen verhoogd.'

'Maar ik heb de officiële vraagprijs doorgekregen.'

Ik haal mijn schouders op. 'Vraagprijzen kunnen veranderen.'

Ze neemt me sceptisch op. 'Kom op, Erika, laten we hier niet iets persoonlijks van maken. Ik weet hoe je over me denkt. Ik zal je nooit kunnen zeggen hoezeer het me spijt. Geloof me alsjeblieft als...'

'Ik weet niet waar je het over hebt,' onderbreek ik haar, en ik hoor Cap Franzel in iedere lettergreep. Ik weet heel goed waar ze het over heeft. Ik heb het haar nooit vergeven, en dat weet ze.

'Dit is een puur zakelijke aangelegenheid, Emily. Ik zal je de bodemprijs geven.' Mijn hand trilt als ik het belachelijk hoge bedrag op een velletje papier schrijf. 'Dit moet het kosten,' zeg ik als ik haar het papier geef.

Ze staart ernaar. 'Dat is belachelijk.'

'Ik heb de hele week bezichtigingen staan,' lieg ik. 'Deze appartementen zijn vrijdag verkocht.'

Ze kijkt me aan. 'Mag ik eerlijk tegen je zijn?'

Ik leun tegen het marmeren kookeiland. 'Jazeker.'

'Ik kan geen kant op. Ik heb mijn cliënt maanden geleden een van de driekamerappartementen beloofd. Ik was te zeker van mijn zaak, omdat ik dacht dat ik het exclusieve verkooprecht zou krijgen.'

Het schuldgevoel knaagt aan me, maar ik dwing mezelf om oogcontact te houden. Heeft ze door dat ik een vuile dief ben?

Naar haar milde blik en vriendelijke glimlach te oordelen heeft ze geen flauw idee. 'Nog van harte gefeliciteerd trouwens.'

Ik onderdruk de neiging om mijn geweten te gehoorzamen en te zeggen dat het me spijt, dat ik normaal gesproken niet op deze manier te werk ga.

'Bedankt,' zeg ik, en ik masseer mijn nek.

Ze draait het vel papier om dat ik heb gebruikt en krabbelt er een nieuw bedrag op. 'Hoger dan dit is mijn cliënt niet bereid te gaan.'

Ze biedt de oorspronkelijke vraagprijs, zonder voorbehoud van financiering, een bedrag dat ik maar al te graag aan Stephen zou presenteren – en ik zou hem adviseren het bod aan te nemen. Maar alleen als de makelaar van de koper iemand anders zou zijn dan Emily Lange.

'De heer Douglas houdt voet bij stuk,' zeg ik dan, en ik hoop vurig dat mijn gezicht niet verraadt wat voor enorme bitch ik op dat moment willens en wetens ben.

Emily bekijkt me aandachtig. Ik sla mijn ogen neer en voel me naakt en ellendig als ik een denkbeeldig vlekje van het marmeren aanrecht boen.

'Oké dan,' zegt ze uiteindelijk, en ze pakt haar telefoon uit haar tas. 'Een ogenblikje.'

Ik knik verbijsterd. Gaat ze het absurde – en fictieve – bedrag dat ik haar heb gegeven nu echt doorbellen aan haar klant? Daarmee overtreedt ze de gedragscode! *En jij ook!* schreeuwt mijn geweten.

Even later komt ze terug, en ze houdt me haar telefoon voor. 'Ik heb hier Martin Vaughn voor je, je nieuwe cliënt. Hij handelt het verder rechtstreeks met jou af.'

Ik staar naar de telefoon in haar hand. Ze staat een deel van de commissie af – en wat nog belangrijker is: twee transacties – ten gunste van haar klant. Ik kom in de top 50. Emily niet.

'Toe nou,' zegt ze, en ze steekt de telefoon nog verder naar voren. 'Ik weet op welke positie je staat, Erika, en hoe belangrijk deze deal voor je is.'

Belangrijk? De spreuk van mijn moeder raakt me vol in het gezicht. *Wat belangrijk is, is niet hetzelfde als wat ertoe doet.* Is winnen van Emily Lange zo belangrijk voor me dat ik bereid ben datgene wat er echt toe doet – mijn integriteit – op te offeren?

Ik doe een stap terug. 'Ik zal je bod doorgeven aan de heer Douglas,' zeg ik tegen haar. 'Als we dit voor de dertigste kunnen afhandelen, winnen we allebei.'

* * *

Ik stijg naar de top 50. Stephen Douglas is tevreden. Martin Vaughn ook, en zelfs Emily. Ik heb uiteindelijk het juiste gedaan. Zij krijgt haar helft van de commissie voor de verkoop. Maar toch voel ik me laag en verachtelijk. De appartementen hadden allemaal verkocht moeten worden door Emily. De enige reden dat ik ze van haar heb gestolen is dat ik het verleden niet kon loslaten. Ik klampte me vast aan mijn boosheid om iets wat tien jaar geleden is gebeurd. Iets waarvoor Emily me om vergiffenis heeft gesmeekt.

Met neergeslagen blik haast ik me naar mijn kantoor, in de hoop dat ik niemand zal tegenkomen.

'Hé!' roept Allison, die vanuit haar kantoor de gang op schiet zodra ze me hoort aankomen. 'Ik heb het goede nieuws gehoord, gefeliciteerd!'

Carters, met zijn enorme gestalte, komt zijn kantoor uit. 'Daar is ze!' Hij steekt zijn hand op voor een high-five. 'Stephen belde me net. Het laatste appartement is zo goed als verkocht.'

Dat zal wel, ja. Het laatste appartement is altijd makkelijk te verkopen. Schaarste is bedreigend. Mensen handelen irrationeel, emotioneel, als ze bang zijn een gewild pand mis te lopen.

'Welkom in de top 50.' Hij mept me zo hard op de rug dat ik naar voren duikel.

'Eh, dank je.'

'Het feest is in het Waldorf, op 21 mei. Hoeveel kaartjes heb je nodig?'

Kaartjes? Ik maak een snelle rekensom. Ooit zag ik mezelf bij de award-uitreiking zitten met Kristen en Annie. Dat gaat niet gebeuren. Kate heeft het te druk. Mijn vader zou er nooit voor naar New York komen. Brian ga ik zeker niet vragen. Wie zit er dan aan mijn tafel? Wie is er straks getuige van mijn toetreding tot de makelaarselite? Wie juicht me toe als ik eindelijk die erkenning krijg?

Ik druk een hand tegen mijn mond. 'Twee, graag,' zeg ik dan, in de hoop dat ik nog iemand zal vinden die mijn succes met me wil vieren. Ik loop mijn kantoor in voordat Carter mijn trillende kin ziet.

* * *

Het is zes uur, en ik heb net een afspraak genoteerd voor de bezichtiging van het laatste appartement als Carter mijn kantoor in komt rennen.

'Fantastisch nieuws, Blair. *The New York Times* heeft gebeld. Ze gaan een artikel plaatsen over de rol van vrouwelijke makelaars in de onroerend-goedhausse, met een portret van vijf vrouwelijke collega's.'

Met ingehouden adem wacht ik de volgende zin af.

'En jij bent een van hen.'

Ik vlieg achter mijn bureau vandaan. '*The New York Times*? Dat meen je niet.'

'Jawel. Ze willen foto's maken bij je thuis en daar ook een interview afnemen. Het artikel staat gepland voor half juni, en nou komt het: het wordt geplaatst in de rubriek SundayBusiness.'

'SundayBusiness,' herhaal ik, terwijl ik dit verrukkelijke nieuws tot me probeer te laten doordringen. Een artikel over mezelf in *The New York Times* is sowieso iets wat ik me nooit had kunnen voorstellen, laat staan in SundayBusiness. Maar ik beteugel mijn eigen enthousiasme voordat de teleurstelling kan toeslaan. 'Is Emily Lange een van de andere vier?'

'Hoe moet ik dat nou weten?' Hij werpt me een zijdelingse blik toe. 'Kom op, Blair, ga me nou niet vertellen dat je je schuldig voelt vanwege The Fairview. Dit is business. Zo pakken we dit soort zaken aan.' Hij geeft me een vel papier. 'Geef dat interview. Het levert The Lockwood Agency ongetwijfeld een fikse lading nieuwe klanten op.'

Natuurlijk kan het Carter niks schelen dat een artikel in *The New York Times* de kroon op mijn carrière zou zijn, een prestatie die ik eeuwig zou koesteren. Dat ik onmiddellijk serieus genomen zou worden als ik ooit The Blair Agency zou openen. Voor Carter wordt iedere handeling ingegeven door eigenbelang.

Ik neem het vel papier met de naam en het nummer van de journalist van hem aan en hoop vurig dat ik anders ben dan hij.

* * *

Het is zaterdagmorgen vijf uur en ik zit in mijn ochtendjas op de bank. De zon is nog niet op, het enige licht is afkomstig van het koffiezetapparaat in de keuken. '*The New York Times* gaat een artikel plaatsen over de makelaardij in Manhattan,' zeg ik tegen Tom. 'Ik word een van de geportretteerden.'

'Fantastisch! Dat is een hele prestatie.'

'En gisteren heb ik het laatste appartement in het Fairview verkocht. Ik behoor nu officieel tot de top 50 van de beste makelaars in Manhattan.'

'Wauw, toe maar. Nogmaals gefeliciteerd.'

'Dank je.'

'Oké, Erika, waarom klink je niet enthousiast?'

'Ach, ik ben gewoon moe.' Ik zou dolgraag alles opbiechten, hem vertellen hoe ik het exclusieve verkooprecht onder Emily's neus vandaan heb geplukt en hoe rot ik me daarover voel. Maar als hij dat wist, zou hij me nooit meer bellen.

'Nu ben ik uitgenodigd voor de officiële feestavond. Het probleem is alleen dat ik niet weet wie ik moet vragen nu Annie weg is.' Ik knijp in mijn neusbrug als ik besef hoe sneu dit moet klinken.

'Wanneer is het?'

'In mei, de eenentwintigste.'

'Hè, jammer, ik had gehoopt dat je 4 juni zou zeggen. Dan kom ik namelijk naar DC voor een congres, dus dan ben ik op maar een paar uur rijden van New York. Kun je die andere negenenveertig makelaars niet vragen of ze de avond willen verzetten?'

'Ga ik doen.' Ik glimlach bij de gedachte aan een date met Tom, hoe onwaarschijnlijk dat me ook in de oren klinkt. 'Blijf je lang?'

'Nee, het is een korte trip. Vijf dagen maar. En voor die tijd heeft Olive nog een groot solo-optreden op de voorjaarsuitvoering bij haar op school. Annie oefent constant met haar. Ik denk dat ze "America the Beautiful" voor de rest van haar leven niet meer kan horen.'

Ik glimlach. 'Veel succes voor Olive. Blijft zij met Annie in Parijs als jij naar Amerika komt?'

'Nee, Olive gaat een paar dagen naar Gwens ouders in Virginia.

Annie is dat weekend alleen.' Hij aarzelt, en als hij verdergaat, klinkt zijn stem een tikkeltje serieuzer. 'En ik ook. Ik zat erover te denken om de trein naar New York te nemen.'

Er valt een stilte. Moet ik nu iets zeggen? Mijn hartslag galmt tegen mijn trommelvliezen. 'O,' weet ik eindelijk uit te brengen, met mijn beroemde welbespraaktheid.

'Heb je toevallig zin om iets af te spreken? Een borrel misschien? Of beter nog, een etentje?'

Ik schiet overeind en krijg meteen kriebels in mijn buik. Bijna duizelig loop ik naar de keuken en sla de kalender open bij juni. Alle vakjes van de vrijdagen en zaterdagen zijn nog leeg.

In het voorbijgaan zie ik mezelf in het deurtje van de magnetron. Ik ben niet de vrouw die Tom denkt dat ik ben. Hij zal teleurgesteld zijn als hij me in het echt meemaakt. Ik ben anders dan de pittige, vrolijke meid die ik speel aan de telefoon. Ik heb al best wat bereikt, maar ik ben nog steeds verbitterd en gebroken.

'Nee, hè?' zeg ik terwijl ik naar de lege kalender staar. 'Dat gaat niet lukken. Het is hier nogal een gekkenhuis rond die tijd.'

'Dat begrijp ik. Mocht er toch een gaatje vrijkomen, laat het me dan weten.'

Maar er komt geen gaatje vrij. Dat is mijn boetedoening.

37

Annie

Zo voelt het dus om misselijk te zijn van angst en trots en van de zenuwen, simpelweg omdat een klein meisje straks op het podium 'America the Beautiful' gaat zingen terwijl jij hoopt dat ze gaat shinen als nooit tevoren. Annie zit op het puntje van haar stoel in de kleine aula op school, met Rory aan de ene kant naast haar en Tom aan de andere.

Het licht wordt gedimd en Olive komt op. Ze wordt uitgelicht door één schijnwerper en heeft het blauw-wit gestreepte jurkje aan dat Annie voor haar heeft gekocht, met een rode maillot eronder. Ze wiegt heen en weer alsof ze ieder moment kan omvallen en haar gezicht ziet lijkbleek. Zelfs helemaal vanuit de zaal kan Annie de angst zien achter Olives dikke brillenglazen.

Annie krijgt geen lucht. Ze bijt op haar knokkels en doet duizend schietgebedjes dat Olive haar tekst nog kent, dat er geklapt zal worden, dat de juffrouw straks zal zeggen dat ze het goed gedaan heeft en dat haar klasgenootjes haar leuk vinden.

De stilte wordt steeds zwaarder, en Annie zou zweren dat ze haar eigen hart kan horen bonzen. Of misschien is het Olives hart. *Zet 'm op, kleintje. Je kunt het. Doe maar alsof je op een bankje in het park zit of naast je bed staat of samen met mij naar school loopt. Al die vele, vele plekken waar we hebben geoefend.*

'*O, beautiful,*' begint Olive met onvaste stem, '*for spacious skies.*'

Annies hart wordt in tweeën gescheurd. De tranen rollen over haar wangen, ze kan ze niet tegenhouden. Rory laat zijn hand in de hare glijden. Ze knijpt erin en laat pas los als Olive uitgezongen is. Rory, Tom en zij gaan staan en Annie ziet door haar tranen heen hoe Olive een buiging maakt, zoals ze haar heeft geleerd. Ze hoort het daverende applaus.

Annie heeft in haar hele leven nog nooit zoiets moois gehoord.

* * *

Annie staat samen met de moeders achter het toneel, waar ze Olives jas en sjaal voor haar pakt. 'Ik ben zo trots op je, popje.'

'Ik zag jou,' zegt Olive. 'Je klapte voor me.'

'Nou en of. Iedereen klapte!' Annie trekt Olives tengere lijfje tegen zich aan in een omhelzing. 'Zie je nou wat er gebeurt als je ergens heel hard je best voor doet? Dan komt er een prachtig lied naar buiten.'

* * *

Die avond vieren ze met z'n allen Olives optreden bij Georges, haar lievelingsrestaurant. Olive raakt haar pasta amper aan; ze beleeft liever telkens opnieuw haar vijf minuten op het toneel.

Als ze thuiskomen, nodigt Rory Annie uit om mee te gaan naar zijn appartement. Hij heeft de film *Silver Linings Playbook* gedownload. Ze gaan naast elkaar op Rory's doorgezakte bank zitten, maar de film is in het Frans. Binnen tien minuten wordt Annie rusteloos. Gelukkig voor haar heeft Rory lekkere hapjes in huis.

'Hmm,' mompelt ze met gesloten ogen als de volgende kaasvlinder smelt in haar mond. Ze slikt de hap door en pakt er nog een van de schaal, nummer drie. 'Nog één. Vooruit, nog twee. Oké, wie hou ik nou eigenlijk voor de gek? Nog drie en dan blijf ik er echt af.'

Rory moet lachen. 'Jij bent de droom van iedere kok, Annie. Als ik die wedstrijd win, gaan we samen bij Ducasse eten, ja?'

'Ja. Afgesproken! En ik betaal.'

Hij houdt zijn hoofd scheef. 'Heb je vaak een date gehad, Annie?'

Ze snuift minachtend en doet alsof ze ze op haar vingers aftelt. Dan kijkt ze Rory aan. 'Ik zal je vertellen over mijn allerergste date,' zegt ze, zonder erbij te vertellen dat het meteen ook de enige was. 'Het was een blind date. Mijn vriendin Leah had me gekoppeld aan haar neef Ennis.'

'Ennis?'

'Ja, rare naam, hè? En het wordt nog erger. We gingen naar de film, naar *Interstellar*, en dat is dus de langste film die ik ooit heb gezien! Ik had de hele dag niks gegeten en ik rammelde van de honger. Die jongen bood me niet eens iets aan. Uiteindelijk, halverwege de film, knorde mijn maag zo hard dat de mensen drie rijen verderop zich naar me omdraaiden en me boos aankeken, en ik zei tegen Ennis dat ik iets te eten ging halen. Hij gaf me een briefje van tien en zei: 'Ga je gang.' Ik was zo pissig!'

Rory lacht. 'En die tien dollar heb je natuurlijk in zijn gezicht gegooid.'

Ze fronst haar voorhoofd. 'Mooi niet. Ik heb een zak Twizzlers en een extra grote portie popcorn genomen!' Ze kijkt hem aan. 'En jij? Wat was jouw ergste date?'

Hij zet overdreven zijn borst op. 'Hé! Ik heb toevallig wel het geluk van de Ieren als het op vrouwen aankomt.'

'Ha! Jammer dat je Duitser bent.'

'Jawel, maar ik ben half Iers. De familie van mijn moeder komt uit County Cork.'

'Vandaar de naam Rory.'

'Ja. Ik ben een Duitse Ier die in Frankrijk woont.'

Annie knikt. Ze voelt nu een nog sterkere band met hem, omdat ze zelf ook van gemengde afkomst is. 'Mijn biologische moeder kwam uit Mexico. Ik weet hoe het voelt om er niet helemaal bij te horen.'

Rory fronst zijn wenkbrauwen. 'Er niet bij te horen? Jawel, Annie. Wij hebben geluk gehad, jij en ik. We horen op veel verschillende plekken thuis, niet op maar eentje.'

Het is alsof er een soort kloof opengaat in Annies hoofd: alle karaktereigenschappen die ze ooit als negatief beschouwde glijden erin weg. Er treedt een verandering op in haar gedachtegang, haar onzekerheden. Voor het eerst in haar leven beseft ze dat ze door haar afkomst juist overal bij kan horen, als ze het zelf maar laat gebeuren.

* * *

Tegen middernacht loopt Rory met Annie mee naar Toms voordeur. 'Ik vind het leuk als je bij mij films komt kijken, Annie, ook al kijk je niet eens. Ik vind het sowieso leuk als je langskomt, om wat voor reden dan ook.'

Annie glimlacht, en ze voelt de warme arm van haar goede vriend tegen de hare. 'Ik vind het ook leuk.'

Voordat ze doorheeft wat er gebeurt, buigt hij zich naar haar toe. Zijn neus botst tegen die van haar en dan raken hun monden elkaar. Annies hoofd tolt. Ze verliest haar evenwicht en belandt tegen de deur. Ze voelt zijn vochtige lippen, zijn handen op haar wangen. Holy shit! Dit is haar eerste zoen! En het bevalt haar uitstekend.

Zonder waarschuwing vliegt de deur open waar ze tegenaan geleund staat. Voordat ze zich kan herstellen, valt Annie achterover de gang van Toms appartement in.

'O, Annie, het spijt me, schat.'

Ze kijkt op, duizelig en gedesoriënteerd. Toms knappe gezicht kijkt op haar neer.

'Ik hoorde een doffe dreun tegen de voordeur...' Hij maakt de zin niet af als hij beseft waarbij hij hen heeft gestoord.

'Ja, dat ben ik dus.' Annie neemt zijn warme hand aan en trekt zich overeind. 'Een doffe dreun.'

Rory staat er zwijgend bij. Misschien wacht hij tot Tom weggaat. Maar Tom gaat niet weg. Misschien vindt hij het onbeleefd om zomaar te verdwijnen, aangezien ze nu met z'n drieën in de hal staan. Moet ze misschien iets zeggen als: 'Pardon, Tom, laat me even genieten van de mond van deze jongeman?' Haar hoofd tolt ervan. Jazeker, ze vond Rory's kus verrukkelijk. Maar Tom, de man die ze al bijna als onbereikbaar had afgedaan, heeft haar schat genoemd.

Dus draait ze zich om naar Rory en omhelst hem broederlijk, zoals ze voorheen altijd deed. 'Bedankt voor de film. Tot morgen.'

Ondanks de gênante val zweeft ze bijna als ze Toms appartement binnengaat.

38

Erika

Ieder jaar wordt voor de meest succesvolle makelaars in New York het Annual Awards Banquet van de Manhattan Association of Realtors georganiseerd. Het is een opzichtige happening, een uiting van succes en tevens een strijd om de duurste bontjas en sieraden, met veel zwarte limousines en horloges die meer kosten dan het huis van mijn zus. Ik heb, op één keer na, ieder jaar een smoes verzonnen om er niet bij te hoeven zijn. Ik hou niet van grote feesten, en die ene keer dat ik erbij was, voelde ik me opgelaten als een geheelonthouder tijdens een zuipfestijn.

Maar vanavond moet ik wel. Carter heeft ter ere van mij een tafel gereserveerd. Bovendien kijk ik al bijna een jaar uit naar deze avond.

Via de spiegel op mijn kaptafel kijk ik naar de vaas met de bloemen die Tom me heeft gestuurd om me te feliciteren. Ik maak de sluiting van een diamanten ketting met robijntjes vast in mijn hals en doe hem dan weer af. Vervolgens houd ik een parelsnoer voor en leg ook die terug in mijn sieradendoos. Een van de belangrijkste avonden van mijn leven en ik kan geen besluit nemen! Uiteindelijk kies ik voor het zilveren kettinkje dat ik een keer van de meiden heb gekregen voor Moederdag.

Ik kijk op de klok. Als het goed is, staat de chauffeur al beneden te wachten. In een opwelling maak ik een selfie en stuur die naar Kate.

Hier de beloofde foto. Zie je mijn haar? Ik draag het los, speciaal voor jou. Ik ben straks als Assepoester op het bal. Ik wou dat je erbij kon zijn.

Mijn keel wordt dichtgesnoerd als ik op verzenden druk. Ik wrijf over mijn hals tot de pijn zakt en pak dan de toegangskaartjes van de commode. Ik neem er één mee en gooi het andere in de prullenbak.

* * *

Ik klem de nieuwe Chanel-clutch die ik speciaal voor vanavond heb gekocht onder mijn arm, recht mijn schouders en loop met stevige pas de balzaal in, op zoek naar Carter en mijn collega's. De enorme zaal staat vol met ronde tafels, elk opgesierd met extravagante kandelaars en exotische bloemen. In een hoek speelt een jazzband en overal gonst het van de energie. Ik knik naar bekende gezichten, collega-makelaars met wie ik in de loop der jaren heb onderhandeld. Ze staan in groepjes bij elkaar te drinken, te lachen en verhalen te vertellen. Ik zie de legendes: Skip Schmid en Kris Seibold, Brian Huggler en Megan Doyle. Ik wil me bij hen aansluiten, met hen meepraten als een van hen, maar ze knikken alleen maar als ik langsloop.

Mijn tafel is aan de linkerkant van de zaal. Ook op tafel drieëndertig staat een gigantisch bloemstuk. Maar het verschil met de andere tafels is de speciale sticker: een gouden ster die aangeeft dat Erika Blair op nummer 24 staat in de top 50 van makelaars. Nummer vierentwintig! De appartementen in The Fairview hebben de doorslag gegeven. Ik pak mijn telefoon om er een foto van te maken, maar stop hem dan net zo snel weer weg. Het voelt nog altijd alsof ik dit niet verdiend heb.

Ik ben de eerste van Lockwood Agency. Ik kies een stoel uit en neem even de tijd om te genieten van het moment – míjn moment. Ik heb het gehaald, zoals ik Kristen in augustus had beloofd! En ik sta niet alleen in de top 50, maar zelfs in de top 25! Alleen kan ik het gevoel niet van me afzetten dat ik een bedriegster ben.

Mijn gedachten gaan naar Emily, naar de manier waarop ze me vorige maand feliciteerde toen de deal rond was. 'Je staat in de top 50,' zei ze. 'Ik heb altijd geweten dat je het ver zou schoppen.'

Maar wist ze ook dat ik daarvoor te ver zou gaan?

Als mijn telefoon piept, gris ik hem van tafel, blij met de afleiding. Mijn hart maakt een reuzensprong als ik zie dat er een bericht is van eenWonder. Het is ruim twee maanden geleden dat ze me heeft geschreven. Ik open het.

Gefeliciteerd.

Meer niet, alleen dat ene woord. Ik krijg tranen in mijn ogen. Is het aardig bedoeld of moet ik dit sarcastisch opvatten? Ik staar een hele tijd naar dat ene woord, en niet voor het eerst ben ik er echt van overtuigd dat Annie eenWonder is. Kristen zou er zeker vijf uitroeptekens en opgestoken duimpjes bij gezet hebben. Maar Annie voelt de waarheid aan. Ik heb mijn ziel verkocht om in de top 50 te komen.

Dank je. Ik wou dat je erbij was. Liefs.

Ik druk op verzenden en open dan het programma van vanavond, in de hoop mijn gespannen zenuwen een beetje tot bedaren te brengen. Alsof de goden van de deugdzaamheid tegen me samenspannen gaat mijn blik meteen naar *Emily Lange van kantoor Lange, ontvangster van de filantropie-onderscheiding.* Emily wordt vanavond ook geëerd, niet voor iets belangrijks als de top 50, maar voor iets wat er echt toe doet: het liefdadigheidswerk dat haar makelaarskantoor verricht. Ze zoekt betaalbare woonruimte voor dakloze oorlogsveteranen.

Ik sta op, ik heb behoefte aan frisse lucht. Als ik bijna bij de gang ben, zie ik haar. Ze staat bij de bar, te midden van een groepje mensen. Ze praat geanimeerd, bewegend met haar armen en gebarend met haar handen. Emily is altijd een goede verteller geweest. Ze steekt haar wijsvinger op – hét teken dat de clou van het verhaal eraan komt. En ja hoor, het groepje barst in lachen uit. Iemand pakt haar hand. De vrouw die voor haar staat raakt even haar arm aan. De lange man naast haar – haar nieuwe echtgenoot, neem ik aan – slaat een arm om haar heen. Iedereen raakt haar aan. Zo veel liefde om haar heen.

'Wie we daar hebben!'

Ik draai me om. Carter en zijn vrouw Rebekah komen, ieder met een martini in de hand, op me af gesneld. Goddank! Mijn collega's zijn er!

'Hoi!' zeg ik. 'Wat zie je er mooi uit, Rebekah.'

'Ja, hè?' Carter knijpt in haar bil. Ik moet er bijna van kotsen.

Achter hen loopt Allison, in een kort zilverkleurig jurkje. Ze is met twee mensen die er aardig uitzien – haar ouders, neem ik aan – en een jongeman die ik inschat als haar date. Ik omhels haar. 'Zonder jou had ik hier vanavond niet gestaan.'

'Dank je. Zullen we onze tafel opzoeken?' stelt ze voor, zonder de moeite te nemen me voor te stellen aan haar gasten.

Ik keer terug naar tafel drieëndertig, die vast minder kil zal voelen nu ik mijn eigen groepje om me heen heb. We kiezen allemaal een plaatsje uit. Er ontbreekt één persoon in de kring van acht. De lege stoel naast me voelt als een zoeklicht, een baken van treurigheid. Ik leg de Chanel-clutch erop, zodat de stoel er tenminste niet voor niets staat. De ironie ontgaat me niet. Voor de zoveelste keer probeer ik een leegte op te vullen in mijn leven.

Lisa Fletcher, de voorzitter van dit jaar, stapt het podium op en tikt tegen de microfoon. 'Welkom, makelaars van Manhattan!'

Er wordt gejuicht en iedereen zoekt zijn plaats op. Aan de andere kant van de tafel hoor ik Carter tegen de moeder van Allison zeggen: 'Uw dochter begrijpt dat. Bij The Lockwood Agency maakt het niet uit hoe je het doet, als de transactie maar gesloten wordt.'

Ik staar hem aan. Ineens wordt alles me duidelijk. Ik pak mijn clutch en sta op. Als ik achter Carter sta, fluister ik: 'Ik ben klaar. Het wordt tijd dat ik het loslaat.'

Dan glip ik de balzaal uit.

39

Annie

Eén stap vooruit, twee stappen terug. Daaraan is Annie inmiddels gewend geraakt in de omgang met Olive.

Olive is bijzonder dwars deze warme maandagmiddag, terwijl ze naast Annie loopt. 'Ik ga weg, hoor. En jij gaat niet mee.'

Daarom is ze zo chagrijnig, begrijpt Annie nu. Een paar dagen zonder Annie is voor Olive net zo verontrustend als voor haarzelf. Ze vindt het vreselijk om gescheiden te worden van Olive… en Olives vader. Sinds ze met de deur in huis is gevallen behandelt Tom haar alsof Rory en zij een stelletje zijn. *Wat gaan Rory en jij doen dit weekend? Nodig Rory gerust uit voor het eten.* Annie zou hem graag duidelijk maken hoe het zit: ja, ze vindt Rory grappig en lief, een schat, maar hij is gewoon een goede vriend, meer niet. Haar hart is nog vrij, mocht Tom het willen veroveren.

Annie glimlacht naar Olive. 'Ik weet het, liefje. Volgende week vrijdag, dat is over elf dagen, zie je je opa en oma weer. Het wordt vast hartstikke leuk.'

'Hm, hm, en jij mag niet mee.'

Ze komen aan bij Parc des Buttes-Chaumont. Olive holt voor Annie uit naar haar favoriete plekje hoog op een heuvel, waar ze de kinderen beneden kan zien terwijl ze touwtjespringen en radslagen maken. Annie spreidt een deken uit en gaat naast Olive zitten. Het dikke gras is als een sponzig matras onder hen.

'Ik zal je missen, Olly Pop.' Ze maakt de picknickmand open en geeft Olive een boterham. Olive negeert haar en gaat op haar rug naar de lucht liggen kijken.

'Dit is het allerfijnste plekje van de hele wereld,' zegt ze.

'Ik vind het hier ook fijn.' Annie laat zich achterover zakken, zodat ze zij aan zij liggen. Ze vouwt haar handen achter haar hoofd en staart naar de witte stapelwolken die langstrekken. 'Vroeger gingen we altijd naar ons strandhuis aan de Chesapeake Bay. Daar kon ik uren op mijn rug naar de wolken liggen kijken, en dan liet ik ze tot leven komen.' Ze snuift de schone, aardse geur op en het is alsof ze weer dertien is. 'Mijn zusje zei dat ik gek was.'

'Je bent ook gek. En stom.'

'Dat is onaardig van je, Olive.'

Als Olive niet reageert, gluurt Annie even opzij. Olive heeft haar gezicht afgewend. Annie komt op haar elleboog omhoog.

'Jij weet vast niet wat een echte vriendin zegt als ze per ongeluk iets onaardigs heeft gezegd.'

'Wel waar. Dan moet je "Het spijt me" zeggen!'

Annie legt een hand op Olives arm. 'En dan zegt die vriendin: "Het is al goed."'

Zo liggen ze met z'n tweeën zwijgend naar de hemel te kijken. Na een hele tijd zegt Olive: 'We hebben op school een verhaal gelezen over een volk dat de Moken heet. Ze wonen ergens ver weg bij de zee.'

'Dat klopt,' zegt Annie. 'De Moken wonen bij de Andamanzee in Zuidoost-Azië.'

'Ja!' Olive kijkt naar Annie alsof ze een genie is. 'Daar ga ik later wonen als ik groot ben.'

Annie plukt een grassprietje. 'Echt waar?' Ze klemt het sprietje tussen haar duimen en blaast erop, zodat er een fluitend geluid klinkt. 'Waarom?'

'Moken delen alles met elkaar. En ze piekeren nooit. Ze zitten nergens mee.'

'Dat lijkt me een cool volkje,' zegt Annie. 'Misschien verhuis ik wel met je mee.'

'Maar het mooiste van alles weet je nog niet,' zegt Olive. 'Mokenmensen hebben geen woord voor afscheid.'

Annie knijpt haar ogen stijf dicht en wacht tot de pijn in haar borst is gezakt. Ze neemt zich voor zich in te schrijven voor de universiteit van Georgetown. Ze mag nooit afscheid van dit meisje nemen.

40

Erika

De feestelijke avond voor de top 50 is nu negen dagen geleden en ik ben sindsdien niet één keer op kantoor geweest. 's Ochtends lees ik op mijn gemak de krant bij een kop koffie. Ik maak lange wandelingen en later op de dag ga ik in het park zitten tekenen.

Ik heb officieel mijn ontslag ingediend bij Carter en heb Allison al mijn contactadressen en de woningen in mijn bestand gemaild. Verder heb ik haar bedankt en haar laten weten dat ik er alle vertrouwen in heb dat ze alles verder wel alleen kan afhandelen. In haar antwoord vroeg ze me alleen hoeveel tijd ik nodig had om mijn kantoor leeg te ruimen. Tot mijn grote schok heeft Carter geen krimp gegeven. Misschien was het bereiken van de top 50 genoeg voor hem en is hij nu klaar met me. Maar ik ben nog niet klaar, ik begin net.

Het is heerlijk spannend, nadenken over wat ik met mijn leven wil. Ik weet nog niet of ik weer maatschappelijk werk wil gaan doen, of een nieuwe baan zoeken in het onroerend goed of iets heel anders. Eerlijk gezegd zou ik helemaal niet meer hoeven werken. Ik heb gespaard en heb mijn geld goed geïnvesteerd. Maar nietsdoen is niks voor mij. Nooit geweest. Het verschil is dat het werk deze keer mijn leven compleet zou maken in plaats van het helemaal op te slokken.

Het is een koele maandagmorgen en ik ben op zoek naar een puntenslijper in de la van mijn werkkamer als mijn blik ergens op valt. Daar, op een stokoude telefoonklapper, zie ik het visitekaartje liggen.

The Blair Agency.

Ik laat me in een stoel vallen en strijk er met mijn vinger overheen. Het is nu bijna tien maanden geleden dat ik dit kaartje van Kristen kreeg. Natuurlijk was ik onze gezamenlijke droom van toen niet vergeten. Nee, ik ging hem uit de weg. Ik wilde zó graag dat degene die me altijd aanmoedigde die droom waar te maken zou terugkomen; ik wilde met haar steun The Blair Agency opzetten. Het voelt alsof ik haar zou afvallen als ik die plannen zonder haar zou doorzetten.

Ik stop het mooie kaartje in mijn zak en bel Molly's nummer. Zoals altijd gaat de zon meteen schijnen als ik haar stem hoor.

'Erika! Hoe is het vandaag?'

Molly en ik spreken elkaar nu vrijwel dagelijks. Jonah boekt vooruitgang, maar minder snel dan ze hadden gehoopt. Hij krijgt nog steeds iedere middag bijles van mijn vader in de bibliotheek.

'Hoe is het gisteren gegaan met de psycholoog?' vraag ik.

'Heel goed. Dokter Meermans denkt dat Sammie veel minder last van spanningen zal hebben als ze ziet dat het goed komt met Jonah. Ze heeft ons heel fijne technieken geleerd om het beter aan te kunnen, en daar beginnen we mee voordat we over drastischer maatregelen gaan nadenken. Bedankt voor de tip.'

Ik word overspoeld door herinneringen aan die laatste ochtend. Kristens wentelteefjes, haar enthousiasme over de top 50, haar manische stemming die zoveel op mijn moeders buien leek. Annie wist dat er iets mis was, maar ik wilde er niets van horen. Ik kon niet aanvaarden dat mijn dochter misschien wel een psychische aandoening had, met de bijbehorende gevolgen. Uiteindelijk blijkt mijn weigering om dat te accepteren te hebben geleid tot het meest rampzalige gevolg dat ik maar zou kunnen bedenken.

'We leren van onze fouten. Ik had professionele hulp moeten zoeken voor Kristen. Ze was geestelijk niet in orde. Net als mijn moeder.'

Het is de eerste keer dat ik dit toegeef tegenover Molly. In plaats van schaamte komt er een zekere lichtheid over me heen, het trotse gevoel dat ik nu helemaal eerlijk ben. Ik verstop me niet langer voor de waarheid – de waarheid waar ik voorheen doodsbang voor was.

'Wat goed dat je dat zegt, Erika. Ik heb dit nog aan niemand verteld...' Ze zwijgt even en ik wacht af. 'Jimmy heeft twee jaar geleden een zenuwinzinking gehad. Hij heeft vier maanden in een militaire afkickkliniek gezeten. Iedereen denkt dat hij nu gelegerd is in Qater, maar hij heeft een bureaubaan in Duitsland. Hij schaamt zich rot.'

'Wat erg,' zeg ik.

'Dank je,' zegt Molly, en ik hoor de opluchting in haar stem. Waarom hebben we toch zo'n minachting voor onze eigen zwakheden als mens?

'Ik wist dat hij zichzelf niet was die laatste keer dat hij naar huis kwam, maar ik wilde hem niet van streek maken.'

Hoofdschuddend denk ik aan de woorden van mijn vader: Het leven is geen keten van oorzaak en gevolg.

'Vergeef het jezelf,' zeg ik.

Maar zal ik het mezelf ooit echt kunnen vergeven? Nee, niet helemaal. Het beste wat ik kan doen is de draad oppakken en een leven leiden dat mijn dochter waardig is.

'Heb je Toms advies nog opgevolgd en dat atelier gebeld?' vraagt Molly om over te gaan op een vrolijker onderwerp.

Toen ik Tom vertelde dat ik gek ben op tekenen, gaf hij me de naam van een open atelier in SoHo, van de zus van een collega van hem.

'Ja! Ik zag op hun website dat ze aan "artistieke vrijheid" doen, dus ik hoop dat ze niet gaan lachen als ze mijn sneue poging tot kunst zien.' Ik zwijg even. 'Ik heb er vrijdag een afspraak.'

'Goed gedaan, Erika!'

Dan zeg ik zonder enige waarschuwing iets waar ik zelf van sta te kijken. 'Als jullie nou eens naar New York komen, met z'n allen? Ik betaal de tickets.'

Ze lacht. 'We zijn in geen jaren op vakantie geweest.'

'En ik heb in geen jaren een vriendin te logeren gehad.' Ik glimlach. 'Kies maar een datum.'

'Hm. Onze zomer zit helemaal vol, door de revalidatie van Jonah. Misschien in het najaar.'

'Afgesproken,' zeg ik. 'En Molly? Je mag me gewoon Riki noemen, hoor.'

* * *

Een uur later stap ik in hardloopbroek en op sneakers via de lobby door de glazen deuren naar buiten voor mijn ochtendwandeling, dagdromend over Molly's bezoek en wat we allemaal kunnen gaan doen als ze komt logeren met de kinderen. De stad is schitterend in de herfst... Kristens favoriete seizoen.

Ik doe mijn oortjes in, maar ze worden er onmiddellijk weer uitgerukt. Geschrokken draai ik me om en daar staat Carter, voor de deur van mijn appartementencomplex, als een gangster die me komt beroven.

'Wat is er aan de hand, Blair? Zeg maar wat je van me wilt. Opslag? Ik ben bereid je commissie met een halve procent op te schroeven.' Ik versnel mijn pas, maar hij blijft naast me lopen, hijgend terwijl hij praat. 'Wil je een chauffeur? Dan regel ik een chauffeur voor je. Als je maar terugkomt, het liefst gisteren nog.'

Bij de ingang van het park blijf ik staan en ik draai me naar hem om. 'Hoeveel geld heb ik binnengehaald voor de zaak, Carter?'

Hij knippert met zijn ogen. 'Geen flauw idee. Miljoenen, ongetwijfeld. Je bent een topper. En je kunt nog veel meer verdienen. Volgend jaar sta je in de top 10, let op mijn woorden.'

Ik kijk hem strak aan. 'Zeg eens, Carter, wanneer is genoeg genoeg?'

'Huh?' Hij lacht nerveus. 'Nooit. Genoeg is nooit genoeg, dat weet je, Blair.'

Ik glimlach naar hem. Geen sarcastisch lachje, maar oprecht dankbaar. 'Dank je wel, Carter. Jij hebt me een baan gegeven toen ik die nodig had, en daar zal ik je altijd dankbaar voor blijven. In ruil daarvoor heb ik mijn leven gegeven voor de zaak, bijna letterlijk. En nu wordt het tijd om mijn leven terug te nemen. Ik ga iets doen wat ertoe doet, ik ga dingen loslaten.'

Er trekt een elektrisch schokje langs mijn ruggengraat. 'Ik word de persoon die mijn dochters hoopten dat ik zou zijn – de persoon die ik zélf hoopte te zijn.' Het idee geeft me zo'n kick dat ik hardop begin te lachen. 'Misschien ga ik wel vliegeren, als ik toch bezig ben!'

'Waar héb je het in godsnaam over?'

'Grappig, hè? Het is gewoon eenWonder.'

41

Annie

Het is donderdagmorgen en voor de deur staat een zwarte Mercedes met chauffeur te wachten om Olive en Tom naar het vliegveld te brengen. Olives roze met groene reistas ligt open op de vloer van haar slaapkamer.

'Heel goed,' zegt Annie, die naast de tas is neergehurkt. 'Je hebt je tandenborstel ingepakt.'

Olive zit op haar bed en kamt werktuiglijk het haar van haar pop. 'Blijf jij helemaal alleen hier achter?'

Annie ritst glimlachend de tas dicht. 'Ja, maar Rory is er ook nog. En ik ga jou natuurlijk heel erg missen.'

'Ben je er wel als ik terugkom?'

'Natuurlijk.'

'Beloofd?'

Annie neemt Olive in haar armen. 'Ja, beloofd.' Ze geeft een klopje op haar wang. 'Kom op, even hurriën nu. Je vader wacht.'

* * *

Annie gaat languit op de bank liggen en stuurt Rory nog een berichtje, voor het geval hij het vorige of dat dáárvoor heeft gemist.

Ben je thuis? Zin om iets leuks te gaan doen?

Ze doet haar oortjes in en zet de muziek harder, in de hoop de leegte te vullen die ze vanbinnen voelt. Hoe moet ze de komende vijf dagen doorkomen? Er staat maar één ding op haar agenda: zich inschrijven aan Georgetown. Vorige week heeft Tom haar voorgesteld om aan zijn universiteit te gaan studeren; hij kon nog wel iets voor haar regelen, zei hij. Hij leek heel enthousiast en zei dat hij hoopte dat de band tussen hen drieën zo hecht zou blijven. Sindsdien heeft Annie nauwelijks nog aan Rory's zoen gedacht.

Tom zal best moeite moeten doen om zo laat in het studiejaar nog een toelating voor haar te regelen, en bij die gedachte maakt Annies hart een vreugdesprongetje. Jawel, ze vond het heerlijk op Haverford. Maar hoe moet het verder als ze Kristen de komende drie maanden niet vindt? Dan hoeft ze voor háár niet naar Haverford te gaan. Georgetown zou een frisse start zijn, een andere campus waar niemand haar verdenkt van fraude. En het is dicht bij Olive... en bij Tom.

Ze loopt de gang in om zich om te kleden, maar in plaats van naar links te gaan, naar haar kamer, blijft ze staan en staart naar de deur van Toms slaapkamer. Die staat open, en dat is vreemd. Heeft hij hem vergeten dicht te doen?

Ze sluipt de gang door, al heeft ze geen idee waarom ze zou moeten sluipen terwijl er niemand thuis is. Voor de open deur blijft ze staan, en haar hart bonst tegen haar ribben. Ze gluurt naar binnen en ziet voor de allereerste keer Toms privévertrek.

Zijn bed is strak opgemaakt, met een effen wit dekbed en bruine kussens. In een hoek staat een leren stoeltje. Ze kijkt even om, alsof daar ineens iemand zou staan. Maar ze is natuurlijk alleen.

Dan zet ze een stap naar binnen, de kamer van Tom Barrett in. De houten vloer voelt koel onder haar blote voeten. Ze loopt naar het bureau, waar wat kleingeld en een paar bonnetjes liggen. Ze gaat naar zijn kast en trekt voorzichtig de dubbele deuren open. Zijn kleding is netjes opgehangen, broeken aan de ene kant, overhemden aan de andere. Ze ruikt de zeep die hij gebruikt, die schone, frisse, maar niet te sterke geur. Annie strijkt met één hand langs zijn jasjes. Dan duwt ze haar gezicht in een rij overhemden en snuift diep, met haar ogen dicht, zodat ze zich kan voorstellen dat ze haar neus in zijn hals heeft begraven.

Plotseling voelt ze een hand op haar schouder. Ze slaakt een gilletje en draait zich om, met een hand voor haar keel geslagen.

'Rory! Besluip je me nou?' Ze rukt de oortjes uit.

'Sorry, Annie. Ik kreeg je sms'jes – drie stuks maar liefst. Ik dacht dat er iets aan de hand was. Je deed niet open toen ik op de deur klopte.'

Ze kijkt naar de oortjes in haar hand; de muziek staat zo hard dat ze nog steeds zou kunnen meezingen. Ze zet hem uit. 'Hoe ben je binnengekomen?'

'Professor Barrett heeft me een sleutel gegeven voor noodgevallen.'

Hoe lang heeft Rory naar haar staan kijken? Heeft hij haar als een speurhond aan Toms kleren zien snuffelen? Annie zegt verontwaardigd: 'Ooit van een telefoon gehoord?'

Hij kijkt om zich heen in de kleine ruimte, alsof hij nu pas ziet dat ze in Toms kledingkast staan. 'Waar ben je mee bezig, Annie?'

Sprakeloos staart ze hem aan. *Aan de kleren van mijn toekomstige echtgenoot ruiken* lijkt haar niet zo'n goede verklaring. Ze beent naar de deur en ontwijkt zijn vraag. 'Kom, we hebben hier niks te zoeken.'

Maar hij verroert zich niet. Hij trekt alleen een wenkbrauw op en lacht naar haar, dat ondeugende lachje waardoor hij kuiltjes in zijn wangen krijgt. 'Je snuffelde in de spullen van professor Barrett!'

Ze snuift. 'Túúrlijk.'

'Ben je...' Hij krijgt weer die bekende rode vlekken in zijn gezicht. 'Ben je verliefd op professor Barrett?'

Heel even komt Annie in de verleiding om hem de waarheid te vertellen. Ja, ze is als een blok gevallen voor Tom Barrett. Waarschijnlijk gaat ze in het najaar in Georgetown studeren, en misschien gaan Olive, Tom en zij dan wel een echt gezinnetje vormen. Maar Rory kijkt zo liefdevol naar haar, en zijn blik doet haar vermoeden dat hij niets wil horen over haar liefde voor een ander. Ze probeert het weg te lachen. 'Wat? Ben je gek geworden?'

'Ja!' roept hij uit, en hij neemt zijn hoofd in zijn handen. 'Ik word gek als ik het niet weet.' Hij pakt haar bij de armen. 'Voel je iets voor mij, Annie?'

Annie probeert te slikken, maar haar mond is kurkdroog. Ze wil hem niet kwetsen. 'Ik vind je leuk, Rory, echt waar. Maar...'

Hij legt een vinger tegen haar lippen. 'Maak de zin niet af. Straks verlies ik mijn hoop nog.'

Net zoals ik bang ben de hoop te verliezen, denkt Annie, als ik naar Kristen blijf zoeken.

'Ik ga nu.' Hij drukt een kus op haar voorhoofd. In zijn ogen is zo'n hevige pijn te lezen dat Annie haar blik moet afwenden. Ze wacht tot ze de klik van de deur achter hem hoort en barst dan in tranen uit. Dit is de eerste keer dat ze te maken krijgt met een gebroken hart, en dan de ergste versie daarvan: dat van een ander.

42

Erika

In alle voor- en tegenspoed heb ik in mijn jaren als makelaar één nuttige vaardigheid opgedaan: ik kan mensen in heel korte tijd inschatten.

Ik houd het goedgeklede stel nu twee dagen in de gaten. Ze zitten tegenover me in het koffietentje, bij het raam. Ik schat ze in de veertig – en verliefd. Dat zie ik aan de manier waarop hij zijn hand onder haar haar laat glijden en haar nek streelt. En aan de manier waarop ze hem glimlachend nakijkt als hij naar de bar loopt om nog een thee voor haar te halen.

Afgaand op hun gesprekjes met onbekenden en hun accent wanneer ze me iedere morgen begroeten, komen ze uit het Midwesten. Gisteren lag er een plattegrond uitgevouwen op hun tafeltje, terwijl ik hen niet inschat als toeristen. Vandaag zitten ze over een laptop gebogen. Ze zoeken een appartement, ik weet het zeker.

Voor het eerst sinds mijn schandalige diefstal van Emily's transacties twee maanden geleden voel ik weer de drang om onroerend goed te verkopen. Maar niet zoals vroeger, aan anonieme miljardairs met wie ik alleen oppervlakkig contact had; nee, met mensen zoals dit stel, nieuw in de stad en op zoek naar hun droomhuis.

Ik zou iets voor hen kunnen vinden waar ze dolblij mee zouden zijn, dat weet ik zeker. In gedachten stel ik een lijst op van hun wensen – onmisbare zaken waarvan ze zich vast niet eens bewust zijn. Ze zijn fit, dus alles moet op loopafstand zijn, vlak bij het park. Het zijn stijlvolle types, maar geen patsers, dus een chic maar traditioneel adres – misschien een vintage appartement met een mooi uitzicht.

Mijn hart begint sneller te kloppen. Dit is de reden dat ik ooit verliefd ben geworden op de makelaardij! Ik sta op om me aan hen voor te stellen, maar eerst vis ik het visitekaartje uit mijn tas.

'Hallo. Zoekt u woonruimte?'

'Ja,' antwoordt de vrouw. 'We gaan hierheen verhuizen vanuit Illinois.'

De man wijst naar zijn vrouw. 'Zie hier het nieuwe hoofd chirurgie van Lenox Hill.'

'Gefeliciteerd,' zeg ik tegen haar. 'En nu zoekt u een appartement?'

'Ja, maar we schrikken behoorlijk van de prijzen,' zegt de man met een glimlach. 'U bent toch niet toevallig makelaar?'

Ik moet lachen. 'Jawel.' Ik leg het visitekaartje op het tafeltje tussen hen in. 'Maar wie u moet hebben, is Emily Lange. Zij kan u uitstekend helpen. Ze is de beste die er is.'

Zo'n groot gebaar is het niet, en ik kan er in de verste verte niet mee goedmaken wat ik Emily heb aangedaan. De commissie – als dit stel inderdaad een huis zou kopen via The Lange Agency – is minuscuul in vergelijking met wat ik heb opgestreken aan de Fairview-appartementen. Ik vraag me zelfs af of mijn bescheiden gebaar de moeite waard is.

Maar zoals mijn vader al zei: je moet ergens beginnen. Ik voel me een klein beetje lichter als ik wegloop.

* * *

Het is vier uur als ik terugkom van mijn allereerste tekenles. Die heeft drie uur geduurd, maar de tijd vloog en ik heb me alweer ingeschreven voor volgende week. Waarom stoppen mensen toch met de dingen waar ze zoveel plezier in hebben, vraag ik me af. Wat zet ons ertoe aan om onze dagen vol te stoppen met stress en onzekerheid?

Ik loop met mijn schetsboek en potloden door de lobby als mijn telefoon gaat. Op het schermpje zie ik dat het Tom is.

'Hé, hoi.'

'Gegroet vanuit de VS,' zegt hij. Het duurt even voordat het tot me doordringt: Tom is hier, op vier uur rijden van New York.

'Hoe was je congres?'

'Ik zou het een dikke acht geven,' zegt hij. 'Misschien zelfs een negen.'

'Dan was het vast een tien min. Jij bent gewoon zuinig met je beoordeling.'

'Het was fijn om mijn collega's weer te zien. En hoe was jouw dag?'

'Ik heb tekenles gehad.' Glimlachend klem ik de telefoon tussen mijn kin en mijn schouder. 'Het atelier was perfect. Nogmaals bedankt voor de tip.' Ik ga in een hoekje staan en sla het schetsboek open bij de nog niet afgemaakte tekening van Annie en Kristen en mij. Langs de rand heb ik met piepkleine lettertjes geschreven: *Familie: de mensen die je laten vertrekken, maar je nooit loslaten.* De spreuk van mijn oma.

'Wat fijn.'

'En zal ik je nog eens wat vertellen? Mijn interview met *The New York Times* gaat gewoon door. Ik dacht dat ze wel een andere makelaar zouden nemen nadat ik had verteld dat ik weg ben bij Lockwood, maar ze willen me nog steeds portretteren. Zondag komen ze voor het interview.'

'Wat goed. Heb je nog een assistent nodig? Zondag ben ik nog hier. Als dat voor mij de manier is om jou te ontmoeten...'

Zijn toon is voor twee derde flirterig en voor een derde serieus. Het is weken geleden dat Tom iets heeft gezegd over een ontmoeting.

De seconden tikken weg. Ik probeer een antwoord te bedenken, ad rem en grappig, iets om de stemming luchtig te houden.

'Moet je horen, Erika, ik wil je niet afschrikken. Misschien zie jij dit helemaal niet zitten.'

Jawel, wil ik uitroepen. Maar ik vind het doodeng. Mijn man

is bij me weggegaan. Ik heb in geen jaren een relatie gehad, en de vluchtige affaire die ik met Curtis had op het eiland is uitgedraaid op een ramp. Hoe hard ik ook mijn best doe om in het heden te leven, het verleden heeft nog steeds grip op me.

'Het punt is,' gaat hij door, 'dat ik je leuk vind. Jij bent de eerste met wie ik een gesprek kan voeren na de dood van Gwen. Ik ben de hele dag door een beetje blijer bij de gedachte dat ik 's avonds je stem weer hoor.'

Ik word overmand door verlangen. Ik wil deze man ontmoeten, mijn verbindingslijn met Annie die tevens een goede vriend en vertrouweling is geworden. Kan ik erop vertrouwen dat hij me zal nemen zoals ik ben, ook al heb ik mijn tekortkomingen en lijkt het soms wel of ik meer slechts dan goeds in me heb? Heb ik de moed om mijn roestige hart open te breken, in het besef dat het wel eens volledig zou kunnen verkruimelen? Ik denk aan Annies wens dat ik weer ga léven, en in gedachten zeg ik de bijbehorende spreuk. Durf ik me te laten gaan, dingen los te laten?

'Ik heb zondag geen assistent nodig,' zeg ik.

'Dat begrijp ik.'

Ik knijp met mijn klamme hand in de telefoon. 'Maar ik zou je heel graag zaterdag zien, als je dan kunt.'

* * *

Zodra ik heb opgehangen, voel ik me beroerd. Wat heb ik gedaan? Ik ga morgenavond uit eten met de baas van mijn dochter terwijl zij er geen flauw benul van heeft dat ik hem ken. Als ze erachter komt, weet ze meteen dat ik haar achter haar rug om in de gaten heb gehouden. Daar zal ze zeker pissig om worden.

Ik loop naar mijn laptop en stuur haar een mail, mijn enige manier om met haar te communiceren – mits ze hem leest natuurlijk. Ik stuur een kopie naar eenWonder.

Hoi liefje,

Ik moet je iets vertellen. Daarom vraag ik je voor deze ene keer de stilte te doorbreken. Kan ik je alsjeblieft onder vier ogen spreken, misschien via Facetime of Skype? Ik moet je iets belangrijks zeggen.

Ik bijt op mijn lip. Dadelijk denkt ze dat ik nieuws heb over Kristen, dat is niet eerlijk.

Dit heeft overigens niks met je zus te maken.

Ik hou van jou als het ijs van de kou.

Mama

43

Annie

Annie zit op het balkonnetje van haar slaapkamer, met uitzicht op de stille Rue de Rennes, en schrijft bij kaarslicht haar favoriete spreuken in een roze schriftje. De meeste kent ze uit het hoofd. Misschien zal Olive op een dag net zoveel troost vinden als Annie bij de woorden van overgrootmoeder Louise, oma Tess en Erika Blair.

Ze pakt haar pen en tuurt naar de sterrenhemel. Ze voelt zich vanavond vlak en leeg, als brood zonder gist. Iedereen die haar een glimlach zou kunnen bezorgen is weg – ook Rory. Gaat het wel goed met hem? Annie krimpt ineen als ze terugdenkt aan zijn gekwelde blik van vanmorgen.

Haar telefoon pingt, er is e-mail. Ze grijpt naar het toestel in de hoop dat het een bericht van Rory is, maar ze weet best dat dat niet zo is. Het mailtje is van haar moeder. Ze klinkt net zo eenzaam als Annie zich voelt.

De eerste regendruppels vallen, waardoor de kaars wordt gedoofd. Annie pakt het schrift met de spreuken en gaat snel naar binnen. Ze doet de balkondeuren achter zich dicht en loopt door naar de huiskamer.

Het lijkt wel of het appartement sinds vanmorgen groter geworden is, als een galmend mausoleum. Ze ploft neer op de bank en probeert uit te rekenen hoeveel uur ze in deze koude, stille flat moet wachten tot Tom en Olive terugkeren en de boel weer tot leven komt.

Ze legt een arm over haar voorhoofd. Voelde haar moeder

zich ook zo toen Kristen en zij het huis uit gingen om te studeren? Stortte ze zich daarom op haar carrière, in de hoop die pijnlijke leegte op te vullen? Voor het eerst begrijpt Annie het.

Ineens breken de muren die ze om zich heen heeft opgetrokken en slaat de heimwee toe. Er is maar één plek op aarde waar ze nu zou willen zijn, en dat is thuis bij haar moeder.

44

Erika

In mijn ochtendjas loop ik snel nog eens alle kamers door. Ik pluk een dorre stengel uit een vaas op de salontafel en steek de kaarsen op de schoorsteenmantel aan. Het is zaterdagavond half zeven en het appartement ziet er spectaculair uit, al zeg ik het zelf. Wat een mazzel dat mijn interview met de *New York Times* van morgenmiddag twaalf uur samenvalt met mijn date met Tom van vanavond. Ik hoop dat hij een goede eerste indruk zal krijgen dankzij de bloemstukken en de extra accessoires die ik heb gekocht voor de fotosessie.

Tevreden loop ik de gang door naar mijn slaapkamer om me aan te kleden. Ik klap mijn laptop open en zet hem op mijn ladekast. Vijf minuten later ben ik aan het facetimen terwijl ik verschillende jurken uitprobeer. Nee, niet met Annie. Ze heeft niet gereageerd op mijn e-mail. Ik stop de pijn weg en kijk naar het scherm, waar Kate thuis op haar bank zit met kat Lucy op schoot.

'Weet je zeker dat dit niet te sexy is?' vraag ik, en ik strijk het mouwloze witte jurkje glad.

'Ligt eraan of je wilt dat hij verliefd op je wordt,' zegt Kate. 'Zo niet, dan kun je beter iets anders aantrekken.'

'Ik ben je echt dankbaar,' zeg ik voor de honderdste keer. 'Ik zou hier niet zo gestaan hebben als jij me niet had helpen inzien wat een akelig mens ik was geworden.'

'Je zou er zelf wel achter gekomen zijn. Het was overduidelijk.'

Ik steek mijn middelvinger op naar het scherm. Kate moet lachen. 'Ik wist dat mijn zus nog ergens schuilging achter die belachelijke nepwimpers en dat suffe omapak. Je kon gewoon niet helder denken omdat je al een half jaar niet één koolhydraat had binnengekregen.'

'Nee, serieus, Kate. Ik had wel oud en eenzaam kunnen eindigen, zoals...' Ik wilde zeggen 'zoals pa', maar ik weet eigenlijk niet of hij eenzaam is. Hij is chagrijnig en koppig, maar ondanks dat heeft hij wel mensen om zich heen op het eiland, een groepje dat oprecht om hem geeft – ook al vinden ze hem niet altijd aardig.

'Hoe gaat het met Max? Is hij gelukkig op het eiland?'

Ik luister naar Kates verhalen over hun lange wandelingen en uitgebreide gesprekken. 'Hij hoopt me tegen Kerstmis een ring te kunnen geven.'

Maar eerst hoopte ze dat het deze zomer zou gebeuren. Ik denk meteen het ergste. Max houdt haar aan het lijntje. Ze moet oppassen dat hij haar hart niet breekt. Ik kom in de verleiding om haar advies te geven, maar ik hoor in gedachten het antwoord al: *Omdat dat voor jou ook zo goed gewerkt heeft zeker?*

Ik haal diep adem en denk aan de woorden van oma Louise na de dood van mijn moeder. 'Weet je dat dan niet, Riki? Degene met de meeste pleisters op haar hart wint.' En misschien heeft ze gelijk. Zou het kunnen dat we de schrammen en blauwe plekken op ons hart moeten beschouwen als een teken dat er van ons gehouden wordt, dat we niet gemeden worden?

'Ik ben blij voor je, zusje,' zeg ik.

'Is er nog nieuws van eenWonder? Ik hoor je er niet meer over.'

'Geen bericht meer sinds de felicitaties op de top 50-avond.'

'Misschien weet Annie dat je bent veranderd, dat je die spreuken niet meer nodig hebt.'

Ik klop het af op de houten kast en hoop dat ze gelijk heeft.

Mijn wijn klotst over de rand van mijn glas als de zoemer bij de voordeur gaat. 'O, shit.' Ik controleer snel of ik niet op mijn kleren heb geknoeid. Wonder boven wonder is dat niet het geval. 'Hij is er!'

'Ja,' zegt Kate rustig. 'Laat hem boven komen. Veel plezier, en bel me om te vertellen hoe het is gegaan.'

* * *

Ik sta met één hand op de deurknop en druk de andere tegen mijn bonzende hart. Dan tel ik tot vijf om niet te gretig over te komen en zwaai de deur open.

Er staat een knappe man met donker haar en een heerlijke glimlach, met een bos zonnebloemen in zijn armen. Tussen de bloemen ontwaar ik een plastic minivliegertje.

Ik smelt als een ijsklontje op een heet trottoir.

* * *

Als deze avond een zelfhulpcursus was om weer te wennen in de datingscene, zou ik hem vijf sterren geven. Tom Barrett is aantrekkelijk op een vriendelijke, niet-intimiderende manier. Eerder John Cusack dan Jon Hamm, en daar hou ik van. Na een glas wijn bij mij thuis begin ik me te ontspannen.

Om zeven uur gaan we naar Marea, een rustig Italiaans restaurant aan Central Park South. We zitten bij kaarslicht aan een tafeltje aan het raam en Tom bestelt een fles wijn.

Hij zegt hoofdschuddend: 'Ik kan gewoon niet geloven dat ik hier nu tegenover jou zit. Je bent nog mooier dan ik me had voorgesteld.'

Ik voel mijn wangen gloeien en wend mijn blik af. 'Ja, hoor.'

'Echt.'

'Laten we er even van uitgaan,' zeg ik, en ik houd mijn hoofd schuin, 'dat ik er best mee door kan. Maar als dat nou niet zo was geweest? Je hebt nogal een gok gewaagd, helemaal hierheen komen voor een date met iemand die er ook had kunnen uitzien als een trol.'

'Dat zou niet uitgemaakt hebben.'

'Kom op! Jij zou vast onder de indruk zijn geweest als ik had opengedaan met een mond vol rotte tanden.'

Hij steekt lachend zijn handen op. 'Oké, een bekentenis. Ik had al een foto van je gezien.'

'Zie je wel, stiekemerd!' zeg ik. Hij moet lachen, en ik lach mee.

Als hij weer het woord neemt, gaat hij zachter praten. 'Serieus, Erika, het zou me niet uitgemaakt hebben hoe je eruitzag. Ik zou hier sowieso gezeten hebben, met die domme grijns op mijn gezicht, en genoten hebben van ieder moment met jou.'

Ik voel gefladder in mijn buik. Als het geen vlinders zijn, dan in ieder geval motten, of misschien zelfs honingbijen. Het kan aan de wijn liggen, aan het kaarslicht of de doordringende blik van Tom, maar ik voel me veilig vanavond. En gelukkig. Het is alsof de twee afzonderlijke helften van mijn hart, gewond en gebroken, weer aan elkaar gezet worden.

Behalve over Annie – ons enige gezamenlijke aanknopingspunt – praten we over boeken en films en zelfs over politiek. Dan komt het gesprek op Olive, en de vraag waarom Tom ervoor heeft gekozen in de buurt van Washington te blijven wonen.

'Ik wilde dat Olive dicht bij Gwens ouders zou wonen. En Georgetown is een fijne plaats. Voor mij is het de ideale combinatie van de energie van de stad en de rust van een woonwijk.'

'Een beetje Picasso en een vleugje Norman Rockwell?'

'Precies. Ik heb Annie zelfs overgehaald om zich aan te melden bij de universiteit daar.' Hij grinnikt. 'Daar speelt natuurlijk eigenbelang in mee. Olive is erg aan haar gehecht en ik hoop dat die relatie zich voortzet.'

'Maar Annie gaat terug naar Haverford... of niet? Ik... ik wist niet dat ze overwoog om over te stappen.'

'O, dat weet ik niet precies,' zegt Tom. Hij wendt zijn blik af alsof hij het gênant voor me vindt, en terecht. Want ik mag dan veranderd zijn, ik weet nog steeds helemaal niets van mijn eigen dochter. Hoofdschuddend kijk ik hem aan.

'Er zijn nog zoveel gaten in onze relatie die opgevuld moeten worden. Ze wil graag haar oude moeder terug als ze straks thuiskomt in augustus, heeft ze gezegd. Ik hoop dat ze me zo zal zien.'

'Je hebt een fantastische jongedame grootgebracht, Erika. Als Annie straks eindelijk het stilzwijgen doorbreekt, worden jullie vast dikke vriendinnen.'

We halen alles uit de avond wat erin zit. Na het eten nemen we samen een ijscoupe en we gebruiken dezelfde lepel. Die simpele intimiteit bezorgt me een aangename huivering.

Het is elf uur als we op een terrasje gaan zitten. Tom bestelt calvados, een appelbrandewijn die wordt gemaakt in Normandië. Vanuit het restaurant klinkt een jazzserenade. We nippen van onze drankjes en kijken toe hoe de hippe twintigers zich klaarmaken voor een avond stappen. Ik bekijk ze zoals altijd aandachtig, omdat ik diep in mijn hart nog steeds hoop het knappe gezicht van Kristen te ontwaren of haar schaterlach te horen als ze met haar vrienden tot diep in de nacht gaat dansen. Maar anders dan de wanhopige vrouw die ik vorige winter was kan ik nu glimlachen om die zorgeloze jongens en meiden, in plaats van wrok te voelen over het feit dat mijn dochter er niet bij is.

'Ik ben blij dat je eindelijk met me wilde afspreken,' zegt Tom. 'Je hebt geen idee hoe ik ervan baalde dat je me afwimpelde.'

Ik moet lachen. 'Ik wimpelde je niet af.' Maar dan word ik serieus. 'Ik was bang. Ik heb geen al te beste ervaring met mannen en ik zat niet bepaald lekker in mijn vel. Het leek me veiliger om je van een afstand te laten geloven dat ik heel bijzonder was dan te riskeren dat ik in het echt een teleurstelling voor je zou zijn.'

'Wat nou?' zegt hij plagend. 'Bedoel je dat je niet volmaakt bent?'

'Ik heb vorig najaar een heel grote fout gemaakt.' Met bonzend hart vraag ik me af of ik wel de moed heb om hem de waarheid te vertellen over de vrouw die ik in werkelijkheid ben. Ik praat snel in het besef dat ik me makkelijk zou kunnen bedenken, terwijl ik weet dat het heel belangrijk is om dat niet te doen.

'Op de dag van het treinongeluk had Kristen me gevraagd om Annie en haar weg te brengen naar de campus. Ik vond mijn werk belangrijker dan mijn dochters. Kristen zat in een manische periode, maar ik wilde dat niet inzien.'

In plaats van beschaamd mijn blik af te wenden, blijf ik hem strak aankijken. Tot mijn opluchting zie ik geen oordeel in zijn ogen. Hij raakt even mijn arm aan.

'En nu heb je het gevoel dat het ongeluk op de een of andere manier jouw schuld is?'

Ik schud mijn hoofd en druk een hand tegen mijn mond, tot ik eindelijk mijn zelfbeheersing terugvind. 'Eerst wel,' zeg ik dan. 'Mijn vader... heeft me geholpen in te zien dat het leven geen keten van oorzaak en gevolg is. Nu probeer ik iets te doen wat ik jaren geleden al had moeten leren: mezelf vergeven.'

* * *

Rond middernacht lopen we langs Central Park. Als Tom mijn hand pakt, voelt dat zo natuurlijk als de zonsopkomst.

'In augustus kom ik terug naar de States. Ik wil Olive graag aan je voorstellen Ze vindt je vast heel leuk.'

Ik probeer rustig te blijven, maar vanbinnen doe ik een vreugdedansje. 'En dan komt Annie naar huis,' zeg ik terwijl ik over een voeg tussen twee stoeptegels heen stap. 'Ik kan haast niet wachten om haar te vertellen dat wij elkaar ontmoet hebben. Ik denk dat ze het leuk zal vinden.'

'Dat denk ik ook.' In vriendschappelijk stilzwijgen lopen we door. 'Ontwijk je nou de voegen?' vraagt hij dan. Hij gaat achter me lopen om te kijken hoe ik mijn voeten neerzet. 'Echt wel!' Lachend slaat hij een arm om mijn schouder. 'Je bent net zo bijgelovig als ik vroeger was.'

'Jij? De professor in de biochemie? Bijgelovig?'

'Vroeger wel.'

'Laat me raden,' zeg ik, en ik ga zijwaarts lopen om naar hem te blijven kijken. 'Je hebt honderd voegmijders en honderd op-de-voeglopers bestudeerd en je bent tot de conclusie gekomen dat er geen significant verschil was in het aantal personen van wie de moeder haar rug brak.'

Hij trekt me naar zich toe en strijkt het haar van mijn wang. 'Hebben ze jou er ooit van beschuldigd pienter en ad rem te zijn?'

Ik glimlach en geniet van het gevoel van zijn hand op mijn wang. Mijn hart gaat sneller kloppen, en ik probeer het gesprek luchtig te houden. 'Vertel op, professor, waarom ben je niet langer bijgelovig?'

Hij doet een stapje terug. 'Na de dood van Gwen ben ik gestopt met die flauwekul.' Hij drukt een kus op mijn kruin. 'Al die jaren voorzichtig zijn met ladders en zwarte katten hebben me niks opgeleverd.'

De straatlantaarns werpen een amberkleurig pad op het trottoir, en zwijgend lopen we langs de appartementen van miljoenen dollars. 'Was het maar zo makkelijk,' zeg ik na een hele tijd. 'Een snufje zout over je schouder gooien en je leven blijft gevrijwaard van tragedie. Ik snap niet hoe jij het doet. Als Kristen doodgereden zou zijn door een dronken automobilist, weet ik niet of ik het diegene ooit zou kunnen vergeven.'

'Dat was het moeilijkst van alles.'

'Heb je hem ooit gesproken?' vraag ik zachtjes.

'Haar,' verbetert hij me. Ik voel hem verstijven, en als ik opkijk, zie ik zijn kaakspieren bewegen. Hij werpt me een duistere blik toe. 'Mijn vrouw was de dronken automobilist.'

* * *

Als we aankomen bij een bankje onder een plataan gaan we zitten, zij aan zij. Tom vertelt me over de middag dat zijn vrouw hem belde op zijn werk om te vragen of hij Olive kon ophalen bij het kinderdagverblijf. 'Ze was vergeten dat ze een afspraak had bij de nagelstudio. Ik was vreselijk geïrriteerd.' Hij staart voor zich uit. 'Ik was bezig met een beursaanvraag die uiterlijk om vijf uur diezelfde dag binnen moest zijn, en ik legde haar sarcastisch uit dat die misschien wel belangrijker was dan haar nagels. Ik kon niet – wilde niet – zomaar weg. Zij had ervoor gekozen thuisblijfmoeder te zijn en niet te gaan werken, dus moest ze het ook maar oplossen, zei ik.'

Hij zet zijn ellebogen op zijn knieën en vouwt zijn handen, met gebogen hoofd. 'Dat gesprek heb ik in gedachten oneindig teruggehaald, en steeds vroeg ik me af of ik niet aan haar stem kon horen dat ze gedronken had. Als ik dat had geweten, had ik alles uit mijn handen laten vallen.'

'Maar je wist het niet,' zeg ik. 'En je kunt jezelf niet straffen voor iets waar je geen invloed op had.' Terwijl ik het zeg, vraag ik me af wie ik nu eigenlijk probeer te overtuigen, Tom of mezelf.

Hij strijkt met een hand over zijn gezicht. 'Ze was gestopt met drinken toen ze erachter kwam dat ze zwanger was van Olive, en ik was zo stom om te denken dat we de ergste tijd gehad hadden.'

Hij zucht diep en kijkt me aan. 'Sorry. Het was niet mijn bedoeling om onze avond te verpesten.'

'Dat doe je niet.' Ik wrijf over zijn rug. 'Ik ben blij dat je erover kunt praten.'

'Weet je nog, dat cadeau dat ik in de kast vond, waarvan ik dacht dat het voor mij was?'

'Ja.' Dat verhaal heeft hij me een paar weken geleden verteld. 'Het cadeau van Gwen, waar "niet openmaken" op stond.'

'Dat was voor haar, niet voor mij. Een fles gin – een halfvolle. Een slimme truc om haar alcohol te verstoppen.' Hij laat zijn hoofd weer hangen. 'Jezus, wat ben ik een slechte echtgenoot geweest. Ik was te veel met mijn werk bezig. Ik heb nooit echt geïnvesteerd in mijn huwelijk. Geen wonder dat ze weer is gaan drinken.'

Ik vertel hem over de ochtend van Kristens vertrek, het haastige ontbijt en haar manische gedrag. 'Maar toch heb ik haar de trein laten nemen. Ik maakte mezelf wijs dat haar drukke gedrag werd veroorzaakt door de cafeïne. Ik weigerde te geloven dat mijn dochter mentaal niet in orde was, zoals ik dat van mijn moeder ook nooit heb willen weten.'

'Wat erg,' zegt hij. 'Over cadeaus met het opschrift "niet openmaken" erop gesproken...'

We wisselen een glimlach uit. Het voelt vreemd om de waarheid te vertellen die me maanden heeft gekweld, en het zal voor Tom ook niet makkelijk zijn. Maar het is ook bevrijdend. Dankzij eenWonder en Annie en Kate en zelfs mijn vader worden de ketenen van dood, schuldgevoel en schaamte wat losser.

Als we teruglopen naar mijn appartement slaat Tom een arm om mijn schouder, een ontspannen gebaar dat me het gevoel geeft dat we oude vrienden zijn. Bij het gebouw aangekomen draait hij zich naar me toe en pakt mijn handen. 'Ik heb een heel leuke avond gehad, Erika.' Hij glimlacht. 'Je bent precies zoals ik had gehoopt dat je zou zijn, weet je dat?'

Had hij iets mooiers kunnen zeggen? Ik denk aan het hoopje ellende dat ik nog maar een paar maanden geleden was en bedank eenWonder in stilte.

'Ik ga morgenvroeg terug naar DC,' zegt hij dan. 'Heb je nog tijd om van tevoren samen koffie te drinken?'

Hoezeer ik mezelf er ook van overtuigd had dat Tom en ik nooit meer dan goede vrienden zouden worden, ik begin er nu toch anders over te denken. Ik vind hem leuk, deze man die iemand heeft verloren, net als ik, en die weet wat de gevolgen van een onevenwichtig leven kunnen zijn. Deze man die binnenkort weer in de vs komt wonen. De man die me onomwonden laat weten dat ik een gezonde, seksueel aantrekkelijke vrouw ben.

Mijn interview met *The New York Times* is pas morgen om twaalf uur. Ik reken snel uit hoe lang ik al contact heb met Tom. Twee maanden, drie weken en vijf dagen. Is dat lang genoeg om met hem naar bed te gaan? Nee, dat kan ik niet maken. Of wel?

Ik haal diep adem en lach een beetje onzeker.

'Zullen we anders nu een kopje koffie drinken?'

* * *

Ik doe in gedachten een korte inventaris als we door de lobby lopen. Benen geschoren? Check. Schone lakens? Schoon genoeg.

Boven maak ik mijn voordeur open en loop naar binnen zonder het licht aan te doen. Maar Tom heeft minder haast. Hij trekt zijn schoenen uit en zet ze zorgvuldig weg. Ik ga hem voor naar de woonkamer. Hij hangt zijn jasje over een stoel, komt bij me staan en neemt me voorzichtig in zijn armen.

Zijn mond vindt de mijne en ik sluit mijn ogen, duizelig van de emoties als ik het heerlijke gevoel over me heen laat komen. Zijn zachte lippen op de mijne. De vage geur van zijn zeep. De smaak van appelbrandewijn op zijn tong.

'Weet je het zeker?' vraagt hij, en hij maakt zich van me los om me in de ogen te kijken. 'Ik wil niks overhaasten.'

Jawel! Alsjeblieft. 'Geloof me,' antwoord ik, 'ik weet heel goed wat ik doe.'

45

Annie

Het is onmogelijk in New York City aan te komen zonder onder de indruk te raken, zelfs voor Annie, die er al bijna haar hele leven woont. Het is één uur 's nachts – zeven uur 's morgens in Parijs. Haar vlucht had vertraging en ze heeft al vierentwintig uur niet geslapen, maar Annies ogen zijn groot en helder als die van een jong hertje. Ze staart door het autoraampje naar buiten, naar de vertrouwde lichtjes en de knipperende billboards, de nog altijd drukke trottoirs en de hoge gebouwen. En dan ziet ze eindelijk Central Park. Ze kan nog net een enthousiaste kreet onderdrukken. Bijna thuis!

De chauffeur stopt langs de stoeprand en Annie pakt haar bagage. 'Bedankt,' zegt ze voordat ze het trottoir op loopt. Ze begroet de portier en loopt naar de lift, lacherig van opwinding. Het kan haar niet schelen dat het midden in de nacht is, ze gaat dadelijk naar haar moeders slaapkamer en kruipt bij haar in bed. Ze kan haast niet wachten om haar gezicht te zien.

Met haar sleutel maakt ze de voordeur open en ze loopt naar binnen. Daar snuift ze de vertrouwde geur van thuis op: een combinatie van het schoonmaakmiddel dat haar moeder gebruikt en verse bloemen.

'Mam?' zegt ze zachtjes. Ze hangt haar tas aan een haak, met haar sleutels ernaast. Het huis is in schaduwen gehuld, met alleen het vage schijnsel van de lantaarnpaal voor de deur. Ze struikelt bijna over een paar schoenen in de hal. Hoge suède schoenen. Hoge suède mannenschoenen.

O my god. Heeft haar moeder een date? Er is hier duidelijk het een en ander veranderd!

Ze loopt de woonkamer in en knipt een lamp aan. Op de salontafel staat een fles wijn met twee glazen. Ze houdt de fles omhoog. Leeg. Het is toch niet te geloven? Tante Kate had gelijk, haar moeder heeft de draad opgepakt, ze heeft zowaar lol in het leven. Dat is het wonder waarop Annie had gehoopt.

Ze tuurt de gang in. Er komt een streep licht onder haar moeders slaapkamerdeur door. Wacht even... is ze in de slaapkamer? Met een man? Annie moet toegeven dat het een raar idee is, haar moeder die achter die deur ligt te vozen met een of andere kerel. Het blijft natuurlijk wel haar moeder.

Ze ploft neer op de bank. Daar gaat haar verrassing.

Dan ziet ze aan de andere kant van de kamer, over de beige clubfauteuil, een blazer hangen. Wat voor type is die date van haar moeder? Gebruikt hij wel een condoom? Ze voelt opeens een felle beschermingsdrang. Stel dat het een of andere eikel is die alleen maar seks wil? Haar moeder weet niks van daten in de eenentwintigste eeuw. Dat voor Annie hetzelfde geldt doet er niet toe.

Annie beent naar de stoel toe en pakt de blazer. Hij is van mokkabruin linnen, zoals Tom er ook een heeft. Ze krijgt weer vlinders in haar buik. Wat zou Tom nu aan het doen zijn, in Washington? Denkt hij aan haar? Mist Olive haar? Mist híj haar?

Ze brengt het jasje naar haar neus en snuift eraan. Het ruikt naar Tom.

Het ruikt precies hetzelfde.

Duizelig laat Annie laat het jasje vallen. Dan loopt ze terug de hal in, als in een roes, zich maar deels bewust van haar handelingen.

Haar hart gaat tekeer als ze neerhurkt en een van de schoenen oppakt. *Laat het alsjeblieft niet waar zijn!* Maar dan ziet ze de vage roze vlek van Olives aardbeienijs.

Ze slaat een hand voor haar mond. Nee. Nee! Ze neemt haar hoofd in haar handen en draait een rondje om haar eigen as. Hij kan niet hier zijn. Hij is in DC. En hij kent haar moeder niet eens. Maar die blazer... de schoenen.

Haar ongeloof gaat over in rationalisatie. Hij is natuurlijk hierheen gekomen om zijn liefde voor haar, Annie, op te biechten. Om haar moeder om toestemming te vragen. Hij wil haar verrassen.

Maar hij is in de slaapkamer. Met haar moeder. En ze hebben samen een fles wijn leeggedronken.

Annie sluipt de gang door naar de dichte deur van haar moeders slaapkamer.

46

Erika

Ik sluit mijn ogen en probeer me te concentreren op Toms warme lippen in mijn hals. Maar wat hoorde ik daar voor piepend geluid? Het leek de voordeur wel. Ik laat mijn handen over zijn gespierde rug gaan en weiger de voetstappen te horen. Kom op, ik sta op het punt om met een man naar bed te gaan! Dat zou wel een erg wrede timing zijn voor een inbraak of overval.

'Erika,' fluistert Tom dan, met zijn handen op mijn ribben. 'Is er iemand in huis?'

Het kost me al mijn wilskracht om me van hem los te maken. Ik pak Toms overhemd, dat op een hoopje aan het voeteneind van het bed ligt. 'Wacht hier, ik ga even kijken.'

'Nee, jij blijft hier. Ik ga kijken.'

Met ontbloot bovenlijf loopt hij naar de deur, onderweg trekt hij zijn broek aan. Ik zou in paniek moeten raken bij de gedachte dat er misschien iemand in mijn huis rondloopt, maar het enige waaraan ik kan denken zijn die brede schouders en zijn brede bovenlijf en hoe dat taps toeloopt in zijn taille...

Vlak voordat hij de klink kan beetpakken, vliegt de slaapkamerdeur open.

Eerst denk ik dat ik hallucineer. 'Annie?' Ik vlieg mijn bed uit en hoor maar half dat de naad van mijn slipje scheurt. 'Annie! Ach, jee, Annie!'

Ik snel naar haar toe en sla mijn armen om haar heen. 'Je bent thuis, lieverd!'

Maar ik voel haar verstijven. Ik laat haar los en zie dat ze felrode vlekken in haar gezicht heeft. Ze heeft me in bed betrapt met een man... en niet zomaar een man, haar werkgever. En in plaats van haar de tijd te gunnen om de situatie tot zich door te laten dringen, heb ik haar overdonderd.

'Je zult het niet geloven, Annie.' Ik lach nerveus. 'Raad eens wie hier is?'

Annie kan er niet om lachen. 'Hoe kón je?' zegt ze. Dan wendt ze zich tot Tom. 'En jij! Wat doe jij hier?' Haar lip trilt. Ze slaat een hand voor haar mond en krijgt tranen in haar ogen.

Tom pakt haar armen beet. 'Annie, schat, het spijt me echt.'

Ze rukt zich van hem los. 'Waag het niet mij nog ooit schat te noemen!' Tegen mij zegt ze: 'En jij denkt dat je bijzonder voor hem bent? Hij zit bijna iedere avond aan de telefoon met...' Ze laat de zin wegsterven en haar gezicht betrekt. 'O, god, dat ben jij!'

Waarom is Annie zo kwaad? Oké, het komt onverwacht en misschien voelt het wat raar, maar ze doet alsof ik haar heb verraden.

En dan begint het me te dagen.

Mijn dochter is gevallen voor Tom Barrett. Net als ik.

* * *

'Annie!' roep ik terwijl ik achter haar aan ren, de gang door, intussen mijn armen in de mouwen van Toms overhemd wurmend. 'Wacht! Het is mijn schuld, ik had het je moeten vertellen. Dat wilde ik ook doen. Tom en ik zijn vrienden geworden.'

'Vrienden? Lul niet!' Ze pakt haar hoofd beet alsof het zou kunnen ontploffen. 'Mijn hele leven heb ik concurrentie gehad van mijn zus. Moet ik nu met jou concurreren?'

Mijn hart spat uiteen.

Tom komt de woonkamer in, nog steeds met ontbloot bovenlijf, en hij pakt zijn blazer van de stoel. 'Ik heb er een puinhoop van gemaakt. Het spijt me verschrikkelijk, Annie. Het was niet mijn bedoeling je te kwetsen, geloof me alsjeblieft.'

Het geluid van mijn snikkende dochter, haar rauwe, onverholen pijn, maakt iets in me los. Ze heeft me nodig. En deze keer zal ik er voor haar zijn.

Ik kijk naar Tom. 'Ga alsjeblieft weg. Nu meteen.'

'Toe nou, Erika, laat me je helpen dit uit te...'

'Ga weg!'

Hij haalt een hand door zijn haar en schudt zijn hoofd. 'Het spijt me oprecht.'

Ik hoor aan zijn voetstappen dat hij de hal in loopt, maar ik kan het niet aanzien. Ik hoor de deur open- en weer dichtgaan. Dan wend ik me tot Annie. 'Lieverd, ik...'

De haat in haar ogen maakt me sprakeloos. Ik kijk toe hoe ze naar de voordeur beent. Ze pakt haar tas en haar sleutels. Mijn hoofd tolt. Mijn dochter vertrekt... alweer. Ze wil me doodzwijgen, me opnieuw buitensluiten. Dat kan ik niet laten gebeuren. Ik laat dit niet gebeuren!

Ik word overmand door zo'n hevig, fel moedergevoel dat ik mijn eigen bloed voel stromen. Met vier grote passen ben ik bij haar, en ik pak haar arm beet. Ze draait zich met een ruk om.

'Laat me los!'

'Nee!' zeg ik, mijn stem luid en dwingend. 'Je bent mijn dochter. Je hebt me lang genoeg buitengesloten. Misschien had je tijd voor jezelf nodig, misschien had ik het verdiend. Maar je gaat niet weer bij me weg, Annie Blair. Begrepen? Ik hou van je.' Ik sla een hand voor mijn mond om een snik te onderdrukken. 'Ik hou van je, mijn lieve Annie,' zeg ik nog een keer, en mijn stem breekt. 'Mijn wonderkind.'

Ik zie de verandering in Annies ogen. De boze donderwolken verschuiven, al is het maar een millimeter. Maar het onweer keert al even snel terug.

'Dat had je dan moeten bedenken voordat je met hem naar bed ging!'

Ze zwaait de deur open en gooit hem achter zich dicht.

Opnieuw heb ik niet geluisterd naar de woorden van mijn moeder. Als je ergens over twijfelt, doe het dan niet. Maar verdomd als ik deze keer ga zwelgen in zelfmedelijden.

47

Annie

Annie zit op de achterbank van een taxi. Ze bet haar ogen met de mouw van haar truitje en staart door het raampje naar buiten. Kon ze nu Rory maar bellen. Hij zou wel weten wat hij moest zeggen. Maar nee, ze kan geen vriendschap van hem verwachten nu duidelijk is dat hij méér van haar wil. De worteltjes zijn gekookt, zou hij zeggen.

In plaats van Rory belt ze haar vader. Als ze bij zijn appartement aankomt, staat hij al bij de deur te wachten met een doos tissues. Ze begint bijna te hyperventileren als ze probeert uit te leggen wat er is gebeurd.

Haar vader pakt haar polsen beet. 'Annie, lieverd, niet zo snel. Bedoel je nou dat je moeder je vriendje heeft ingepikt?'

'Ja! Nee. Ik... ik weet het niet. Zij wist van niks. Maar dan nog! Het is zo fout! Gewoon eng!' Ze schikt als ze de zoemer bij zijn voordeur hoort. 'Shit! Daar zul je haar hebben. Laat haar niet binnen, pap.'

Maar haar vader loopt al naar de deur, waarschijnlijk zwaar opgelucht omdat hij haar niet in zijn eentje hoeft op te vangen met haar eerste gebroken hart.

Als Annie de stem van haar moeder hoort, rent ze de gang door naar haar kamer en doet de deur achter zich op slot.

* * *

Zondagmorgen wordt Annie wakker in haar bed in het appartement van haar vader, en ieder gênant moment van gisteren komt in alle hevigheid terug. Ze gooit het dekbed van zich af en wrijft in haar branderige ogen. De zon piept door de luxaflex. Ze kijkt hoe laat het is. Vijf voor twaalf? Haar inwendige klok is blijkbaar net zo van slag als zijzelf.

Annie loopt de huiskamer in en verstart als ze haar moeder bij het raam ziet staan. Ze heeft donkere kringen onder haar ogen en haar haar zit door de war. Is ze hier de hele nacht gebleven?

'Goedemorgen, Annie.'

Annie verzet zich tegen de emoties en denkt terug aan haar moeder vannacht, zoals ze alleen in een slipje en beha uit bed kwam. Ze wil weer naar haar kamer gaan, maar haar moeder roept haar terug.

'Sluit me alsjeblieft niet buiten, Annie. Laat me uitleggen hoe het is gegaan.'

Annie laat zich op de bank vallen. 'Ik hoef jouw uitleg niet.' Maar het feit dat ze daar zit ontkracht die bewering al min of meer. Om haar woorden kracht bij te zetten begraaft ze haar hoofd onder een kussen.

'Annie, het spijt me echt.' Ze voelt haar moeders hand op haar schouder en ruikt haar poederige parfum. 'Vergeef het me alsjeblieft. Ik heb er alles, echt álles voor over om dit goed te maken.'

'Ga weg,' zegt Annie, en in gedachten ziet ze Olive op de bank liggen en op precies dezelfde manier haar gezicht onder een kussen verbergen. Zij ziet er vast net zo kinderachtig uit, maar het kan haar niet schelen. Als er ooit een moment is waarop ze zich mag gedragen als een kind van vijf, is het nu wel. 'Je hebt toch al een hekel aan me. Ga gewoon weg!'

'Wat? Annie, kom eens rechtop zitten. Praat alsjeblieft met me. Waarom zeg je dat nou?'

Annie houdt het kussen voor haar gezicht. 'Je zou willen dat ík degene was die vermist werd, in plaats van Krissie.'

'Ach, Annie toch,' fluistert haar moeder. 'Ik moet er niet aan denken dat ik ook maar één moment de indruk zou hebben gewekt dat jij niet net zo bijzonder en net zo geliefd zou zijn als je zus.'

Annie kijkt haar hoofdschuddend aan. 'Je kon niet eens naar me kijken na het treinongeluk.'

'Dat kwam niet door...' Haar moeder veegt met haar mouw over haar wang. 'Ik moet je iets bekennen. Een paar dingen eigenlijk.'

Annie slaat haar armen over elkaar. 'Behalve dat je met... hém naar bed bent geweest?' Ze hoopt dat haar toon verontwaardigd is, maar ze is er tamelijk zeker van dat ze eerder dwaas klinkt.

Haar moeder komt naast haar zitten. 'Kristen wilde graag dat ik jullie die morgen naar Philly zou brengen, maar ik heb dat geweigerd. Ik schaam me diep.'

Annie fronst haar voorhoofd. 'Maar dat is niet waar, mam. Ze vond het prima om met de trein te gaan. Echt. Ik was degene die moeilijk deed.'

'Was ze niet boos?'

'Helemaal niet. Ik zweer het je.'

Haar moeder lijkt enigszins op te fleuren, maar dan daalt de treurigheid weer over haar neer. 'Ik wist dat ze die morgen zichzelf niet was. Jij probeerde me dat duidelijk te maken, maar ik wilde niet luisteren.' Ze brengt een hand naar haar kin. 'Ik koos ervoor het te negeren, zoals ik ook mijn herinneringen negeerde. Oma Tess was namelijk ook geestesziek. En door mijn egoïstische behoefte om te geloven dat mijn dochter normaal was, ontkende ik de waarheid.'

Annie pakt het kussen weer op en drukt dat als een schild tegen haar borst. Ze ademt diep in. En nog een keer. Uiteindelijk wendt ze zich tot haar moeder. 'Je dacht dat ik bij haar was. Je had me gevraagd een oogje in het zeil te houden en dat heb ik niet gedaan.'

'Ach, schatje toch,' zegt haar moeder zacht. 'Je kon het toch niet weten?' Ze neemt Annies gezicht tussen haar handen en kijkt haar strak aan. Haar blik is zo doordringend dat Annie weet dat ze moet luisteren. 'Het was niet jouw taak om Kristen te beschermen. Het spijt me als ik die indruk heb gewekt. Je was nog maar een meisje, geen volwassen vrouw.'

Iets in de toon van haar moeder en de smekende blik in haar ogen vertelt Annie dat haar moeder zelf ook onverwerkte schuldgevoelens uit haar jeugd met zich meedraagt. Op een dag zal ze haar daar naar vragen, maar nu niet.

'Kun je het me vergeven?' vraagt Annie.

'Nee, schat,' zegt haar moeder glimlachend. 'Er valt niks te vergeven.'

Dan klinkt in haar moeders tas het gerinkel van een telefoon. Ze negeert het.

'Praat gerust met hem,' zegt Annie. 'Kan me niks schelen.'

'Het is Tom niet. Maar hij heeft wel gebeld. Gisteravond.'

Annies boosheid komt terug. 'Fijn. Ik ben heel blij voor jullie.'

'Ik heb hem laten weten dat ik hem niet meer wil zien,' zegt haar moeder nuchter. 'En hem gevraagd niet meer te bellen.' Glimlachend streelt ze Annies arm. 'Zullen we dan nu naar huis gaan en een ontbijtje maken? Of lunch. We kunnen de hele dag en avond praten, en morgen ook nog als je wilt. Ik zal iedere vraag beantwoorden die je over Tom en mij hebt.'

'Heb je...?'

'Nee!' onderbreekt haar moeder haar. 'Ik zweer het, liefje, ik heb geen seks met hem gehad.'

'Jezus, mam! Dat was mijn vraag niet!' Annie wendt kreunend haar hoofd af, maar stiekem is ze opgelucht. 'Ik wilde vragen of je van plan was het me ooit te vertellen, over jou en... hém.'

'Ja. En stom genoeg dacht ik dat je blij zou zijn.'

Annie bijt op haar lip. Ze zou inderdaad blij moeten zijn, dat weet ze best. Tom is een fantastische man; sterker nog, hij zou de ideale man zijn voor haar moeder. Maar zo vergevingsgezind is Annie niet.

'Bel hem dan,' zegt Annie, en opnieuw gedraagt ze zich naar het voorbeeld van Olive Barrett. 'Misschien moet jíj naar Parijs gaan en hun au pair worden.'

Haar moeder slaat haar armen om Annie heen. 'Ik heb mijn

eerste en laatste date met Tom Barrett gehad. Ik ga zelfs zijn nummer blokkeren, als jij me leert hoe dat moet.' Glimlachend pakt ze Annies hand. 'Kom liefje, dan gaan we naar huis. Ik ben er voor je.'

Opnieuw gaat haar moeders telefoon. Deze keer wacht Annie niet af. Ze steekt haar hand in de tas van haar moeder en grist de telefoon eruit, ervan overtuigd dat het Tom Barrett is. 'Hallo,' snauwt ze.

Ze luistert even en geeft het toestel dan aan haar moeder. 'Het is *The New York Times*.'

48

Erika

Soms heb je in het leven momenten die zo'n enorme duidelijkheid bieden dat ze onmogelijk te negeren zijn, momenten waarop een situatie plotseling glashelder is, zodat wanneer je een besluit neemt, je dat niet doet uit angst of hoop, maar vanuit de rotsvaste overtuiging dat het de juiste beslissing is. Mijn oma Louise zou gezegd hebben dat we voortdurend omringd worden door dat soort momenten, maar dat we er alleen naar luisteren als ons hart en onze geest ervoor openstaan.

Ik neem de telefoon over van Annie en luister naar een nijdige Mindy Norton van *The New York Times*, die me laat weten dat ze al een half uur staat te wachten in de lobby van mijn appartementencomplex.

'Het spijt me enorm, Mindy, maar het interview kan vandaag niet doorgaan.' Aan de andere kant van de kamer kijkt Annie me vragend aan.

'Je wilt het afzeggen?' Mindy klinkt geërgerd, en ik kan het haar niet kwalijk nemen. Ik heb haar hele dag in beslag genomen en nu kan ze haar deadline waarschijnlijk wel vergeten.

'Weet je wat?' zeg ik iets opgewekter. 'Ik heb een idee.' Ik scrol langs mijn contacten tot ik het juiste nummer heb gevonden. 'Bel Emily Lange, zij is geknipt voor je artikel.'

'Staat ze in de top 50?'

'Nee, maar daar hoort ze wel thuis. Emily is mijn voormalige mentor. Haar kantoor doet liefdadigheidswerk overal in de stad.

Ze is niet alleen een heel goede makelaar...' Ik zwijg even en zeg dan: 'Maar ook een goed mens.'

'Nou, ik kan toch moeilijk van haar verwachten dat ze op het laatste moment beschikbaar is,' zegt Mindy geërgerd.

'Voor *The New York Times*? Daar máákt ze tijd voor, neem dat maar van mij aan.'

'Goed,' zegt Mindy. 'Maar Erika, je hebt me laten vallen. Dit artikel is belangrijk. We rekenden op je.'

'Dat weet ik, en het spijt me oprecht.' Ik kijk glimlachend naar Annie. 'Maar mijn dochter rekent ook op me, en zij is voor mij degene die er echt toe doet.'

Ik hang op, en Annie vliegt op me af.

'Zou je geïnterviewd worden door *The New York Times*?'

'Ongelooflijk, hè? Ik was even vergeten dat ze vandaag zouden komen.'

Ze pakt mijn armen beet. 'We moeten naar huis. Bel haar terug, we zijn er over twintig minuten. Je moet dit doen, mam! Het is geweldig!'

Mijn hart barst bijna open. Mijn dochter steunt me. Ze is trots op me.

Maar ik moet ook trots op mezelf kunnen zijn. 'Dank je wel, lieverd. Maar geloof me als ik zeg dat Emily Lange dit meer heeft verdiend dan ik.'

49

Erika

Zoals in ieder helingsproces verrichten tijd en aandacht wonderen. Annie en ik maken lange wandelingen in het park en kijken films in pyjama. Ze vertelt me over haar vriend Rory en haar eerste zoen. We praten tot in de kleine uurtjes en huilen veel. Langzaam worden we weer vriendinnen. Ze geneert zich voor het voorval met Tom, net als ik. En hoewel hij in de week erna twee keer heeft geprobeerd contact met me op te nemen, heb ik de telefoon niet opgenomen. Ik heb het Annie beloofd en ik houd me aan mijn belofte. Gisteren hebben we potten met bloemen op het balkon gezet. Kristens pentas, noemen we ze.

'Kijk jij nog steeds naar haar uit, mam?'

'Overal waar ik kom,' geef ik toe. 'Dat zal ik altijd blijven doen. Maar ik weet ook dat we moeten doorgaan met ons leven. Daar zou niemand zo op aandringen als Kristen.'

'Ze komt terug,' zegt Annie, en het klinkt zo overtuigd dat ik ervan huiver.

* * *

Die maandag laat in de middag sta ik in mijn kookboek te bladeren als Annie ademloos de keuken in komt rennen.

'Ze is thuis! Kristen is terug!'

Ik moet me vastklampen aan het aanrecht om niet onderuit te gaan. 'Wát?'

Annie houdt me lachend haar telefoon voor. Ik staar naar het bericht van Brian.

Je moet hierheen komen, lieverd. Nu meteen.

En breng alsjeblieft je moeder mee.

Mijn hart bonst. 'O, Annie. Je denkt toch niet...'

'Jawel!' Ze slaat haar armen om me heen en draait me dansend rond. 'Dat denk ik dus wel!' Haar gezicht gloeit van vreugde. 'Krissie is terug! Ze is bij papa! We moeten er meteen heen!'

Ze sleurt me zo'n beetje de gang door naar de hal, de deur uit. Duizenden gedachten vechten om voorrang, maar er is er één die wint: lieve Heer, stel Annie alstublieft niet nog een keer teleur.

Annie ratelt maar door op de achterbank van de taxi. 'Ze is natuurlijk naar papa gegaan omdat ze dacht dat jij gek zou worden. Ze weet niet dat je tegenwoordig weer een coole moeder bent.'

Ik geef glimlachend een kneepje in haar knie, op de plek waarvan ze altijd moet giechelen.

'Bel je vader eerst, voordat we daar aankomen,' zeg ik nog een keer dringend. 'Vraag wat hij met dat bericht wilde zeggen.'

'Nee. Kristen wil ons verrassen, ik ga de verrassing niet voor haar bederven.'

Ik zie de verbeten blik die ik zo goed van haar ken. Ze gelooft echt dat haar zus nog leeft. Na al die tijd heeft ze er nog vertrouwen in. Ik vind het fijn om te zien, maar het maakt me ook doodsbang. Mijn dochter gelooft nog in wonderen. Ik hoop dat dat positief is.

* * *

Zodra Brian de deur opendoet, nog voordat hij één woord heeft gezegd, weet ik dat Annies vermoeden niet klopt. Annie ziet het ongetwijfeld ook, want het is alsof al het bloed uit haar gezicht wegtrekt. Het hart van mijn dochter begeeft het. Voor de zoveelste keer.

Zonder het nieuws af te wachten neem ik Annie in mijn armen. Ik voel haar schouders schokken. Zachtjes wieg ik haar, en ik wrijf cirkeltjes over haar rug. 'Ik ben er voor je, Annie,' fluister ik. 'Ik ben bij je.'

Brian gaat ons met een asgrauw gezicht voor naar de eetkamer en wijst op een kartonnen doos die op tafel staat. Ik houd Annies hand vast en probeer niet in elkaar te krimpen als ik de etiketten op de doos zie. NTSB. TDAD. Er is een tijd geweest dat die acroniemen me niets gezegd zouden hebben, maar die onschuld is verdwenen. National Transportation Safety Board, de veiligheidsraad van de nationale transportdienst. Transportation Disaster Assistance Division, de afdeling 'rampen'. De dikgedrukte letters komen aan als een naschok. Kristens bezittingen. Waarom zijn die verdorie niet bij mij thuisbezorgd, zoals ik had opgedragen? Ik kijk naar het poststempel. Deze doos staat hier al twee weken. Ik kijk Brian aan.

'Ik was er met mijn hoofd niet bij,' zegt hij als hij mijn gedachten raadt. 'Het spijt me ontzettend.' Hij krijgt tranen in zijn ogen en laat zijn hoofd hangen.

Ik zucht heel diep, en het is alsof daarmee tientallen jaren van woede en wrok naar buiten komen. Ik heb zelf bijgedragen aan het uiteenvallen van ons gezin, door niet te onderkennen hoe ongelukkig Brian was. En ik twijfelde aan zijn beoordelingsvermogen toen hij alleen achterbleef om onze dochter te identificeren. Ik leg een hand op zijn arm en spreek de woorden uit die ik al veel eerder tegen had moeten zeggen: 'Het spijt mij ook.'

* * *

We zitten met z'n drieën op Brians bank, Annie tussen Brian en mij ingeklemd. Kristens telefoon ligt voor ons op de salontafel, samen met haar horloge en het Tiffany-hangertje dat ze van Brian heeft gekregen voor haar dertiende verjaardag. Die zijn waarschijnlijk afgedaan voor de crematie en achtergehouden samen met haar andere spullen.

Brian pakt het laatste voorwerp uit de kartonnen doos. Een zilverkleurig spreukenboek. Annie slaakt een kreetje. 'O my god! Ze had haar spreukenboek wel bij zich! Dan moet ze het gevonden hebben terwijl ik dat van mij ging pakken. Dus daarom was ze ineens weg.'

Mijn hoofd tolt. Ik pak het zilveren schrift, maar ik weet al wat ik daarin zal aantreffen. En inderdaad, er is niet één opmerking in de kantlijn geschreven. Het boekje dat ik heb gelezen was dat van Annie. Het was Annies venijnige commentaar, niet dat van Kristen.

Maar waarom zou Annie mij laten geloven dat het de mening van haar zus was? Het antwoord op die vraag raakt me als een losgeslagen boksbal: ze had er geen vertrouwen in dat ik voor háár zou veranderen.

Ze heeft het helemaal mis.

'O, shit.' Annie slaat haar handen voor haar gezicht als ze beseft dat ze betrapt is. 'Het spijt me heel erg, mam. Ik kan het uitleggen. Die gemene opmerkingen kwamen van mij. Ik dacht dat als jij zou denken dat ze van Kristen afkomstig waren...'

Ik neem haar in mijn armen en druk haar zo hard tegen me aan dat ze een kreetje slaakt. 'Ik zou voor jou ook veranderd zijn,' zeg ik, en ik hoop dat ik op de een of andere manier op haar kan overbrengen hoe vreselijk veel ik van haar hou. 'Het spijt me als ik een andere indruk heb gewekt. Ik ben juist veranderd door jouw berichten, mijn wonderkind, samen met de spreuken die je me stuurde.'

Annie kijkt me met grote ogen en open mond aan. 'Maar mam, ik heb je geen...'

Brian legt haar het zwijgen op door zijn armen om haar heen te slaan. Annie betrekt mij bij hun omhelzing. Samen, in dat kringetje van liefde, laten we ons verdriet de vrije loop, deze keer openlijk, zonder enige schaamte of ontkenning. Ik huil om het verlies van mijn dochter, niet om mijn eigen gekwelde geweten. Ik huil niet van boosheid of ongeloof, ik aanvaard het verlies nu. Mijn dochter is er niet meer, maar ze zal ons nooit verlaten.

Na een hele poos maakt Annie zich van ons los. Ze houdt haar hoofd scheef en kijkt de kamer rond. 'Hé, hoorden jullie dat?'

'Wat?' vragen Brian en ik.

'Dat was Kristen. Ze zegt hoofdschuddend dat we een stel watjes zijn. Dat het hoog tijd wordt om verder te gaan met ons leven.'

50

Annie

Er zijn een paar zusjesgeheimen die Annie nooit aan anderen zal vertellen. Haar ouders zullen nooit weten waarom Annie niet bij Kristen in de trein zat. Zij denken al tien maanden dat Annie haar telefoon vergeten was en terug naar huis is gegaan om hem te halen, en dat wil ze graag zo houden. Haar ouders zullen altijd blijven geloven dat ze dat jaar Haverford heeft overgeslagen om te rouwen. Nooit zullen ze te horen krijgen dat Annie vorig voorjaar een valse bekentenis van plagiaat heeft afgelegd en om die reden voor een jaar is geschorst. En ze zal haar vader en moeder zeker niet vertellen dat Krissie degene was die Annies gedicht had 'geleend'. Krissie dacht niemand kwaad te doen toen ze het gedicht van Annie overschreef en het inleverde alsof ze het zelf had geschreven. Hoe kon zij weten dat Annie het volgende semester uitgerekend dat gedicht zou inzenden voor de poëziewedstrijd van Haverford? Hoe groot was nou de kans dat professor Natoli, Kristens docent literatuur aan Penn, plaats zou nemen in de jury op Haverford en het gedicht zou herkennen?

Een andere bekentenis die Annie altijd geheim zal houden is de onthulling van Wes Devon. Hun ouders zullen nooit te horen krijgen dat Kristen zwanger was. Dat zou alleen maar een extra verlies voor hen betekenen, en ze gelooft niet dat ze dat erbij kunnen hebben.

Verder doet ze niet langer moeite om haar moeder ervan te overtuigen dat zij niet degene is die haar die spreuken heeft gestuurd. Want wat maakt het nog uit? De missie is geslaagd, haar moeder is weer de oude – bijna.

Annie stopt deze geheimen weg in de diepste vakjes van haar hart. Samen met die van haarzelf...

Er zijn nu elf dagen verstreken sinds Annie afscheid heeft genomen van Olive, met de belofte dat ze er zou zijn als Olive terugkwam. En elke morgen als Annie wakker wordt in haar oude slaapkamer, duizenden kilometers verwijderd van het meisje dat op haar wacht, voelt ze een verstikkende druk op haar borst – het verpletterende gewicht van een verbroken belofte.

En daarom schrijft ze Olive brieven en stuurt ze haar cadeautjes, zoals het schrift met de spreuken dat eindelijk af is. Cadeaus zijn een armzalige vervanger van liefde.

Op een regenachtige avond ligt Annie languit op haar bed een gedicht te schrijven voor Olive als er een groen bolletje in beeld komt op haar telefoon. Een tekstbericht... van Rory! Haar hart maakt een sprongetje. Ze heeft niks meer van hem gehoord sinds hun ongemakkelijke gesprek in Toms kledingkast.

Ik heb de kookwedstrijd gewonnen, Annie! Mijn eend met peperkorst komt op de kaart bij Ducasse!

Annie lacht hardop en springt van haar bed. 'Joehoe!' Ze danst door de kamer en steekt haar gebalde vuisten in de lucht alsof ze zojuist het winnende doelpunt heeft gescoord.

Gefeliciteerd! Wacht, ik mail je even.

Ik heb te veel te vertellen voor een sms'je.

Ze klapt haar laptop open. Haar vingers vliegen over de toetsen nu alle onstuimige, onbeheerste gedachten in haar hart eindelijk bevrijd worden.

Lieve Rory, binnenkort wereldberoemd chef-kok, ik ben zo fucking trots op je! Hoor je me? Ik schreeuw vanaf de andere kant van de oceaan 'gefeliciteerd!' naar je en geef je een virtuele high five! Serieus, ik heb zere benen van mijn rondedansje dat wel tien minuten heeft geduurd – oké, vier minuten dan, je weet hoe ik over lichaamsbeweging denk! Echt, ik ben zo blij! Ik heb altijd geweten dat je zou winnen! Het enige wat ik niet kan uitstaan is dat jij – dol op vlees en boter en suiker – zo dun bent!

Ik mis onze gesprekken, Rory. Vorige week hebben we hier een doos met Krissies spullen opengemaakt. Dat was het laatste bewijs dat ik nodig had. Ik had het mis, Rory, ze is dood. Dat besef ik nu. Ik verzoen me ermee, en mijn moeder ook. Het gaat eindelijk goed tussen ons. Op één ding na.

Annie knijpt haar ogen even dicht en geeft haar goede vriend dan een beknopte versie van het drama met Tom en haar moeder.

Ik besef nu dat ik alleen nog maar even aan de liefde heb geroken. Ik heb er nooit echt mee te maken gehad, al durf ik wel bijna te geloven dat het op een dag zal gebeuren. Maar dat inzicht maakt de schaamte er niet minder op. Ik heb me als een idioot gedragen, Rory, en ik denk niet dat ik Tom nog ooit onder ogen kan komen. Maar ik mis Olive zo erg dat het gewoon pijn doet. Ik vind het verschrikkelijk dat ze zich waarschijnlijk in de steek gelaten voelt. Van de andere kant: misschien redt ze het prima zonder mij. Misschien heb ik de liefde van dat heerlijk brutale meisje net zo verkeerd ingeschat als Toms gevoelens voor mij. Rory, gaat het goed met haar? Vraagt ze wel eens naar me?

Ze krijgt tranen in haar ogen.

O, Rory, er zijn zoveel dingen waar ik spijt van heb.

Ze staart naar dat laatste zinnetje, verbaasd dat de woorden haar door de vingers geglipt zijn. Waar heeft ze precies spijt van? Dat ze naar Parijs is gegaan? Nee. Dat ze voor Tom en Olive heeft gezorgd? Nooit. Ze heeft vooral spijt van de manier waarop ze Rory heeft behandeld. Is het te laat?

Haar handen blijven op het toetsenbord rusten terwijl ze zoekt naar de juiste toon.

Genoeg over moi. *Ik ben zo trots op je, Rory Selik, mijn vriend die me heeft geleerd dat ik geen buitenbeentje ben. Wentel je vooral in je grote succes en pas heel goed op jezelf tot we elkaar weer zien. En geef Olive alsjeblieft een dikke knuffel van me. Liefs, Annie*

Op het laatste moment krabbelt ze terug en wist het woord 'liefs'.

Voor altijd je vriendin, Annie

Rory's reactie komt drie minuten later, een sms van twee regeltjes.

Er is veel moed voor nodig om contact op te nemen met iemand die je heeft afgewezen. Ik heb het gedaan, Annie, doe jij het ook.

Hij heeft gelijk. Rory heeft contact met haar opgenomen. Heeft Annie de moed om zijn voorbeeld te volgen?

⋆⋆⋆

Buiten giert de wind, en de regen striemt tegen de ramen. Annie treft haar moeder in de woonkamer. Ze zit met haar gezicht naar het raam, met haar schetsboek op schoot, en staart naar de lucht alsof ze droomt van iets of iemand ver weg. Denkt ze aan Kristen? Of mist ze Tom? Nee. Haar moeder heeft zelf gezegd dat ze hem amper kende. Annie gelooft liever dat haar moeder nadenkt over een nieuwe tekening. Of misschien peinst ze over haar toekomst, over de vraag of ze zal terugkeren in de makelaardij of zich zal laten herscholen als maatschappelijk werker. Want het is te pijnlijk om te denken dat Annie met haar tussenkomst de oorzaak zou zijn van die dromerige blik van haar moeder.

'Mam?'

Haar moeder draait zich om en er verschijnt een glimlach op haar gezicht. 'Ha, liefje. De storm is prachtig.'

'Ik ga terug.'

Haar moeder veert op. 'Naar Parijs?'

Annie knikt. 'Ik was daar nog niet klaar.'

Haar moeder komt overeind en neemt Annie in haar armen 'Dat is waar. Er is daar een meisje dat behoefte heeft aan een fatsoenlijk afscheid. Ik ben trots op je. Ik zal je helpen met de voorbereidingen.'

Annie kreunt bij de gedachte dat ze Tom onder ogen moet komen, en ze begint gauw over iets anders. 'Zullen we de tv aanzetten?'

'Prima. Dan maak ik warme chocolademelk.'

⋆⋆⋆

Ze gaan met hun dampende bekers naar de zitkamer en ploffen naast elkaar neer op de bank. 'Het is fris vanavond,' zegt haar moeder, en ze pakt een deken.

'Hé die heeft oma gemaakt!'

Haar moeder drapeert glimlachend de lappendeken over hen beiden heen. 'Ik heb hem weer eens uit de kast opgediept. Ik heb hem altijd prachtig gevonden.' Ze geeft Annie de afstandsbediening. 'Wat wil je graag zien?'

Annie is dol op deze avonden met haar moeder. Ze is bijna weer helemaal de oude. Maar hoe zal het na morgen gaan, als Annie weg is? Haar moeder zal uiteindelijk wel weer een baan vinden, en ze is dol op haar tekenlessen. Maar is dat genoeg om haar hart te vullen? Ze verdient liefde. En ze staat ervoor open, dat weet Annie nu. Had ze maar iemand met wie ze kon daten – een nieuw iemand of een man die ze al kent. Een gedachte die al in haar achterhoofd speelde komt nu naar de oppervlakte.

'Mam? Weet je nog dat je me belde, die middag van Kristens... dood?' Ze krijgt het woord bijna niet haar mond uit. 'Je zei dat je een lunchdate had. Met wie was dat?'

Haar moeder glimlacht treurig. 'Ik was een oud-collega van Elmbrook Memorial tegengekomen, John Sloan. Jij hebt hem heel lang geleden ooit ontmoet, maar dat weet je vast niet meer.'

'Heb je hem daarna nog ooit gezien?'

'Nee. Hij heeft een paar keer geprobeerd contact met me op te nemen, maar ik kan niet met hem praten. Niet na wat er is gebeurd.'

Annie veert op. 'Maar je bent nu sterker.' Ze pakt haar moeders armen beet. 'Bel hem op, die John Sloan. Misschien kan het wat worden!'

Haar moeder glimlacht. 'Ik zal erover nadenken.'

Maar Annie weet dat ze dat niet zal doen. 'Toe nou, mam, beloof het! Bel hem! Morgen!'

'Annie, hou op.' Haar moeder zet haar beker chocolademelk neer en trekt Annie tegen zich aan. 'Ik heb hier alles wat ik nodig heb. We zijn een fijn gezinnetje, jij en ik.'

‘Dat is waar.’ Ze kruipt tegen haar moeder aan en richt de afstandsbediening op de televisie. Uiteindelijk blijven ze hangen bij *The Voice*. Halverwege de uitzending zegt Annie tegen haar moeder: ‘Er is één ding dat ik maar niet uit mijn hoofd kan zetten.’

‘Wat dan?’

‘Denk je dat Tom dat hele eind naar DC is teruggereisd in een blazer zonder overhemd?’

Voor het eerst in jaren krijgen ze samen de slappe lach.

51

Annie

Annie ziet het meteen. Rory staat rechter, hij praat duidelijker en loopt met kaarsrechte rug. En als hij Annie aankijkt, ziet ze niet langer rode vlekken in zijn gezicht. Het winnen van de kookwedstrijd heeft hem meer zelfvertrouwen gegeven – ze zou het bijna swag noemen!

Hij staat achter de douane op Annie te wachten als ze aankomt op vliegveld Charles De Gaulle. Ze rent naar hem toe en hij spreidt zijn armen. 'Annie, vriendin van me. Welkom terug!'

Zijn oren lijken groter dan ooit, en ze zou zweren dat hij nog magerder is dan twee weken geleden. Maar Annie heeft hem nog nooit zo knap gevonden... zo sexy. Ze kust hem op zijn wang. 'Fijn dat je me komt halen. En bedankt dat je zo'n beetje de beste vriend bent die ik ooit heb gehad.'

'Zo'n beetje?' zegt hij verontwaardigd. 'Kom op, Annie!'

Annie moet lachen. 'Oké, de allerbeste vriend.'

Hij steekt zijn kin naar voren en knikt. 'En de knapste.'

Annie geeft hem hoofdschuddend een speels duwtje. Maar in stilte loopt ze over van blijdschap. 'Kennen jullie in het Duits de uitdrukking "een toontje lager zingen"?'

Hij lacht. 'Ik hoef geen toontje lager te zingen. Mijn eend staat op de menukaart bij Ducasse, het beste restaurant van heel Parijs!'

Ze steekt haar hand op voor een high five. 'En ik neem je er mee naartoe. Vanavond. Ik heb thuis al gereserveerd, en ik schaam me niet om te zeggen dat ik je naam heb laten vallen om een tafeltje te krijgen. Gelukkig ben je een celebrity bij Ducasse. We hebben een tafeltje voor twee om acht uur. We gaan jouw eend met peperkorst eten en er foto's van nemen om op Instagram te zetten! Ik trakteer.'

Rory aarzelt.

'Wat is er? Heb je geen zin?'

'Jawel, Annie. Maar is het goed als Laure ook meegaat? We hadden al plannen om...'

'Laure?' valt Annie hem in de rede. 'Wie is Laure?'

'Mijn klasgenote, het meisje dat je bij Les Deux Magots hebt ontmoet op onze eerste avond samen. Jij zei toen dat ik de moed niet mocht opgeven. Dat uitstekende advies heb ik opgevolgd, Annie. En nu zijn we al zeven dagen *onafscheidbaar.* Wat ben je toch slim, Amerikaanse vriendin van me!'

Annie pleistert een glimlach op haar gezicht. 'Hm, hm, ik ben geniaal.'

Dat is het punt met je eerste liefde, denkt Annie. Die dient zich aan als een vriendschap en vertrekt met achterlating van een litteken van een messteek in je hart.

* * *

Het is bijna twaalf uur als ze aankomen bij het appartementencomplex aan de Rue de Rennes. Annie weet hoe Olive en Tom hun zaterdag doorbrengen. Als het goed is, zitten ze nu aan de keukentafel boterhammen met kaas te eten en plannen te maken voor een middagwandeling naar het park. Annie voelt de liefde in haar binnenste opwellen. Hier ligt haar hart, bij Olive.

'Ik ga nu maar,' zegt Rory, en hij loopt naar zijn eigen voordeur.

'Dank je wel, Rory. Tot gauw.'

'Zullen we dat etentje bij Ducasse voor een andere keer bewaren?'

Ze knikt. 'Doen we.' *Ja, laten we wachten tot ik heb verwerkt dat de enige jongen die ooit het kleinste beetje belangstelling voor me heeft getoond nu 'onafscheidbaar' is van een meisje dat met gemak in één van mijn broekspijpen zou passen.*

'Rory?' zegt ze vlak voordat hij de deur dichtdoet. 'Beloof me dat we altijd vrienden zullen blijven.'

Hij steekt een hand op. 'Erewoord.'

* * *

Annie belt aan en wacht met bonzend hart af. Dan slaat de paniek toe. Ze had nooit onaangekondigd moeten terugkomen. Ze had moeten waarschuwen dat ze kwam! Heeft ze nou niks geleerd van haar laatste verrassingsbezoekje?

Ze hoort voetstappen naderen. De deur zwaait open.

Eerst ziet ze verwarring op Toms gezicht. 'Annie?' Maar dan verschijnt de vreugde. 'Annie!' Misschien verbeeldt ze het zich, maar het is alsof hij zoekend over haar schouder kijkt. Hoopt hij dat haar moeder erbij is? Een fractie van een seconde ziet ze zijn teleurstelling, maar hij herstelt zich snel. Net als haar moeder.

Tom trekt haar naar binnen en slaat zijn armen om haar heen, het soort omhelzing dat ze ooit aanzag voor iets anders dan een vaderlijk gebaar, dwaas als ze was.

Dan hoort ze Olives stem uit de keuken komen. 'Annie?' Ze moet haar vader gehoord hebben. Annie hoort een stoel omvallen, gevolgd door denderende voetstappen. Olive komt de hoek om gerend, maar ze blijft staan zodra ze Annie ziet.

Annie haalt diep adem. Ze heeft zich voorbereid op Olives boosheid. Ze gaat op haar hurken bij haar zitten, op gelijke ooghoogte, maar met een gevoelsmatige kloof van duizend kilometer tussen hen in. 'Hallo, popje. Ik ben er weer.'

Olive slaat haar armen over elkaar. 'Ga weg. Ik ben jouw popje niet. Jij woont hier niet meer.'

Heel langzaam schuifelt Annie naar voren. 'Het spijt me heel erg, Olly. Toen jij weg was, werd ik eenzaam, helemaal alleen hier. Dus toen ben ik naar huis gegaan. En daar heb ik me per ongeluk bezeerd.' Ze geeft bewust niemand anders de schuld van haar gebroken hart. Want hoewel ze dat nog niet heeft toegegeven, heeft ze dat zichzelf aangedaan. Ze gluurt even naar Tom. 'Maar nu gaat het weer goed met me.'

Tom glimlacht een beetje treurig. 'Daar ben ik blij om.'

Olive stampvoet. 'Dat had je me toch kunnen vertellen!' Haar stem breekt, net als Annies hart. Ze begrijpt Olives poging om haar verdriet te verhullen als boosheid. Dat doet ze zelf ook wel eens.

'Je hebt gelijk, popje. Ik had moeten bellen, het was egoïstisch van me. En verkeerd.' Ze is Olive nu dicht genoeg genaderd om haar handen te pakken. 'Hé, weet je nog wat vrienden zeggen als ze elkaar pijn gedaan hebben?'

Olives lip trilt en ze vecht tegen de tranen. 'Ja, stommerd! Dan zeggen ze "het spijt me".'

'Klopt,' zegt Annie, en ze neemt Olives gezichtje in haar handen. 'Vergeef me alsjeblieft dat ik zomaar weggegaan ben, Olive. Het spijt me heel erg.'

Olive kijkt op naar Annie, haar betraande ogen heel groot achter de dikke brillenglazen. Ze glimlacht bibberig naar haar, alsof haar gebroken hartje alweer half geheeld is. 'En dan zegt de andere vriendin "het is al goed".'

★ ★ ★

De volgende twee dagen houdt Annie zich bezig met de boodschappen, de was en het plannen van hun thuisreis over acht weken. Olive wijkt geen moment van haar zij, ze blijft nooit meer dan twee passen achter haar.

'Over twee maanden vertrekken jullie uit Parijs, op 13 augustus.'

Olive wendt haar hoofd af. 'Nee, ik niet! Ik blijf hier.'

'Echt? Wil je niet terug naar de Verenigde Staten? Naar *America the Beautiful*?'

'Het is niet *beautiful*. Het is lelijk.'

'Nou, dan zie ik je straks niet meer.'

Nu heeft ze Olives aandacht. 'Maar jij woont heel ver van mijn huis.' Ze kijkt Annie strak aan. 'Ja, toch?'

'Ik heb gisteravond met je vader gepraat. Ik ga verhuizen naar Georgetown. Daar ben ik straks niet meer je nanny, maar ik wil graag je vriendin zijn.'

'Waarom kun je niet mijn nanny blijven?'

'Die heb je thuis niet meer nodig. Je gaat daar naar school en je opa èn oma wonen vlakbij. Ik heb het dan superdruk met studeren, maar ik kom héél vaak langs.'

Ze kijkt naar Olive, die het allemaal lijkt te moeten verwerken. Dan kruipt ze naast Annie op de bank, dicht tegen haar aan. 'Maar ik vind het fijn om een nanny te hebben.'

'En ik vind het fijn om jouw nanny te zijn. Maar je zult me zo vaak zien dat je me nog beu wordt, wacht maar eens af.'

'Dan hoop ik dat je van Nickelodeon houdt. Thuis kijk ik Nickelodeon, en het is míjn tv.'

Annie kijkt glimlachend naar Olive en drukt een kus op haar kruin. 'Ik ben dol op Nickelodeon. En op jou.'

52

Annie

De zomeravonden worden korter. Hoewel Annie de mooie stad en de croissants en haar vriend Rory mist, vindt ze het heerlijk in Georgetown. Het is haar eerste collegeweek, en ze zit aan haar bureau op haar piepkleine studentenkamertje in Copley Hall. Ze heeft nog vijf minuten voordat haar nieuwe vriendin Juana Rios haar komt halen voor het ontbijt. Ze pakt de telefoon en belt de receptie van het Elmbrook Memorial-ziekenhuis in Wisconsin.

'Mag ik Jonathon Sloan van u, van de afdeling maatschappelijk werk?'

'Ogenblikje, ik verbind u door.'

Annie houdt de telefoon krampachtig in haar hand. Ze heeft hier twee maanden over nagedacht. Het moet lukken.

'John Sloan.'

Haar hart hapert. Het is nu of nooit. Ze moet John Sloan, de man met wie haar moeder op die noodlottige dag zou gaan lunchen, overhalen haar moeder te bellen. Al is het maar één keer.

Annie recht haar rug. 'Ja, hallo, meneer Sloan. U spreekt met Annie Blair, mijn moeder is een vriendin van u: Erika Blair.'

'Ja. Ach natuurlijk, Annie.' Zijn beleefde toon wordt bezorgd. 'Er is toch niets met Erika?'

Ze steekt triomfantelijk een vuist in de lucht. Yes! Hij geeft nog steeds om haar! 'Nee, het gaat best goed. Hebt u even?'

'Jazeker.'

Annie vertelt hem het verhaal over de transformatie van haar moeder, alles wat er het afgelopen jaar is gebeurd en haar eigen plannen om voor haar moeder de ware liefde te vinden, het enige wat nog ontbreekt in haar leven.

Annie knijpt haar ogen stijf dicht. 'Zou u me een... heel groot plezier willen doen en haar nog eens willen bellen?'

Hij aarzelt. 'Ik ben sinds kort met iemand anders aan het daten, Annie. Het is nog niet serieus, maar–'

'Belt u mijn moeder alstublieft. Al is het maar één keer.'

Meneer Sloan grinnikt. 'Maar wat graag, Annie. Je moeder is een fantastische vrouw.'

Annie slaakt een zucht van verlichting. 'Dank u wel!'

Als Annie heeft opgehangen, heeft ze goede hoop dat ze zich op een dag niet langer schuldig zal voelen omdat ze het prille geluk heeft verstoord tussen haar moeder en een man die perfect voor haar geweest zou zijn.

53

Erika

Het is oktober, Kristens favoriete maand. Een jaar geleden heb ik tegen Kate gezegd dat we in oktober Kristens as zouden verstrooien. Ik hoopte toen nog tegen beter weten in dat deze dag nooit zou aanbreken, dat ik binnen een jaar mijn dochter zou vinden en deze hele nachtmerrie niet meer dan een wrede herinnering zou zijn. Eerlijk gezegd is het meeste van wat ik hoopte ook gebeurd. Ik heb wel degelijk mijn dochter gevonden, al was het niet de dochter die ik in eerste instantie zocht. Of misschien is het wel zoals Kate beweert: ik heb eindelijk mezelf gevonden.

Het is vrijdagmiddag en ik zit op een bankje voor Copley Hall op de campus van Georgetown met Kate te bellen terwijl ik wacht tot Annie terugkomt van college.

'Ik doe de boodschappen wel straks in Easton,' zeg ik.

'Max en ik zijn er morgen rond het middaguur,' antwoordt Kate. 'Molly en de kinderen komen pas na de plechtigheid, hoorde ik.'

'Ja, dat leek haar beter.'

'Ik ben zo benieuwd naar je huis aan het water. Het zal wel schitterend zijn in deze tijd van het jaar.'

'Ik kan niet wachten om het je te laten zien. Het is mijn eigen Mackinac, maar dan aan de oostkust. Ik breng er veel tijd door.'

'Fijn. Dichter bij Annie. Over Annie gesproken, ik hoorde van haar dat je een oude vlam in Wisconsin hebt gesproken en dat hij zaterdagavond komt eten. Hoe zit dat?'

'John Sloan is geen oude vlam. Het is een oude vriend van me die vijftienhonderd kilometer bij me vandaan woont. Ik snap niet dat ik me heb laten overhalen om hem voor dit weekend te vragen.'

'Ik kan je vertellen dat zo'n langeafstandsrelatie heel goed is voor de seks. Sluit nou niks uit, Rik. Annie en ik staan achter je.'

'Mijn dochter wil dolgraag dat ik verliefd word.'

'Ze voelt zich schuldig omdat ze tussen Tom en jou in is gekomen.'

Kate heeft gelijk. Al praten we er nooit over, ik vermoed dat we geen van beiden helemaal over dat verhaal rond Tom heen zijn.

'Ik wou dat ik haar ervan kon overtuigen dat het niet erg is. Het was gewoon een dwaze verliefdheid, ik kende Tom amper.' *En ik kijk nu helemaal niet om me heen in de hoop hem op de campus te zien lopen in zijn bruine blazer, op weg naar een college.*

'Je hebt al veel bereikt,' zegt Kate liefdevol. 'Pa had gelijk, afgelopen winter, toen hij tegen Annie en mij zei dat er een wonder voor nodig zou zijn om jou te veranderen.'

Mijn nekharen staan meteen overeind. 'Heeft pa dat gezegd?'

'Hm, hm. Heb je hem nog gesproken?'

'Ik heb hem gemaild over de plechtigheid. Hij reageert niet eens.'

'Goh, en hij is nog wel zo'n fanatieke e-mailer. Toe nou, Rik, bel hem op. Nodig hem officieel uit.'

'Ik zal hem de moeite van een ingewikkelde smoes besparen.'

Aan de andere kant van het grasveld zie ik mijn dochter aankomen. 'Annie is er, Kate. *Love you.* Tot morgen.'

Ik kom overeind en zwaai naar mijn lieve dochter. Ze draagt een kobaltblauwe zomerjurk en heeft er nog nooit zo gelukkig uitgezien, zo vol leven. 'Wie zie je er mooi uit,' zeg ik, en ik geef haar een kus op haar wang. 'Georgetown doet je goed.'

'Ja! Wacht maar tot ik je vertel over Juana's neef Luis. Hij studeert antropologie. Het is zo'n lekker ding, mam. Ik heb Rory een foto van hem geappt en zelfs hij was het met me eens. En het mooie is: volgens Juana valt hij op volle vrouwen.'

'Verstandige man,' zeg ik. Arm in arm lopen we naar haar kamer.

'Heb je besloten die baan te nemen?'

Ik glimlach. Toen Emily Lange belde om me te bedanken voor het artikel in *The New York Times*, hebben we meer dan een uur met elkaar gepraat. Ik zei dat ik walgde van mijn eigen gedrag en heb haar uitgebreid mijn excuses aangeboden. Bovendien heb ik het haar vergeven, iets wat ik al veel eerder had moeten doen. Voordat we ophingen, bood ze me een baan aan bij haar op het makelaarskantoor.

'Nee,' zeg ik tegen Annie. 'Het was een mooi gebaar, maar ik heb gezegd dat ik nog steeds niet uitsluit dat ik voor mezelf ga beginnen met The Blair Agency.' Ik kijk naar haar op om haar reactie te peilen.

'Echt? Wauw, mam!'

'Maar alleen als jij achter me staat. Een klein kantoor, waarschijnlijk ergens in de buurt van Chesapeake Bay.'

'Je bent een kanjer!'

Heel even geniet ik van mijn dochters trots. 'Maar ik heb wel tegen Emily gezegd dat ik vrijwilligerswerk voor haar kantoor wil doen als ik in de stad ben. Ze hebben een heel cool project om huisvesting te regelen voor invalide oorlogsveteranen. Toch nog het maatschappelijk werk waar ik naar snak.'

'Vet. Ik wil dat je gelukkig bent, mam.'

'Dat weet ik. Lief van je.'

'Vind je het spannend, van zaterdagavond? Je date?'

Ik kijk haar aan en zie de hoopvolle blik in haar ogen.

'Nou en of,' antwoord ik, en ik hoop dat het overtuigend klinkt.

* * *

Na een avondmaal van garnalen op het terras samen met Annie, waar ik heb geluisterd naar haar verhalen over Georgetown, haar nieuwe vrienden en de kleine Olive, lig ik wakker in bed.

Door het open raam klinkt het gekabbel van eb en vloed. Mijn gedachten dwalen af van Annie naar Kristen, naar de herdenking van morgen, samen met Brian, Kate en Max, en aan de komst van Molly en de kinderen daarna. En John Sloan. Waarom voelt het alsof er iets – of iemand – ontbreekt?

Om 2:23 uur, als ik nog steeds klaarwakker ben, klap ik mijn laptop open. Ik ga naar mijn mailprogramma en zoek troost bij eenWonder, de mysterieuze drijvende kracht die de afgelopen acht maanden mijn richtpunt is geweest.

Ik schrijf haar nu als vriendin, of het nu Annie, Kate of helemaal iemand anders is. Ik ben nooit gelovig geweest, maar ik geloof wel dat er iets is. Ergens in een ver hoekje van mijn hart denk ik graag dat het mijn moeder is die me deze mystieke berichten stuurt, of misschien oma Louise. Wie het ook mag zijn, ze bieden me troost in dit soort nachten, als ik met mijn ziel onder mijn arm loop.

Lieve eenWonder,

Morgen ga ik de as van mijn dochter verstrooien in Chesapeake Bay. Ik word omringd door mensen die van haar hebben gehouden en die van mij houden, mensen die me het afgelopen jaar en ook daarvoor hebben gesteund. En nu is er iets heel geks gebeurd. Ik besef opeens hoe graag ik wil dat mijn vader erbij is. Jawel, die ouwe brombeer die nooit weet wat hij moet zeggen, die chagrijnig en eigenwijs is en bij wie ik me altijd een klein kind voel en met mijn mond vol tanden sta. Ik wil dat hij bij me is.

We zijn elkaar helemaal kwijtgeraakt, mijn vader en ik. Ik zou willen dat ik alle kwetsende opmerkingen kon terugnemen die ik tegen hem heb gemaakt. Dat ik tegen hem kon zeggen dat ik hem eindelijk begrijp. Soms moet je een steen omdraaien om de gladde kant te zien. Ik geloof dat ik na al die jaren eindelijk zijn gladde kant heb gevonden… en de mijne erbij.

Mijn moeder was namelijk geestesziek. Mijn vader heeft al zijn geld gestoken in haar genezing. Hij heeft zelfs zijn baan opgezegd en is met ons naar het eiland verhuisd om dichter bij haar moeder te wonen, op de plek waar ze ooit zo veel van hield, in de hoop dat het haar troost zou bieden. Hij deed alles voor zijn dochters wat hij maar kon. Zoals ik nu alles voor mijn dochter doe.

Ik proef de tranen achter in mijn keel.

Ik wou dat ik hem kon zeggen dat ik van hem hou en dat ik waardeer wat hij heeft gedaan, voor het te laat is. Kregen we maar de kans om dingen over te doen in ons leven.

Ik druk op verzenden.

Ik slaap al bijna als er een *ping* klinkt. Ik doe het lampje op mijn nachtkastje aan en pak mijn telefoon. Lees de twee eenvoudige zinnetjes.

We krijgen 365 dagen per jaar de kans om dingen over te doen.

Dat noemen ze middernacht.

Ik krijg kippenvel over mijn hele lijf. Het zijn precies de woorden die mijn vader al die maanden terug gebruikte, op de februarimorgen dat hij bij Kate in de keuken zat toen zij mij op de speaker had gezet.

Mijn vader is eenWonder.

Maar dat virtuele IP-adres dan? Mijn vader is toch niet zo technisch aangelegd en handig dat hij weet hoe je je locatie moet vergrendelen? Maar Jonah is dat wel, en die twee brengen iedere middag samen door.

Ineens vallen alle puzzelstukjes op hun plaats. Hij heeft Kates spreukenboek gebruikt. En ik begrijp ook de onderwerpregel van de mailtjes, *Vermiste dochter.* Ik was de vermiste dochter. Niet Kristen, niet Annie. Mijn vader hoopte op een wonder: hij hoopte dat zijn vermiste dochter weer tot leven zou komen. Ik sla een hand voor mijn mond, en ergens diep in mijn borst stijgt een kreun op. Mijn vader houdt van me. Met tranen in mijn ogen typ ik terug.

Jij bent het, pap. Nu begrijp ik waarom je me naar het eiland hebt gelokt. Ik moest de waarheid onder ogen zien, de waarheid die ik vrijwel mijn hele leven uit de weg gegaan ben. Jij was het die me zag huilen bij

Point aux Pins. Je missie was geslaagd, maar je vond het vreselijk om me te zien instorten. Daarom heb je alles op het spel gezet om de oversteek met me te wagen.

Jij hebt me gered, pap, in heel veel opzichten. Ik weet dat het stroef gaat tussen ons. Dat zal misschien altijd wel zo blijven. Maar ik hou van je. Ik hoop dat je dat weet.

Ik stop met tikken. Mijn vader is snel geïrriteerd, dat is duidelijk. Hij voelt zich ongemakkelijk als hij zijn emoties moet tonen. Alleen via deze anonieme e-mails heeft hij een manier gevonden om zijn dochter goede raad te geven – zijn manier om zijn liefde te uiten – zonder zich opgelaten te voelen. Waarom zou ik hem dat afnemen?

Ik houd de delete-toets ingedrukt tot mijn hele bericht gewist is. Dan typ ik een nieuw antwoord.

Bedankt. Ik zal het onthouden, Plato.

Hetzelfde antwoord dat ik hem maanden geleden heb gegeven.

54

Erika

De hemel is die zaterdagmorgen gevuld met laaghangende grijze wolken en er dreigt regen. Ik heb de ingrediënten gehaald voor Kristens lievelingseten, krabkoekjes, die we vanavond eten als iedereen hier is. Maar nu zit ik op de veranda achter het huis naast een schitterende vaas met orchideeën van Wes Devon van mijn koffie te nippen terwijl Annie aan het bellen is met haar vriend Rory.

Het geluid van een auto trekt mijn aandacht, en ik vlieg van mijn stoel. Ja! Kate en Max zijn mooi op tijd.

Ik ren het trapje van de veranda af en trek een sprintje om het huis heen naar de oprit. Kate springt de auto uit. Ik hol op haar af en vlieg haar om de hals.

'Mijn kleine zusje!' Ik kus haar op beide wangen.

'Rik! Wat mooi, je haar zo lang. Je ziet er gezond uit. En jong. Niet zo jong als ik natuurlijk, maar je bent weer jezelf.'

Ik geef haar een mep tegen haar arm en richt dan mijn aandacht op een lange jongen met warrig blond haar. Hij slaat één arm om Kate heen en steekt mij zijn andere hand toe. 'Hoi, Riki, ik ben Max.'

'Wat leuk je te zien, Max.' En ik meen het. Als Kate gelukkig met hem is, ben ik ook gelukkig. En als hij haar hart breekt, sta ik voor haar klaar met minstens tien rollen wc-papier.

Achter me hoor ik nog een autoportier opengaan. Ik draai me om. Mijn vader stapt moeizaam uit.

'Pap?' zeg ik, en ik sla een hand voor mijn mond. 'Je bent gekomen!'

'Ik dacht dat Kristen het vast niet erg zou vinden als ik ongevraagd op haar herdenkingsdienst kom.'

Ik glimlach hoofdschuddend. 'Ze zou het een eer vinden.' Mijn stem klinkt verstikt. Ik druk zijn stijve lichaam tegen me aan in een omhelzing. 'Net als ik.'

* * *

Brian is de volgende die aankomt. Hij heeft een vriendin meegebracht, een stille blondine met een lieve glimlach. Een jaar geleden zou ik kwaad geworden zijn. Dit is een familieaangelegenheid. Maar mijn definitie van familie is veranderd. En ik heb meer begrip gekregen voor anderen. We zoeken allemaal troost waar we die kunnen vinden: Brian bij zijn vrouwen, mijn vader in zijn zaterdagse zuipavonden. Dat zou ik toch moeten weten. Twee jaar lang heb ik geprobeerd mezelf te troosten met mijn werk in plaats van met datgene waaraan ik echt behoefte had: vrienden en familie, een vergevensgezinde instelling en een luchtiger hart.

Het regent niet meer als we aan de ceremonie beginnen. We gaan met z'n zevenen in een kring staan aan het water en halen herinneringen op aan onze Kristen. Ze komt tot leven in de verhalen en we lachen om gekke anekdotes, zoals die keer dat ze bijna met een kajak een gevaarlijke draaikolk in was gevaren, de Vortex, omdat ze die van dichtbij wilde zien.

'Ik hou nog altijd niet van het woord "dood",' zegt Annie. 'Ik stel me liever voor dat het twee uur 's nachts is en mijn zus in bed stapt, tevreden en slaperig, nadat ze een supergroot feest heeft gegeven dat bijna twintig jaar heeft geduurd.'

Ik lach door mijn tranen heen, en mijn hart stroomt over van liefde voor mijn dochters. We strooien om beurten wat as in het water. Als mijn vader aan de beurt is, blaast een enorme windvlaag de as naar hem terug. 'Ik ben bedekt met Kristen,' zegt hij om de stemming luchtig te houden. Ja, denk ik bij mezelf, we zijn allemaal bedekt met Kristen. En dat zullen we altijd blijven.

Brian sluit de ceremonie af met een kort gebed waarin hij Kristen – en ons allemaal – vrede toewenst, en hij zegt te hopen dat we elkaar ooit zullen terugzien. We schrijven allemaal een persoonlijk berichtje aan ons meisje op de staart van een vlieger en laten die op. Ik kijk naar de zeven vliegers die de lucht in schieten, en voor het eerst mag ik van mezelf geloven dat mijn dochter op de plek is waar ze thuishoort.

Het begint weer zachtjes te regenen, en Brian komt naar me toe om afscheid te nemen. 'Blijf je niet eten?' vraag ik. 'Jullie zijn allebei welkom.'

'Bedankt, maar we moeten terug. Lief van je, Erika.'

Als ik in de regen terugloop naar het huis, mijn tranen drogend, voel ik dat mijn vader naast me komt lopen. Hij slaat geen arm om me heen en omhelst me niet. Hij geeft me alleen zijn jas.

'Dank je wel.' Ik houd de jas boven mijn hoofd en luister naar het geluid van onze voetstappen, in een gelijk ritme op het drassige gras. Ergens boven het water klinkt een donderslag. 'Ik kan gewoon niet geloven dat er al een jaar voorbij is. Dat ik het overleefd heb.'

'Je moeder zou trots op je zijn.'

Eigenlijk zegt hij hiermee bijna dat hij zelf trots op me is. Ik krijg tranen in mijn ogen. Ik kijk hem niet aan; ik weet niet of hij degene is die ik een gênant moment wil besparen of ikzelf. 'Zonder de spreuken had ik het niet gered,' zeg ik, en mijn stem breekt. 'Die mailtjes waren mijn redding.'

'Onzin,' zegt hij. 'Je kon het al die tijd zelf.'

De woorden die Glinda de goede heks tegen Dorothy zei.

Ik haak mijn arm in de zijne. Heel even verstart hij, maar dan voel ik de spanning uit hem wegglijden. Hij geeft met zijn ruwe hand een klopje op de mijne. 'Je bent een goeie meid.'

Had ik jaren geleden mijn hakken maar tegen elkaar getikt.

* * *

Het is bijna zes uur en de geuren van krabkoekjes en knoflookbrood vullen de keuken. Kate, Molly en ik drinken wijn en praten bij terwijl we de laatste hand leggen aan het eten.

'Hij komt niet,' zeg ik. Ik zet de remouladesaus weg en kijk nog even of er een bericht is binnengekomen op mijn telefoon. 'Echt niet. Roep iedereen maar aan tafel.'

'Maak je niet druk,' zegt Kate. 'Hij moet helemaal uit Wisconsin komen, hè? En het is nog niet eens zes uur.'

Met een knoop in mijn maag loop ik naar het raam. Buiten staan mijn vader, Jonah en Sammie steentjes over het water te stuiteren. Ik vraag me af waar Annie is.

'Ik had hem niet moeten vragen voor vandaag. Het is te...'

Mijn zin wordt afgekapt door de bel. Mijn maag krimpt.

'Doe nou open,' zegt Kate, en ze geeft een kneepje in mijn hand.

Ik strijk net een lok haar achter mijn oor als Annie de keuken in komt stuiven met een groot pakket in haar handen. 'Net bezorgd,' zegt ze, en ze maakt ruimte op tafel. 'Het is voor jou.'

'Voor mij? Waar is John?'

'Al sla je me dood.'

Mijn vader en de kinderen komen de keuken binnen gelopen.

'Hé, wat is dat?' vraagt Sammie.

Iedereen komt om me heen staan als ik de doos opensnijd. Ik klap de zijflappen open en slaak een kreetje als ik zie wat erin zit.

Een bruine mannenblazer.

Mijn hart bonst. Dan voel ik een hand op mijn schouder.

'Hallo, Erika.'

Die stem. Ik draai me vliegensvlug om. Eerst weigert mijn verstand het te geloven. Maar ik zie hem echt. Hij pakt de blazer. Trekt hem aan.

En hij zit hem als gegoten.

'*O, my god*!' fluister ik. 'Jij bent het.'

Ik hoor de lach van Kate en het zware gegrinnik van mijn vader. Er flitst een camera, en als ik opzij kijk, zie ik het stralende gezicht van Annie.

'Heb... heb jij dit geregeld?'

Ze knikt. 'Iedereen wist ervan. Zelfs John Sloan heeft het spelletje meegespeeld.'

Mijn zicht wordt wazig van de tranen. Ik stap in Toms gespreide armen.

Hij trekt me zo dicht tegen zich aan dat ik bijna platgedrukt word. 'Ik heb je zo gemist, Erika.'

Ik doe mijn ogen dicht en laat mijn tranen de vrije loop.

'Hé,' klinkt een klein stemmetje. 'Ik ben er ook nog.'

Ik kijk omlaag en zie een meisje met bolle wangen, een roze bril en een ontbrekende voortand. 'Olive! Wat ontzettend leuk om jou te ontmoeten, meisje.'

'Ik dacht dat we gingen eten,' zegt ze.

Tom kreunt en iedereen begint te lachen.

'Reken maar,' zeg ik. 'Allemaal aan tafel, mensen.'

Ik ga rond met de krabkoekjes en kijk om de paar tellen naar Tom, om me ervan te verzekeren dat hij er echt is. Bij Annie aangekomen druk ik een kus op haar voorhoofd en fluister: 'Dank je wel.'

Mij vader schenkt de wijn in en neemt dan plaats aan het hoofd van de tafel. Ik neem de stoel naast Tom.

Algauw wordt de eetkamer gevuld met opgewekt geroezemoes, het gerammel van servies en drukke stemmen. Ik neem alles bewust in me op en probeer het voor altijd in mijn geheugen op te slaan.

Nog maar veertien maanden geleden was ik er zeker van dat mijn leven voorbij was. Dat was het niet, maar het heeft wel een snelle, heftige wending genomen en ik zal nooit meer dezelfde zijn. Op momenten zoals deze, als het geluk me wenkt, verlang ik verschrikkelijk naar Kristen. Zij zou hier moeten zijn om getuige te zijn van deze relaties – oude en nieuwe – en de vreugde met ons moeten delen.

Ik pink een traan weg uit mijn ooghoek. Onder de tafel geeft Tom een kneepje in mijn hand.

Ik kijk naar al die liefdevolle gezichten rond de tafel: Kate en mijn vader, Annie en Tom en Olive, Molly en Jonah en Sammie. Ik moet denken aan de spreuk van mijn moeder die me al die tijd heeft vergezeld op mijn pad: *Wat belangrijk is, is niet hetzelfde als wat ertoe doet.*

Aan de andere kant van de tafel zegt Olive plagerig tegen Annie: ‘Haha, ik mag straks lekker twee bolletjes ijs en jij mag er maar één.’

Annie zegt hoofdschuddend: ‘Gedraag je, jongedame.’

Dat wat ertoe doet, ontbrak nog.

Dat zie ik nu heel duidelijk.

LEES MEER VAN

Lori Nelson Spielman

Als haar moeder te jong overlijdt, is Brett Bohlinger kapot van het verlies. En dan krijgt ze ook nog te horen dat ze haar erfenis niet krijgt. Wel heeft haar moeder een brief aan haar dochter achtergelaten, met daarin een lijstje met levensdoelen die Brett als tiener voor zichzelf opstelde. Als zij deze doelen binnen een jaar bereikt, zal Brett alsnog haar erfdeel ontvangen.

Maar Brett is niet meer het meisje dat ze vroeger was. Haar moeder moet toch hebben geweten dat de ambities van een tiener niet passen in het leven van een volwassen vrouw? Als Brett op zoek gaat naar haar lang vervlogen dromen, wordt echter al snel duidelijk dat de mooiste dingen soms gebeuren op de meest onverwachte momenten…

Verkrijgbaar als
e-book
& papieren boek

LEES MEER VAN

Lori Nelson Spielman

Het hele land is in de ban van een kettingbrief met 'vergevingsstenen': één steen om te vergeven, en één steen om vergeving te zoeken. Het hele land, behalve de populaire talkshowhost Hannah Farr. Toen Hannah twee jaar geleden zo'n zakje met twee stenen ontving, heeft ze het ogenblikkelijk weggestopt; ze wilde niet geconfronteerd worden met haar verdrietige verleden. Maar dan is de populaire bedenkster van de vergevingsstenen te gast in haar show, en onthult Hannah op televisie per ongeluk het verhaal over hoe ze door haar moeder in de steek werd gelaten.

Gedwongen door de producer van haar talkshow en aangemoedigd door haar enthousiaste fans gaat Hannah publiekelijk op zoek naar haar moeder om haar te vergeven en eindelijk rust te vinden. Maar als Hannah dieper in haar verleden duikt, dringt de vraag zich op of de waarheid waar ze zich al twintig jaar aan vasthoudt, wel de échte waarheid is. Is zij wel het slachtoffer, of heeft zij zelf ook schuld? En kan ze ooit het geluk vinden als het haar niet lukt om te vergeven en vergeten?

Verkrijgbaar als
e-book
& papieren boek